中华经典诗文之美

徐中玉——主编

唐宋散文

侯毓信——编著

上海人民出版社

出版说明

　　习近平总书记指出，中华文化积淀着中华民族最深沉的精神追求，代表着中华民族独特的精神标识；传承中华文化，要"以古人之规矩，开自己之生面"，重点做好创造性转化和创新性发展。为坚定文化自信，传承中华文脉，汲取古圣先贤的不朽智慧，激活民族文化的蓬勃生命力，上海人民出版社推出"中华经典诗文之美"系列丛书，以期通过出版工程的创造性转化，实现中华优秀传统文化的薪火相传、推陈出新。

　　丛书由著名学者、语文教育家徐中玉先生领衔主编，共13册，包括《诗经与楚辞》(陶型传编著)，《先秦两汉散文》(刘永翔、吕咏梅编著)，《汉魏六朝诗文赋》(程怡编著)，《唐宋诗》(徐中玉编著)，《唐宋词》(高建中编著)，《唐宋散文》(侯毓信编著)，《元散曲》(谭帆、邵明珍编著)，《元明清诗文》(朱惠国编著)，《近代诗文》(黄明、黄珅编著)，《古代短篇小说》(陈大康编著)，《笔记小品》(胡晓明、张炼红编著)，《诗文评品》(陈引驰、韩可胜编著)和《神话与故事》(陈勤建、常峻、黄景春编著)。所选篇目兼顾经典性与人文性，注重时代性与现实性，综合思想性与艺术性，引导读者从原典入手，使其在立身处世、修身养性、伦理亲情、民生疾苦、治国安邦等世界观、人生观、价值观方面有所思考和获益。

丛书设置"作者介绍"、"注释"、"说明"、"集评"栏目。"作者介绍"简要介绍作者生平及其著述，并大致勾勒其人生轨迹。"注释"解析疑难，解释重难点字词及部分读音，同时择要阐明历史典故、地理沿革、职官制度等知识背景，力求精当、准确、规范、晓畅。"说明"点明写作背景，阐释文章主题，赏析文章审美特色。"集评"一栏列选历代名家评点，以帮助读者更好理解和鉴赏。

丛书选录篇目出处，或于末尾注明所依底本，或于前言中由编选者作统一说明。选文所依底本均为慎重比照各版本后择优确定。原文中的古今字、通假字予以保留，不作改动；异体字在转换为简体字时，则依照现行国家标准予以调整。

丛书所选篇目的编次依据，或以文体之别，或以题材之异，或依作者朝代生平之先后，或依成书先后。成书年代或作者生平有异议者，则暂取一说。

"凡作传世之文者，必先有可以传世之心。"中华文明生生不息至今，是一代又一代仁人志士艰苦拼搏的成果；中华文明未来的繁荣兴盛，需要全体中华儿女的担当。"中华经典诗文之美"系列丛书的出版，将引导读者在对跨越时空、超越国度、富有永恒魅力、具有当代价值的传世诗文的百读不厌、常读常新中，树立民族自信心与自豪感，培养起守护、传承与弘扬中华优秀传统文化的传世之心，在实现"两个一百年"奋斗目标和中华民族伟大复兴中国梦的道路上，凝聚起全民的文化力量，和这个时代一同前行。

上海人民出版社

2017 年 6 月

导　读

　　中国是一个有着悠久文化传统的国度。中国古代的先贤仁人，在广泛持久的社会实践活动中，将自己的人生感悟、生命体验、社会改造、奋斗理想等等所有的情感化成文字，流传后世，"述往事，思来者"。这是何等辉煌的伟业。今天捧读这些厚重的典籍，我们可以看到的，或许是对自然美景的欣赏，四时物候的咏叹；或许是爱情亲情的眷恋，幸福生活的向往；或许是世态炎凉的感慨，成败得失的嘘唏；或许是一己抱负的执着，慷慨悲歌的坚强。凡此种种，不一而足。我觉得，在古代优秀文学作品中，我们现代人可以获得许多情感的回响和精神的呼应。正如习近平总书记说的："学史可以看成败、鉴得失、知兴替；学诗可以情飞扬、志高昂、人灵秀；学伦理可以知廉耻、懂荣辱、辨是非。"面对这份无比珍贵的历史遗产，我们可以借鉴古人，完善自己。

　　当然，传承古代优秀文化传统，除了可以完善自己之外，从宏观层面讲，还有更为重要的积极意义。历史经验证明，中国优秀传统文化是中国文明的基本构架，是中国人人格养成、文化认同、精神传承的重要支柱。在中国漫长的历史发展过程中，优秀传统文化总是发挥着重要的巨大的作用。一个民族的复兴和崛起，往往首先表现在民族精神和民族文化的复兴和崛起。当前全国人民正在为实现振兴中华的中国梦而不懈奋斗。中华优秀传统文化这份中国人民独特的精神财富和最深厚的文化软实力，也一定会成为我们实现中国梦的力量源泉和基点。中华民族数千年积累下来的伟大智慧，一定会在当下中国人民实现中国梦的伟大实践中再次创造辉煌。

因此，重视传统文化，特别是重视古代优秀文学作品的学习传承，应该成为我们中国人的集体意识。从小学到中学，每个学期的语文教材，古代诗文都占有不少的篇幅。即使进入大学的专业学习阶段，大多数学校都开设多种中国古代文学专题研究课程供大学生选修。即使大学毕业走上社会，仍要继续学习，不断进步。在这样的学习过程中，逐步吸纳中国传统优秀文化的思想精华，对我们树立正确的世界观、人生观、价值观是大有裨益的。要在全社会形成传承古代优秀文化传统的自觉，尚有许多观念需要理顺，还要做许多持之以恒的宣传和推广。上海人民出版社这套包括《唐宋散文》在内的"中华经典诗文之美"的出版，正是积极回应这一社会需求的具体行动。我有机会为此尽自己的绵薄之力，也感到非常高兴。

下面我想就《唐宋散文》涉及的文学史背景和选文的相关问题，作一些简要的说明。

在中国散文史上，唐宋两代无疑有着非常重要的地位。在这前后六百年间，产生了许多具有重大影响的伟大的散文作家。唐代有韩愈、柳宗元；宋代有欧阳修、苏轼等。由这些作家合称的"唐宋八大家"，开创了中国文学史上第一个跨代并称的文学现象。由他们分别倡导的唐代古文运动和宋代诗文革新运动，促使了一大批作家的出现，为后代留下了很多优秀作品，标志着中国古代散文的鼎盛和繁荣。这是中国散文史上十分宝贵的文化遗产。

唐代散文的发展，是同批判六朝偏重形式的文风联系在一起的。唐代初年，六朝偏重骈俪的风气影响仍然很大。但是，一些有识之士已自觉或不自觉地在努力摆脱这种过分的影响。"初唐四杰"虽然写有许多骈文，但有些作品或在内容上力图接近社会现实政治，努力表现自己的真情实感，或在形式上尝试某些变化。陈子昂则在理论上提出了复古口号，实际上是以复古为革新，成为唐代古文运动的先驱。其后，萧颖士、李华也提出以三代文章传统，改革当时文风的主张。陆贽的奏议文章，一改骈体文堆砌华藻、滥用典故的陋习，写得流畅自然，对后来韩愈的古文运动产生了积极的影响。真正有力地提出以古文为革新的古文运动理论的，是中唐的韩愈和柳宗元。他们以恢复儒家道统为旗帜，以"文以明道"为口号，提倡先秦两汉的古文传统，从而对唐代散文革新产生了巨大的作用。他们把文学创作的视线，投向社会现实的各个层面。中唐社会的各种弊病，诸如藩镇割据、宦官擅权、社会黑暗、佞佛崇佛，都在散文中有所反映和揭露。古文运动的开展，是中唐文风为之一变，内容虚假、形式饾饤的骈俪之风大为减弱。取而代之的是情感真实、语言出新的新文体。韩愈、柳宗元是其中杰出的代表。韩愈的议论文气势奔放，波澜起伏；记叙文人物丰满，感情充实；碑志铭文亦写得如泣如诉，感人肺腑。柳宗元的散文，更注重对现实社会的透视。他的山水游记独创一格，在冷峭的文笔中体现了作者的人格追求，成为后世山水游记的典范。韩愈还立排世俗之讥议，广招学生，提携后进，扩大了古文运动的影响。韩、柳之后，李翱、皇甫湜等人继续倡导古文。他们虽然走上艰涩、崎岖一路，成就一般不高，然亦各具特色。晚唐古文渐趋衰落，但皮日休、陆龟蒙的小品文，仍有一定的批判精神和价值。杜牧的赋作，代表了文赋的新趋向。

经过晚唐五代的社会动乱，古文传统的影响受到了削弱，骈体文风再度兴起。因此，宋王朝建立以后，恢复韩、柳古文传统成为文坛追寻的目标。宋初的柳开、石介等人为此作了努力，但积重难返，效果不大。至宋仁宗庆历年间，随着政治改革潮流的兴起，诗文革新运动也随之而来。倡导这一运动的是古文家欧阳修。欧阳修接过韩愈的主张，提出重道以充文，认为应"事信言文"，"道胜则文不难而自至"，并把道同社会"百事"联系起来，有力地推动了宋代诗文的革新运动，并为散文的发展奠定了坚实基础。他的散文，平易畅达，自然流利，语言富有情韵，艺术感染力强。他的杰出成就与贡献，使他成为宋代文坛的一代宗师。由于他的提携，王安石、曾巩、苏洵、苏轼、苏辙相继脱颖而出，都成为宋代散文大家。王安石的政论文，体现了进步政治家的风格，观点鲜明，辩风犀利。苏轼的散文，透露出潇洒旷达的人生境界，自由挥洒，胸次广阔；其议论文雄辩滔滔，气势纵横。苏轼对前代散文的优秀传统广为吸纳，在宋代文坛上恣肆驰骋，体现了唐宋古文运动的积极成果。可以说，苏轼的文学成就，代表了宋代诗文革新运动的最高成就。

南宋的散文，与时代的联系同样紧密。爱国主义精神成为许多古文作者表现的主题。李清照的《〈金石录〉后序》，虽然写的是一己遭遇，却反映了动荡离乱社会的一个侧面。岳飞、胡铨、陆游等人的作品，亦多贯穿爱国主义情感，语言精练，结构严谨，笔意蕴藉。辛弃疾、陈亮亦有优秀散文留世，这些作品，文字朴实自然，论理条分缕析。南宋后期还应提及的是文天祥。他的散文，记录了艰苦卓绝的战斗历程，给宋代文坛添上光辉的一笔。

总之，唐宋两代散文，是先后紧相联系在一起的极其重要的文学发展阶段。唐代以古文运动为标志，在散文史上有廓清道路，开辟方向，上承八代，下启宋元之功。宋代散文，则继承了唐代的优良传统，把散文推向一个新的阶段。如果说唐代散文多注重纵横开阖，波澜起伏，锤炼字句，语言出新；那么，宋代散文则多以曲折舒缓，不露锋芒，语言明白晓畅为特色。他们的共同特点则是都把散文的革新同时代社会的政治、经济紧密联系在一起。他们在各自的历史条件下，为中国古代文化宝库作出了可贵的贡献。

本书入选的作品，以历代传颂的名篇为主。选篇涉及唐宋各个时期的重要作家。"唐宋八大家"的代表作适当多选些。所选作品的体裁尽量广泛些，以期更全面的反映唐宋散文的成就。需要说明的是，本丛书有许多专题，为避免选篇重复，其他专题已入选的作品，本书一般不再选入。只有极个别作家的重要代表作，无法割舍调整时，才予入选。每位作家的选篇由作者介绍、原文、注释、说明几部分组成。部分选篇在说明之后还有"集评"。这一栏目是精选部分古人对这篇作品的评论资料，以期给读者提供一些阅读理解的参考意见。在选编过程中，参考了国内出版的多种著作。有不同说法之处，以自己的理解择善而从。由于本人学识有限，本书难免有错讹之处，期望大家不吝赐教。

好友黄珅和龚斌给予我不少帮助，并撰写了部分篇目。黄珅撰写的篇目有：李华、陆游、范成大、朱熹、林景熙共五篇。龚斌撰写的篇目有：石介、苏舜钦、沈括、秦观共四篇。在此谨表诚挚的谢意。

侯毓信

2017 年 7 月

目　录

唐宋散文

魏　徵

魏徵（580—643），字玄成，唐朝巨鹿（今河北晋县）人，唐初政治家。隋朝末年，为避战乱曾出家为道士，后参加李密的起义军，李密失败即降唐。历任谏议大夫、检校侍中，官至左光禄大夫，进封郑国公。以直谏闻名，且切中要害，所言多被太宗采纳。曾主修《隋书》，有《魏郑文公集》，言论多见于唐朝吴兢所撰《贞观政要》。

十思疏

臣闻求木之长者[1]，必固其根本；欲流之远者，必浚其泉源[2]；思国之安者，必积其德义。源不深而望流之远，根不固而求木之长，德不厚而思国之理，臣虽下愚[3]，知其不可，而况于明哲乎！人君当神器之重[4]，居域中之大[5]，将崇极天之峻，永保无疆之休[6]，不念居安思危，戒奢以俭，德不处其厚[7]，情不胜其欲，斯亦伐根以求木茂、塞源而欲流长者也。

凡百元首[8]，承天景命[9]，莫不殷忧而道著[10]，功成而德衰。有善始者实

[1]　长：生长，发育。
[2]　浚：疏通。
[3]　下愚：地位低、缺乏知识的人，自谦之词。
[4]　神器：帝位。
[5]　域中：国内。大：此处作崇高讲。
[6]　休：美好。
[7]　处：在。
[8]　凡百：所有一切。元首：指帝王。
[9]　承天景命：承受上天的大命。
[10]　殷忧：深忧。道著：道行显著。

繁[1]，能克终者盖寡[2]，岂取之易而守之难乎？昔取之而有余，今守之而不足，何也？夫在殷忧，必竭诚以待下；既得志，则纵情以傲物。竭诚则胡越为一体[3]，傲物则骨肉为行路[4]。虽董之以严刑[5]，振之以威怒，终苟免而不怀仁[6]，貌恭而不心服。怨不在大，可畏惟人；载舟覆舟[7]，所宜深慎。奔车朽索[8]，其可忽乎！

君人者，诚能见可欲则思知足以自戒[9]；将有作则思知止以安人[10]；念高危则思谦冲而自牧[11]；惧满溢则思江海而下百川；乐盘游则思三驱以为度[12]；忧懈怠则思慎始而敬终；虑壅蔽则思虚心以纳下[13]；想谗邪则思正身以黜恶；恩所加则思无因喜以谬赏；罚所及则思无因怒而滥刑。总此十思，弘兹九德[14]，简能而任之，择善而从之。则智者尽其谋，勇者竭其力，仁者播其惠，信者效其忠。文武争驰，君臣无事，可以尽豫游之乐[15]，可以养松乔之寿[16]，鸣琴垂拱[17]，不言而化。何必劳神苦思，代下司职，役聪

[1]　繁：多。
[2]　克：能够。
[3]　胡越：古代泛称北方为胡，南方为越，此处喻疏远、隔绝。
[4]　行路：陌路人。
[5]　董：督责。
[6]　苟免：苟且求免于罪。
[7]　载舟覆舟：意谓帝王犹如船，人民犹如水，水能载船，也能翻船。语出《荀子·王制》："君者，舟也；庶人者，水也；水则载舟，水则覆舟。"
[8]　朽索：腐烂的绳子。
[9]　见可欲：见到想要的东西。
[10]　有作：指兴建宫室。
[11]　谦冲：谦虚。自牧：加强自我修养。
[12]　盘游：盘桓游乐，这里指游猎。三驱：每年打猎三次。度：限度。
[13]　虑壅蔽：怕自己的耳目被堵塞，受人蒙蔽。纳下：采纳下属的意见。
[14]　九德：美好。
[15]　豫游：安乐巡游。
[16]　松乔：传说中两位长寿仙人赤松子和王子乔。
[17]　鸣琴：即鸣琴而治，古代对政简刑轻社会的称赞。垂拱：垂衣拱手，喻指无为而治。

明之耳目，亏无为之大道哉[1]！

说明

　　本文选自《贞观政要·君道》。这是魏徵于贞观十一年（637）写的一篇奏章。文中以"居安思危，戒奢以俭"为中心，就如何实现国家的长治久安，提出了十条建议。这些建议包括崇尚节俭，爱惜民力，知人善任，赏罚分明，慎始善终，虚心纳谏等。全文感情真挚，言辞恳切，且善用比喻，说理透彻，故深得太宗赞同。

集评

　　林云铭曰：此魏公贞观十一年之疏。以思字作骨，意谓人君敢于纵情傲物，不积德义以致失人心者，皆坐未之思耳。思曰：睿睿作圣。故有十思之目。若约言之，总一居安思危而已。十三年五月，复有《十渐不克终》之疏，非魏公不敢为此言，非太宗亦不能纳而用之。千古君臣，令人神往。文虽平实，当与三代谟训并垂，原不待以"奇幻"见长也。

　　　　　　　　　　　　　　　　——清·林云铭《古文析义》卷十

　　吴楚材曰：通篇只重一"思"字，却要从德义上看出。世主何尝不劳神苦思，但所思不在德义，则反不如不用思者之为得也。魏公十思之论，剀切深厚，可与三代谟诰并传。

　　　　　　　　　　　　　　　　——清·吴楚材等《古文观止》卷七

---

[1]　亏：损害。

骆宾王

骆宾王（约640—约684），婺州义乌（今属浙江）人。唐文学家。初为道王李元庆府属，历官武功、长安主簿，入朝为侍御史，后贬为临海县丞。曾随徐敬业起兵反对武则天，兵败，下落不明。工诗善文，尤擅七言古行。与王勃、杨炯、卢照邻同为"初唐四杰"。有《骆临海集》。

代李敬业传檄天下文[1]

伪临朝武氏者[2]，人非温顺，地实寒微[3]。昔充太宗下陈[4]，尝以更衣入侍。洎乎晚节，秽乱春宫[5]。密隐先帝之私，阴图后庭之嬖[6]。入门见嫉，蛾眉不肯让人[7]；掩袖工谗，狐媚偏能惑主[8]。践元后于翚翟[9]，

---

[1] 李敬业：唐朝开国功臣徐勣（后唐太宗赐姓李）的长孙，曾任太仆少卿、眉州刺史，后贬柳州司马。684年，他在扬州聚兵十万讨伐武则天，兵败被杀。
[2] 伪，指非法的，表示不为正统所承认的意思。临朝：当朝处理国事。武氏：武则天（624—705），自名武曌（zhào），并州文水（今山西文水）人。唐太宗时，入宫为才人。太宗死，削发为尼。高宗时又被召入宫中，后立为皇后。高宗死后，中宗继位，她以皇太后的身份临朝听政。后废中宗，立睿宗。690年废睿宗，自称"神圣皇帝"，改国号为周。705年病重，中宗复位，尊她为则天大圣皇帝，同年冬去世。
[3] 地：门第。
[4] 下陈：意为宫中地位较低的嫔妃。
[5] 洎（jì）：到，及。晚节：后来的行为。春宫：东宫，太子所居宫室。此句意谓武则天本为太宗才人，后来却与太子（高宗李治）发生淫乱关系。
[6] 密隐：掩盖。先帝：太宗。后庭：指高宗后宫。嬖（bì）：宠幸。两句意谓：武氏于太宗死后削发为尼，遮掩其曾为才人的身份，而后进入高宗后宫，取得宠幸。
[7] "入门"二句：所有选入皇宫的嫔妃，都遭到武氏的嫉妒、排斥。
[8] "掩袖"二句：意谓武氏巧进谗言以迷惑高宗。据《新唐书·后妃传》，武则天为了争夺皇后一位，扼死亲生女婴，然后嫁祸于皇后，导致高宗废王皇后而立武则天为后。
[9] 元后：皇后。翚翟（huī dí）：野鸡。具五彩花纹的为翚，长尾的为翟。唐代皇后的礼服上绣有翚翟图案。

陷吾君于聚麀[1]。加以虺蜴为心[2]，豺狼成性，近狎邪僻[3]，残害忠良，杀姊屠兄[4]，弑君鸩母[5]。神人之所共疾，天地之所不容。犹复包藏祸心，窥窃神器[6]。君之爱子，幽之于别宫[7]；贼之宗盟，委之以重任。呜呼！霍子孟之不作[8]，朱虚侯之已亡[9]。燕啄皇孙，知汉祚之将尽[10]；龙漦帝后，识夏庭之遽衰[11]。

敬业皇唐旧臣，公侯冢子[12]。奉先君之成业[13]，荷本朝之厚恩。宋微子之兴悲[14]，良有以也；桓君山之流涕[15]，岂徒然哉！是用气愤风云[16]，志安社

---

[1]　聚麀（yōu）：两头牡鹿共同占有一头牝鹿。意谓武氏原为太宗嫔妃后又成为高宗皇后，使太宗、高宗陷入禽兽之行。

[2]　虺（huǐ）：毒蛇。蜴（yì）：蜥蜴。

[3]　近狎：亲近。邪僻：小人。

[4]　杀姊屠兄：泛指杀害亲属。武则天当皇后后，把两个哥哥流放边地致死，几个侄子、侄女也被她杀害。

[5]　弑：杀死尊长。鸩：毒鸟，羽毛可制毒酒。

[6]　神器：指帝位。当时武氏虽已掌握政权，但尚未称帝，故说"窥窃神器"。

[7]　"君之爱子"二句：高宗死后，其子李显继位为中宗，不久武则天把他废为庐陵王，改立高宗次子李旦为睿宗。李旦名为皇帝，实被软禁，朝政由武则天掌握。

[8]　"霍子孟"句：霍光，字子孟，汉昭帝时任大司马大将军。昭帝死，他于乱政中扶立宣帝，重新安定了汉室。这句感叹朝中缺少像霍光这样的大臣扭转危局。

[9]　朱虚侯：即刘章，汉高祖刘邦之孙，封朱虚侯。高祖死，吕后专权，他与陈平、周勃合谋，尽诛诸吕，迎立文帝。这句感慨李唐皇族中无刘章这样的人出面扶助皇室。

[10]　"燕啄"二句：这里用赵飞燕典故指责武则天废掉、害死太子李忠、李弘、李贤等人事。祚（zuò）：皇位。汉祚：指唐朝政权。

[11]　"龙漦（lí）"二句：意谓夏朝的衰亡，于神龙下降时即是预兆。古代传说，周厉王后宫童女沾了龙漦而怀孕，生下褒姒。后来，褒姒成为周幽王的王后并受到宠幸，以至亡国。这里以夏喻唐，说武则天的出现是唐朝衰亡的征兆。龙漦：龙的涎沫。

[12]　冢（zhǒng）子：正妻所生长子。

[13]　先君：指李敬业的祖父李勣、父亲李震。

[14]　宋微子：殷纣王的庶兄。殷亡后，宋微子路过殷墟，所见一片荒芜，故作歌悲叹。李敬业祖上被唐太宗赐姓可视作李唐宗室，故以宋微子作比。

[15]　桓君山：东汉人桓谭，字君山。汉光武帝时，因上疏言事遭贬，忧郁而死。此句喻李敬业被贬柳州。

[16]　是用：因此。

稷 [1]，因天下之失望，顺宇内之推心 [2]。爰举义旗 [3]，誓清妖孽。南连百越 [4]，北尽三河 [5]，铁骑成群，玉轴相接 [6]。海陵红粟 [7]，仓储之积靡穷；江浦黄旗 [8]，匡复之功何远？班声动而北风起 [9]，剑气冲而南斗平 [10]。喑呜则山岳崩颓 [11]，叱咤则风云变色 [12]。以此制敌，何敌不摧；以此攻城，何城不克！

公等或家传汉爵 [13]，或地协周亲 [14]，或膺重寄于爪牙 [15]，或受顾命于宣室 [16]。言犹在耳，忠岂忘心？一抔之土未干 [17]，六尺之孤安在 [18]！倘能转祸为福，送往事居 [19]，共立勤王之勋，无废旧君之命，凡诸爵赏，同指山河 [20]。若其眷恋穷城 [21]，徘徊歧路，坐昧先几之兆 [22]，必贻后至之诛 [23]。请看今日之域中 [24]，

---

[1]　社稷：指国家。
[2]　失望：对武则天的不满。推心：推心置腹，意指对李敬业的信任。
[3]　爰（yuán）：乃，于是。
[4]　百越：泛指南方沿海地区。
[5]　三河：指河东、河内、河南，即今中原地区。
[6]　玉轴：华美的战车。
[7]　海陵：地名，今江苏泰州。红粟：陈米，因储存时间太长而发酵变红。
[8]　江浦黄旗：指东南一带天空出现黄旗状云气。古人认为这是天子出现的象征，此处意为李敬业是应运起兵。
[9]　班声：马嘶鸣声。
[10]　南斗：古代星宿名，牛、斗二星宿分野在吴地上空，因称南斗。
[11]　喑（yìn）呜：忍声悲咽。
[12]　叱咤：厉声怒喝。
[13]　公等：泛指朝廷和地方的文武官员。家传汉爵：世代承袭朝廷的爵位。汉：实指唐。汉初曾大封功臣以爵位，可世代传下去，所以称"汉爵"。
[14]　地：身份地位。协：合。周：亦实指唐。
[15]　膺：承受。爪牙：喻武将。
[16]　顾命：皇帝的遗命。宣室：汉未央宫正殿室名，此借指唐皇宫。
[17]　一抔（póu）：一掬、一捧。一抔之土：坟土，指高宗陵墓。
[18]　六尺之孤：指被废的中宗，此时被禁于房州。
[19]　往：死者。居：生者。此句意谓礼葬高宗，事奉中宗。
[20]　"凡诸爵赏"二句：意谓凡是立功者一定赐爵封赏，可以同指山河为誓。
[21]　穷城：无援的孤城。
[22]　先几之兆：事先的征兆。
[23]　后至之诛：意谓迟迟不响应的，将按军法惩处。
[24]　域中：国中。

竟是谁家之天下！

移檄州郡，咸使知闻。

说明

这是一篇声讨武则天的檄文，一作《为徐敬业讨武曌檄》。武则天废黜中宗，改唐朝为周，自称"神圣皇帝"等一系列做法，在封建正统观念中，是十恶不赦的篡权行为，更何况是一女流之辈所为。所以深受李唐皇朝恩宠的李勣之孙李敬业愤然起兵声讨。骆宾王为此起草此篇檄文。本文开篇即以一个"伪"字否定了武则天政权的合法性，接着历数其丑恶的发家史和所谓罪行，从忠、孝、节、义等封建伦理道德入笔，揭露其阴险残忍、贪婪狡诈的面目，然后又竭力渲染李敬业起兵的立场、态度、士气、军备诸情况，以壮声威。全文气盛辞直，锋芒锐利，慷慨激昂，淋漓畅达。此外，本文采用骈体写法，对仗工稳，节奏铿锵，用典贴切，手法纯熟，因而气势充沛，更显挥洒自如。李敬业的声讨行动虽被镇压，但此文却成了难得的佳作流传至今。

集评

欧阳修曰：徐敬业乱，署宾王为府属，为敬业传檄天下，斥武后罪。后读，但嬉笑，至"一抔之土未干，六尺之孤安在"，矍然曰："谁为之？"或以宾王对。后曰："宰相安得失此人！"

——宋·欧阳修《新唐书·文艺列传》

毛奇龄曰：宾王草英国檄，淋漓慷慨，激切而光明。一若是文出，而天经地义历数百年来不能白者，而一旦而尽白之。此岂才士文章已哉！

——清·毛奇龄《临海集序》

林云铭曰：此篇铺叙处，段落分明，累如贯珠。初数武氏之罪，自为才人至垂帘，层层指出；因叹中外无仗义者，然后见此番起兵匡复有义不容辞处。随将兵威之盛，铺张一番，以鼓舞人心。复以大义动之，赏罚驱之。皆檄文不可少者。

——清·林云铭《古文析义》卷十

吴楚材曰：起写武氏之罪不容诛，次写起兵之事不可缓，末则示之以大义，动之以刑赏，雄文劲采，足以壮军声而作义勇，宜则天见檄而叹其才也。

——清·吴楚材等《古文观止》卷七

余诚曰：此檄辞严义正，最为得体。而行文又复极有条理，自是千古不磨。

——清·余诚《重订古文释义新编》卷七

王　勃

王勃（650—676），字子安，唐代诗人。绛州龙门（今山西河津）人，隋朝著名学者王通之孙。早慧，善属文。年十四，应举及第，授朝散郎，后为虢州参军，因罪革职，其父王福畤受牵累，左迁交趾令。王勃往交趾省亲，溺水而死。与杨炯、卢照邻、骆宾王以文章齐名，号称"初唐四杰"。有《王子安集》。

秋日登洪府滕王阁饯别序[1]

豫章故郡[2]，洪都新府；星分翼轸[3]，地接衡庐[4]。襟三江而带五湖[5]，控蛮荆而引瓯越[6]。物华天宝，龙光射牛斗之墟[7]；人杰地灵，徐孺下陈蕃之榻[8]。雄州雾列[9]，俊采星驰[10]。台隍枕夷夏之交[11]，宾主尽东南之美。

---

[1]　滕王阁：故址在今江西省南昌市，公元 653 年，唐高祖李渊第二十二子滕王李元婴作洪州都督时修建。

[2]　豫章：汉代郡名，治所在今南昌，唐代改为洪州。

[3]　翼轸（zhěn）：星宿名，豫章古属楚地，正当翼、轸二星宿的分野。

[4]　衡庐：衡山，此代指衡州（治所在今湖南省衡阳市）；庐山，此代指江州（治所在今江西省九江市）。

[5]　"襟三江"句：以三江为襟，以五湖为带。意为洪州在三江之上，五湖之中。三江：松江、娄江、东江；一说荆江、松江、浙江。五湖：菱湖、游湖、莫湖、贡湖、胥湖，皆在太湖东岸，后合而为一。

[6]　蛮荆：指楚地，即今湖北、湖南一带。瓯越：指浙江，境内有瓯江，古为越国。

[7]　物华天宝：物的光华焕发为天上的宝气。龙光：宝剑的光辉。牛斗：二星宿名。墟：所在之处。

[8]　徐孺：徐稚，字孺子，东汉高士。陈蕃：东汉人，曾任豫章太守。据《后汉书·陈蕃传》，陈蕃从不接待宾客，只为徐孺专设一榻，徐离去即将榻挂起不用。此处借用典故说洪州多俊杰之士。

[9]　雄州：大州，指洪州。雾列：形容地域广阔如雾之弥漫。

[10]　俊采：俊杰。星驰：像群星奔驰。形容人才众多。

[11]　台：高而平的建筑，指洪州城。隍：无水的护城壕。枕：据。夷：指荆楚地区。夏：华夏，此处指扬州地区，其辖区包括今江苏、浙江、福建一带。

都督阎公之雅望，棨戟遥临¹，宇文新州之懿范²，襜帷暂驻³。十旬休假⁴，胜友如云；千里逢迎，高朋满座。腾蛟起凤，孟学士之词宗⁵；紫电清霜，王将军之武库⁶。家君作宰⁷，路出名区⁸；童子何知⁹，躬逢胜饯。

时维九月¹⁰，序属三秋¹¹。潦水尽而寒潭清¹²，烟光凝而暮山紫。俨骖騑于上路¹³，访风景于崇阿¹⁴。临帝子之长洲¹⁵，得天人之旧馆¹⁶。层台耸翠，上出重霄；飞阁流丹，下临无地¹⁷。鹤汀凫渚，穷岛屿之萦回；桂殿兰宫，即冈峦之体势¹⁸。披绣闼¹⁹，俯雕甍²⁰。山原旷其盈视²¹，

---

[1] 棨（qǐ）戟：有衣套的木戟，古代官员出行的仪仗。
[2] 宇文：指姓宇文的人，名不详。新州：今广东新兴。一说宇文为新州刺史。懿范：美好的风范。
[3] 襜帷：车的帷幕，借指宇文的车马。
[4] 十旬：十日为一旬，唐代官吏逢十休假。
[5] "腾蛟"二句：这是赞扬在座的孟学士。腾蛟起凤：如蛟龙腾飞，凤凰起舞。词宗：文坛宗师。
[6] "紫电"二句：这是赞扬在座的王将军。紫电清霜：古代宝剑名。武库：兵器库，此喻指王将军胸怀韬略。
[7] 家君作宰：指自己父亲在做县令。当时王勃的父亲王福畤为交趾令（今越南河内西北）。
[8] 路出：路过。名区：名胜，指洪州。
[9] 童子：王勃自称。
[10] 维：在。
[11] 序：时序。属：当。三秋：指季秋，农历九月。古人将秋季三个月分为孟秋、仲秋、季秋。
[12] 潦（lǎo）水：雨后的积水。
[13] 俨：通"严"，整治。骖騑：驾车的马。上路：地势高的路。
[14] 崇阿：高高的山丘。
[15] 临：到。帝子：指滕王李元婴。长洲：滕王阁前的沙洲。
[16] 天人：亦指李元婴。旧馆：指滕王阁。
[17] 无地：意谓从高处往下看，地好像没有了。
[18] 体势：地形势态。此句意谓宫殿顺着山峦的自然形势建造。
[19] 披：开。闼（tà）：门。
[20] 甍（méng）：屋脊。
[21] 盈视：极目所见。

川泽纡其骇瞩[1]。闾阎扑地[2]，钟鸣鼎食之家[3]；舸舰迷津[4]，青雀黄龙之轴[5]。云销雨霁，彩彻区明[6]。落霞与孤鹜齐飞[7]，秋水共长天一色。渔舟唱晚，响穷彭蠡之滨[8]；雁阵惊寒，声断衡阳之浦。

遥襟甫畅，逸兴遄飞[9]。爽籁发而清风生[10]，纤歌凝而白云遏[11]。睢园绿竹，气凌彭泽之樽[12]；邺水朱华，光照临川之笔[13]。四美具[14]，二难并[15]。穷睇眄于中天[16]，极娱游于暇日。天高地迥，觉宇宙之无穷；兴尽悲来，识盈虚之有数[17]。望长安于日下[18]，目吴会于云间[19]。地势极而南溟深[20]，天柱高而北辰远[21]。关山难越，谁悲失路之人？萍水相逢，尽是他乡之

---

[1] 骇瞩：看了感到惊异。

[2] 闾阎：里巷的门，此处指屋舍。扑地：遍地。

[3] 钟鸣鼎食：古代贵族有鸣钟列鼎而食之礼，此借指富贵之家。

[4] 津：渡口。

[5] 轴：同"舳"，船头。

[6] 霁：雨停。彩：指阳光。区：指天空。

[7] 鹜（wù）：鸭子。

[8] 穷：直达。彭蠡（lí）：鄱阳湖。

[9] 襟：胸怀。甫：才。遄：急。

[10] 爽：参差不齐。籁：箫管。

[11] 纤：纤细。凝：指歌声悠扬，经久不散。遏：阻止。

[12] 睢园绿竹：西汉梁孝王刘武在睢阳（今河南商丘）有个菟园，园内多竹。梁孝王常在此饮宴文人。彭泽：指陶渊明，他当过彭泽令。樽：酒杯。

[13] 邺：地名，今河北临漳。曹操父子曾在此聚集一批文人。朱华：芙蓉花。曹植《公宴诗》有"朱华冒绿池"句。临川：指南朝诗人谢灵运，他曾任临川内史。这两句是借曹植、谢灵运来赞美参加宴会的文士。

[14] 四美：良辰，美景，赏心，乐事。

[15] "二难"句：指贤主、嘉宾两者很难齐集。

[16] 睇眄（dì miǎn）：均为看的意思。中天：天空。

[17] 盈虚：满和亏，此意谓个人遭遇的好坏和事业的成败。数：定数。

[18] 长安：唐朝国都，今陕西西安。

[19] 吴会：吴郡和会稽郡，今江苏南部和浙江北部。

[20] 极：尽头。南溟：南方的大海。

[21] 天柱：古代神话说昆仑山有铜柱，高入云，称为天柱。北辰：北极星。

客。怀帝阍而不见¹，奉宣室以何年²？嗟乎！时运不齐，命途多舛。冯唐易老³，李广难封⁴。屈贾谊于长沙⁵，非无圣主；窜梁鸿于海曲⁶，岂乏明时？所赖君子见机，达人知命。老当益壮，宁移白首之心？穷且益坚，不坠青云之志！酌贪泉而觉爽⁷，处涸辙以犹欢⁸。北海虽赊⁹，扶摇可接¹⁰；东隅已逝¹¹，桑榆非晚¹²。孟尝高洁¹³，空怀报国之情；阮籍猖狂¹⁴，岂效穷途之哭？

　　勃，三尺微命¹⁵，一介书生。无路请缨，等终军之弱冠¹⁶；有怀投

---

[1]　帝阍（hūn）：守宫门的人，指朝廷。
[2]　奉：奉命，指受君王召见。宣室：汉未央宫前殿的正室，为帝王接见臣下之所，此借指君王。
[3]　冯唐：西汉人，文帝、景帝时不被重用。武帝时求贤良，有人推荐他，但已年过九十，不能委任了。
[4]　李广：汉武帝时名将，多次出击匈奴，建有军功，却没有得到封邑。
[5]　屈：委屈，屈才。贾谊：西汉文学家，汉文帝时为长沙王吴差的太傅。
[6]　窜：逐，此指被迫出走。梁鸿：东汉人，因作《五噫歌》讽刺朝政，被汉章帝追究，故隐名埋姓逃到海边避祸。
[7]　贪泉：泉名，在广州城北二十里处，传说人饮此泉水则贪得无厌。晋朝吴隐之赴广州刺史任，喝了此泉水，清廉操守更严。此句意谓在污浊环境中也能保持品节。
[8]　涸（hé）辙：干枯无水的车辙，比喻环境困顿。
[9]　赊（shē）：遥远。
[10]　扶摇：盘旋而上的暴风。可接：可达。
[11]　东隅：日出处，借指青年。
[12]　桑榆：日落处，借指晚年。
[13]　孟尝：东汉人，字伯周。曾任合浦太守，颇有政绩。汉桓帝时退隐，虽多次被荐，终不为朝廷重用。
[14]　阮籍：魏晋时人，为人任性不羁。驾车出游常随意而行，路不通就痛哭而返。猖狂：狂放，不拘礼法。
[15]　三尺：古代士人的礼服上大带子下垂部分为三尺，有司则为二尺五。微命：一命之士。周朝任官自一命至九命，一命最低。
[16]　无路：无门路。等：等同。终军：西汉人，字子云。汉武帝时，终军受命赴南越（今两广一带）说服南越王归顺时，请求给他长缨（绳），表示定把南越王缚致汉廷。弱冠：古代男子二十岁之称。

笔，慕宗悫之长风 [1]。舍簪笏于百龄 [2]，奉晨昏于万里 [3]。非谢家之宝树 [4]，接孟氏之芳邻 [5]。他日趋庭，叨陪鲤对 [6]；今兹捧袂，喜托龙门 [7]。杨意不逢，抚凌云而自惜 [8]；钟期既遇，奏流水以何惭 [9]！呜呼！胜地不常，盛筵难再；兰亭已矣 [10]，梓泽丘墟 [11]。临别赠言，幸承恩于伟饯；登高作赋，是所望于群公。敢竭鄙怀，恭疏短引；一言均赋，四韵俱成 [12]。请洒潘江，各倾陆海云尔 [13]。

说明

唐高祖李渊的儿子李元婴封为滕王，他任洪州都督时建造了一座高

---

[1]　怀：怀抱。投笔：弃文从武，用汉代班超投笔从戎事。宗悫（què）：字元干，南朝宋人，少年时即有"乘长风破万里浪"之志。
[2]　簪笏（hù）：古代官员用的冠簪、手版，此借指官职。百龄：百岁，一生。
[3]　奉晨昏：每天早晚向父母问安。
[4]　谢家宝树句：自谦，说自己不是人才。东晋名将谢安问子侄志向，其侄儿说：谢家子弟应像香草宝树那样生长于门庭。后以此喻有出息的子弟。
[5]　孟氏之芳邻：传说孟子的母亲为了给孩子找个好邻居，多次搬迁。
[6]　鲤对：用孔子的儿子孔鲤接受父亲教诲事。叨：自谦，惭愧地承受。陪：比附。
[7]　捧袂（mèi）：拜谒长者时拱手作揖。托龙门：登龙门。龙门在陕西韩城与山西稷山之间的黄河中，传说鱼能跃过即可变成龙。后以"登龙门"喻得到荣耀。此处是对都督阎公的赞扬。
[8]　"杨意"二句：汉武帝时，宫中狗监杨得意向武帝推荐同乡司马相如，司马相如写《大人赋》献给汉武帝，汉武帝读后赞叹有飘飘然的凌云之感。此处说自己无人引荐。杨意：即杨得意。
[9]　"钟期"二句：春秋时，俞伯牙善弹琴，钟子期能知音，俞伯牙寄寓琴声里的情志，钟子期都听出来。钟子期死后，俞伯牙即永不鼓琴。此处自比伯牙，把阎公比作钟子期。钟期：即钟子期。
[10]　兰亭：在今浙江绍兴，东晋人王羲之等名士曾在此宴饮游乐。
[11]　梓泽：又名金谷园，晋人石崇的名园，在今河南洛阳。
[12]　一言：指诗一首。均赋：每人作诗。四韵：律诗两句一韵，八句共四韵。
[13]　潘江、陆海：指像晋朝潘岳、陆机一样的才华。语出钟嵘《诗品》："陆才如海，潘才如江。"

阁，取名滕王阁。王勃在唐高宗上元二年（675）往交趾探亲时，路过洪州，恰遇姓阎的都督在滕王阁举行宴会欢度九月九日重阳节，当地文人雅士聚集一堂，赋诗作文以为纪念。据《唐摭言》记载，当时阎公让他的女婿事先做了准备，想当众显示才华。及至主人拿出笔墨假意谦让时，王勃却接了过去。阎公见状，拂袖离席。当王勃写出"落霞与孤鹜齐飞，秋水共长天一色"时，阎公不禁称赞王勃确有才华。

本文描绘了壮丽雄伟的楼阁，流光溢彩的秋景，儒雅热情的宾主，盛况空前的欢宴，同时又抒发了年少坎坷的感慨，报国无门的苦闷，以及壮志不坠的执着和坚持理想的信心。全文笔墨酣畅，文思缜密，意境开阔，色彩明丽，充分发挥了骈体文讲究对偶、辞藻、声韵、用典等特殊表现手段，使文章具有行云流水之美和抑扬跌宕之气。

集评

王定保曰：王勃著《滕王阁序》时年十四。都督阎公不之信。勃虽在座，而阎公意属子婿孟学士者为之，已宿构矣。及以纸笔巡让宾客，勃不辞让。公大怒，拂衣而起，专令人伺其下笔。第一报云："南昌故郡，洪都新府"。公曰："亦是老生常谈。"又报云："星分翼轸，地接衡庐。"公闻之，沈吟不言。又云："落霞与孤鹜齐飞，秋水共长天一色。"公矍然而起曰："此真天才，当垂不朽矣！"遂亟请宴所，极欢而罢。

——五代·王定保《唐摭言》

余诚曰：对众挥毫，珠玑络绎，固可想见旁若无人之概。而字句属对极工，词旨转折一气，结构浑成，竟似无缝天衣。纵使出自从容雕琢，亦不得不叹为神奇，况乃以仓猝立就，尤属绝无而仅有矣。

——清·余诚《重订古文释义新编》卷七

文兴到落笔，不无机调过熟之病。而英思壮采，如泉源之涌，流离迁谪，哀感骈集，固是名作，不能抹杀。

——近代·高步瀛《唐宋文举要》乙编卷一引王益吾语

王　维

　　王维（701—761），字摩诘，唐代文学家。太原祁（今山西祁县）人，开元进士。开元年间任右拾遗、殿中侍御史等。天宝年间先后在终南山和辋川隐居，过着亦隐亦官的生活。天宝十五年（756），安禄山叛军攻入长安，王维被俘，送至洛阳，被迫做了伪官。乱平，降为太子中允，后官至尚书右丞。晚年笃志奉佛，日以禅诵为事。文学史上以诗闻名，尤以山水田园诗著称，其诗多表现大自然的幽静恬适之美，有时亦渗透虚无冷寂的情调。又善画，工书法，兼通音乐。苏轼称赞其作品"诗中有画，画中有诗"。有《王右丞集》。

山中与裴秀才迪书 [1]

　　近腊月下 [2]，景气和畅 [3]，故山殊可过 [4]。足下方温经 [5]，猥不敢相烦 [6]，辄便往山中 [7]，憩感配寺 [8]，与山僧饭讫而去。

　　北涉玄灞 [9]，清月映郭。夜登华子冈 [10]，辋水沦涟 [11]，与月上下。寒山远火，明灭林外。深巷寒犬，吠声如豹。村墟夜舂 [12]，复与疏钟相

---

[1]　裴迪（716—?）：关中（今陕西）人，曾与王维同住蓝田山，两人志趣相投，常相互唱和。
[2]　腊月：阴历十二月。下：月末。
[3]　景气：景物气候。
[4]　故山：旧日所居之山，此指陕西蓝田山。殊：很，极。过：探访。
[5]　足下：敬称，多用于同辈。温经：温习经书。
[6]　猥：仓猝之间。
[7]　辄便：于是，就。
[8]　憩：休息。
[9]　涉：渡过。玄：深青色，此处形容水的颜色。灞：灞水，源出陕西蓝田，流经长安，入渭河。
[10]　华子冈：地名，王维隐居的辋川别墅胜景之一。
[11]　辋水：水名，源于蓝田山，流入灞水。沦涟：水的波纹。
[12]　村墟：村落。舂：捣米，这里指捣米声。

间 [1]。此时独坐，僮仆静默，多思曩昔携手赋诗，步仄径 [2]，临清流也。

当待春中，草木蔓发，春山可望，轻鲦出水 [3]，白鸥矫翼 [4]，露湿青皋 [5]，麦陇朝雊 [6]。斯之不远 [7]，倘能从我游乎 [8]？非子天机清妙者 [9]，岂能以此不急之务相邀？然是中有深趣矣！无忽 [10]。因驮黄檗人往 [11]，不一 [12]。

山中人王维白。

说明

这是王维在隐居的蓝田山辋川别墅写的一封信，主要目的是邀约朋友翌年春天来山中欣赏景色。作者以其细致入微的观察，生动形象的想象，描绘出大自然诗意般的美景。他写山村的冬夜，静寂幽深，清妙致远；写春日的原野，色彩明丽，生机勃发。整篇文章有动有静，有声有色，在曲尽其致的描写中，透露出作者恬淡清绝的情趣。

---

[1] 疏钟：稀疏的钟声。
[2] 步仄径：走过狭窄的小路。
[3] 轻：轻捷。鲦（tiáo）：白鲦鱼。
[4] 矫翼：举翅飞翔。
[5] 青皋：水泽边青青的田地。
[6] 朝雊（gòu）：早晨野鸡鸣叫。
[7] 斯：这，指上文说的春天景色。
[8] 倘：同"倘"，或许，商量的语气。
[9] 天机：指人的天性、性情。
[10] 无忽：不要忽略。"无"通"毋"。
[11] "因驮"句：意谓因有运送黄檗的人下山，托他们捎信。黄檗（bò）：药材名。
[12] 不一：不再一一细述。

集评

　　林云铭曰：按王右丞笃志奉佛，妻死不再娶，洁居三十余载，是其天机清妙，有得于山水深趣者。辋川别墅，乃毕生大受用处也。中有孟城坳、华子冈、鹿砦、欹湖诸胜。曾与裴蜀州同游，赋诗各二十绝句。此书乃相招之语耳。初言不敢相烦，继则相思，终复相订。计此中深趣，惟蜀州可以领略，则天机清妙实难其人可知，书中写景处，亦有诗画之意，令读者如身履其境。见图愈疾，当不徒一秦太虚也。

——清·林云铭《古文析义》卷十

李　白

李白（701—762），字太白，号青莲居士。绵州昌隆（今四川江油）人，祖籍陇西成纪（今甘肃静宁西南），一说生于安西都护府所属碎叶（今吉尔吉斯斯坦托克马克）。少年时代即广泛阅览百家典籍，善吟诗作赋，并好任侠。二十五岁起，离蜀漫游各地，渐以诗名扬海内。天宝初，入长安，翰林供奉，虽受唐玄宗礼遇，但政治上不受重视，并遭权贵谗毁，不到两年便出京漫游。安史之乱中，曾为永王李璘幕僚。璘失败后受牵连，流放夜郎，中途遇赦东还。晚年漂泊困顿，卒于当涂（今属安徽）。诗风雄奇奔放，感情充沛，语言自然流畅，飘逸多变，充满积极的浪漫主义精神，散文亦体现这一风格，对后世影响深远。有《李太白集》。

与韩荆州书

白闻天下谈士相聚而言曰 [1]："生不用封万户侯 [2]，但愿一识韩荆州 [3]。"何令人之景慕 [4]，一至于此耶 [5]！岂不以有周公之风 [6]，躬吐握之事 [7]，使海内

---

[1]　谈士：擅长谈论之士。

[2]　万户侯：有采地万户的侯爵。此处指高爵显位。

[3]　韩荆州：韩朝宗，时任荆州大都督府长史、襄州刺史兼山南东道采访处置使等，热心奖掖后进，在士流中有盛名。

[4]　景慕：景仰爱慕。

[5]　一：竟然。

[6]　周公：姬旦，周武王之弟。

[7]　躬：亲自。吐握：吐哺握发。语出《史记·鲁周公世家》："周公戒伯禽曰：'我于天下亦不贱矣，然我一沐三握发，一饭三吐哺，起以待士，犹恐失天下之贤人。'"意为礼贤下士。

豪俊奔走而归之，一登龙门[1]，则声誉十倍，所以龙盘凤逸之士[2]，皆欲收名定价于君侯[3]。愿君侯不以富贵而骄之，寒贱而忽之，则三千宾中有毛遂[4]，使白得颖脱而出，即其人焉。

白陇西布衣，流落楚汉[5]。十五好剑术，遍干诸侯[6]。三十成文章，历抵卿相[7]。虽长不满七尺，而心雄万夫。王公大人，许与气义[8]。此畴曩心迹[9]，安敢不尽于君侯哉？

君侯制作侔神明[10]，德行动天地，笔参造化[11]，学究天人[12]。幸愿开张心颜[13]，不以长揖见拒[14]。必若接之以高宴，纵之以清谈，请日试万言，倚马可待[15]。今天下以君侯为文章之司命[16]，人物之权衡[17]，一经品题[18]，便作佳士。而君侯何惜阶前盈尺之地，不使白扬眉吐气，激昂青云耶？

---

[1]　登龙门：东汉李膺声名极高，读书人受他接见，被称作"登龙门"。
[2]　龙盘凤逸：龙散蛰，凤散逸。比喻优异人才如龙凤的盘蛰散逸未被世用。
[3]　收名定价：获得美名，肯定身价。君侯：对尊贵者的敬称，此处指韩朝宗。
[4]　毛遂：战国时赵国平原君的门客。秦国包围赵都邯郸，平原君欲赴楚求援，平时默默无闻的毛遂自荐陪同去楚。后毛遂以说服楚国君出兵援赵，毛遂因此脱颖而出。
[5]　楚汉：时李白家于安陆，此地古属楚国，境内有汉水，故称"楚汉"。
[6]　干：干谒，求见。
[7]　历：普遍。抵：进见。
[8]　许：赞许。
[9]　畴曩（nǎng）：往日，从前。
[10]　制作：著作，撰述。侔（móu）：相等。
[11]　造化：自然的创造化育。
[12]　学究天人：指学问穷尽天道人事。
[13]　开张：扩大，开展。
[14]　长揖：古时宾主相见时以平等身份所行之礼，有长揖不拜之意。见拒：被拒绝。
[15]　倚马可待：喻文思敏捷。典出《世说新语·文学》，东晋桓温北征，欲作文书，命袁宏倚马前起草，袁宏手不停连写七纸而成，被称为奇才。
[16]　文章之司命：司文章之命脉。
[17]　人物之权衡：定人物之轻重高下。
[18]　品题：评品。

昔王子师为豫州¹，未下车²，即辟荀慈明³；既下车，又辟孔文举⁴。山涛作冀州⁵，甄拔三十余人⁶，或为侍中、尚书，先代所美。而君侯亦荐一严协律⁷，入为秘书郎，中间崔宗之、房习祖、黎昕、许莹之徒⁸，或以才名见知，或以清白见赏。白每观其衔恩抚躬⁹，忠义奋发，以此感激，知君侯推赤心于诸贤腹中¹⁰，所以不归他人，而愿委身国士¹¹。倘急难有用，敢效微躯¹²。

且人非尧舜，谁能尽善？白谟猷筹画¹³，安能自矜？至于制作，积成卷轴¹⁴，则欲尘秽视听¹⁵。恐雕虫小技¹⁶，不合大人。若赐观刍荛¹⁷，请给纸墨，兼之书人¹⁸，然后退扫闲轩，缮写呈上。庶青萍、结绿¹⁹，长价

---

[1] 王子师：东汉人王允，字子师。为豫州：任豫州刺史。

[2] 下车：古时称新官到任。

[3] 辟：征辟，聘请。荀慈明：东汉末名士荀爽，字慈明。

[4] 孔文举：东汉末文学家孔融，字文举。

[5] 山涛：西晋名士山涛，字巨源，"竹林七贤"之一。曾任冀州刺史，能举荐人才。

[6] 甄（zhēn）：选择。拔：提拔。

[7] 严协律：其人不详。

[8] 崔宗之：李白的朋友。房习祖，生平不详；黎昕，曾为拾遗官，与王维有交往；许莹，生平不详。

[9] 衔：深藏心里，心中铭记。抚躬：手按自己的身躯，欲以报效知遇之恩。

[10] 推赤心于诸贤腹中：即推心置腹，真心待人。语出《后汉书·光武帝纪》。诸贤：指前文提及被韩朝宗推荐的人。

[11] 国士：指韩朝宗，意谓韩的才德为国内所重，故称国士。

[12] 微躯：谦称自己。

[13] 谟猷（yóu）筹画：计谋、策略。

[14] 卷轴：指书。古代书籍，装轴卷藏，故称"卷轴"。

[15] 尘秽视听：意谓自己的作品玷污了韩朝宗的耳目，这是请对方观看自己的作品时的自谦说法。

[16] 雕虫小技：微不足道的技能。一般用以谦称自己的作品。语出扬雄《法言·吾子》。

[17] 刍：割草。荛：打柴。刍荛喻指草野之人，也是作者以谦称自己的作品。

[18] 书人：缮写之人。

[19] 庶：庶几，或许。青萍：宝剑名。结绿：美玉名。均为李白自比。

于薛、卞之门 [1]。幸推下流 [2]，大开奖饰 [3]，惟君侯图之。

说明

　　韩朝宗是唐朝的地方高级官员，握有举善纠恶之大权，且热心奖掖人才，在士流中极负盛名。身负青云之志、久欲兼济天下的李白，上书自荐，谋施展鸿才之机，也是看中了韩朝宗在这方面的影响。一般干谒文字，最易作乞怜谀美之态。但李白此文，格调甚高，气势甚壮，绝无低首摧眉之状。李白以简洁恳切的语言，抒写豪气凌云的志向，字里行间自有飘逸之气充盈激荡。文章虽运用骈文形式，但一扫绮靡卑弱之习，显得清新流畅，跌宕有致，感情奔放，神采飞扬，真有如李白飘逸豪放之性情化运其间。

集评

　　林云铭曰：文虽太白本色，然相其落笔时，胸中有勃然不可遏之气，故语语皆占自己的地步。髯苏称其气盖天下，能使高力士脱靴殿上，可以此书决之也。永王璘迫胁，致有夜郎之放，朱晦翁谓诗人没头脑至此，后世相沿，皆以为病。论世尚友，吾益服髯苏具眼矣。

　　　　　　　　　　　　　　　　　　——清·林云铭《古文析义》卷十

---

[1]　长价：提高身价。薛：薛烛，古代善于识剑的人。卞：卞和，古代善于识玉的名匠。这里誉指韩朝宗。
[2]　幸推下流：希望推惠于地位低下的人。
[3]　奖饰：奖励称誉。

吴楚材曰：本是欲以文章求知于荆州，却先将荆州人品极力抬高，以见国士之出不偶，知己之遇当急。至于自述处，文气骚逸，词调豪雄，到底不作寒酸求乞态。自是青莲本色。

——清·吴楚材等《古文观止》卷七

春夜宴桃李园序

夫天地者，万物之逆旅[1]；光阴者，百代之过客。而浮生若梦[2]，为欢几何？古人秉烛夜游[3]，良有以也[4]。况阳春召我以烟景[5]，大块假我以文章[6]。会桃李之芳园，序天伦之乐事[7]。群季俊秀[8]，皆为惠连[9]；吾人咏歌，独惭康乐[10]。幽赏未已，高谈转清[11]。开琼筵以坐花[12]，飞羽觞而醉月[13]。不有佳咏，何伸雅怀？如诗不成，罚依金谷酒数[14]。

说明

春风醉人的夜晚，李白与诸堂弟置酒花丛，饮酒赋诗，感慨良多，

[1]　逆旅：客舍。逆：迎接。旅：客。古人以生为寄，以死为归，以天地为万物的客舍。
[2]　浮生：语出《庄子·刻意》："其生若浮，其死若休。"老庄以人生在世，虚浮无定。后相沿称人生为"浮生"。
[3]　秉烛夜游：语出《古诗十九首》："昼短苦夜长，何不秉烛游？"谓人生短促，当及时行乐。
[4]　良：确实。以：缘由。
[5]　烟景：春天美景，气候温润似含烟雾。
[6]　大块：大自然。假：借，提供。文章：这里指绚丽的文采。
[7]　序：同"叙"。天伦：指父母、兄弟等亲属关系，此专指兄弟。
[8]　季：原意为幼小，此指弟弟。
[9]　惠连：谢惠连，南朝刘宋时文学家，谢灵运族弟，两人并称"大小谢"。谢惠连早慧，这里以惠连来称赞诸弟的文才。
[10]　康乐：谢灵运，因袭封康乐公，故称谢康乐。南朝刘宋时诗人，以写山水诗著称。
[11]　"幽赏未已"二句：幽雅的欣赏未完，高雅的谈吐更见清妙。
[12]　琼筵：盛宴。坐花：落座花间。
[13]　飞：喻斟酒之快。羽觞：酒器，雀鸟状，左右形如两翼。或插鸟羽于觞，促人速饮。
[14]　金谷酒数：西晋石崇筑有金谷园，邀友宴饮，席间赋诗，作不出者，罚酒三斗。

兴从中来。虽有浮生若梦的隐隐哀愁，但飘逸洒脱，恣肆旷放之诗情雅趣早已喷薄而出。他以童稚的天真、纯净的诗心吐露了热爱自然、珍视生命的情感，文章散发着融和欢乐的气韵和高雅深致的风情。文虽短而意隽，辞似散而神聚。读之令人赏心悦目，一代"诗仙"的浪漫雅逸尽现眼前。

集评

　　林云铭曰：大意谓人生短景，行乐犹恐不及，况值佳辰，岂容错过。寄情诗酒，所以为行乐之具也。青莲全集，强半是此襟怀。此副笔墨，若出他手，则锦心绣口，不可多得矣。

——清·林云铭《古文析义》卷十

　　吴楚材曰：发端数语，已见潇洒风尘之外。而转落层次，语无泛设；幽怀逸趣，辞短韵长。读之增人许多情思。

——清·吴楚材等《古文观止》卷七

　　余诚曰：通篇着意在一夜字。开首从天地光阴迅速，及人生至暂说起。见及时行乐者，不妨夜游。发论极其高旷，却已紧照题中夜宴意，是无时不可夜宴矣。下紧以况字转出春来，而春有烟景之召，大块之假，夜宴更何容已耶？于是叙地叙人叙宴之乐，而以诗酒作结。妙无一字不细贴，无一字不新俦，自是锦心绣口之文。

——清·余诚《重订古文释义新编》卷七

李　华

李华（715—766），字遐叔，赵州赞皇（今属河北）人，开元进士。安史之乱中，被俘受伪职。两京收复，贬杭州司马参军。后因病去官，隐居山阳（今江苏淮安）。文与萧颖士齐名，为韩、柳先驱。有《李遐叔文集》四卷行世。

吊古战场文

浩浩乎平沙无垠，夐不见人 [1]。河水萦带，群山纠纷。黯兮惨悴，风悲日曛 [2]。蓬断草枯，凛若霜晨；鸟飞不下，兽铤亡群 [3]。亭长告余曰："此古战场也。常覆三军 [4]，往往鬼哭，天阴则闻。"伤心哉！秦欤汉欤？将近代欤 [5]？

吾闻夫齐魏徭戍，荆韩召募 [6]，万里奔走，连年暴露 [7]。沙草晨牧，河冰夜渡。地阔天长，不知归路。寄身锋刃，腷臆谁诉 [8]？秦汉而还，多事四夷；中州耗斁 [9]，无世无之。古称戎夏，不抗王师。文教失宣，武臣用奇；奇兵有异于仁义，王道迂阔而莫为。呜呼噫嘻！吾想夫北风

---

[1]　夐：通"迥"，远。
[2]　曛：昏暗，暮。
[3]　铤（tǐng）：疾走。
[4]　常：通"尝"，曾经。
[5]　将：抑或，或者。
[6]　"吾闻夫"二句：言战国时期各国为征戍徭役而召募士兵。荆：楚国。
[7]　暴（pù）露：指冒风顶雨奔走于野外。
[8]　腷（bì）臆：心情烦闷。
[9]　斁（dù）：败坏。

振漠，胡兵伺便 [1]。主将骄敌，期门受战 [2]。野竖旄旗，川回组练 [3]。法重心骇，威尊命贱。利镞穿骨，惊沙入面；主客相搏，山川震眩；声析江河，势崩雷电。至若穷阴凝闭 [4]，凛冽海隅 [5]；积雪没胫，坚冰在须，鸷鸟休巢，征马踟蹰；缯纩无温 [6]，堕指裂肤。当此苦寒，天假强胡 [7]，凭陵杀气 [8]，以相剪屠。径截辎重，横攻士卒；都尉新降，将军覆没；尸填巨港之岸，血满长城之窟。无贵无贱，同为枯骨。可胜言哉！鼓衰兮力尽，矢竭兮弦绝，白刃交兮宝刀折，两军蹙兮生死决 [9]。降矣哉，终身夷狄；战矣哉，骨暴沙砾！鸟无声兮山寂寂，夜正长兮风淅淅，魂魄结兮天沉沉，鬼神聚兮云幂幂，日光寒兮草短，月色苦兮霜白，伤心惨目，有如是邪！

吾闻之：牧用赵卒 [10]，大破林胡；开地千里，遁逃匈奴。汉倾天下，财殚力痡 [11]。任人而已，其在多乎？周逐猃狁，北至太原 [12]，既城朔方 [13]，全师而还；饮至策勋 [14]，和乐且闲，穆穆棣棣 [15]，君臣之间。秦起长城，竟海为关；荼毒生灵，万里朱殷。汉击匈奴，虽得阴山，枕骸遍野，功不补

---

[1]　伺便：等候有利的机会。

[2]　期门：军门。

[3]　组练：组甲被练，借喻军队。

[4]　穷阴凝闭：严冬天阴，寒云凝聚密布。

[5]　海隅：海，指瀚海，海边，指西北极远之地。

[6]　缯纩：丝棉衣服。

[7]　假：借，这里说老天向胡兵提供了机会。

[8]　凭陵：凭借，依仗。

[9]　蹙（cù）：迫近。

[10]　牧：指战国时赵国名将李牧，他曾率兵驻守雁门关，降服林胡，大破匈奴。

[11]　痡（pū）：疲劳。

[12]　"周逐"二句：周宣王时，北方的少数民族猃狁入侵，尹吉甫率军将他们赶到太原一带。

[13]　既城朔方：在朔方（治所在今内蒙古杭锦旗北）筑城后。

[14]　饮至：古代一种典礼。凯旋后到宗庙告祭，饮酒庆贺。策勋：把功勋写在简策上，并授予有功者官爵。

[15]　穆穆：形容仪态端庄。棣棣：形容仪态娴雅。

患。苍苍蒸民 [1]，谁无父母？提携捧负，畏其不寿；谁无兄弟？如足如手；谁无夫妇？如宾如友。生也何恩 [2]？杀之何咎 [3]？其存其没，家莫闻知；人或有言，将信将疑。悁悁心目 [4]，寝寐见之。布奠倾觞，哭望天涯。天地为愁，草木凄悲。吊祭不至，精魂何依？必有凶年，人其流离。呜呼噫嘻！时耶命耶？从古如斯！为之奈何？守在四夷 [5]。

说明

本文开篇凌空而起，描写了一幅凄厉肃杀、满目悲凉的古战场图景，用"常覆三军"四字，引出凭吊之意。中间写战场残杀，字字惊心；写家人哭祭，声声掩抑。最后以"守在四夷"作结，点出只有施仁政，行王道，才能使天下太平之意。通篇以赋体为文，铺陈排比，多方渲染，景中寓情，绘声绘色。文中杂用骚体，段段用韵，于欷歔感慨之中，自饶风韵。虽多俪词骈句，但意境壮阔，音调铿锵。行文如长江之水，气势奔放，浑灏流转，酣畅淋漓，有"气盛言宜"之妙。

集评

金圣叹曰：人但惊其字句组练，不知其只是极写亭长口中"尝覆三军"

[1]　蒸民：百姓。
[2]　生也何恩：（百姓）活着时，（帝王）对他们有何恩德？
[3]　杀之何咎：（帝王）将百姓赶到战场丧生，他们究竟又有什么过错？
[4]　悁悁（yuān）：忧闷的样子。
[5]　守在四夷：意谓帝王只要实行王道，就可使四方各少数民族臣服，消除战争。

一句，先写未覆时，次补写欲覆未覆时，次写已覆之后。

浦起龙曰：战场所在多有，文则专吊边地，非泛及也。开元天宝间，迭启外衅，藉以讽耳。与少陵《出塞》诗同旨。

——清·浦起龙《古文眉诠》卷五十五

李扶九曰：通篇主意在守不在战，守则以仁义，乃孔孟之旨也。但用赋体为文，段段用韵，感慨悲凉之中，自饶风韵，故尔人人乐诵，且可为穷兵者炯戒，可为战场死者吐气，读者无不叹息，真古今至文也。

——清·李扶九《古文笔法百篇》卷十五·感慨

元　结

　　元结（719—772），字次山，唐代文学家，河南（今河南洛阳）人。天宝进士，肃宗时任水部员外郎，代宗时任道州刺史。在任时同情人民疾苦，免徭役，收流亡，颇有政绩。其诗不尚浮华，内容充实。其文力排绮靡之习，格调高古，多涉及时政，愤世悯人，是唐代韩愈之前的重要作者之一。有《元次山文集》。

右溪记

　　道州城西百余步[1]，有小溪。南流数十步，合营溪[2]。水抵两岸，悉皆怪石，欹嵌盘屈[3]，不可名状。清流触石，洄悬激注[4]。休木异竹[5]，垂阴相荫。

　　此溪若在山野，则宜逸民退士之所游处[6]；在人间[7]，可为都邑之胜境，静者之林亭[8]。而置州已来，无人赏爱，徘徊溪上，为之怅然。乃疏凿芜秽，俾为亭宇[9]；植松与桂，兼之香草，以裨形胜[10]。为溪在州右[11]，遂命之曰"右溪"。刻铭石上，彰示来者[12]。

---

[1]　道州：治所在今湖南道县。
[2]　营溪：营水，源于湖南宁远南，经道县流至零陵县，入湘水。
[3]　欹（qī）：倾斜。嵌（qiàn）：陷入。均形容怪石的样子。
[4]　洄：水流回转。悬：从上冲下来。激注：激荡倾注。
[5]　休木：佳木。休，美好。
[6]　逸民退士：指避世隐居的人。
[7]　人间：相对于上文"山野"而言，指人烟稠密的地方。
[8]　静者：爱清静的人。林亭：指植树建亭。
[9]　俾：使。
[10]　裨：增益。
[11]　为：因为。右：指西面。
[12]　彰示：明白地告诉。

说明

　　右溪本是一条无名小溪。本文作者任道州刺史时，发现其石怪泉清之奇特，不禁喜出望外，又为小溪如此幽美竟无人赏识，任其芜秽深感不平。于是疏通溪流，植树造亭，辟为胜景，取名"右溪"。本文笔意简练，语言清丽，既写幽眇芳洁之景，又抒抑郁不平之气，于山水游记之中，突出了作者鲜明的个性特征，故被视为柳宗元山水游记的先声。

集评

　　吴先生（吴汝纶）曰："次山放恣山水，实开子厚先声。文字幽眇芳洁，亦能自成境趣。"

——近代·高步瀛《唐宋文举要》甲编卷一引

陆　贽

陆贽（754—805），字敬舆，苏州嘉兴（今浙江嘉兴县）人。年十八举进士及第，曾任郑县尉、渭南主簿、监察御史。德宗时，官翰林学士，参预机要。后累迁中书侍郎、同平章事。性情刚直，指陈朝政，多切中时弊。所作奏议，文笔流畅洗练，论述雄辩著明。然终因直言极谏，为德宗疏远，又以裴延龄谗毁罢相，贬忠州别驾。顺宗即位后，欲召回京城，但诏书未至而卒。谥宣，后世称为陆宣公。有《陆宣公翰苑集》。

奉天请罢琼林大盈二库状

右[1]，臣闻作法于凉，其弊犹贪；作法于贪，弊将安救[2]？示人以义，其患犹私；示人以私，患必难弭[3]。故圣人之立教也，贱货而尊让[4]，远利而尚廉。天子不问有无，诸侯不言多少[5]。百乘之室，不畜聚敛之臣[6]。夫岂皆能忘其欲贿之心哉[7]？诚惧贿之生人心而开祸端，伤风教而乱邦家

---

[1]　右：唐代公文的格式，在写正文之前，先摘录事由，然后开头冠一"右"字，表示所要论说的内容，即为前列事情。古时直行写字，由右至左，故右指前行。

[2]　"作法于凉"四句：语出《左传·昭公四年》："郑子产作丘赋……浑罕曰：'……君子作法于凉，其敝犹贪；作法于贪，敝将若之何？'"意谓统治者制定赋税法令若以贪为出发点，则流弊无穷。凉：薄。古代赋税为十分取一，当时农民负担不算太重，故说："作法于凉"。

[3]　弭（mǐ）：止，息。

[4]　货：货币，钱币。

[5]　"天子"二句：语本《荀子·大略》："天子不言多少，诸侯不言利害。"意谓统治者不应计较私人财富。

[6]　"百乘"二句：语出《礼记·大学》："百乘之家，不畜聚敛之与其有聚敛之臣，宁有盗臣。此谓国不以利为利，以义为利也。"意谓大夫之家也不任用搜括钱财的家臣。百乘为兵赋之数，大夫的封邑称为家，这个封邑能出车百乘，即称为百乘之家或百乘之室。畜：养用。

[7]　贿：财货。

耳。是以务鸠敛而厚其帑椟之积者[1]，匹夫之富也；务散发而收其兆庶之心者[2]，天子之富也。天子所作，与天同方[3]。生之长之，而不恃其为；成之收之，而不私其有[4]；付物以道，混然忘情[5]，取之不为贪，散之不为费。以言乎体则博大，以言乎术则精微。亦何必挠废公方[6]，崇聚私货，降至尊而代有司之守，辱万乘以效匹夫之藏[7]。亏法失人[8]，诱奸聚怨[9]，以斯制事，岂不过哉[10]！

今之琼林、大盈，自古悉无其制。传诸耆旧之说[11]，皆云创自开元[12]。贵臣贪权，饰巧求媚[13]，乃言郡邑贡赋所用[14]，盍各区分[15]，税赋当委之有司，以给经用[16]；贡献宜归乎天子，以奉私求[17]。玄宗悦之，

---

[1] 鸠敛：意思同"聚敛"。帑（tǎng）椟之积：私人积聚起来的财富。帑：储藏金帛的府库。椟：木柜。

[2] 兆庶：众多的平民百姓。兆：百万。

[3] 方：道。

[4] "生之"四句：语本《老子》："生而不有，为而不恃。"意谓天下之物均为自然生成，统治者不应居功自傲，占为己有。

[5] "付物以道"二句：语本《老子》："道法自然。"意谓处事任其自然，与天道浑然一体，忘却一己私心。

[6] 挠废公方：败坏国家的法规。

[7] 至尊：指皇帝，下句"万乘"亦指皇帝。代有司之守：代替一般官吏的职责。有司：官吏。效：仿效。匹夫之藏：一般老百姓积藏私财。

[8] 亏：损害。失人：丧失民心。

[9] 诱奸：引诱人们去做贪财奸邪之事。聚怨：招致天下百姓的怨恨。

[10] 制事：处理政事。过：错。

[11] 耆（qí）旧：老年人。

[12] 开元：唐玄宗年号（713—741）。玄宗时，嫔妃臣下常得赏赐，玄宗觉得频频向国库（左右藏）提取十分不便。时任户口色役使的王鉷投其所好，在每年赋税正额之外，还进钱百亿万缗，存放百宝大盈库，供玄宗挥霍。事见《旧唐书·王鉷传》和《新唐书·食货志》。

[13] 贵臣：指王鉷。饰巧：花言巧语。求媚：博取皇帝的欢心。

[14] 乃言郡邑贡赋所用：此句及以下五句，概括了王鉷所持的贪权求媚的歪理。贡：法令规定之外封建官吏向皇帝进献的财物。赋：按国家法令规定征收的赋税。

[15] 盍（hé）：何不。

[16] 经用：正用。

[17] 奉：供给。私求：皇帝私下的需求。

新是二库[1]。荡心侈欲，萌柢于兹[2]；迨乎失邦，终以饵寇[3]。《记》曰："货悖而入，必悖而出。"[4]岂非其明效欤？

陛下嗣位之初，务遵理道[5]，敦行约俭，斥远贪饕[6]。虽内库旧藏，未归太府[7]，而诸方曲献，不入禁闱[8]。清风肃然，海内丕变[9]。议者咸谓汉文却马、晋武焚裘之事[10]，复见于当今。近以寇逆乱常，銮舆外幸[11]，既属忧危之运，宜增儆励之诚[12]。

臣昨奉使军营，出游行殿[13]，忽睹右廊之下，榜列二库之名[14]，矍然若惊，不识所以。何则？天衢尚梗[15]，师旅方殷[16]。疮痛呻吟之声，噢

---

[1] 新：新设。是二库：这两座库房。指琼林库、大盈库。
[2] "荡心"二句：意谓有了库存财物，皇帝就可以任意挥霍，放纵侈欲的根源就在这里。荡：放纵。柢：树根，生根。
[3] "迨乎失邦"二句：指安史之乱爆发的第二年（756），叛军攻占长安，唐玄宗逃往蜀中，故云失邦。饵寇：指库藏财物被叛军所得。
[4] "《记》曰"二句：语出《礼记·大学》："货悖而入者，亦悖而出。"意谓以不正当手段弄来的财物，也要非正常地失去。悖（bèi）：不合理，不正当。
[5] 理道：治理之道。
[6] 斥远：排斥疏远。贪饕（tāo）：贪官污吏。
[7] 内库：皇帝私库，指琼林、大盈二库。太府：管理国库的官署。
[8] 曲献：指赋税之外的私献。禁闱：宫廷之内。
[9] 丕变：风气大变。
[10] 咸：全，都。汉文却马：汉文帝时，有人进献千里马，被汉文帝谢绝。事见《汉书·贾捐之传》。却：拒绝。晋武焚裘：晋武帝时太医司马程据献雉头裘，武帝以奇技异服，典礼所禁，在殿前焚毁。事见《晋书·武帝纪》。裘：毛皮衣。
[11] 寇逆：举兵叛乱，指朱泚。唐德宗建中三年（782）十一月，淮西李希烈叛乱。建中四年八月，李希烈率兵攻哥舒曜于襄城，形势危急。于是，德宗诏泾原节度使姚令言率军救援哥舒曜。救兵行经长安时，士兵不满朝廷的粗劣食物犒军，便直扑琼林、大盈二库，从而激起泾原兵变。德宗仓促出逃奉天。乱常：指泾原叛军拥立朱泚称帝。常：封建伦理纲常。銮舆：皇帝乘坐的车子，此指德宗。外幸：由京城长安出逃。
[12] 儆励：警惕自励。
[13] 行殿：指在奉天设立的临时朝廷。
[14] 二库：琼林、大盈两库。
[15] 天衢：天路，此指京城长安。梗：阻塞。
[16] 殷：盛。此句指战事正频。

啾未息 [1]，忠勤战守之效，赏赉未行 [2]。而诸道贡珍，遽私别库 [3]。万目所视，孰能忍怀！窃揣军情，或生觖望 [4]。试询候馆之吏，兼采道路之言 [5]，果如所虞，积憾已甚 [6]。或忿形谤讟，或丑肆讴谣 [7]，颇含思乱之情，亦有悔忠之意 [8]。

是知甿俗昏鄙，识昧高卑 [9]，不可以尊极临 [10]，而可以诚义感。顷者六师初降，百物无储 [11]。外捍凶徒，内防危堞 [12]，昼夜不息，迨将五旬 [13]。冻馁交侵，死伤相枕，毕命同力，竟夷大艰 [14]。良以陛下不厚其身，不私其欲，绝甘以同卒伍，辍食以啖功劳 [15]。无猛制而人不携，怀所感也 [16]；无厚赏而人不怨，悉所无也 [17]。

今者攻围已解，衣食已丰，而谣讟方兴，军情稍阻。岂不以勇夫恒

---

[1]　噢啾（ō xiū）：同情安慰伤病者时发出的声音。
[2]　赏赉（lài）：赏赐。
[3]　"而诸道"二句：却把各地进献的珍品，突然私藏到皇帝的库房。
[4]　揣：揣测，推测。觖望：失意，怨恨。
[5]　"试询"二句：意谓自己在奉使途中，一路打听。候馆：驿馆。
[6]　所虞：所忧虑的。憾：怨恨。
[7]　谤讟（dú）：怨恨的言辞。讴谣：歌谣。丑肆讴谣：用歌谣进行丑化。
[8]　悔忠：对效忠朝廷，感到后悔。
[9]　是知：由此可知。甿（méng）：民。此处亦指士兵。昏鄙：认识短浅。识昧高卑：不懂得高下尊卑。
[10]　以尊极临：以地位和权力去压制。
[11]　顷者：近来。六师：六军，指德宗的卫队。初降：刚到（奉天）。因德宗是出逃到奉天的，故用婉辞。
[12]　捍：抵御。危堞：危城。指奉天城。当时，朱泚曾派兵包围奉天。
[13]　迨将：将近。
[14]　毕命：不惜生命。夷：平定。大艰：大难。
[15]　绝甘：弃绝美味食物。辍食：停食，意为省下食物。啖（dàn）功劳：给有功劳的人吃。
[16]　猛制：用暴力制服别人。携："攜"的俗字，有二心，离散。不携：亲附，团结。怀所感也：即上文说的"可以诚义感"。德宗在奉天被围时，曾有一些事使部下感动。如《资治通鉴》卷二百二十九载，德宗曾召集臣下，对他们说："公辈无罪，宜早降以救家室。"群臣纷纷表示以死相报，故形势虽急而锐气不衰。
[17]　悉所无：知道皇帝没有财帛可赏赐。

性，嗜货矜功¹，其患难既与之同忧，而好乐不与之同利，苟异恬默，能无怨咨²！此理之常，固不足怪。《记》曰："财散则人聚，财聚则人散。"³岂非其殷鉴欤⁴？众怒难任，蓄怨终泄⁵，其患岂徒人散而已？亦将虑有构奸鼓乱、干纪而强取者焉⁶。

夫国家作事，以公共为心者，人必乐而从之；以私奉为心者，人必咈而叛之⁷。故燕昭筑金台⁸，天下称其贤；殷纣作玉杯⁹，百代传其恶。盖为人与为己殊也。周文之囿百里，时患其尚小；齐宣之囿四十里，时病其太大¹⁰。盖同利与专利异也。为人上者，当辨察兹理，洒濯其心¹¹，奉三无私¹²，以壹有众¹³。人或不率¹⁴，于是用刑。然则宣其利而禁其私¹⁵，

---

[1] 勇夫恒性：军人一贯的性情。嗜货：好财。矜功：夸功。

[2] "其患难既与之同忧"四句：意谓有困难时要求他们共同分忧，有安乐时却不同他们分享，只要不是恬淡静默的人，怎么会没有怨恨嗟叹呢。

[3] "财散"二句：语出《礼记·大学》："财聚则民散，财散则民聚。"作者改"民"为"人"，是避唐太宗李世民讳。

[4] 殷鉴：前人的深刻教训。典出《诗经·荡》："殷鉴不远，在夏后之世。"

[5] 任：担当，承当。蓄怨：积怨。泄：发泄。

[6] 构奸鼓乱：策划奸谋，鼓动叛乱。干纪：违法乱纪。

[7] 私奉：个人的奉养。咈（fú）：违背。

[8] 燕昭筑金台：传说战国时燕昭王曾筑高台，上置千金以招延天下贤士，以使燕国强大起来去报齐仇。

[9] 殷纣作玉杯：商纣王用象牙作筷子，大臣箕子就很忧虑，认为纣王还会作玉杯与之相配，以致追求享受，走向奢靡。事见《韩非子·喻老》。

[10] "周文之囿"四句：周文王的园囿虽然有百里之大，但与百姓共享，人们还认为太小。齐宣王的园囿仅四十里，但不与百姓共享，所以人们认为太大。意喻统治者应与人民同利。事见《孟子·梁惠王下》。

[11] 洒濯：洗涤，洗刷。

[12] 三无私：语出《礼记·孔子燕居》："孔子曰：'天无私覆，地无私载，日月无私照，奉斯三者以劳天下，此之谓三无私。'"

[13] 壹：齐一，统一。有众：众人，群众。众：语助词，无义。

[14] 率：遵从。

[15] 宣其利：即上文说的"同利"，指财富公开。

天子所恃以理天下之具也[1]。舍此不务，而壅利行私[2]，欲人无贪，不可得已。

今兹二库，珍币所归，不领度支[3]，是行私也；不给经费[4]，非宣利也。物情离怨[5]，不亦宜乎！智者因危而建安，明者矫失而成德[6]。以陛下天姿英圣，倘加之见善必迁[7]，是将化蓄怨为衔恩，反过差为至当[8]。促殄遗孽[9]，永垂鸿名，易如转规，指顾可致[10]。然事有未可知者，但在陛下行与否耳。能则安，否则危；能则成德，否则失道。此乃必定之理也，愿陛下慎之惜之！

陛下诚能近想重围之殷忧，追戒平居之专欲[11]，器用取给，不在过丰；衣食所安，必以分下[12]。凡在二库货贿，尽令出赐有功，坦然布怀[13]，与众同欲。是后纳贡，必归有司；每获珍华，先给军赏；瑰异纤丽，一无上供[14]。推赤心于其腹中[15]，降殊恩于其望外。将卒慕陛下必信之赏，

---

[1] 恃：依赖。理：治理。
[2] 壅利：意为把财货聚集在自己手中，即上文的"专利"。壅：堵塞。
[3] 不领度支：不归度支掌管。度支：管理财政收支的官府。
[4] 不给经费：意谓皇帝私库的财货不充当国家的正常费用。
[5] 物情：人心，众情。
[6] 因危而建安：意谓转危为安，变坏事为好事。矫失而成德：意谓纠正过失而成就自己的道德修养。
[7] 迁：改易，指改过从善。
[8] 至当：最合宜。
[9] 促殄（tiǎn）遗孽：很快地消灭残余的叛逆者。此指朱泚。朱泚围奉天失败后，余党退守长安。
[10] 易如转规：意谓像转动圆规那样容易。指顾：手指眼看，喻时间极短。
[11] 重围：指奉天被朱泚所围一事。殷忧：深重的忧患。追戒：补救警惕。专欲：追求专利贪欲。
[12] "衣食所安"二句：衣食等安身之物，一定拿来分给大家。语出《左传·庄公十年》："衣食所安，弗敢专也，必以分人。"
[13] 坦然布怀：真诚地向大家宣示心意。
[14] 一：全部。无上供：不许向上送奉。
[15] 推赤心于其腹中：即"推心置腹"。语出《后汉书·光武帝纪》。

人思建功；兆庶悦陛下改过之诚，孰不归德[1]？如此则乱必靖[2]，贼必平，徐驾六龙，旋复都邑[3]，兴行坠典，整缉棼纲[4]。乘舆有旧仪，郡国有恒赋[5]，天子之贵，岂当忧贫？是乃散其小储，而成其大储也；损其小宝，而固其大宝也[6]。举一事而众美具，行之又何疑焉！吝少失多，廉贾不处[7]；溺近迷远，中人所非[8]。况乎大圣应机，固当不俟终日[9]。不胜管窥愿效之至，谨陈冒以闻。谨奏。

说明

　　建中四年（783）十月，长安发生泾原兵变，朱泚乘机叛乱，唐德宗仓皇逃往奉天（今陕西乾县），并在那儿设立临时朝廷。此时各地方官员贡奉相继送到奉天，贮于廊下，仍然题上"琼林"、"大盈"二库房的名称。陆贽认为士兵尚在战守之中，皇室却急于设立私库，此举不妥。因为，琼林、大盈二库，是国库之外专供皇帝赏赐亲近、挥霍享受的私库，所藏财货系国家正税之外搜括百姓所得。现皇室逃亡在外，叛乱未平，却经营起个人的安乐享受，影响极坏，后果难测。于是，陆贽写了这篇

---

[1]　归德：归顺于有德之人。意谓感激拥护。
[2]　靖：平定。
[3]　徐：从容。驾六龙：古制，天子乘舆驾六马。六龙即六马。都邑：指京城长安。
[4]　"兴行坠典"二句：意谓重新整顿朝政。坠典：散废的典章。棼（fén）纲：紊乱的纲纪。
[5]　"乘舆有旧仪"二句：意谓在国家的财赋中，供奉皇帝，自然有一定的标准。乘舆：皇帝的车驾，此处泛指一切服用。旧仪：传统的礼制，老的规程。恒赋：固定的租赋。
[6]　大宝：指天子之位。
[7]　吝：贪。廉贾：指善于经营，薄利多销的商人，与贪贾对举。
[8]　"溺近迷远"二句：意谓沉湎于眼前利益而不顾将来，连普通的人也知道这是错的。
[9]　"况乎大圣应机"二句：语出《易·系辞下》："君子见机而作，不俟终日。"意谓圣明的人看到事物的征兆，就立刻行动，一天也不拖延。

文章进谏。文章摆事实，讲道理，援古证今，诚恳周至。围绕着"财散人聚"和"财聚人散"的道理，作了耐心细致、深入浅出的分析，使德宗终于明白损小宝以固大宝的利弊得失，欣然听从陆贽的劝告，取消了琼林、大盈二库榜名。陆贽此文，虽然采用了铺陈排比的形式，但已避免了以往骈文大量运用艰涩难懂的冷典僻典。手法上多用对比，且以散文句式，运单成双，因此写得意气贯注，流畅自然。陆贽此类文章，实际上是对骈文体裁的一次改造，对后代古文家有很大的影响。

韩　愈

韩愈（768—824），字退之，河阳（今河南孟县）人，自谓郡望昌黎，世称韩昌黎。贞元八年（792）进士。曾任国子博士、刑部侍郎、潮州刺史等职，后官至吏部侍郎。政治上反对藩镇割据，力排佛教，维护中央集权，提倡仁政，同情人民疾苦，反对横征暴敛。其诗有革新精神，以奇崛险怪为特色，是继汉代司马迁之后杰出的散文家。与柳宗元开展古文运动，为"唐宋八大家"之一，对古代散文的发展有重大贡献。有《昌黎先生集》。

原毁

古之君子，其责己也重以周 [1]，其待人也轻以约 [2]。重以周，故不怠；轻以约，故人乐为善。闻古之人有舜者 [3]，其为人也，仁义人也。求其所以为舜者 [4]，责于己曰："彼，人也，予，人也；彼能是，而我乃不能是 [5]。"早夜以思，去其不如舜者，就其如舜者。闻古之人有周公者 [6]，其为人也，多才与艺人也 [7]，求其所以为周公者，责于己曰："彼，人也，予，人也；彼能是，而我乃不能是。"早夜以思，去其不如周公者，就其如周公者。舜，大圣人也，后世无及焉；周公，大圣人也，后世无及焉。

---

[1]　责：责求，要求。重：严格。以：而。周：全面。
[2]　待：对待，要求。轻：宽厚，不严。约：简单，少。
[3]　舜：传说中古代氏族社会末期的部落领袖，被儒家尊为圣君。
[4]　求其所以为舜者：探求舜这个人所以能够成为舜的道理。
[5]　乃：竟然，却。
[6]　周公：西周初年政治家，姓姬名旦，武王之弟。
[7]　艺：技能，古传周公制礼作乐。

是人也¹，乃曰："不如舜，不如周公，吾之病也²。"是不亦责于身者重以周乎！其于人也，曰："彼，人也，能有是，是足为良人矣；能善是，是足为艺人矣。"取其一不责其二³，即其新不究其旧⁴，恐恐然惟惧其人之不得为善之利⁵。一善，易修也；一艺，易能也。其于人也，乃曰："能有是，是亦足矣。"曰："能善是，是亦足矣。"不亦待于人者轻以约乎！

今之君子则不然，其责人也详⁶，其待己也廉⁷。详，故人难于为善；廉，故自取也少⁸。己未有善，曰："我善是，是亦足矣。"己未有能，曰："我能是，是亦足矣。"外以欺于人，内以欺于心⁹，未少有得而止矣¹⁰。不亦待其身者已廉乎¹¹！其于人也，曰："彼虽能是，其人不足称也¹²；彼虽善是，其用不足称也¹³。"举其一不计其十，究其旧不图其新，恐恐然惟惧其人之有闻也¹⁴。是不亦责于人者已详乎！夫是之谓不以众人待其身，而以圣人望于人¹⁵，吾未见其尊己也。

虽然，为是者有本有原，怠与忌之谓也。怠者不能修¹⁶，而忌者畏人修。吾常试之矣，尝试语于众曰："某良士，某良士。"其应者必其人之

---

[1]　是人：指古之君子。

[2]　病：患害。

[3]　取其一不责其二：肯定他的一点，不苛求他的另一点。

[4]　即：靠近。即其新不究其旧：赞许现在的进步，不去追究过去的缺点。

[5]　恐恐然：担心害怕的样子。不得为善之利：得不到做好事应有的好处。

[6]　详：周详，全面。

[7]　廉：简约，少。

[8]　自取也少：自己的长进很少。

[9]　欺于心：欺骗自己。

[10]　未少有得而止：还没有一点点收获就停止。少：通"稍"。

[11]　已：表示程度的副词，太，甚。

[12]　人：人品。不足称：不值得称赞。

[13]　用：作用，此处指本领，才能。

[14]　闻（wèn）：名声，声望。

[15]　"是之谓"二句：这就叫作不拿一般人的标准要求自己，却拿圣人的标准要求别人。

[16]　修：指进德修业。

与也 [1]；不然，则其所疏远、不与同其利者也 [2]；不然，则其畏也 [3]。不若是，强者必怒于言 [4]，懦者必怒于色矣 [5]。又尝语于众曰："某非良士，某非良士。"其不应者，必其人之与也；不然，则其所疏远、不与同其利者也；不然，则其畏也。不若是，强者必说于言 [6]，懦者必说于色矣。是故事修而谤兴 [7]，德高而毁来。呜呼！士之处此世，而望名誉之光 [8]、道德之行 [9]，难已！

将有作于上者 [10]，得吾说而存之 [11]，其国家可几而理欤 [12]！

说明

本文题目"原毁"，是探求毁谤恶习之本原的意思。韩愈认为，复兴古道，革除时弊，也应包括革除社会上这种随意毁谤的恶习。

文章围绕"古之君子"与"今之君子"的对比，对"责己"与"待人"、"应者"与"不应者"的不同表现，作了具体描写。作者对"事修而谤兴，德高而毁来"的社会恶习十分反感，对古之君子待人宽、责己严的思想作风非常赞赏，并予以大力提倡。文章采用对比和排比手法，

[1]　应者：响应附和的人。与：党与，朋友。
[2]　不与同其利者：同他没有利害关系的人。
[3]　其畏也：害怕他的人。
[4]　怒于言：意即公开表示愤怒。
[5]　怒于色：表情上显出不高兴。
[6]　说：通"悦"，高兴。
[7]　事修：事情办好了。
[8]　光：发扬光大。
[9]　行：实行，推行。
[10]　将有作于上者：准备在当权的位置上有所作为的人。
[11]　存：在心中牢记。
[12]　几：庶几，差不多。

语势奔放，一气贯注，观点鲜明，层次清晰，结构严谨，层层紧扣，堪称议论文的典范。

集评

谢枋得曰：此篇巧妙处在假托他人之言辞，模写世俗之情状。熟于此，必能作论。

——宋·谢枋得《文章轨范》卷一

金圣叹曰：原毁，乃始于责己者。其责己则怠，怠则忌，忌则毁。故原之必于此焉始，并非宽套之论也。此文段段成扇，又宽转，又紧峭，又平易，又古劲，最是学不得到之笔，而不知者乃谓易学。

——清·金圣叹《天下才子必读书》卷十

沈德潜曰：此即后代对偶排比之祖也。于韩文中为降格，而宾主开合，荆川得之，已足雄视一代矣。

——清·沈德潜《唐宋八家文读本》卷一

吴楚材曰：全用重周、轻约、详廉、怠忌八字立说。然其中只以一"忌"字，原出毁者之情。局法亦奇，若他人作此，则不免露爪张牙，多作仇愤语矣。

——清·吴楚材等《古文观止》卷七

浦起龙曰：此文须细辨根苗，从根显苗，所谓原也。毁者其苗，怠与忌者其根。古之君子，不怠不忌；今之君子，则怠且忌。而怠又忌之根也。故入后特将怠字意，预先下砭，然后单就忌心对勘，使毁态活跃而出。呜呼，俗坏于士论之互讦，而祸中于国论之失真。宋明党局，其左验矣，非细故也。结语毋忽。

——清·浦起龙《古文眉诠》卷四十六

李扶九曰：体则两扇，笔则曲折，意则刻露，波澜壮阔，词意和平。结归到君上，见其所关之大，不徒为一己原也。然篇中不明露己，泛泛说来，何等含蓄。

林纾曰：写"毁"字妙极。难在开场一段，陈义至高，始是说理之文。不然，人将指为有为而作矣。

——近代·林纾《古文辞类纂》卷一

师说

古之学者必有师。师者，所以传道、受业、解惑也[1]。人非生而知之者，孰能无惑？惑而不从师，其为惑也，终不解矣。生乎吾前，其闻道也[2]，固先乎吾，吾从而师之[3]；生乎吾后，其闻道也，亦先乎吾，吾从而师之。吾师道也[4]，夫庸知其年之先后生于吾乎[5]？是故，无贵无贱，无长无少，道之所存，师之所存也。

嗟乎！师道之不传也久矣[6]，欲人之无惑也难矣。古之圣人，其出人也远矣[7]，犹且从师而问焉；今之众人，其下圣人也亦远矣[8]，而耻学于师。是故，圣益圣，愚益愚。圣人之所以为圣，愚人之所以为愚，其皆出于此乎[9]？爱其子，择师而教之，于其身也[10]，则耻师焉，惑矣。彼童子之师，授之书而习其句读者[11]，非吾所谓传其道解其惑者也。句读之不知，惑之不解，或师焉，或不焉[12]，小学而大遗，吾未见其明也。巫医、乐师、

---

[1] 道：此处指儒家之道。受：同"授"，传授。业：学业，此处指儒家经典著作。惑：疑难问题。
[2] 闻道：懂得道。
[3] 师之：拜他为师。师：意动用法，以……为师。
[4] 师道：学习道。
[5] 庸：反诘副词，哪里，何用。
[6] 师道：从师求学的传统。
[7] 出人：超出一般人。
[8] 下圣人：低于圣人。
[9] 其：语气词，恐怕，大概。此：指上述"从师而问"和"耻学于师"两种态度。
[10] 身：自身，本人。
[11] 句读（dòu）：指文字诵读。文章中语意完整，称为"句"，语意未尽，诵读时须略作停顿，称为"读"，亦作"逗"。古书没有标点断句，所以小孩子读书，除了识字，就要学会"句读"。
[12] "句读之不知"四句：意谓小孩不懂句读，要向老师学习；自己有疑难问题，却不愿拜师学习。

百工之人[1]，不耻相师[2]。士大夫之族[3]，曰师曰弟子云者，则群聚而笑之。问之，则曰："彼与彼，年相若也[4]，道相似也！"位卑则足羞[5]，官盛则近谀[6]。呜呼！师道之不复，可知矣。巫医、乐师、百工之人，君子不齿[7]。今其智乃反不能及，其怪也欤！

圣人无常师[8]。孔子师郯子、苌弘、师襄、老聃[9]。郯子之徒[10]，其贤不及孔子。孔子曰："三人行，则必有我师[11]。"是故，弟子不必不如师，师不必贤于弟子，闻道有先后，术业有专攻[12]，如是而已。

李氏子蟠[13]，年十七，好古文[14]，六艺经传皆通习之[15]，不拘于时[16]，学于余。余嘉其能行古道[17]，作《师说》以贻之[18]。

---

[1] 巫医：古代巫、医不分。巫婆神汉常以禳祷之术治病，故连称巫医。百工：各种手工业工匠。

[2] 相师：相互学习。

[3] 族：类。

[4] 相若：相近。

[5] "位卑"句：意谓拜地位低于自己的人为师，有失身份，故感到耻辱。

[6] "官盛"句：意谓以高官为师，则有阿谀奉承的嫌疑。

[7] 不齿：不屑于与之同列，有"看不起"的含义。

[8] 常师：固定的老师。

[9] 郯（tán）子：春秋时郯国国君，孔子曾向他请教上古少皞氏以鸟名官的事，见《左传·昭公十七年》。苌弘：周敬王大夫，孔子曾向他问乐，见《孔子家语·观周》。师襄：鲁国（一说卫国）的乐官，孔子曾从他学琴，见《史记·孔子世家》。老聃：老子，孔子曾向他问礼，见《史记·老子韩非列传》和《孔子家语·观周》。

[10] 郯子之徒：郯子这类人，即指上句提及的人。

[11] "三人行"二句：语出《论语·述而》："子曰：'三人行，必有我师焉。择其善者而从之，其不善者而改之。'"

[12] 术业：学术技艺。专攻：专门的研究。

[13] 李氏子蟠（pán）：李蟠，唐德宗贞元十九年（803）进士。本文写在他中进士前。

[14] 古文：指先秦、两汉的散文，与六朝骈文对立。韩愈的古文运动即提倡散文，反对骈文。

[15] 六艺经传（zhuàn）：六艺指《诗》、《书》、《礼》、《乐》、《易》、《春秋》，又称为六经。经：指六经本文，亦称经文。传：对经文的注释、解说的著作和文字。

[16] 不拘于时：不受时俗风气的影响，不以从师为耻。

[17] 嘉：赞美。古道：古之求师之道。

[18] 贻（yí）：赠。

　　　　　　　　　　　　　　　　　　　　　　唐宋散文

说明

　　韩愈是古文运动的倡导者，他不仅身体力行，孜孜以求，还力排非议，广招后进，为古文运动培养了许多新生力量。这篇文章即是针对当时社会上耻于相师的不良风气，从理论上阐述了复兴师道的重要意义。文中提出了许多值得重视的观点，如：老师的作用是"传道、受业、解惑"；选择老师的标准应是"无贵无贱，无长无少，道之所存，师之所存"；师生之间的关系则是"弟子不必不如师，师不必贤于弟子，闻道有先后，术业有专攻，如是而已"，等等。这些见解在当时是具有开创性的，即使在今天仍有其积极意义。文章采用对比手法，赋予说理的鲜明性和启发性。语言雄健刚美，简洁流畅，似有浩瀚之气贯穿全文。

集评

　　柳宗元曰：今之世，不闻有师，有辄哗笑之，以为狂人。独韩愈奋不顾流俗，犯笑侮，收召后学，作《师说》，因抗颜而为师。世果群怪聚骂，指目牵引，而增与为言辞。愈以是得狂名。

　　　　　　　　　　　　——唐·柳宗元《答韦中立论师道书》

　　程端礼曰：此篇有诗人讽谕法，读之自知师道不可废。

　　　　　　　　　　　　——元·程端礼《昌黎文式》卷三

　　储欣曰：有起有束，中间比类相形，议论明切。

　　　　　　　　　　　　——清·储欣《唐宗八大家类选》卷三

　　吕东莱曰：此篇最是结得段段有力。中间三段，自有三意说起，然大概意思相承，都不失师道本意。

　　　　　　　　　　　　——清·顾竞《文章轨范百家评注》卷五引

浦起龙曰：柳子谓韩子犯笑侮，收召后学，抗颜而为师，作《师说》，故知师道不传，及耻笑等字，是著眼处。世不知古必有师，徒以为年不先我，以为不必贤于我，风俗人心，浇可知已。韩子见道于文，起衰八代，思得吾与，借李氏子发所欲言，不敢以告年长而自贤者，而私以告十七岁人，思深哉。

——清·浦起龙《古文眉诠》卷四十七

进学解

国子先生晨入太学[1]，招诸生立馆下[2]，诲之曰："业精于勤荒于嬉，行成于思毁于随[3]。方今圣贤相逢，治具毕张[4]，拔去凶邪，登崇俊良[5]。占小善者率以录[6]，名一艺者无不庸[7]，爬罗剔抉，刮垢磨光[8]。盖有幸而获选，孰云多而不扬[9]？诸生业患不能精，无患有司之不明[10]；行患不能成，无患有司之不公。"

言未既，有笑于列者曰："先生欺余哉！弟子事先生，于兹有年矣。先生口不绝吟于六艺之文[11]，手不停披于百家之编[12]；记事者必提其要[13]，纂言者必勾其玄[14]；贪多务得[15]，细大不捐[16]，焚膏油以继晷[17]，恒兀兀以穷年[18]。

---

[1]　国子先生：韩愈自称，时韩愈任国子监博士。

[2]　馆：学舍。

[3]　随：不加思考，放任自流。

[4]　治具：法令。《史记·酷吏列传》："法令者，治之具。"

[5]　登崇：提拔。

[6]　占小善者：有一点优点的人。率：全。录：录用。

[7]　名一艺者：有一技之长的人。庸：用。

[8]　"爬罗"二句：意谓精心挑选、培养人才。爬：爬梳。罗：搜罗。剔：剔除。抉：选择。磨光：磨去瑕疵，使之光洁。

[9]　"盖有幸"二句：意谓只有学问不高而侥幸获得选拔，决无才行优异却不被推举的。

[10]　有司：主管官员或官府。

[11]　六艺：六经，即儒家经典。

[12]　披：披览，翻阅。百家：即诸子百家。编：著作。

[13]　记事者：记事性质的书。要：要点。

[14]　纂言者：立论性质的书。勾：探索。玄：深奥之理。

[15]　贪：不满足。务：追求。

[16]　捐：弃。

[17]　膏油：灯油。晷（guǐ）：日影。

[18]　兀兀（wù）：劳苦的样子。穷年：终年。

先生之业，可谓勤矣。抵排异端[1]，攘斥佛老[2]，补苴罅漏[3]，张皇幽眇[4]；寻坠绪之茫茫[5]，独旁搜而远绍[6]；障百川而东之[7]，回狂澜于既倒。先生之于儒，可谓有劳矣。沉浸浓郁[8]，含英咀华[9]，作为文章，其书满家。上规姚姒[10]，浑浑无涯；周《诰》殷《盘》[11]，佶屈聱牙[12]；《春秋》谨严[13]，《左氏》浮夸[14]，《易》奇而法[15]，《诗》正而葩[16]；下逮《庄》《骚》，太史所录[17]，子云、相如[18]，同工异曲。先生之于文，可谓闳其中而肆其外矣[19]。少始知学，勇于敢为；长通于方[20]，左右具宜。先生之于为人，可谓成矣。然而公不见信于人，私不见助于友。跋前踬后[21]，动辄得咎。暂为御史[22]，

---

[1]　抵排：抵制，排斥。异端：指与儒家对立的其他学说。
[2]　攘斥：排斥、驳斥。佛老：佛家与道家。
[3]　补苴（jū）：补充。罅（xià）漏：缺漏。
[4]　张皇：张大。幽眇：深奥精微。
[5]　坠绪：指失传的儒道。
[6]　旁搜：广泛搜求。远绍：继承久远的古代传统。绍：继承。
[7]　障：阻挡。东之：向东流去。此句喻抵制百家之说使它们归入儒家之道。
[8]　郁：香气，此处指典籍。
[9]　英、华：均为花。咀：细细咀嚼品味。此句谓细心研习儒学精华。
[10]　规：取效。姚：虞舜的姓。姒（sì）：夏禹的姓。这里指《虞书》、《夏书》。
[11]　周诰：指《周书》，因《尚书·周书》有《大诰》、康诰》、《酒诰》等篇。殷盘：指《商书》，因《尚书·商书》有《盘庚》三篇。
[12]　佶屈聱牙：文辞艰涩难读。
[13]　春秋谨严：《春秋》由孔子修订，文辞虽简，却寓褒贬，故称谨严。
[14]　《左氏》浮夸：《左传》记事周详，文辞铺张华美。
[15]　奇：奇妙，指《易经》卦象的变易。法：法则，规则。
[16]　诗：《诗经》。葩：花，指文辞华美。
[17]　庄：《庄子》。骚：《离骚》，泛指屈原作品。太史所录：指司马迁的《史记》。
[18]　子云：西汉文学家扬雄，字子云。相如：指西汉文学家司马相如。
[19]　闳（hóng）：大。此句意谓内容广博宏富，则外在表现恣肆汪洋。
[20]　通：通晓。方：道理。
[21]　跋前踬后：意谓进退两难，跋、踬均为跌倒意。
[22]　暂：短暂。

遂窜南夷¹，三年博士，冗不见治²。命与仇谋³，取败几时？冬暖而儿号寒，年丰而妻啼饥。头童齿豁⁴，竟死何裨⁵？不知虑此，而反教人为⁶！"

先生曰："吁！子来前。夫大木为宗⁷，细木为桷⁸，欂栌侏儒⁹，椳阒扂楔¹⁰，各得其宜，施以成室者，匠氏之工也。玉札丹砂¹¹，赤箭青芝¹²，牛溲马勃¹³，败鼓之皮¹⁴，俱收并蓄，待用无遗者，医师之良也。登明选公¹⁵，杂进巧拙，纡余为妍¹⁶，卓荦为杰¹⁷，校短量长，惟器是适者，宰相之方也。昔者孟轲好辩，孔道以明，辙环天下¹⁸，卒老于行¹⁹。荀卿守正²⁰，大论是弘²¹，逃谗于楚，废死兰陵²²。是二儒者，吐辞为经，举足为法²³，

[1] 窜：贬谪。南夷：南方边远地区。此指韩愈被贬为阳山县（今属广东）令。
[2] 冗：（职位）闲散。见治：表现治理才能。
[3] 谋：谋合。
[4] 头童：头发秃光。齿豁：牙齿脱落，露出豁口。
[5] 裨：补，益。
[6] 为：助词，表示疑问语气。
[7] 宗（máng）：梁。
[8] 桷（jué）：椽。
[9] 欂（bó）栌：斗拱。侏儒：梁上短柱。
[10] 椳（wēi）：门枢。阒（niè）：门中央所竖的短木，关门时让门止于此。扂（diàn）：门闩。楔：门框两边长木。
[11] 玉札：地榆。丹砂：朱砂。二者均为中药名。
[12] 赤箭：天麻。青芝：龙芝。均为中药名。
[13] 牛溲：牛尿。可作药。马勃：药名，属菌类。
[14] 败鼓之皮：坏鼓的皮。
[15] 登：提拔。此句谓选拔人才明察而公正。
[16] 纡余：形容人的性格从容稳重。妍：美。
[17] 卓荦（luò）：超绝。
[18] 辙环天下：周游列国。
[19] 卒老于行：在游说途中老死。
[20] 荀卿：荀子。守正：恪守儒家正统。
[21] 大论：博大精深的言论。弘：展开。
[22] "逃谗"二句：指荀子在齐受谗，他就到楚国去。楚国的春申君让他做兰陵（今山东苍山）令。后春申君死，荀子被免职，死在兰陵。
[23] "吐辞"二句：意谓孟子和荀子的言论被视为经典，行为被视为法则。

绝类离伦¹，优入圣域²，其遇于世何如也！今先生学虽勤而不由其统³，言虽多而不要其中⁴，文虽奇而不济于用，行虽修而不显于众。犹且月费俸钱，岁靡廪粟；子不知耕，妇不知织；乘马从徒，安坐而食。踵常途之促促⁵，窥陈编以盗窃⁶。然而圣主不加诛，宰臣不见斥，兹非其幸欤！动而得谤，名亦随之，投闲置散，乃分之宜⁷。若夫商财贿之有亡⁸，计班资之崇庳⁹，忘己量之所称¹⁰，指前人之瑕疵¹¹，是所谓诘匠氏之不以杙为楹¹²，而訾医师以昌阳引年¹³，欲进其豨苓也¹⁴。"

说明

本文作于唐宪宗元和十一年（813），是韩愈再次担任国子博士以后写的。题目"进学解"的意思是辨析如何使学业上进的问题。作者认为，勤学多思是"业精"、"行成"的根本，不必计较个人的遇与不遇。实际上这是一篇自抒愤懑、感叹不遇的力作。

---

[1] 绝类离伦：意谓超越所有的儒者。类：同类。伦：同辈。
[2] 圣域：圣人的境界。
[3] 统：儒家道统。
[4] 要：求。中：切中事理。
[5] 踵（zhǒng）：脚后跟，这里意为跟随。常途：寻常的道路。促促：拘谨的样子。
[6] 陈编：旧书籍。
[7] 分：本分。
[8] 商：考虑。财贿：禄利。
[9] 班资：官阶资格。"庳"同"卑"。
[10] 己量：自己的能力。
[11] 前人：位在自己前边的人，指显贵者。
[12] 杙（yì）：小木桩。楹：柱子。
[13] 訾（zǐ）：指责。昌阳：即菖蒲，中药名，有延年益寿功效。
[14] 豨（xī）苓：即猪苓，中药名，可作泻药。

文章模仿汉代东方朔《答客难》、扬雄《解嘲》等形式，假托国子博士与学生的对话展开，从而抒发自己不得重用、屡遭贬斥的牢骚和不满。文中以学生质问形式，赞扬先生的学业成就，为先生坎坷遭遇抱屈，正是韩愈一吐胸中块垒的绝妙文字，其势浩瀚奔放，酣畅淋漓，不平之气，发泄无遗。最后一段先生说服学生时，反而自咎自责，自我贬抑，表面的心平气和与内心的强烈不满，形成对比，使全文意态横生，奇趣迭出。此外，本文语言极具锤炼之功，多用韵语，铿锵有声，许多整齐凝练的词语，已成为广泛流行的成语，至今传诵不衰。

集评

　　洪迈曰：东方朔《答客难》自是文中杰出。扬雄拟之为《解嘲》，尚有驰骋自得之妙。至于崔骃《达旨》、班固《宾戏》、张衡《应间》，皆屋下架屋，章摹句写，其病与《七林》同。及韩退之《进学解》出，于是一洗矣。

　　　　　　　　　　　　——宋·洪迈《容斋随笔》卷七

　　茅坤曰：此韩公正正之旗，堂堂之阵也。其主意专在宰相。盖大才小用，不能无憾，而以怨怼无聊之辞托人，自咎自责之辞托之己，最得体。

　　　　　　——明·茅坤《唐宋八大家文钞·唐大家韩文公文钞》卷三

　　沈德潜曰：首段发端，中段是驳，后段是解。胸中抑郁，反借他人说出而已，则心和气平以解之。宜当时宰相读之，旋生悔心，改公为史馆修撰也。

　　　　　　　　　　——清·沈德潜《唐宋八家文读本》卷一

　　蔡铸曰：公文不以雕饰为工，而此篇极修词之妙，尤具排山倒海之势。

　　　　　　　　　——清·蔡铸《蔡氏古文评注补正全集》卷七

　　林纾曰：昌黎所长在浓淡疏密相间，错而成文，骨力仍是散文。以自得之神髓，略施丹铅，风采遂焕然于外。

　　又曰：说到极谦退处，愈显得世道之乖、人情之妄，只有乐天安命而已。

其骤也，若盲风溅雨；其夷也，若远水平沙。文不过一问一答，而啼笑横生，庄谐间作。文心之狡狯，叹观止矣。

——近代·林纾《韩柳文研究法》

张中丞传后叙¹

元和二年四月十三日夜²，愈与吴郡张籍阅家中旧书³，得李翰所为《张巡传》⁴。翰以文章自名，为此传颇详密，然尚恨有阙者⁵，不为许远立传⁶，又不载雷万春事首尾⁷。

远虽材若不及巡者⁸，开门纳巡⁹，位本在巡上，授之柄而处其下¹⁰，无所疑忌，竟与巡俱守死，成功名。城陷而虏，与巡死先后异耳。两家子弟材智下¹¹，不能通知二父志¹²，以为巡死而远就虏，疑畏死而辞服于贼¹³。远诚畏死，何苦守尺寸之地，食其所爱之肉¹⁴，以与贼抗而不降乎？当其围守时，外无蚍蜉蚁子之援¹⁵，所欲忠者，国与主耳，而贼语以国亡

---

[1] 张中丞：张巡（709—757），邓州南阳（今河南邓县）人。唐安史之乱时为真源（今河南鹿邑县）令。肃宗至德二年（757），安禄山叛军围攻睢阳（今河南商丘），张巡与太守许远坚守数月，最后以身殉国。张巡在守睢阳时被封为御史中丞、河南节度副史，故称张中丞。

[2] 元和二年：公元 807 年，元和为唐宪宗年号。

[3] 吴郡：今苏州市。张籍：唐诗人，字文昌。

[4] 李翰：字子羽，张巡的好友，因当时有人诽谤张、许，故写《张巡传》，上唐肃宗，以澄清事实。

[5] 阙：缺憾。

[6] 许远：字令威，当时任睢阳太守，城陷被俘，后在洛阳被杀。

[7] 雷万春：张巡部将，与巡同守睢阳，城破后与巡一起遇难。首尾：始末。

[8] 材：才能。

[9] 开门纳巡：肃宗至德二年（757）正月，安史叛军围攻睢阳，许远向张巡告急求援，巡即引兵来救，许远将兵权交给张巡，自己担任调运军粮、修理战具等工作。纳：接纳。

[10] 授之柄：把指挥权交给张巡。

[11] 两家子弟：指张、许两家的儿子。

[12] 通知：通晓，理解。

[13] 辞服：说了屈服的话。

[14] 食其所爱之肉：睢阳被围日久，粮尽，连鼠雀都吃光，张巡就杀爱妾，许远则杀奴仆充作士兵食物。

[15] 蚍蜉蚁子之援：谓极微小的援助。蚍蜉：大蚂蚁。蚁子：小蚂蚁。

主灭[1]。远见救援不至，而贼来益众[2]，必以其言为信。外无待而犹死守，人相食且尽，虽愚人亦能数日而知死处矣，远之不畏死亦明矣！乌有城坏其徒俱死，独蒙愧耻求活？虽至愚者不忍为，呜呼！而谓远之贤而为之邪？说者又谓远与巡分城而守[3]，城之陷，自远所分始，以此诟远[4]，此又与儿童之见无异。人之将死，其脏腑必有先受其病者；引绳而绝之[5]，其绝必有处[6]。观者见其然，从而尤之[7]，其亦不达于理矣。小人之好议论，不乐成人之美如是哉！如巡、远之所成就，如此卓卓，犹不得免，其他则又何说！

当二公之初守也，宁能知人之卒不救[8]、弃城而逆遁[9]？苟此不能守，虽避之他处何益？及其无救而且穷也[10]，将其创残饿羸之余[11]，虽欲去，必不达。二公之贤，其讲之精矣[12]。守一城，捍天下[13]，以千百就尽之卒，战百万日滋之师，蔽遮江淮[14]，沮遏其势[15]，天下之不亡，其谁之功也！当是时，弃城而图存者，不可一二数；擅强兵坐而观者[16]，相环也[17]。不追议此，

---

[1] 国亡主灭：指潼关失守，长安陷落，唐玄宗入蜀。叛将令狐潮曾以"国亡主灭"诱降张巡。
[2] 益众：越来越多。
[3] 说者：发议论的人。
[4] 诟：诬蔑，诽谤。
[5] 引：拉。绝：拉断。
[6] 其绝必有处：绳子被拉断时，必有一处先断。
[7] 尤之：归罪于它。
[8] 宁：哪里。卒：到底，最终。
[9] 逆遁：事先逃去。
[10] 且：将要。穷：尽，指境遇极其困难。
[11] 将：率领。创残：受伤残废。饿羸（léi）：饥饿瘦弱。
[12] 讲：筹谋，考虑。精：周密，仔细。
[13] 捍天下：睢阳城是江淮咽喉，守住睢阳，就保住了江淮，故云。
[14] 蔽遮：掩护。
[15] 沮遏（jǔ è）：阻止。
[16] 擅强兵：拥有强大的军队。
[17] 相环：四周都有。

而责二公以死守，亦见其自比于逆乱[1]，设淫辞而助之攻也[2]。

愈尝从事于汴、徐二府[3]，屡道于两府间[4]，亲祭于其所谓双庙者[5]。其老人往往说巡、远时事，云：南霁云之乞救于贺兰也[6]，贺兰嫉巡、远之声威功绩出己上，不肯出师救。爱霁云之勇且壮，不听其语，强留之。具食与乐[7]，延霁云坐[8]。霁云慷慨语曰："云来时，睢阳之人不食月余日矣，云虽欲独食，义不忍，虽食，且不下咽。"因拔所佩刀断一指，血淋漓，以示贺兰。一座大惊，皆感激为云泣下。云知贺兰终无为云出师意，即驰去。将出城，抽矢射佛寺浮屠[9]，矢着其上砖半箭[10]，曰："吾归破贼，必灭贺兰，此矢所以志也[11]。"愈贞元中过泗州[12]，船上人犹指以相语。城陷，贼以刃胁降巡，巡不屈，即牵去，将斩之。又降霁云，云未应。巡呼云曰："南八[13]！男儿死耳，不可为不义屈！"云笑曰："欲将以有为也，公有言，云敢不死[14]？"即不屈。

张籍曰：有于嵩者，少依于巡[15]。及巡起事，嵩尝在围中。籍大历中

---

[1] 自比于逆乱：自列于叛逆乱臣之中。比（bì）：并列。
[2] 设淫辞：制造歪曲事实的邪说。
[3] 从事：官名，唐时通称节度使幕僚为从事，此为任从事之意。汴：汴州，今河南开封。徐：徐州，今江苏徐州。府：幕府。
[4] 道：经过，来往。
[5] 双庙：后人在睢阳为张巡、许远立的庙。
[6] 南霁云：张巡部将。贺兰：贺兰进明，当时为河南节度使，驻扎临淮（今安徽凤阳）。
[7] 具：准备。
[8] 延：请。
[9] 浮屠：佛塔。
[10] 着：射中。半箭：箭的前半截射进佛塔的砖石中。
[11] 志：同"识"，标记。
[12] 贞元：唐德宗年号（785—805）。泗州：今江苏盱眙。
[13] 南八：即南霁云，他在兄弟中排行第八，故称。
[14] 欲将以有为：想要有所作为。敢：岂敢。
[15] 少依于巡：年轻时就投靠张巡。

于和州乌江县见嵩[1]，嵩时年六十余矣。以巡初尝得临涣县尉[2]，好学，无所不读。籍时尚小，粗闻巡、远事，不能细也。云巡长七尺余，须髯若神。尝见嵩读《汉书》，谓嵩曰："何为久读此？"嵩曰："未熟也。"巡曰："吾于书读不过三遍，终身不忘也。"因诵嵩所读书，尽卷不错一字。嵩惊，以为巡偶熟此卷。因乱抽他帙以试[3]，无不尽然。嵩又取架上诸书，试以问巡，巡应口诵无疑。嵩从巡久，亦不见巡常读书也。为文章，操纸笔立书，未尝起草。初守睢阳时，士卒仅万人[4]，城中居人户亦且数万，巡因一见问姓名，其后无不识者。巡怒，须髯辄张[5]。及城陷，贼缚巡等数十人坐，且将戮。巡起旋[6]，其众见巡起，或起或泣。巡曰："汝勿怖，死，命也！"众泣不能仰视。巡就戮时，颜色不乱[7]，阳阳如平常[8]。远宽厚长者，貌如其心。与巡同年生，月日后于巡，呼巡为兄，死时年四十九。嵩贞元初死于亳、宋间[9]。或传嵩有田在亳、宋间，武人夺而有之，嵩将诣州讼理[10]，为所杀。嵩无子。张籍云。

说明

安史之乱中，张巡和许远共同扼守江淮咽喉之地睢阳，在外无援军、

---

[1] 大历：唐代宗年号（766—779）。和州乌江县：今属安徽宿县。
[2] 临涣：今属安徽宿县。
[3] 帙（zhì）：书套，这里指书。
[4] 仅：将近。
[5] 张：指发怒时胡须蓬开。
[6] 起旋：起身环视四周。一说作"小便"解。
[7] 颜色：脸色。
[8] 阳阳：安详的样子。
[9] 亳（bó）：亳州，今安徽亳县。宋：宋州，即睢阳。
[10] 诣（yì）：到，往。

内绝粮草的情况下，与十数万叛军对峙十个月，最后以身殉国。此举英勇壮烈，气震山河。但当时朝廷中一些人却肆意诋毁张、许的壮举，以掩盖自己畏敌避战的行径。张巡的部将李翰，曾亲历守城之战，为此写了《张巡传》，以澄清事实真相，弘扬张巡、许远的高尚气节。五十年后，韩愈读到这篇文章，深受感动，以饱含深情之笔，补叙了张巡等人的英勇事迹和其他轶事，决意让张、许的英雄正气再次发扬光大。

本文将叙事、议论糅为一体，环环相扣，层层深入，具有很强的感染力。前半部主要为许远辩诬，故以议论为主。后半部以描写南霁云求援无着和张巡就义前的慷慨陈词为重点，故以叙事为主。其间又以饱含作者情感的议论和补充张巡、许远等人其他轶事的叙述加以穿插，使前代英灵栩栩如生，跃然纸上，凛然正气，令人动容。

集评

黄震曰：阅李翰所为《张巡传》而作也。补记载之遗落，暴赤心之英烈。千载之下，凛凛生气。

——宋·黄震《黄氏日钞》卷五十九

茅坤曰：通篇句、字、气，皆太史公髓，非昌黎本色。今书画家亦有效人而得其解者，此正见其无不可处。

——明·茅坤《唐宋八大家文钞·唐大家韩文公文钞》卷十

汪份曰：笔力如蛟龙之翔，如虎凤之跃，此正昌黎本色。鹿门止因昌黎碑文造语古奥，遂谓此非昌黎本色，谬也。

——清·汪份《遄喜斋集》

方苞曰：截然五段，不用钩连，而神气流注，章法浑成，惟退之有此。前三段乃议论，不得曰记张中丞逸事；后二段乃叙事，不得曰读张中丞传，故标以《张中丞传后叙》。又曰：退之序事文不学《史记》，而生气奋动处，不觉与之相近。又曰：史家之法，有单叙、夹叙、带叙、追叙诸法，学者就此篇可以悟入。

——清·方苞《方望溪先生全集·古文约选》

沈德潜曰：辩许远无降贼之理，全用议论；后于老人言，补南霁云乞师，全用叙事；末从张籍口中述于嵩，述张巡轶事，拉杂错综，史笔中变体也。争光日月，气薄云霄，文至此可云不朽。

——清·沈德潜《唐宋八家文读本》卷二

浦起龙曰：缘与张籍读中丞传，胸中触著许、南事，及当时传说浮议，并张籍零星所闻，因成此文。是书后体，非史传体也。依文分则，作四则看。为许远辩诬作一则；为二公辩死守作一则。此两则，乃辩体也。叙南八事作一则；纪张籍述于嵩语作一则。此两则，乃叙事体也。各成片段，慎勿牵纽。

——清·浦起龙《古文眉诠》卷五十一

林纾曰：退之于此文入手时，即极力为远申辩，归结到小人之议论不足信句，远之冤屈始大白。其下始将二公合论。"当二公之初守也"起，至"谁之功也"止，即推扩李翰之意。其下则痛诋贺兰。诋贺兰不能无据，因引南霁云乞师事，正以坐实贺兰之罪。乃贺兰不救，论者不责，反责全城抗节、与城同烬之忠臣。写南八之勇，千秋以下，尚凛然见其忠概。

——近代·林纾《古文辞类纂》卷二

送董邵南序¹

燕、赵古称多感慨悲歌之士²。董生举进士³，连不得志于有司⁴，怀抱利器⁵，郁郁适兹土⁶，吾知其必有合也⁷。董生勉乎哉！

夫以子之不遇时，苟慕义强仁者⁸，皆爱惜焉。矧燕、赵之士出乎其性者哉⁹！然吾尝闻风俗与化移易¹⁰，吾恶知其今不异于古所云耶¹¹！聊以吾子之行卜之也¹²。董生勉乎哉！

吾因之有所感矣。为我吊望诸君之墓¹³，而观于其市，复有昔时屠狗者乎¹⁴？为我谢曰¹⁵："明天子在上¹⁶，可以出而仕矣。"

---

[1] 董邵南：寿州安丰（今安徽寿县）人，韩愈的朋友。
[2] 燕、赵：均为古国名。燕国在今河北、辽宁一带；赵国在今河北、山西一带。这里借指河北。
[3] 举进士：应进士科考试。
[4] 不得志：没有考取。有司：官吏，此处指主考官。
[5] 利器：比喻卓越的才能。
[6] 适：往。兹土：这个地方，指燕、赵。
[7] 有合：有所遇合，指受器重。
[8] 慕义强仁：敬慕仁义，勉力实行。强（qiǎng）：勉力。
[9] 矧（shěn）：况且。
[10] 化：教化。移易：改变。
[11] 恶知：怎么知道。
[12] 卜：测验，判断。
[13] 吊：凭吊。望诸君：即乐毅，战国时赵国人，曾辅佐燕昭王破齐有功。后燕昭王死，燕惠王立，乐毅被疑而解除兵权，故燕乐去赵。赵王封乐毅为望诸君。
[14] 屠狗者：语出《史记·刺客列传》："荆轲既至燕，爱燕之狗屠及善击筑者高渐离。"这里指被埋没的有才之士。
[15] 谢：致意。
[16] 明天子：圣明的天子。

说明

　　韩愈的朋友董邵南，怀抱高志而不得用，想去河北寻求发展，本在情理之中。然而，当时河北藩镇拥兵自重，与中央分庭抗礼，明争暗斗，实为是非之地。故韩愈私下又不赞成董邵南北行。为此，韩愈先从盛赞古代燕赵之地的好侠尚义之士提起，再转以风俗移易，今非昔比作暗示，将他的劝说、提醒之意蕴含其中。最后又假托董邵南去凭吊乐毅之墓，糅进远拒藩镇、归命朝廷之意。这篇短短的百余言赠序中，以"风俗与化移易"为线索，古与今为呼应，吞吐曲致之中，沉郁往复，激昂向义，意味倍觉深长。

集评

　　李涂曰：文章有短而转折多气长者，韩退之《送董邵南序》、王介甫《读孟尝君传》是也。有长而简直气短者，卢襄《西征记》是也。

　　　　　　　　　　　　　　　　　——宋·李涂《文章精义》

　　朱熹曰：此篇言燕、赵之士，仁义出于其性，乃故反其词，深讥其不臣而习乱之意。故其卒章，又为道上威德以警动而招徕之。其旨微矣，读者详之。

　　　　　　　　　　　　　——宋·朱熹《昌黎先生集考异》卷六

　　程端礼曰：字数不多，文法妙似《史记》。

　　　　　　　　　　　——元·程端礼《昌黎文式》卷四后集下卷

　　茅坤曰：文仅百余字，而感慨古今，若与燕赵豪俊之士，相为叱咤呜咽。其间一涕一笑，其味无穷。昌黎序文当属第一首。

　　　　　　——明·茅坤《唐宋八大家文钞·唐大家韩文公文钞》卷七

郭正域曰：妙在转折，意在言外。

——明·郭正域《韩文杜律·韩文》

金圣叹曰：送董邵南往燕赵，却反托董邵南谕燕赵归朝廷。命意既自沉痛，用笔又极顿挫。看他只是百数十余字，凡作几反几复。

——清·金圣叹《天下才子必读书》卷十一

蔡铸曰：按此文言婉而多讽，妙在含蓄不露。结处提出"明天子在上"，名义凛然。茅鹿门谓昌黎序中以此为第一，可谓不诬矣。

——清·蔡铸《蔡氏古文评注补正全集》卷七

朱宗洛曰：本是送他往，却要止他往，故"合"一层易说，"不合"一层难说。文语语作吞吐之笔，曰"吾闻"，曰"乌知"，曰"聊以"，于放活处隐约其意，立言最妙。其末一段，忽作开宕，与"不合"意初看若了不相涉，其实用借笔以提醒之，一曰"为我"，再曰"为我"，嘱董生正以止董生也。想其用笔之妙，真有烟云缭绕之胜。凡文之短者，越要曲折，盖曲则有情，而意味倍觉深长也。

——清·朱宗洛《古文一隅》卷中

过珙曰：劝其往又似劝其不必往，言必有合又似恐其未必合。语意一半是爱惜邵南，一半是不满藩镇。通篇只以"风俗与化移易"句为上下过脉，而以古、今二字呼应，含蓄不露，曲尽吞吐之妙。唐文唯韩奇，此又为韩中之奇。

——清·过珙《古文评注》卷七

送李愿归盘谷序

太行之阳有盘谷[1]，盘谷之间，泉甘而土肥，草木丛茂，居民鲜少[2]。或曰："谓其环两山之间，故曰盘。"或曰："是谷也，宅幽而势阻[3]，隐者之所盘旋[4]。"友人李愿居之。

愿之言曰："人之称大丈夫者，我知之矣。利泽施于人[5]，名声昭于时[6]，坐于庙朝[7]，进退百官[8]，而佐天子出令。其在外，则树旗旄[9]，罗弓矢[10]，武夫前呵[11]，从者塞途[12]，供给之人，各执其物，夹道而疾驰[13]。喜有赏，怒有刑。才畯满前[14]，道古今而誉盛德，入耳而不烦。曲眉丰颊[15]，清声而便体[16]，秀外而慧中[17]，飘轻裾[18]，翳长袖[19]，粉白黛

---

[1]　太行：山名，在今山西、河北两省交界处。阳：山的南面。盘谷：地名，今河南济源县内。
[2]　鲜（xiǎn）：少。
[3]　宅：地址，环境。势：地势。阻：险阻。
[4]　盘旋：盘桓，不肯离去。
[5]　利泽：利益。
[6]　昭：显耀。
[7]　坐于庙朝：指参与政事。庙：宗庙。朝：朝廷。
[8]　进退：升降，任免。
[9]　旄（mǎo）：饰有牦牛尾的旗帜。
[10]　罗：罗列。
[11]　前呵：在前高声喝道。
[12]　塞途：塞满道路。
[13]　夹道：路的两边。
[14]　才畯：才学出众。畯同"俊"。
[15]　丰颊：丰满的面颊。
[16]　便（pián）体：轻巧灵便的体态。
[17]　慧中：资质聪敏。
[18]　裾：衣服的前后衿。
[19]　翳（yì）：遮，掩。

绿者[1]，列屋而闲居，妒宠而负恃[2]，争妍而取怜[3]。大丈夫之遇知于天子、用力于当世者之所为也。吾非恶此而逃之[4]，是有命焉，不可幸而致也[5]。

"穷居而野处，升高而望远，坐茂树以终日，濯清泉以自洁[6]。采于山，美可茹[7]；钓于水，鲜可食。起居无时，惟适之安[8]。与其有誉于前，孰若无毁于其后；与其有乐于身，孰若无忧于其心。车服不维[9]，刀锯不加[10]，理乱不知[11]，黜陟不闻[12]。大丈夫不遇于时者之所为也，我则行之。

"伺候于公卿之门，奔走于形势之途[13]。足将进而趑趄[14]，口将言而嗫嚅[15]，处秽污而不羞，触刑辟而诛戮[16]。侥幸于万一、老死而后止者，其于为人，贤不肖何如也[17]？"

昌黎韩愈，闻其言而壮之[18]，与之酒而为之歌曰："盘之中，维子之宫[19]。盘之土，可以稼。盘之泉，可濯可沿[20]。盘之阻，谁争子所？窈而

---

[1]　粉白黛绿：妇女化妆品。黛：画眉的黑色颜料。

[2]　负恃：依仗自己的美貌。

[3]　妍：美。怜：爱。

[4]　恶（wù）：讨厌。

[5]　幸：侥幸。致：求得。

[6]　濯（zhuó）：洗。

[7]　茹：吃。

[8]　惟适之安：只求安适。

[9]　车服：车马服饰。古代依官职高低，车服也有所不同。此处指官职和功名利禄。维：维系，束缚。

[10]　刀锯：刑具，此指刑戮。此句意谓处于官场之外，不会触犯刑律。

[11]　理：治。因避高宗李治之讳，以"理"代"治"。

[12]　黜（zhì）陟：贬谪和升官，指官场风波。

[13]　形势：地位和权势。

[14]　趑趄（zī jū）：踌躇不前。

[15]　嗫嚅（niè rú）：想说又不敢说的样子。

[16]　辟：法律。戮（lù）：杀。

[17]　不肖：不贤。

[18]　壮之：意谓钦佩李愿的豪迈之语。

[19]　维：是。子：你，指李愿。宫：房舍。

[20]　沿：通"沿"（yán），顺流而下。

深¹，廓其有容²。缭而曲³，如往而复。嗟盘之乐兮，乐且无央⁴。虎豹远迹兮，蛟龙遁藏⁵。鬼神守护兮，呵禁不祥⁶。饮且食兮寿而康，无不足兮奚所望。膏吾车兮秣吾马⁷，从子于盘兮，终吾生以徜徉⁸。"

说明

李愿是韩愈的朋友，他怀才不遇，求仕不得，故准备远离尘世，归隐故乡。韩愈闻讯，感慨万端，于是，写下这篇文章，送别朋友。

本文构思精巧，别具一格。开头一段写盘谷正适合隐士所居，已隐含自己与李愿有同感之意。结尾一段更是直接道出自己亦有归隐之志，有前后呼应之势。这与韩愈当时求官不得，心情抑郁愤懑有直接关系。中间三段则全记李愿之语，以刻画三类人物。一是得势权贵；二是高洁隐者；三是逐利小人。同时，运用衬托对比手法，对三种不同的处世态度加以褒贬，作者的感情倾向寓于具体描写之中，因而文章显得含蓄曲折，耐人寻味。行文中多用骈句，使韵调和谐畅美。

---

[1]　窈（yǎo）：幽静。
[2]　廓：土地广阔。
[3]　缭：缠绕，此有回环曲折的意思。
[4]　央：穷尽。
[5]　"虎豹"二句：虎豹远逃，不见踪迹；蛟龙也逃避躲藏起来。当时朝中权臣专横，各地藩镇割据，正直之士产生远祸避害之想。
[6]　呵：呵叱。不祥：不吉祥，指鬼魅害人之物。
[7]　膏（gào）：给车轴加油润滑。
[8]　徜徉（cháng yáng）：徘徊，意为留恋不去。

集评

苏轼曰：欧阳文忠公尝谓晋无文章，惟陶渊明《归去来》一篇而已。余亦以谓唐无文章，惟韩退之《送李愿归盘谷》一篇而已。平生愿效此作一篇，每执笔辄罢，因自笑曰，不若且放，教退之独步。

——宋·苏轼《跋退之送李愿序》

王若虚曰：崔伯善尝言退之《送李愿序》"粉白黛绿"一节当删去。以为非大丈夫得志之急务。其论似高；然此自富贵者之常，存之何害，但病在太多，且过于浮艳耳！余事皆略言，而此独说出如许情状，何邪？盖不惟为雅正之累，而于文势亦滞矣。

——金·王若虚《滹南遗老集》卷三十五·文辨二

唐顺之曰：此篇当看其造语形容。

——明·唐顺之《文编》卷五十四

茅坤曰：通篇全举李愿说话，自说只数语，此又别是一格，而其造语形容处，则又铸六代之长技矣。

——明·茅坤《唐宋八大家文钞·唐大家韩文公文钞》卷七

金圣叹曰：前只数语写盘谷，后只一歌咏盘谷。至于李之归此谷，只用李自己两段说话。自言欲为第一段人不得，故甘为第二段人。便见归盘谷者，乃是世上第一豪华无比人，非朽烂不堪人也。

——清·金圣叹《天下才子必读书》卷十一

储欣曰：公作此文，才二十四岁。公尝云：辞不备，不可谓成文。看此文，于李愿口中描写三种人，各极情状，如化工之付物。信乎其辞之备也。学者解之，最利举场。

——清·储欣《唐宋八大家类选》卷十

沈德潜曰：不下断语，闲闲成文，又是一格。

——清·沈德潜《唐宋八家文读本》卷四

吴楚材曰：一节是形容得意人，一节是形容闲居人，一节是形容奔走伺候人，都结在"人贤不肖何如也"一句上。全举李愿自己说话，自说只前数语写盘谷，后一歌咏盘谷，别是一格。

——清·吴楚材等《古文观止》卷八

林纾曰：此篇文格极平，学之乃愈平，然昌黎之文安有平者？昌黎能倡，后人乃不许步。入手用"愿之言曰"四字，将全题摄在空中，恣其落笔。不有此句，则平铺直叙，尚何意味。东坡欲效此体亦作一篇，已终不敢者，即仿其体格过平，效之适以水济水也。读者勿仿其格，但领其气可也。

——近代·林纾《古文辞类纂》卷六

祭十二郎文

年月日¹，季父愈闻汝丧之七日²，乃能衔哀致诚，使建中远具时羞之奠³，告汝十二郎之灵⁴：

呜呼！吾少孤⁵，及长，不省所怙⁶，惟兄嫂是依⁷。中年兄殁南方⁸，吾与汝俱幼，从嫂归葬河阳⁹，既又与汝就食江南¹⁰，零丁孤苦，未尝一日相离也。吾上有三兄，皆不幸早世¹¹，承先人后者，在孙惟汝，在子惟吾，两世一身，形单影只，嫂尝抚汝指吾而言曰："韩氏两世，惟此而已！"汝时尤小，当不复记忆；吾时虽能记忆，亦未知其言之悲也。

吾年十九，始来京城。其后四年而归视汝。又四年，吾往河阳省坟墓¹²，遇汝从嫂丧来葬。又二年，吾佐董丞相幕于汴州¹³，汝来省吾，止一

---

[1]　年月日：指写祭文的时间，别本作"贞元十九年五月二十六日"。

[2]　季父：父辈中排行最小的。

[3]　建中：人名，韩愈家仆。具：准备。时羞：时鲜食品。

[4]　十二郎：即韩老成，韩愈二哥韩介之子，因大哥韩会无子，过继给韩会作子。"十二"为排行。

[5]　少孤：韩愈三岁丧父。

[6]　不省：不知道。怙（hù）：依靠，此指父亲。

[7]　兄嫂：指韩会夫妇。

[8]　"中年"句：韩会四十二岁时死于韶州（今广东韶关西）刺史任上，时韩愈十岁。

[9]　河阳：今河南孟县。

[10]　就食江南：德宗建中二年（781），北方战乱不息，韩家避居宣州（今安徽宣城）。

[11]　早世：早死。

[12]　省坟墓：凭吊祖先坟墓。

[13]　董丞相：董晋，德宗贞元十二年（796）任宣武军节度使，韩愈在其幕府中任观察推官。汴州：今开封。

岁[1]，请归取其孥[2]；明年丞相薨[3]，吾去汴州[4]，汝不果来。是年，我又佐戎徐州[5]，使取汝者始行，吾又罢去[6]，汝又不果来。吾念汝从于东[7]，东亦客也，不可以久，图久远者，莫如西归[8]，将成家而致汝[9]。呜呼！孰谓汝遽去吾而殁乎[10]！吾与汝俱少年，以为虽暂相别，终当久相与处，故舍汝而旅食京师，以求斗斛之禄；诚知其如此，虽万乘之公相[11]，吾不以一日辍汝而就也[12]。

去年孟东野往[13]，吾书与汝曰："吾年未四十，而视茫茫，而发苍苍，而齿牙动摇。念诸父与诸兄[14]，皆康强而早世，如吾之衰者，其能久存乎？吾不可去，汝不肯来，恐旦暮死，而汝抱无涯之戚也[15]。"孰谓少者殁而长者存、强者夭而病者全乎！呜呼！其信然邪？[16]其梦邪？其传之非其真邪？信也[17]，吾兄之盛德而夭其嗣乎[18]？汝之纯明而不克蒙其泽乎[19]？少者强者而夭殁、长者衰者而存全乎？未可以为信也。梦也，传之者非

---

[1] 止一岁：住了一年。
[2] 孥（nú）：妻子儿女。
[3] 薨（hōng）：古代称诸侯或高官的死亡。
[4] 去：离开。
[5] 佐戎徐州：去徐州在武宁节度使张建封下任节度推官。戎：军队。
[6] 罢去：罢职离去，贞元十六年（800）五月，张建封卒，韩愈离开徐州去洛阳。
[7] 从于东：跟从我到徐州。
[8] 西归：故乡在河南，故曰西归。
[9] 成家：安置家小。致汝：把你接来。
[10] 孰谓：谁料到。遽（jù）去：突然离开。
[11] 万乘之公相：拥有万辆车的高官。
[12] 辍：止，停，断，这里为分开的意思。
[13] 孟东野往：指孟郊去溧阳任县尉之职，韩愈托他带信给十二郎。
[14] 诸父：伯父、叔父的统称。
[15] 戚：忧伤。
[16] 其信然邪：难道是真的吗？
[17] 信也：如果是确实的。
[18] 嗣：子孙后代。
[19] 纯明：纯正贤明。克：能够。蒙其泽：蒙受父亲的遗泽。

其真也？东野之书，耿兰之报[1]，何为而在吾侧也？呜呼！其信然矣。吾兄之盛德而夭其嗣矣！汝之纯明宜业其家者，不克蒙其泽矣！所谓天者诚难测，而神者诚难明矣！所谓理者不可推，而寿者不可知矣！虽然，吾自今年来，苍苍者或化而为白矣[2]，动摇者或脱而落矣[3]，毛血日益衰[4]，志气日益微，几何不从汝而死也[5]！死而有知，其几何离？其无知，悲不几时，而不悲者无穷期。汝之子始十岁[6]，吾之子始五岁[7]，少而强者不可保，如此孩提者[8]，又可冀其成立耶？呜呼哀哉！呜呼哀哉！

汝去年书云："比得软脚病[9]，往往而剧。"吾曰："是疾也，江南之人，常常有之。"未始以为忧也[10]。呜呼！其竟以此而殒其生乎？抑别有疾而至斯极乎？汝之书，六月十七日也。东野云汝殁以六月二日。耿兰之报无月日。盖东野之使者，不知问家人以月日；如耿兰之报[11]，不知当言月日。东野与吾书，乃问使者，使者妄称以应之耳。其然乎？其不然乎？

今吾使建中祭汝，吊汝之孤与汝之乳母[12]。彼有食可守以待终丧[13]，则待终丧而取以来；如不能守以终丧，则遂取以来。其余奴婢，并令守汝

---

[1] 东野之书：孟郊从溧阳写信给韩愈，报告韩老成的死讯。耿兰：当是韩愈老家的人，也给韩愈报丧。
[2] 苍苍者：指头发。
[3] 动摇者：指牙齿。
[4] 毛血：指身体。
[5] 几何：时间不多。
[6] 汝之子：名韩湘。
[7] 吾之子：名韩昶。
[8] 孩提：幼儿。
[9] 比：最近。软脚病：脚萎缩不能走路。一说脚气病。
[10] 未始：不曾。
[11] 如：相当于"而"。
[12] 吊：慰问。
[13] 终丧：丧期终了。

丧。吾力能改葬[1]，终葬汝于先人之兆[2]，然后惟其所愿[3]。

呜呼！汝病吾不知时，汝殁吾不知日，生不能相养以共居，殁不得抚汝以尽哀，殓不得凭其棺，窆不得临其穴[4]，吾行负神明而使汝夭，不孝不慈，而不得与汝相养以生，相守以死。一在天之涯，一在地之角，生而影不与吾形相依，死而魂不与吾梦相接，吾实为之[5]，其又何尤[6]！彼苍者天，曷其有极[7]！自今已往，吾其无意于人世矣，当求数顷之田于伊、颍之上[8]，以待余年，教吾子与汝子，幸其成；长吾女与汝女，待其嫁，如此而已。呜呼！言有穷而情不可终，汝其知也耶？其不知也耶？呜呼哀哉！尚飨[9]。

说明

这是一篇被誉为"千年绝调"的祭文，是韩愈为侄儿韩老成写的。韩愈三岁丧父，由兄嫂抚养，故从小就与十二郎生活在一起。他与十二郎虽为叔侄，但形同兄弟，感情至深。兄嫂去世后，韩愈几次想接十二郎出来，共同生活，尽情照拂。但命运多舛，终未如愿。当十二郎去世的消息突然传来，韩愈的悲痛心情可想而知。

[1]　改葬：从宣城迁葬老家孟县。
[2]　兆：墓地。
[3]　惟其所愿：了却自己的心愿。
[4]　窆（biǎn）：下棺入穴。
[5]　吾实为之：实在是我自己造成的。
[6]　尤：怨。
[7]　"彼苍者天"二句：语出《诗经·唐风·鸨羽》："悠悠苍天，曷其有极。"意为苍天啊，悲痛何时才有尽头。
[8]　伊、颍：二水名，均在河南省境内，此借指韩愈故乡。
[9]　尚飨（xiǎng）：希望亡灵来享用祭品。这是祭文常用的结束语。

本文突破了一般祭文的写法，完全没有歌功颂德的程式化文字，而是围绕着家庭、身世、生活遭遇的记叙、回忆，淋漓尽致地倾诉了生者对死者的哀痛。回忆中不避琐碎细小，哀痛中不乏追悔无尽。再加上行文中大量运用反问、反复等手法，絮絮叨叨、如泣如诉之中，无限哀怨、无限深情一展无遗。

集评

费衮曰：退之《祭十二郎文》一篇，大率皆用助语。其最妙处，自"其信然耶"以下，至"几何不从汝而死也"一段，仅三十句，凡句尾连用"耶"字者三；连用"乎"字者三；连用"也"字者四；连用"矣"字者七。几于句句用助辞矣！而反复出没，如怒涛惊湍，变化不测，非妙于文章者，安能及此。

——宋·费衮《梁溪漫志》卷六

茅坤曰：通篇情意刺骨，无限凄切，祭文中千年绝调。

——明·茅坤《唐宋八大家文钞·唐大家韩文公文钞》卷十六

郭正域曰：满眼涕洟，无限伤神，情真语真。

——明·郭正域《韩文杜律·韩文》

朱子谓韩愈《祭十二郎文》后数百年，而本朝复有欧阳文忠公《泷冈阡表》。其为朱子所心折如此。然以两文较之，其情致悱恻、能达所不能达之隐、所谓喜往复善自道者，则果相伯仲。若夫垂诸万世、使酷吏读之亦不觉泫然流涕者，欧作固专其美，而韩逊不如矣。子曰："苟有车必见其式，苟有衣必见其敝。"盖言有其实，斯有其文也。愈固不得无之而空言之，欧之胜者实也。如此文者，所当自朝廷至于里巷，莫不讴吟讽诵者欤？夫是之谓"羽翼六经"。"羽翼六经"云者，固不在句训字诂之徒也。

——清·乾隆《唐宋文醇》卷之十一

沈德潜曰：直举胸臆，情至文生，是祭文变体，亦是祭文绝调。

——清·沈德潜《唐宋八家文读本》卷六

林云铭曰：祭文中出以情至之语，以兹为最。盖以其一身承世代之单传，可哀一；年少且强而早世，可哀二；子女俱幼，无以为自立计，可哀三；就死者论之，已不堪道如此，而韩公以不料其死而遽死，可哀四；相依日久，以求禄远离不能送终，可哀五；报者年月不符，不知是何病亡，何日殁，可哀六。在祭者处此，更难为情矣。故自首至尾，句句俱以自己插入伴讲。始相依，继相离，琐琐叙出。复以己衰当死，少而强者不当死，作一疑一信波澜，然后以不知何病，不知何日，慨叹一番。末归罪于己，不当求禄远离，而以教嫁子女作结。安死者之心，亦把自家子女，平平叙入。总见自生至死，无一不体关情，悱恻无极，所以为绝世奇文。

——清·林云铭《韩文起》评语卷八

吴楚材曰：情之至者，自然流为至文。读此等文，须想其一面哭一面写，字字是血，字字是泪。未尝有意为文，而文无不工。祭文中千年绝调。

——清·吴楚材等《古文观止》卷八

柳子厚墓志铭

　　子厚讳宗元[1]。七世祖庆，为拓跋魏侍中[2]，封济阴公[3]。曾伯祖奭，为唐宰相，与褚遂良、韩瑗俱得罪武后[4]，死高宗朝[5]。皇考讳镇[6]，以事母弃太常博士，求为县令江南。其后以不能媚权贵失御史[7]，权贵人死，乃复拜侍御史，号为刚直，所与游，皆当世名人。

　　子厚少精敏，无不通达。逮其父时[8]，虽少年，已自成人，能取进士第[9]，崭然见头角，众谓柳氏有子矣。其后以博学宏词授集贤殿正字[10]。俊杰廉悍[11]，议论证据今古，出入经史百子，踔厉风发[12]，率常屈其座人[13]，名声大振，一时皆慕与之交，诸公要人，争欲令出我门下，交口荐誉之。贞元十九年，由蓝田尉拜监察御史[14]。顺宗即位，拜礼部员外郎。遇用事

---

[1]　讳（huì）：古人为死者写墓志铭，不直呼其名，而写"讳某"，以示尊敬和避讳。

[2]　拓跋：北魏皇帝的姓。侍中：官名，皇帝的侍从。

[3]　济阴公：据柳宗元《先侍御史府君神道表》记载，封济阴公的是柳庆之子柳旦。

[4]　"曾伯"三句：奭（shì）：柳奭，柳宗元的高伯祖，古人对祖父之上辈，可通称曾祖。褚遂良：高宗时曾任宰相。韩瑗：高宗时曾任侍中。得罪武后：指柳奭等人反对立武则天为皇后，被诬谋反。

[5]　死高宗朝：死于高宗在位时。

[6]　皇考：对死去的父亲的尊称。柳镇曾任宣城（今安徽宣城）令。

[7]　"其后"句：肃宗时，柳镇任殿中侍御史，因事为宰相窦参所忌，贬为夔州司马。

[8]　逮其父时：意谓其父在世时。

[9]　取进士第：贞元九年（793），柳宗元考中进士。

[10]　博学宏词：唐代科举考试科目之一。集贤殿正字：官职名，担任典籍整理、校勘工作。

[11]　廉悍：指为人刚勇正直。

[12]　踔（chuō）厉风发：意谓议论高超，层出不穷，如风不断吹来。

[13]　屈其座人：使在座的人折服。

[14]　蓝田：县名，今属陕西。

者得罪¹，例出为刺史²，未至，又例贬永州司马³。居闲，益自刻苦，务记览，为词章，泛滥停蓄⁴，为深博无涯涘，而自肆于山水间⁵。

元和中⁶，尝例召至京师，又偕出为刺史，而子厚得柳州⁷。既至，叹曰："是岂不足为政耶⁸？"因其土俗，为设教禁，州人顺赖。其俗以男女质钱，约不时赎，子本相侔⁹，则没为奴婢。子厚与设方计，悉令赎归。其尤贫力不能者，令书其佣¹⁰，足相当，则使归其质¹¹。观察使下其法于他州，比一岁¹²，免而归者且千人。衡、湘以南为进士者¹³，皆以子厚为师，其经承子厚口讲指画为文词者，悉有法度可观。

其召至京师而复为刺史也，中山刘梦得禹锡亦在遣中¹⁴，当诣播州¹⁵。子厚泣曰："播州非人所居，而梦得亲在堂，吾不忍梦得之穷，无辞以白其大人，且万无母子俱往理。"请于朝，将拜疏¹⁶，愿以柳易播，虽重得罪，死不恨。遇有以梦得事白上者¹⁷，梦得于是改刺连州¹⁸。呜呼！士穷

---

[1]　用事者：当权的人，指王叔文。顺宗永贞元年（805），王叔文执政，联合柳宗元、刘禹锡等人实行政治革新，半年后失败被贬黜，柳宗元亦在其中。
[2]　例：按惯例。
[3]　永州：地名，今湖南零陵。
[4]　泛滥停蓄：形容文章恣肆汪洋，深厚广博。
[5]　肆：放情。
[6]　元和：唐宪宗年号（805—820）。
[7]　得柳州：元和十一年（815）三月，柳宗元任柳州（今广西柳州）刺史。
[8]　"是岂"句：意谓这里难道不能在政治上有所作为吗？
[9]　子本相侔：利息和本金相等。
[10]　书：记录。佣：雇用，把人质当作雇工。
[11]　归其质：归还人质。
[12]　比一岁：到了一年。
[13]　衡：衡山。湘：湘水；均在湖南。
[14]　中山：地名，今河北定县。刘梦得：即刘禹锡，唐代文学家。同因参加王叔文集团变革遭贬。在遣中：在这次遣谪之中。
[15]　诣：到。播州：今贵州遵义。
[16]　拜疏：上疏。
[17]　"遇有"句：指御史中丞裴度等人将刘禹锡的困难处境报告皇帝，为其求情事。
[18]　改刺连州：改任连州刺史。连州在今广东连县。

乃见节义。今夫平居里巷相慕悦，酒食游戏相征逐¹，诩诩强笑语以相取下²，握手出肺肝相示，指天日涕泣，誓生死不相背负，真若可信；一旦临小利害，仅如毛发比，反眼若不相识，落陷阱，不一引手救，反挤之，又下石焉者，皆是也。此宜禽兽夷狄所不忍为，而其人自视以为得计，闻子厚之风，亦可以少愧矣³。

子厚前时少年，勇于为人⁴，不自贵重顾藉⁵，谓功业可立就，故坐废退⁶。既退，又无相知有气力得位者推挽⁷，故卒死于穷裔⁸，材不为世用，道不行于时也。使子厚在台省时⁹，自持其身¹⁰，已能如司马、刺史时，亦自不斥¹¹，斥时有人力能举之，且必复用不穷。然子厚斥不久，穷不极，虽有出于人¹²，其文学辞章，必不能自力以致必传于后如今无疑也。虽使子厚得所愿，为将相一时，以彼易此，孰得孰失，必有能辨之者。

子厚以元和十四年十一月八日卒¹³，年四十七。以十五年七月十日，归葬万年先人墓侧¹⁴。子厚有子男二人：长曰周六，始四岁；季曰周七，子厚卒乃生。女子二人，皆幼。其得归葬也，费皆出观察使河东裴君行

[1] 征逐：指往来密切，互请宴乐。
[2] 诩诩：媚悦的样子。强：勉强。取下：态度低下谦和。
[3] 少愧：多少有些惭愧。
[4] 勇于为人：热心帮助别人，指参加王叔文集团改革事。
[5] 顾藉：爱惜。
[6] 坐：获罪。
[7] 推挽：推荐提携。
[8] 卒：终于。穷裔：穷困边远的地方。
[9] 使：假如。台省：御史台和尚书省，柳宗元遭贬职前曾在御史台任监察御史，在尚书省任礼部员外郎。
[10] 自持其身：自我约束，谨慎行事。这是韩愈对柳宗元的委婉批评。
[11] 不斥：不被贬黜。
[12] 出于人：超出众人。
[13] 元和十四年：819年。
[14] 万年：地名，今陕西西安。

立 [1]。行立有节概，重然诺 [2]，与子厚结交，子厚亦为之尽 [3]，竟赖其力。葬子厚于万年之墓者，舅弟卢遵。遵，涿人 [4]，性谨慎，学问不厌。自子厚之斥，遵从而家焉 [5]，逮其死不去。既往葬子厚，又将经纪其家 [6]，庶几有始终者 [7]。

铭曰：是惟子厚之室 [8]，既固既安，以利其嗣人 [9]。

说明

韩愈和柳宗元是情谊深笃的朋友，他虽然对柳宗元参与王叔文集团的政治活动略有微辞，但对柳宗元才调高绝却长期遭贬的境遇深为同情。所以，当柳宗元去世以后，韩愈先后写了好几篇悼念亡友的文章，这篇墓志铭，就是其中影响较大的一篇。

这篇文章没有泛泛而谈柳宗元的一生，而是突出了柳宗元最具风范的几个侧面。如"赎归奴婢"，是其一系列兴利除弊优异政绩的代表；出入经史，议论古今是其踔厉风华的文学风采的表现；自己虽在贬斥之中，却"以柳易播"，急朋友之难的行为，是其高尚美德的体现。

作者精于选材，详略得当，结构严谨而句法灵活，叙述饱含情感又

---

[1]　河东：地名，今山西永济。裴行立：曾任桂管观察使，为柳宗元上司。
[2]　然诺：信用。
[3]　为之尽：为他尽力。
[4]　涿：地名，今河北涿县。
[5]　从而家：跟随柳宗元住在一起。
[6]　经纪：安顿照料。
[7]　庶几：差不多。
[8]　室：墓穴。
[9]　嗣人：后代。

夹以议论，在深深地哀挽朋友之中流露出自己的不平之气，有着很强的艺术感染力。

集评

刘禹锡曰：子厚之丧，昌黎韩退之志其墓，且以书来吊曰："哀哉若人之不淑！吾尝评其文，雄深雅健似司马子长，崔（骃）、蔡（邕）不足多也。"安定皇甫湜，于文章少所推让，亦以退之之言为然。凡子厚名氏与仕与年，暨行己之大方，有退之之志若祭文在。

——唐·刘禹锡《唐故尚书礼部员外郎柳君集记》

茅坤曰：昌黎称许子厚处，尺寸斤两，不放一步。

——明·茅坤《唐宋八大家文钞·唐大家韩文公文钞》卷十五

储欣曰：昌黎墓志第一，亦古今墓志第一。以韩志柳，如太史公传李将军，为之不遗余力矣。

——清·储欣《唐宋八大家类选》卷十三

沈德潜曰：子厚之失足于叔文，躁进则有之，阿党则非也。昌黎不设其事，感慨惋惜，在隐跃间，先表其好学，次详其政绩，次述其交谊，而归结于文章之必传。沉郁苍凉，墓志中千秋绝调。

——清·沈德潜《唐宋八家文读本》卷六

浦起龙曰：论子厚者，可以两言尽之。曰文章震世，曰轻踦被斥。此志激荡低徊，都不出此两意。无笔不伸，无笔不扣。

——清·浦起龙《古文眉诠》卷五十

杂说 [1]

世有伯乐 [2]，然后有千里马。千里马常有，而伯乐不常有。故虽有名马，只辱于奴隶人之手 [3]，骈死于槽枥之间 [4]，不以千里称也。

马之千里者，一食或尽粟一石 [5]，食马者不知其能千里而食也 [6]。是马也，虽有千里之能，食不饱，力不足，才美不外见 [7]，且欲与常马等不可得，安求其能千里也？

策之不以其道 [8]，食之不能尽其材 [9]，鸣之而不能通其意 [10]，执策而临之曰："天下无马。"呜呼！其真无马邪？其真不知马也！

说明

这篇短论的主旨是慨叹怀才不遇。开篇即直切论题，点明千里马与伯乐之依存关系。继而笔锋一转，指出世无伯乐，千里马惨遭埋没之不幸。接着痛斥"天下无马"之谬论。最后以反诘句收尾，点出全部问题

[1]　《杂说》是一组讽谕性短论，共四篇，此为第四篇。
[2]　伯乐：春秋时秦国人，姓孙名阳，以善相马著称。
[3]　辱：埋没。奴隶人：指养马的奴仆。
[4]　骈：马匹并列；骈死：成双成对地死，指死得多。槽：食槽。枥：马厩。
[5]　一食：一顿食。一石（dàn）：十斗为一石。
[6]　食（sì）：同"饲"，喂养。此句两个"食"同义。
[7]　见：同"现"。
[8]　策：马鞭，此处作鞭策、驾御。
[9]　尽其材：满足它的食量。
[10]　鸣之：马受屈鸣叫。通：理解。

之要害。全文波澜曲折，气势逼人；笔法峻峭，格力遒劲。寥寥短章，满溢不平之气；淋漓顿挫，透露悲愤之感。

集评

　　谢枋得曰：此篇主意，英雄豪杰，必遇知己者，尊之以高爵，食之以厚禄，任之以重权，其才斯可以展布。

　　　　　　　　　　　　　　——宋·谢枋得《文章轨范》卷五

　　王若虚曰：呜呼！千里之才，固有异于常马者，然亦非徒善食而后能也。退之平生以贫而号于人，叹一饱之不足者屡矣，岂其有激而云耶？

　　　　　　　　　　　　　——金·王若虚《滹南遗老集》卷三十二

　　储欣曰：淋漓顿挫，言之慨然。

　　　　　　　　　　　　　——清·储欣《唐宋八大家类选》卷三

　　林云铭曰：此以千里马喻贤士，伯乐喻贤相也，有贤相，方可得贤士，故贤相之难得，甚于贤士。若无贤相，虽有贤士，或弃之而不用，或用之而畀以薄禄，不能尽其所长，犹之乎无贤士也。淮阴侯遇汉高，鄮侯谓仅以为将，亦必不留。盖非大将必不能成大功，非为尊官厚禄计也。末以时相不知贤士作结，无限感慨。

　　　　　　　　　　　　　　——清·林云铭《韩文起》卷八

　　蔡铸曰：此篇皆借喻，格力遒迈。结语咏叹含蓄，正意到底不露，高手。

　　　　　　　　　——清·蔡铸《蔡氏古文评注补正全集》卷六

　　浦起龙曰：全注意伯乐对短驭者撼愤。只起句正说，通身是慨，气鹜自然！

　　　　　　　　　　　　——清·浦起龙《古文眉诠》卷四十七

李　翱

李翱（772—841），字习之，唐文学家，赵郡（今河南邯郸）人，祖籍陇西成纪（今甘肃秦安县）。贞元进士，任谏议大夫、山南东道节度使等职。他是韩愈的学生，积极参加古文运动，时称"韩李"。文章平正严谨，自成一格。有《李文公集》。

题燕太子丹传后 [1]

荆轲感燕丹之义 [2]，函匕首入秦劫始皇 [3]，将以存燕霸诸侯。事虽不成，然亦壮士也。惜其智谋不足以知变识机。

始皇之道，异于齐桓 [4]；曹沫功成 [5]，荆轲杀身，其所遭者然也。及欲促槛车驾秦王以如燕 [6]，童子妇人且明其不能，而轲行之，其弗就也非不幸 [7]。燕丹之心，苟可以报秦 [8]，虽举燕国犹不顾，况美人哉 [9]！轲不晓而当之 [10]，陋矣！

---

[1]　燕太子丹传：《史记》无燕太子丹传。此处恐指《燕丹子》一书。
[2]　荆轲：战国末年卫国人，秦灭卫后，逃亡到燕国。燕丹：战国末年燕王喜的太子。
[3]　"函匕首"句：事见《史记·刺客列传》。燕王喜二十八年（前227），秦兵逼近燕南界。燕太子丹重金聘请荆轲，借口进献秦叛将樊於期首级和燕割地求和的地图，暗藏匕首，寻机刺杀秦王。事败，荆轲被杀。劫：威逼。
[4]　齐桓：齐桓公，齐国国君，春秋时第一个霸主。
[5]　曹沫：春秋时鲁国人。他率军与齐作战，三战皆败。鲁庄公只好向齐国割地求和，与齐桓公在柯地会盟时，曹沫执匕首威逼齐桓公，迫其答应退还鲁国失地。事见《史记·刺客列传》。
[6]　槛车：囚车。如：至。今《史记》和《燕丹子》均无"欲促槛车驾秦王以如燕"的记载。
[7]　就：成功。
[8]　报：报复。
[9]　况美人哉：燕丹设宴款待荆轲，令美女弹琴助兴。荆轲说最爱美女弹琴之手，燕丹便将美女之手砍下献给荆轲。举：全。
[10]　当之：承担这件事，指刺秦王。

说明

荆轲刺秦王，是历代传诵的带有悲剧色彩的英雄壮举。李翱却从另一个角度提出了异义。他认为，荆轲徒有侠义之气和知恩图报之心，不懂得知变识机、审时度势，盲目效仿别人的行为实为愚蠢；对燕太子丹只思复仇，不顾后果的褊狭之举竟然毫无认识，一意孤行，亦属荒谬。文章虽短却辩锋犀利，观点出新而论述从容，层递转折，清晰严密，确为翻案文章的佳作。

集评

笔笔转，句句变，皆从空中折换，极顿挫反侧之势。是太史公神妙之境，不易到也。

——近代·高步瀛《唐宋文举要》引吴汝纶语

刘禹锡

刘禹锡（772—842），字梦得，洛阳（今河南洛阳）人，一作彭城（今江苏徐州）人。贞元九年（793）进士，授监察御史。参加王叔文集团变法，失败后，贬朗州司马，后又任连州、夔州、和州刺史。晚年入朝，官至检校礼部尚书兼太子宾客，故世称刘宾客。诗文俱佳，涉猎题材广泛。文以论说文成就最大。其诗注重有益社会，锋芒较显。怀古之作，亦具特色。善于吸收民歌影响，创作许多《杨柳枝词》、《竹枝词》，清新活跃，开拓了中唐以后诗歌新领域。有《刘梦得文集》。

陋室铭

山不在高，有仙则名 [1]；水不在深，有龙则灵 [2]。斯是陋室，惟吾德馨 [3]。苔痕上阶绿，草色入帘青。谈笑有鸿儒 [4]，往来无白丁 [5]。可以调素琴 [6]，阅金经 [7]。无丝竹之乱耳 [8]，无案牍之劳形 [9]。南阳诸葛庐 [10]，西蜀子云亭 [11]。孔子云："何陋之有 [12]？"

[1]　名：成名，扬名。
[2]　灵：灵验。
[3]　惟吾德馨：意谓只有我有德者居住才能香气远播。
[4]　鸿儒：学问渊博的人。
[5]　白丁：平民百姓，意谓没有文化修养的人。
[6]　调：抚弄。素琴：无弦琴。《宋书·陶潜传》："潜不解音声，而畜素琴一张，无弦，每有酒适，辄抚弄以寄其意。"
[7]　金经：用金色颜料（泥金）抄写的经书。
[8]　丝竹：音乐。
[9]　案牍：案卷公文。劳形：损身。
[10]　南阳：地名，今湖北襄樊。诸葛庐：诸葛亮出山前隐居的草屋。
[11]　子云亭：西汉学者扬雄（字子云）在成都所建，名"草玄堂"。
[12]　何陋之有：有什么陋不陋？语出孔子《论语》："子欲居九夷。或曰：'陋，如之何？'子曰：'君子居之，何陋之有？'"

说明

铭原是古代刻在器物或碑石上的韵文，用以策励自己或颂扬他人，后来演变成一种独立的文体。刘禹锡的陋室，建于他贬职和州期间。他在此著书撰文，吟咏诗章，沉浸在逸趣雅兴的精神世界里，这篇文章反映的正是这一侧面。文章以山水神龙取兴，接以环境景物之幽静、往来朋友之高雅、独处室中之自得。最后与历史名人作比附，从而突出了陋室不陋、有德为馨的主旨，表现了自己不同流俗的生活情趣与高洁品性。全文篇幅短小，但内容充实。采用对偶句式，以富有节奏的音乐性贯串全文，使文章显得轻灵而潇洒，精简而深邃。

集评

吴楚材曰：陋室之可铭，在德之馨，不在室之陋也。惟有德者居之，则陋室之中触目皆成佳趣。末以"何陋"结之，饶有逸韵。

——清·吴楚材等《古文观止》卷七

李扶九曰：小小短章，无法不备。凡铭多自警，此却自得自夸，体格稍变。起以山水喻引，则来不突；末引古结，则去不尽。中间室中景、室中人、室中事，布置层次。末引"何陋"之言，隐藏"君子居之"四字在内，若全引便著迹，尤见其巧处。

——清·李扶九《古文笔法百篇卷三·一字立骨》

余诚曰：起首四句，兴起室以德重意，"惟吾德馨"一语，道尽陋室增光处，最为简要。以下皆言吾德之能使陋室馨也。是故苔痕草色，无非吾德生意。谈笑往来，无非吾德应酬，调琴无丝竹乱耳，阅经无案牍劳形，愈不问而知为吾德举动矣。吾德之能使陋室馨者如是。虽以是室比诸葛草庐，子云玄亭，无多让焉。末引何陋作结，而诵法孔子，其德又何可量耶。室虽陋亦不陋矣。至其词调之清丽，结构之浑成，则文虽不满百字，自具大观。

——清·余诚《重订古文释义新编》卷七

白居易

白居易（772—846），字乐天，晚年居香山，自号香山居士，故世称白香山。下邽（今陕西渭南）人。贞元十六年（800）进士，官秘书郎、翰林学士、左拾遗。元和十年（815），因宰相武之衡遇刺，上书请求急捕凶手，得罪权贵，被贬江州司马。后历任杭州、苏州刺史，官至刑部尚书。文学上，主张"文章合为时而著，歌诗合为事而作"。所作讽谕诗，大胆揭露弊政，反映民生疾苦。其诗以通俗易懂、雅俗共赏著称，是中唐诗坛杰出的现实主义诗人，新乐府运动的倡导者和主要代表，对后世有深远影响。与元稹齐名，并称"元白"。有《白氏长庆集》。

庐山草堂记

匡庐奇秀[1]，甲天下山。山北峰曰香炉峰，北寺曰遗爱寺。介峰寺间，其境胜绝，又甲庐山。元和十一年秋[2]，太原人白乐天见而爱之，若远行客过故乡，恋恋不能去，因面峰腋寺[3]，作为草堂。

明年春，草堂成。三间两柱，二室四牖[4]，广袤丰杀[5]，一称心力[6]。洞北卢，来阴风，防徂暑也[7]。敞南甍[8]，纳阳日，虞祁寒也[9]。木斫而

---

[1]　匡庐：庐山。
[2]　元和十一年：公元 816 年。
[3]　面峰腋寺：面对香炉峰，紧靠遗爱寺。腋：此处引申为动词，紧靠。
[4]　牖（yǒu）：窗户。
[5]　广袤：广为东西的距离，袤为南北的距离。丰杀：增减。
[6]　一：完全。称：称心，相合。心力：自己的设想。
[7]　徂暑：盛暑。
[8]　敞：高。甍（méng）：屋脊。
[9]　虞：防。祁寒：严寒。

已，不加丹[1]。墙圬而已[2]，不加白[3]。碱阶用石[4]，幂窗用纸[5]，竹帘，纻帏[6]，率称是焉[7]。堂中设木榻四，素屏二，漆琴一张，儒道佛书各三两卷[8]。

乐天既来为主[9]，仰观山，俯听泉，傍睨竹树云石[10]，自辰及酉[11]，应接不暇。俄而物诱气随[12]，外适内和[13]。一宿体宁[14]，再宿心恬，三宿后颓然嗒然[15]，不知其然而然。

自问其故。答曰：是居也，前有平地，轮广十丈[16]。中有平台，半平地[17]。台南有方池，倍平台[18]。环池多山竹野卉，池中生白莲、白鱼。又南抵石涧[19]，夹涧有古松老杉，大仅十人围，高不知几百尺。修柯戛云[20]，低枝拂潭[21]，如幢竖[22]，如盖张[23]，如龙蛇走。松下多灌丛，萝茑叶蔓[24]，

---

[1] 丹：丹漆、红漆。
[2] 圬（wū）：用泥涂墙。
[3] 加白：指粉刷。
[4] 碱：同"砌"，垒积。
[5] 幂（mì）：遮盖，此处指糊窗。
[6] 纻（zhù）帏：粗麻布做的帐子。
[7] 率称是焉：大致和以上的布置相符合。
[8] 儒道佛书：儒家、道教、佛教的书籍。
[9] 为主：成为主人。
[10] 睨（nì）：斜视。
[11] 自辰及酉：从早到晚。古代用十二地支记时，辰为上午七时至九时，酉为下午五时至七时。
[12] 俄：不久。物诱：景色诱人。气随：兴趣跟着转向景物。
[13] 外适：环境适宜。内和：内心平和。
[14] 一宿：一夜。
[15] 颓然：自己不约束自己的样子。嗒（tà）然：物我两忘的样子。
[16] 轮广：指方圆。
[17] 半平地：占平地的一半。
[18] 倍平台：比平台大一倍。
[19] 石涧：即石门涧，在庐山西。
[20] 修柯：高高的树枝。戛（jiá）：碰触。
[21] 拂潭：拂拭潭水。
[22] 幢（chuáng）：古代用作仪仗的一种旗帜，以羽毛为饰。
[23] 盖：伞。
[24] 萝茑：两种寄生草。

骈织承翳[1]，日月光不到地，盛夏风气如八九月时。下铺白石，为出入道。堂北五步，据层崖积石[2]，嵌空坻块[3]，杂木异草盖覆其上。绿阴蒙蒙[4]，朱实离离[5]，不识其名，四时一色。又有飞泉植茗，就以烹煮[6]。好事者见，可以销永日[7]。堂东有瀑布，水悬三尺，泻阶隅，落石渠，昏晓如练色[8]，夜中如环珮琴筑声[9]。堂西倚北崖右趾[10]，以剖竹架空，引崖上泉，脉分线悬[11]，自檐注砌[12]，累累如贯珠，霏微如雨露，滴沥飘洒，随风远去。其四旁耳目杖屦可及者[13]，春有锦绣谷花，夏有石门涧云，秋有虎溪月[14]，冬有炉峰雪[15]。阴晴显晦，昏旦含吐，千变万状，不可殚记[16]，觊缕而言[17]，故云甲庐山者。噫！凡人丰一屋，华一簀[18]，而起居其间，尚不免有骄矜之态。今我为是物主，物至致知[19]，各以类至，又安得不外适内和，体宁心恬哉！昔永、远、宗、雷辈十八人同入此山[20]，老死不反，去我千载，我知

---

[1]　骈：并列。织：交织。承：承接。翳（yì）：隐蔽。此句形容萝茑叶蔓缠绕的样子。

[2]　据层崖积石：意谓依靠着几层的高崖堆积假山。

[3]　嵌空：玲珑剔透的样子。坻（dié）：小山丘。

[4]　蒙蒙：密布的样子。

[5]　朱实：红色的果实。离离：众多的样子。

[6]　煮（chǎn）：煮。

[7]　永日：终日。

[8]　练：白绸。

[9]　环珮：玉环和玉珮，古人衣带上的饰物，走路时互相撞击，发出有节奏的悦耳声。筑：古代乐器。

[10]　趾：此处指山脚。

[11]　脉分线悬：（剖竹）像血脉的分布，（接引的泉水）像线悬挂空中。

[12]　砌：台阶。

[13]　杖：拐杖。屦：鞋子。杖屦指徒步。

[14]　虎溪：在庐山东林寺前。

[15]　炉峰：香炉峰。

[16]　殚：尽。

[17]　觊缕（luó lǚ）：委曲详尽。

[18]　丰一屋：一间宽敞的屋子。华一簀（zé）：一张精致的竹席。

[19]　物至致知：各种景物来到眼前，使之增长智慧。语出《礼记·大学》："致知在格物"。

[20]　永：慧永，东晋高僧。远：慧远，慧永的兄弟。宗：宗炳。雷：雷次宗。后二人为当时的隐士。据无名氏《莲社高贤传》载，慧永等十八人曾在庐山东林寺结为白莲社。

其心以是哉！

矧予自思 [1]，从幼迨老 [2]，若白屋 [3]，若朱门 [4]，凡所止虽一日二日 [5]，辄覆
篑土为台 [6]，聚拳石为山，环斗水为池，其喜山水病癖如此。一旦蹇剥 [7]，
来佐江郡 [8]，郡守以优容而抚我 [9]，庐山以灵胜待我，是天与我时，地与我
所，卒获所好，又何以求焉！尚以冗员所羁 [10]，余累未尽，或往或来，未
遑宁处 [11]。待余异日弟妹婚嫁毕 [12]，司马岁秩满 [13]，出处行止，得以自遂 [14]，
则必左手引妻子，右手抱琴书，终老于斯，以成就我平生之志。清泉白
石，实闻此言！

时三月二十七日，始居新屋。四月九日，与河南元集虚，范阳张允
中，南阳张深之，东西二林长老凑公、朗满、晦坚等凡二十有二人 [15]，具
斋施茶果以落之 [16]。因为草堂记。

---

[1] 矧（shěn）：况且。

[2] 迨：及，到。

[3] 白屋：茅屋，指穷困人家。

[4] 朱门：红漆大门，指富贵人家。

[5] 所止：所住。

[6] 篑（kuì）：土筐。

[7] 蹇（jiǎn）剥：困顿，命运不济。

[8] 佐江郡：作江州司马。司马是辅佐刺史的官，故称。

[9] 郡守：指江州刺史。

[10] 冗员：指司马，因这个官职事务不多，无关重要，故称。

[11] 遑：闲暇。宁处：安稳地居住。

[12] 异日：以后的日子。

[13] 岁秩：任期。

[14] 遂：顺从心愿。

[15] 东西二林：东林寺与西林寺。

[16] 具斋：准备斋饭。落之：指庆贺新堂的落成。

说明

　　本文是作者被贬为江州司马时所作。江州一带，名胜古迹很多，其中，庐山最为出名。元和十一年秋，作者往游庐山，为其秀丽景色所吸引，便在山中修筑草堂，准备将来终老于此。文章即记此事。先以朴素手法，勾画出草堂建筑之平常，陈设之简陋，体现了作者安贫乐道之修养。对草堂周围景色的描写，是作者十分用力之处。形式上自问自答，语言则清丽通俗，景物描写层次清晰。在叙述交代之中，不忘适时插入议论。在作者满足于草堂给他带来"外适内和"、"体宁心恬"的享受时，人们仍可在字里行间感觉到作者流露出的抑郁烦闷的消极情绪。

柳宗元

柳宗元（773—819），字子厚，河东（今山西永济县）人，世称柳河东。贞元九年（793）进士。授校书郎，调蓝田尉，升监察御史里仁。后参加王叔文集团变法革新，失败后贬为永州司马。十年后改为柳州刺史，故世又称柳柳州。政治上以儒家民本思想为主。与韩愈同为古文运动倡导者，同为"唐宋八大家"。散文峭拔矫健，《永州八记》等山水游记多所寄托，亦有揭露社会矛盾、批判时政之作。有《河东先生集》。

段太尉逸事状

太尉始为泾州刺史时[1]，汾阳王以副元帅居蒲[2]。王子晞为尚书[3]，领行营节度使[4]，寓军邠州[5]，纵士卒无赖[6]。邠人偷嗜暴恶者[7]，率以货窜名军伍中[8]，则肆志[9]，吏不得问[10]。日群行丐取于市[11]，

---

[1]　太尉：唐代最高武官官衔，指段太尉。段太尉名秀实，字成公，官至泾原郑颍节度使、司农卿。唐德宗建中四年（783），朱泚谋反，段秀实被杀。兴元元年（784）追赠太尉。泾州：今甘肃泾川。

[2]　汾阳王：指郭子仪，以平定安史之乱有功，封汾阳郡王。唐代宗广德二年（764），为关内河东副元帅，河中节度使。蒲：蒲州，今山西永济。

[3]　王子晞：郭晞，汾阳王郭子仪的三儿子，在平定安史之乱中，随父征战立功，官至御史中丞。大历中，加检校工部尚书。

[4]　领：兼代。行营节度使：指郭子仪副元帅军营的统帅。当时郭子仪入朝，郭晞兼任郭子仪的行营节度使。

[5]　寓军：军队在辖区外驻扎。邠（bīn）州：今陕西彬县。当时郭子仪命郭晞率军队援助邠州。

[6]　无赖：胡作非为。

[7]　偷：懒惰。嗜：贪婪。

[8]　率：大都。货：财货。窜：混入，掺入。

[9]　肆志：肆意放纵，为所欲为。

[10]　问：过问，干涉。

[11]　丐取：勒索，白拿。

不嗛[1]，辄奋击折人手足[2]，椎釜、鬲、瓮、盎盈道上[3]，袒臂徐去[4]，至撞杀孕妇人。邠宁节度使白孝德以王故[5]，戚不敢言[6]。

太尉自州以状白府[7]，愿计事[8]。至则曰："天子以生人付公理[9]，公见人被暴害，因恬然[10]，且大乱[11]，若何？"孝德曰："愿奉教。"太尉曰："某为泾州，甚适[12]，少事。今不忍人无寇暴死[13]，以乱天子边事[14]。公诚以都虞侯命某者[15]，能为公已乱[16]，使公之人不得害。"孝德曰："幸甚！"如太尉请[17]。

既署一月[18]，晞军士十七人入市取酒，又以刃刺酒翁[19]，坏酿器，酒流沟中。太尉列卒取十七人[20]，皆断头注槊上[21]，植市门外[22]。晞一营大噪，尽

---

[1]　嗛（qiè）：同"慊"、"惬"，满足。
[2]　折（shé）：打断。
[3]　椎（chuí）：敲打。鬲（lì）：古代陶制炊具，形似鼎而足中空。盎（àng）：瓦盆，大腹小口。
[4]　袒：裸露。徐去：扬长而去。
[5]　白孝德：安西（今新疆库车）人，因军功历任北庭行营节度使，邠宁节度使，封昌化郡王。王：指汾阳王郭子仪。
[6]　戚：忧愁。
[7]　状：公函。白：禀告，告知。府：指邠宁节度使府。
[8]　计：计议，商议。
[9]　生人：生民，老百姓。
[10]　因：仍然。恬然：安然无事的样子。
[11]　且：将要。
[12]　适：安闲。
[13]　无寇暴死：没有敌人或兵乱而被残杀。
[14]　边事：边地安全。
[15]　都虞侯：军队中的执法官。
[16]　已：止。
[17]　如：允许，按照。
[18]　署：署理，暂时担任某官称"署"。
[19]　酒翁：酿酒的技工。
[20]　列卒：布置士兵。
[21]　注：附着，此处有挂、插的意思。槊（shuò）：长矛。
[22]　植：立。

甲 [1]。孝德震恐，召太尉曰："将奈何？"太尉曰："无伤也，请辞于军 [2]。"孝德使数十人从太尉，太尉尽辞去，解佩刀，选老躄者一人持马 [3]，至晞门下，甲者出。太尉笑且入曰："杀一老卒，何甲也？吾戴吾头来矣！"甲者愕。因谕曰："尚书固负若属耶 [4]？副元帅固负若属耶？奈何欲以乱败郭氏？为白尚书，出听我言 [5]。"晞出，见太尉。太尉曰："副元帅勋塞天地 [6]，当务始终 [7]。今尚书恣卒为暴，暴且乱，乱天子边，欲谁归罪？罪且及副元帅。今邠人恶子弟以货窜名军籍中，杀害人，如是不止，几日不大乱？大乱由尚书出，人皆曰尚书倚副元帅不戢士 [8]，然则郭氏功名其与存者几何？"言未毕，晞再拜曰："公幸教晞以道，恩甚大，愿奉军以从。"顾叱左右曰："皆解甲，散还火伍中 [9]，敢哗者死！"太尉曰："吾未晡食 [10]，请假设草具 [11]。"既食，曰："吾疾作，愿留宿门下。"命持马者去，旦日来 [12]。遂卧军中。晞不解衣，戒候卒击柝卫太尉 [13]。旦，俱至孝德所，谢不能，请改过。邠州由是无祸。

　　先是，太尉在泾州为营田官 [14]。泾大将焦令谌取人田 [15]，自占数十顷，给与农，曰："且熟，归我半。"是岁大旱，野无草。农以告谌，谌曰：

---

[1] 甲：铠甲，此处作动词，披上铠甲。

[2] 辞：解说。

[3] 躄（bì）：跛足。持：牵、执。

[4] 谕：诉，开导。若属：尔辈，你们。

[5] "为白"二句：替我禀报尚书，请他出来听我说话。

[6] 勋塞天地：功勋大得充塞天地之间。

[7] 务始终：善始善终。

[8] 戢（jí）士：管束士兵。戢：止，敛。

[9] 火伍：行伍，队列。

[10] 晡（bū）食：晚饭。晡：申时，即下午三时至五时。

[11] 假设：代为准备。草具：不精的餐具，指简单粗糙的食物。

[12] 旦日：第二天早晨。

[13] 候卒：巡夜警戒的士兵。柝（tuò）：打更的木梆子。

[14] 营田官：掌管军队屯垦的营田副使。

[15] 焦令谌（chén）：人名，生平不详。

"我知入数而已，不知旱也。"督责益急。且饥死¹，无以偿，即告太尉。太尉判状辞甚巽²，使人求谕谌。谌盛怒，召农者曰："我畏段某耶？何敢言我！"取判铺背上，以大杖击二十，垂死³，舆来庭中⁴。太尉大泣曰："乃我困汝！"即自取水洗去血，裂裳衣疮⁵，手注善药⁶，旦夕自哺农者⁷，然后食。取骑马卖，市谷代偿⁸，使勿知。淮西寓军帅尹少荣⁹，刚直士也，入见谌，大骂曰："汝诚人耶？泾州野如赭¹⁰，人且饥死，而必得谷，又用大杖击无罪者。段公，仁信大人也，而汝不知敬。今段公唯一马，贱卖市谷入汝，汝又取不耻。凡为人，傲天灾、犯大人、击无罪者，又取仁者谷，使主人出无马，汝将何以视天地，尚不愧奴隶耶¹¹？"谌虽暴抗，然闻言则大愧流汗，不能食，曰："吾终不可以见段公！"一夕，自恨死。

及太尉自泾州以司农征¹²，戒其族："过岐¹³，朱泚幸致货币¹⁴，慎勿纳。及过，泚固致大绫三百匹。太尉婿韦晤坚拒，不得命¹⁵。至都，太尉怒曰：

---

[1]　且饥死：指农民将要饿死。
[2]　巽（xùn）：通"逊"，谦逊，柔顺。
[3]　垂：将，接近。
[4]　舆：车，此处作动词，抬，举。
[5]　衣（yì）：作动词，包扎。
[6]　手注善药：亲手给他敷上好药。
[7]　自哺：亲自喂饭。
[8]　市：买。
[9]　淮西寓军：暂时驻扎泾州的淮西军。安史之乱后，为防御吐蕃在边境的骚扰，常调内地军队往西北守边。
[10]　赭（zhě）：赤土。
[11]　愧：愧对。
[12]　司农：司农卿，掌管钱粮仓储事务。征：征召。
[13]　岐：岐州，今陕西凤翔县。
[14]　朱泚（cǐ）：昌平（今北京昌平）人，原为卢龙节度使，代宗大历九年（774）入朝。时任凤翔尹。幸：幸或，倘若。致：赠送。
[15]　不得命：得不到允许，意即无法推辞。

"果不用吾言！"晤谢曰："处贱[1]，无以拒也。"太尉曰："然终不以在吾第[2]。"以如司农治事堂[3]，栖之梁木上。泚反，太尉终[4]。吏以告泚，泚取视，其故封识具存[5]。

太尉逸事如右。

元和九年月日[6]，永州司马员外置同正员柳宗元谨上史馆[7]：今之称太尉大节者出入[8]，以为武人一时奋不虑死，以取名天下，不知太尉之所立如是。宗元尝出入岐周邠鄠间[9]，过真定[10]，北上马岭[11]，历亭障堡戍[12]。窃好问老校退卒，能言其事。太尉为人姁姁[13]，常低首拱手行步，言气卑弱[14]，未尝以色待物[15]。人视之儒者也。遇不可[16]，必达其志[17]，决非偶

---

[1]　处贱：地位低，官职小。
[2]　终不以在吾第：无论如何不能把（大绫）放在我家里。
[3]　以如：以（之）如，即把大绫送到。治事堂：办公的大堂。
[4]　"泚反"二句：唐德宗建中四年（783），泾原节度使姚令言所统帅的部队在京城哗变，德宗出奔奉天（今陕西乾县）。朱泚被乱兵拥立，于是叛唐称帝，国号大秦。朱泚召段秀实议事，段突然用象笏奋击朱泚，结果段秀实被杀。《新唐书·朱泚传》和《资治通鉴》卷二二八有载。
[5]　封识：封条上的标识。识（zhì）：通"志"，标记。
[6]　元和九年：公元814年。元和：唐宪宗年号。
[7]　永州司马：柳宗元当时的官职。员外置：在定员之外设置的官，属闲职。同正员：地位待遇同正员一样。史馆：国家设立的编写史书的机构。
[8]　出入：不外乎，大致上。下句的"出入"，意为往来。
[9]　岐：岐州。周：周朝发祥地周原，在今陕西岐山南，岐周均属凤翔府，即今陕西凤翔。鄠（tái）：在今陕西武功。
[10]　真定：不详何地。一说疑为真宁（今甘肃正宁）。
[11]　马岭：山名，在今甘肃庆阳。
[12]　亭障堡戍：泛指边境上堡垒岗楼等防御工事。
[13]　姁（xǔ）姁：和颜悦色的样子。
[14]　言气卑弱：说话口气温和谦恭。
[15]　待物：对人。
[16]　不可：不合理的事。
[17]　达：表达。

　　　　　　　　　　　　　　　　　　　　　　唐宋散文

然者。会州刺史崔公来[1]，言信行直，备得太尉遗事[2]，复校无疑。或恐尚逸坠，未集太史氏[3]，敢以状私于执事[4]。谨状。

说明

唐德宗建中四年（783），泾原士兵在京城长安哗变，卢龙节度使朱泚被拥立为帝。朱泚召见段秀实时，段秀实突然用象牙笏猛击朱泚额头，朱泚当场血流如注，段秀实因此被杀。对这一声讨叛贼的壮举，当时有人却大发谬论，说段是武人一时逞勇，"以取名天下"。柳宗元对此颇为愤慨。他在年青时已搜集的许多段秀实逸事的基础上，写下这篇逸事状，送给当时任史馆修撰的韩愈，希望韩愈在为段秀实立传时，参考他补充的材料。"状"，又称"行状"，是记述死者世系、名字、爵里、生卒年月、生平事迹的文章。逸事状则只记录死者的逸事，不涉及其他内容，是"状"的变体。

本文选取了段秀实三则逸事，表现了段秀实忠勇刚直，仁厚廉洁，关心人民，不畏强暴的感人形象。同时对唐代社会的黑暗，也有所揭露。文章描写生动，剪裁精当，情节曲折，引人入胜，通过一系列具体行动的刻画，一个封建时代的优秀人物跃然纸上，给人留下不可磨灭的印象。

---

[1]　会：适逢。崔公：指崔能，作者好友，当时任永州刺史。

[2]　备得：详细了解。

[3]　太史氏：史官。

[4]　私：私下送达。执事：表示尊敬对方的说法。

集评

　　浦起龙曰：书以声之，状以条之，跋以振之，合而成篇。

　　　　　　　　　　　　　　　　——清·浦起龙《古文眉诠》卷五十四

　　王元美曰：退之海神庙碑，犹有相如之意；《毛颖传》尚现子长之风。子厚《晋问》，颇得放叔之情；《太尉逸事》，差存孟坚之造。下此益远矣。

　　　　　　　　　　　　　　——现代·章士钊《柳文指要》上·卷七引

捕蛇者说

　　永州之野产异蛇[1]，黑质而白章[2]，触草木，尽死；以啮人，无御之者[3]。然得而腊之以为饵[4]，可以已大风、挛踠、瘘疠[5]，去死肌[6]，杀三虫[7]。其始，太医以王命聚之[8]，岁赋其二[9]。募有能捕之者，当其租入[10]。永之人争奔走焉。

　　有蒋氏者，专其利三世矣[11]。问之，则曰："吾祖死于是，吾父死于是，今吾嗣为之十二年，几死者数矣。"言之貌若甚戚者[12]。

　　余悲之，且曰："若毒之乎[13]？余将告于莅事者[14]，更若役[15]，复若赋[16]，则何如？"

　　蒋氏大戚，汪然出涕曰："君将哀而生之乎[17]？则吾斯役之不幸，未

----

[1]　永州：地名，今湖南零陵。
[2]　黑质而白章：黑色的蛇身上有白色花纹。
[3]　御：抵挡。
[4]　腊：干肉，此处作动词，指风干。饵：药饵。
[5]　已：止，治愈。大风：麻风病。挛踠：手足弯曲无法伸展的病症。瘘（lòu）：颈部肿。疠（lì）：恶疮。
[6]　死肌：丧失功能的肌肉。
[7]　三虫：指人体内的寄生虫。
[8]　太医：御医，皇帝的医师。聚：征集。
[9]　岁赋其二：每年征集两次。
[10]　当：抵充。租入：应交的租税。
[11]　专其利：享受这种好处。三世：三代。
[12]　戚：悲。
[13]　若：你。毒：怨恨。
[14]　莅事者：管事的人，指地方长官。
[15]　更：更换。
[16]　复：恢复。赋：赋税。
[17]　哀而生之：哀怜我并想让我活下去。

若复吾赋不幸之甚也。向吾不为斯役[1]，则久已病矣[2]。自吾氏三世居是乡，积于今，六十岁矣，而乡邻之生日蹙[3]。殚其地之出[4]，竭其庐之入[5]，号呼而转徙，饥渴而顿踣[6]，触风雨，犯寒暑，呼嘘毒疠，往往而死者相藉也[7]。曩与吾祖居者[8]，今其室十无一焉；与吾父居者，今其室十无二三焉；与吾居十二年者，今其室十无四五焉。非死则徙尔，而吾以捕蛇独存。悍吏之来吾乡，叫嚣乎东西，隳突乎南北[9]，哗然而骇者，虽鸡狗不得宁焉。吾恂恂而起[10]，视其缶，而吾蛇尚存，则弛然而卧[11]，谨食之，时而献焉[12]。退而甘食其土之有，以尽吾齿[13]。盖一岁之犯死者二焉，其余则熙熙而乐。岂若吾乡邻之旦旦有是哉[14]？今虽死乎此，比吾乡邻之死，则已后矣，又安敢毒耶！"

余闻而愈悲。孔子曰："苛政猛于虎也[15]。"吾尝疑乎是。今以蒋氏观之，犹信。呜呼！孰知赋敛之毒，有甚是蛇者乎？故为之说，以俟夫观人风者得焉[16]。

---

[1]　向：假如。
[2]　病：困苦不堪。
[3]　生：生活。日蹙：一天天地窘迫。
[4]　殚（dān）：尽。
[5]　庐：房舍，家。
[6]　顿踣（bó）：劳累跌倒。
[7]　相藉：互相枕藉，指死人之多。
[8]　曩：从前。
[9]　隳（huī）突：骚扰，乱闯。
[10]　恂恂：小心谨慎的样子。
[11]　弛然：放心的样子。
[12]　时：按时。
[13]　齿：指年龄。
[14]　旦旦有是：天天有死亡的威胁。
[15]　苛政猛于虎：语出《礼记·檀弓》。苛政：残暴的统治，此处指横征暴敛。
[16]　俟（sì）：等待。观人风者：考察民情的人。

　　　　　　　　　　　　　　　　　　　　　　唐宋散文

说明

本文是一个捕蛇农民在自述不幸的遭遇。蒋氏三代不堪忍受官府横征暴敛，甘愿冒生命危险去捕捉毒蛇，以求抵充赋税，这种悲惨之状恰是唐代中叶严酷的社会现实的反映。本文无论写农民还是悍吏，都显得生动逼真，跃然纸上。蒋氏解释何以不放弃捕蛇的言论，冷峻苦涩，入木三分。同时，作者在大段叙述之外，不时插入自己的议论，有力地烘托了文章主旨，加强了文章的批判意义。

集评

茅坤曰：本孔子"苛政猛于虎"者之言而建此文。
　　　　——明·茅坤《唐宋八大家文钞·唐大家柳柳州文钞》卷九
储欣曰：仁人之言。余按唐赋法本轻于宋元，永州又非财赋地，为国家所仰给，然其困如此，况以近世之赋，处财赋之邦，酷毒当何如耶？读此能不黯然！
　　　　——清·储欣《唐宋八大家类选》卷三
沈德潜曰：前极言捕蛇之害，后说赋敛之毒，反以捕蛇之乐形出。作文须如此顿跌。"悍吏之来吾乡"一段，后东坡亦尝以虎狼比之。有察吏安民之责者，所宜时究心也。
　　　　——清·沈德潜《唐宋八家文读本》卷七
吴楚材曰：此小文耳，却有许大议论。必先得孔子"苛政猛于虎"一句，然后有一篇之意。前后起伏抑扬，含无限悲伤凄婉之态。若转以上闻，所谓言之者无罪，闻之者足以为戒。真有用之文。
　　　　——清·吴楚材等《古文观止》卷九
余诚曰："永州"三段，是言蛇之毒。"予悲"三段，是言赋敛之毒甚是蛇。言蛇之毒处，说得十分惨，则言赋敛之毒甚是蛇处，更惨不可言。文妙在将蛇之毒及赋敛之毒甚是蛇，俱从捕蛇者口中说出。末只引孔子语作证，用"孰知"句点眼，在作者口中，绝无多语。立言之巧，亦即结构之精。末说到"俟观人风者得焉"，足见此说，关系不小。

——清·余诚《重订古文释义新编》卷八

种树郭橐驼传

郭橐驼[1]，不知始何名。病偻[2]，隆然伏行[3]，有类橐驼者，故乡人号之曰"驼"。驼闻之曰："甚善！名我固当。"因舍其名，亦自谓"橐驼"云。

其乡曰丰乐乡，在长安西。驼业种树[4]，凡长安豪家富人为观游及卖果者[5]，皆争迎取养[6]。视驼所种树，或移徙，无不活，且硕茂蚤实以蕃[7]。他植者虽窥伺效慕，莫能如也。

有问之，对曰："橐驼非能使木寿且孳也[8]，能顺木之天[9]，以致其性焉尔[10]。凡植木之性，其本欲舒[11]，其培欲平[12]，其土欲故[13]，其筑欲密[14]。既然已，勿动勿虑，去不复顾。其莳也若子[15]，其置也若弃[16]，则其天者全

而其性得矣。故吾不害其长而已，非有能硕茂之也；不抑耗其实而已¹，非有能蚤而蕃之也。他植者则不然。根拳而土易²，其培之也，若不过焉则不及³。苟有能反是者，则又爱之太殷，忧之太勤，旦视而暮抚，已去而复顾。甚者爪其肤以验其生枯⁴，摇其本以观其疏密，而木之性日以离矣。虽曰爱之，其实害之，虽曰忧之，其实仇之，故不我若也⁵。吾又何能为哉？"

问者曰："以子之道，移之官理⁶，可乎？"驼曰："我知种树而已，理，非吾业也。然吾居乡，见长人者好烦其令⁷，若甚怜焉，而卒以祸。旦暮吏来而呼曰：'官命促尔耕，勖尔植⁸，督尔获，早缫而绪⁹，早织而缕¹⁰，字而幼孩¹¹，遂而鸡豚¹²。鸣鼓而聚之，击木而召之¹³。吾小人辍飧饔以劳吏者且不得暇¹⁴，又何以蕃吾生而安吾性耶？故病且怠¹⁵。若是，则与吾业者，其亦有类乎？"

问者曰："嘻，不亦善夫！吾问养树，得养人术。"传其事以为官戒¹⁶。

---

[1] 抑耗：抑制减损。
[2] 拳：屈曲，不舒展。土易：指换上新土。
[3] "若不过"句：不是培土过了量，就是培土不够。
[4] 爪：用指甲去抓。肤：指树木表皮。
[5] 不我若：不及我。
[6] 官理：为官治民。理：治理，唐代为避高宗李治的名讳，改"治"为"理"。
[7] 长（zhǎng）人者：为民之长者，即官吏。
[8] 勖（xù）：勉励。
[9] 缫（sāo）：抽引茧丝。而：通"尔"，你。绪：丝头，这里指丝。
[10] 缕（lǚ）：线，这里指用线织布。
[11] 字：抚育。
[12] 遂：生长，这里有喂养的意思。
[13] 击木：敲打木梆。
[14] 辍（chuò）：停止。飧饔（sūn yōng）：饭食。飧：晚饭。饔：早饭。劳：慰劳，招待。
[15] 病：困苦。怠：疲劳。
[16] 官戒：当官的鉴戒。

说明

这是一篇寓言体的人物传记，郭橐驼这个人并非实有。文章揭露了当时封建官吏扰民乱民的社会弊端，阐发了作者养民治国的进步思想。作者议论善用类比手法，先以郭橐驼同其他种树人加以对比，突出他的种树技能。再把郭橐驼的种树之道与当时官府治民的胡乱骚扰加以对比，从而引出治民之则在于"顺天致性"这一主旨。也就是说，要顺应自然，顺应民情，才能使百姓安居乐业。全文虽以郭橐驼谈种树之道的口气委婉道来，但批判的态度依然明显可感，特别是结尾点出可作"官戒"的警示，笔法十分冷峭。

集评

茅坤曰：守官者当深体此文。
　　　　——明·茅坤《唐宋八大家文钞·唐大家柳柳州文钞》卷五

金圣叹曰：纯是上圣至理，而以寓言出之，颇疑昌黎未必有此。
　　　　——清·金圣叹《天下才子必读书》卷十二

储欣曰：顺木之天，其义类甚广，为学养生，无不可通。然柳氏自为长人者而发。后世并促耕督获之呼，亦无暇及矣。叫嚣隳突，鸡犬不宁，如《捕蛇者说》所云，则无间日夜也。悲夫。
　　　　——清·储欣《唐宋八大家类选》卷十三

浦起龙曰：特为良吏作官箴，诩诩讲惠政。不持大体，病往往类此。重在"既然"、"反是"两转笔也。叙事不多，通述橐驼言，并官理亦不作传者语，脱甚。
　　　　——清·浦起龙《古文眉诠》卷五十四

三戒

　　吾恒恶世之人，不知推己之本 [1]，而乘物以逞 [2]。或依势以干非其类 [3]，出技以怒强 [4]，窃时以肆暴 [5]，然卒迫于祸 [6]。有客谈麋、驴、鼠三物，似其事，作《三戒》。

临江之麋

　　临江之人畋得麋麑 [7]，畜之。入门，群犬垂涎，扬尾皆来。其人怒，怛之 [8]。自是日抱就犬 [9]，习示之 [10]，使勿动 [11]。稍使与之戏，积久，犬皆如人意。麋麑稍大，忘己之麋也，以为犬良我友 [12]，抵触偃仆 [13]，益狎。犬畏主人，与之俯仰甚善 [14]。然时啖其舌 [15]。

　　三年，麋出门，见外犬在道甚众，走欲与为戏。外犬见而喜且怒，

---

[1]　推：推究，考虑。本：本原，指真实情况。
[2]　物：外物，指外力。逞：逞强。
[3]　干：冒犯。非其类：不是自己的同类。
[4]　出技：卖弄本领。怒强：激怒强者。
[5]　窃时：抓住时机。
[6]　迫：及，至。
[7]　临江：地名，现江西清江。畋（tián）：打猎。麋麑（mí ní）：小鹿。麋：鹿的一种。麑：幼鹿。
[8]　怛（dá）：恐吓。
[9]　就：接近。
[10]　习示之：经常给它们看。
[11]　动：此指欺侮。
[12]　良：确实。
[13]　抵触偃仆：意谓互相碰撞翻滚。
[14]　与之俯仰：随它俯仰，意谓犬顺随麋。
[15]　时：时时，经常。啖（dàn）吃，此指犬舐舌头。

共杀食之，狼藉道上[1]。麋至死不悟。

黔之驴

黔无驴[2]，有好事者船载以入。至则无可用，放之山下。虎见之，庞然大物也，以为神。蔽林间窥之，稍出近之，慭慭然莫相知[3]。

他日，驴一鸣，虎大骇，远遁，以为且噬己也，甚恐。然往来视之，觉无异能者。益习其声，又近出前后，终不敢搏。稍近益狎，荡倚冲冒[4]，驴不胜怒，蹄之[5]。虎因喜，计之曰："技止此耳！"因跳踉大㘚[6]，断其喉，尽其肉，乃去。

噫！形之庞也类有德，声之宏也类有能。向不出其技[7]，虎虽猛，疑畏，卒不敢取。今若是焉，悲夫！

永某氏之鼠

永有某氏者[8]，畏日[9]，拘忌异甚[10]。以为己生岁值子[11]，鼠，子神也，因爱鼠，不畜猫犬，禁僮勿击鼠。仓廪庖厨[12]，悉以恣鼠[13]，不问。

---

[1] 狼藉：散乱的样子，指麋的尸体。
[2] 黔：唐代的黔中道，范围包括现湖北西南部、四川东南部、贵州北部、湖南西部地区。后称贵州省为黔。
[3] 慭慭（yìn）然：小心谨慎的样子。
[4] 荡倚冲冒：碰撞，靠近，冲击，冒犯。
[5] 蹄：用蹄子踢。
[6] 跳踉：跳跃。㘚（hǎn）：虎吼。
[7] 向：假如。
[8] 永：永州。某氏：某姓，即某个人。
[9] 畏日：意谓迷信日子的吉凶。
[10] 拘忌异甚：禁忌特别厉害。
[11] 生岁值子：出生的年份逢子年。子年的生肖是鼠。
[12] 仓廪：粮仓。古时称谷仓为"仓"，米仓为"廪"。庖厨：厨房。
[13] 恣：放纵。

由是鼠相告，皆来某氏，饱食而无祸。某氏室无完器，椸无完衣[1]，饮食大率鼠之余也。昼累累与人兼行，夜则窃啮斗暴[2]，其声万状，不可以寝，终不厌。

数岁，某氏徙居他州。后人来居[3]，鼠为态如故。其人曰："是阴类恶物也[4]，恣暴尤甚，且何以至是乎哉？"假五六猫[5]，阖门[6]，撤瓦，灌穴，购僮罗捕之[7]。杀鼠如丘，弃之隐处，臭数月乃已。

呜呼！彼以其饱食无祸为可恒也哉！

说明

这是柳宗元写的一组寓言小品。作者认为，从麋、驴、鼠三种动物的悲剧性故事，人们应当吸取有益的启示，引以为戒，故题名为《三戒》。《临江之麋》讽刺了依恃权势作威作福的社会现象；《黔之驴》鞭斥了虚有其表、无才无德的丑类；《永某氏之鼠》则揭露了肆意作恶者的可耻下场。这些寓言情节曲折有致，叙述形象生动，寓意深刻，笔触冷峻，有深刻的社会内容和思想意义。

在先秦诸子散文中已有寓言，但大多是议论说理的辅助形式。柳宗元的寓言，则可视为一种独立的、完整的文学样式。这是柳宗元对古代寓言文学的创造性贡献。

[1] 椸（yí）：衣架。
[2] 斗暴：打架，打闹。
[3] 后人：后面搬来的人。
[4] 阴类：指蛇、鼠之类穴居的动物。
[5] 假：借。
[6] 阖（hé）：关。
[7] 购：购求，有"悬赏以求"的意思。

集评

　　苏轼曰：予读柳子厚《三戒》而爱之，乃拟作《河豚鱼》《乌贼鱼》二说，并序以自警。

　　　　　　　　　　　　　　　——宋·苏轼《柳河东集》卷十九《三戒》引

　　浦起龙曰：节促而宕，意危而冷。猥而深，琐而雅，恒而警。

　　　　　　　　　　　　　　　——清·浦起龙《古文眉诠》卷五十四

始得西山宴游记

自余为僇人[1]，居是州，恒惴栗[2]。其隙也[3]，则施施而行[4]，漫漫而游[5]。日与其徒上高山，入深林，穷回溪[6]，幽泉怪石，无远不到。到则披草而坐[7]，倾壶而醉；醉则更相枕以卧。卧而梦，意有所极[8]，梦亦同趣[9]；觉而起，起而归；以为凡是州之山水有异态者，皆我有也[10]，而未始知西山之怪特[11]。

今年九月二十八日，因坐法华西亭[12]，望西山，始指异之。遂命仆人，过湘江，缘染溪[13]，斫榛莽，焚茅茷[14]，穷山之高而止。攀援而登，箕踞而遨[15]，则凡数州之土壤，皆在衽席之下[16]。其高下之势，岈然洼然[17]，

[1] 僇（lù）人：受过刑辱的人，僇，同"戮"。柳宗元因王叔文集团事件贬官永州，故以此自称。
[2] 恒：经常。惴栗：忧虑、恐惧。
[3] 隙：空闲。
[4] 施施（yí）：慢步走的样子。
[5] 漫漫：随意、漫不经心地。
[6] 回溪：曲折的溪涧。
[7] 披：拨开。
[8] 极：至。
[9] 趣：同"趋"。
[10] 皆我有：都被我游遍了。
[11] 未始：不曾，未尝。
[12] 法华西亭：法华寺西边的亭子。此亭为作者所建。法华寺在零陵县城内东山上。
[13] 缘：沿。染溪：蒲水支流，在零陵县西南。
[14] 茅茷：茅草。
[15] 箕踞：两腿伸开坐地上，形似簸箕，属不拘礼节的随意坐法。遨：遨游，此指放眼四望。
[16] 衽（rèn）席：坐席。
[17] 岈（xiā）然：山谷空旷的样子。洼然：山谷低深的样子。

若垤若穴 [1]，尺寸千里 [2]，攒蹙累积 [3]，莫得遁隐。萦青缭白 [4]，外与天际 [5]，四望如一。然后知是山之特立，不与培塿为类 [6]。悠悠乎与颢气俱，而莫得其涯 [7]，洋洋乎与造物者游，而不知其所穷 [8]。引觞满酌 [9]，颓然就醉，不知日之入。苍然暮色，自远而至。至无所见，而犹不欲归。心凝形释 [10]，与万化冥合 [11]。然后知吾向之未始游，游于是乎始。故为之文以志 [12]。

是岁，元和四年也。

说明

唐顺宗永贞元年（805），柳宗元因参加王叔文集团变法失败被贬谪为永州司马。永州地处湖南两广交界处，偏僻闭塞，但山明水秀，景色宜人。柳宗元在放情山水之中，逐渐摆脱了政治挫折的郁抑心情；在热情赞美大自然之中，表现了挺立不群的独特人格。他以游记的形式抒发了这些情感。其中，最有代表性而又自成体系的是《永州八记》。本文则是《永州八记》的第一篇。文章略去了对西山本身的描写，重点突出了登上西山后极目远眺所获得的精神感悟。在描写西山的高峻怪特，周围

---

[1] 垤（dié）：蚂蚁窝的小土堆，泛指土堆。
[2] 尺寸千里：眼前景物似在尺寸之间，实则千里之遥。极言登高望远的感觉。
[3] 攒：聚集。蹙：紧缩。此句谓景物似浓缩在眼前。
[4] 萦青缭白：青山白水，相互缠绕。
[5] 际：交界处，此作动词，接合。
[6] 培（pǒu）塿（lóu）：小土丘。
[7] 颢气：浩气，天地之气。
[8] 造物者：指天地自然。
[9] 觞（shāng）：酒杯。
[10] 心凝形释：心神凝聚虚静，形体消散似不存在。
[11] 万化：万物。冥合：融合。
[12] 志：记。

景色的雄阔宏大，与大自然融为一体的感受中，突出了自己的人生追求，从而深化了山水游记的意蕴。

集评

茅坤曰：公之探奇，所响若神助。

——明·茅坤《唐宋八大家文钞·唐大家柳柳州文钞》卷七

储欣曰：前后将"始得"二字，极力翻剔。盖不尔，则为"西山宴游记"五字题也。可见作文，凡题中虚处，必不可轻易放过。其笔力矫拔，故是河东本来能事。

——清·储欣《唐宋八大家类选》卷十

浦起龙曰：始得有惊喜意，得而宴游，且有快足意，此扼题眼法也。最服在陆尤赏其传真有笔，不止虚挑，深于论文。

——清·浦起龙《古文眉诠》卷五十三

章士钊曰：柳州山水诸记，能引人入胜，千载之下，读者立觉当时之人与地宛在，而已若有物焉，导向使与相会，因而古今人物彼己，都汇而为一，引吭微诵，其文字沁人心脾，感受到一种无言之妙。柳记人人道好，好处应即在此。

——现代·章士钊《柳文指要》上·卷二十九

至小丘西小石潭记

从小丘西行百二十步，隔篁竹[1]，闻水声，如鸣佩环[2]。心乐之，伐竹取道，下见小潭，水尤清冽。全石以为底[3]，近岸，卷石底以出[4]，为坻，为屿，为嵁，为岩[5]。青树翠蔓，蒙络摇缀，参差披拂[6]。潭中鱼可百许头[7]，皆若空游无所依[8]。日光下澈，影布石上，佁然不动[9]；俶尔远逝[10]，往来翕忽[11]，似与游者相乐。

潭西南而望，斗折蛇行[12]，明灭可见[13]。其岸势犬牙差互[14]，不可知其源。

坐潭上，四面竹树环合，寂寥无人，凄神寒骨，悄怆幽邃。以其境过清[15]，不可久居，乃记之而去。

同游者，吴武陵、龚古、余弟宗玄[16]。隶而从者[17]，崔氏二小生：曰恕

---

[1]　篁竹：竹林。

[2]　佩环：玉佩，古人佩带在身上，随行走时发出有节奏的撞击声。

[3]　全石：整块石头。

[4]　卷石底以出：潭底的石头翻卷上来露出水面。

[5]　为：形成。坻：水中高地。屿：小岛。嵁（kān）：不平的山岩。岩：山岩。

[6]　"蒙络摇缀"二句：树枝树蔓覆盖缠绕，摇动而下垂。

[7]　可：大约。许：上下，左右。

[8]　皆若空游无所依：如在空中浮游，无所依托。"空"、"无"均形容潭水清澈。

[9]　佁（yǐ）然：静止的样子。

[10]　俶（chù）尔：忽然。

[11]　翕（xī）忽：即"倏忽"，轻快的样子。

[12]　斗折蛇行：水流曲折像北斗七星，蜿蜒如游蛇移动。

[13]　明灭可见：明明暗暗，时隐时现。

[14]　犬牙差（cī）互：岸边如犬牙那样交错不齐。

[15]　过清：太凄清。

[16]　吴武陵：信州人，元和初进士。当时也被贬永州。柳宗元很推崇他的才华。龚古：生平不详。宗玄：柳宗元堂弟。

[17]　隶：跟随。

己，曰奉壹。

说明

　　柳宗元的山水游记，往往表现出幽静深邃、清冷高洁的意境，本文是这种特色的典型体现。小潭清澈见底，岸上青树翠蔓，色彩十分和谐。潭中鱼儿空游，日光鱼影相乐，尤觉形神兼备。溪流曲折蜿蜒，水光明灭闪烁，描写精确生动。最后感叹环境的悲凉冷清，寒气透骨，使人真切地感受到作者孤寂悲怆的心情。景与情的统一，在柳宗元这里，达到了完美的体现。

集评

　　沈德潜曰：记潭中鱼数语，动定俱妙。后全在不尽，故意境弥深。

——清·沈德潜《唐宋八家文读本》卷九

　　浦起龙曰：白石潭底，正宜品以清字。题脉题象，粼粼映眼。

——清·浦起龙《古文眉诠》卷五十三

　　林纾曰：此等写景之文，即王维之以画入诗，亦不能肖。潭鱼受日不动，景状绝类花坞之藕香桥，桥下即清潭，游鱼百数聚日影中，见人弗游，一举手，则争窜入潭际幽兰花下，所谓"往来翕忽，似与游者相乐"，真体物到极神化处矣。

　　又曰：文不过百余字，直是一小幅赵千里得意之青绿山水也。

——近代·林纾《古文辞类纂》卷九

杜 牧

杜牧（803—853），字牧之，唐朝京兆万年（今陕西西安）人。文宗太和二年（828）进士。历任监察御史、刺史，官至中书舍人。晚唐重要作家，诗文成就都很高。关心国事，多忧国忧民之想，其文笔力峭健，诗以情致豪迈见长，七绝尤为人激赏。后人把他与杜甫并举，称之为"小杜"。有《樊川文集》。

阿房宫赋 [1]

六王毕，四海一 [2]。蜀山兀，阿房出 [3]。覆压三百余里 [4]，隔离天日。骊山北构而西折 [5]，直走咸阳 [6]。二川溶溶 [7]，流入宫墙。五步一楼，十步一阁。廊腰缦回 [8]，檐牙高啄 [9]。各抱地势 [10]，钩心斗角 [11]。盘盘焉 [12]，囷囷焉 [13]，

---

[1] 阿房（é páng）宫：秦始皇在位时兴建的宫殿，项羽入关后焚毁，遗址在今陕西西安市西南。
[2] 六王：指齐、楚、燕、韩、赵、魏六国国君。毕：完，指六国被秦灭亡。四海：指天下。一：统一。
[3] 蜀：今四川。兀（wù）：山高而平，指为造阿房宫将山上的树砍伐光。
[4] 覆压：覆盖。
[5] 骊山：山名，在陕西临潼。北构：在骊山北面建造。西折：折向西边。
[6] 走：趋向。咸阳：秦首都，今陕西西安附近。
[7] 二川：渭水、樊水。溶溶：水流动的样子。
[8] 廊腰缦回：走廊曲折，像丝带回环。
[9] 檐牙高啄：屋檐耸翘，像鸟嘴啄向高空。
[10] 抱：持守，依凭。
[11] 钩心斗角：屋檐相互连结，纡曲如钩；屋角互成对峙，如螭龙斗角。
[12] 盘盘：重叠环绕。
[13] 囷囷（qūn）：曲折回旋。

蜂房水涡[1]，矗不知其几千万落[2]。长桥卧波，未云何龙[3]？复道行空，不霁何虹[4]？高低冥迷[5]，不知西东。歌台暖响[6]，春光融融；舞殿冷袖[7]，风雨凄凄。一日之内，一宫之间，而气候不齐。

妃嫔媵嫱[8]，王子皇孙，辞楼下殿，辇来于秦[9]，朝歌夜弦，为秦宫人。明星荧荧，开妆镜也[10]；绿云扰扰，梳晓鬟也[11]；渭流涨腻，弃脂水也[12]；烟斜雾横，焚椒兰也[13]；雷霆乍惊，宫车过也，辘辘远听[14]，杳不知其所之也。一肌一容，尽态极妍[15]，缦立远视，而望幸焉[16]。有不得见者，三十六年[17]。燕赵之收藏，韩魏之经营，齐楚之精英，几世几年，剽掠其人，倚叠如山。一旦不能有，输来其间。鼎铛玉石，金块珠砾[18]，弃掷逦迤[19]，秦人视之，亦不甚惜。

---

[1] 蜂房水涡：像蜂房水涡一样，比喻房屋密集。
[2] 矗：耸立。落：所，座。
[3] "长桥"两句：长桥横架水波之上，没有云雾，哪里会有龙？语出《易经·乾·文言》："云从龙，风从虎。"古人认为有龙就该有云。
[4] 复道：在楼阁之间凌空架设的通道，俗称"天桥"。霁：雨后天晴。
[5] 冥迷：分辨不清。
[6] 歌台暖响：台上的歌声，使人感到温暖。
[7] 舞殿冷袖：殿中舞袖，好像带来寒意。
[8] 妃嫔媵（yìng）嫱（qiáng）：封建帝王的配偶，这里指六国宫妃。媵是陪嫁的宫女，多为后妃的妹妹或侄女。嫔、嫱为宫中女官。
[9] "辞楼下殿"二句：意谓离别原来的住处，被俘入秦。辇（niǎn）：帝王的坐车，这里指乘车。
[10] "明星"二句：星光闪烁，是宫女打开了梳妆镜。
[11] "绿云"一句：绿云纷扰，是宫女晨起梳整发鬟。
[12] "渭流"二句：渭水上油腻漂浮，是因为宫女们倒入洗脸水。
[13] "烟斜"二句：烟雾弥漫，是宫女们在燃香。
[14] 辘辘：车声。远听：越听越远。
[15] "一肌"二句：意谓费尽心思打扮，肌肤容貌非常娇媚。
[16] 缦立：久立。幸：皇帝的宠爱。
[17] 三十六年：指秦始皇在位之年（前246—前210），意谓终秦始皇之世，不得一见。
[18] "鼎铛（chēng）"二句：宝鼎当作铁锅，美玉当作石块，黄金当作泥土，珍珠当作石子。
[19] 逦迤（lǐ yǐ）：绵延不断。

嗟乎！一人之心，千万人之心也。秦爱纷奢，人亦念其家。奈何取之尽锱铢[1]，用之如泥沙？使负栋之柱[2]，多于南亩之农夫[3]；架梁之椽，多于机上之工女[4]；钉头磷磷，多于在庾之粟粒[5]；瓦缝参差[6]，多于周身之帛缕；直栏横槛，多于九土之城郭[7]；管弦呕哑[8]，多于市人之言语。使天下之人，不敢言而敢怒。独夫之心[9]，日益骄固。戍卒叫[10]，函谷举[11]，楚人一炬[12]，可怜焦土。

呜呼！灭六国者，六国也，非秦也。族秦者[13]，秦也，非天下也。嗟乎！使六国各爱其人，则足以拒秦。使秦复爱六国之人，则递三世可至万世而为君[14]，谁得而族灭也？秦人不暇自哀[15]，而后人哀之；后人哀之而不鉴之[16]，亦使后人而复哀后人也。

---

[1] 锱（zī）铢：古代重量单位，六铢为一锱，四锱为一两。这里比喻细微。
[2] 负栋之柱：支撑大梁的柱子。
[3] 南亩：泛指田亩。
[4] 机：织布机。工女：织布的女子。
[5] 磷磷：本指石头露出水面的样子，这里形容建筑物上突出的钉头。庾（yǔ）：粮仓。
[6] 瓦缝参差：瓦缝层层排列。
[7] 直栏横槛：横的和竖的栏杆。九土：九州，全国。
[8] 管弦：泛指音乐。呕哑：杂乱的声音。
[9] 独夫：众叛亲离的统治者，此处指秦始皇。
[10] 戍卒叫：指陈胜、吴广起义。戍卒：防守边疆的士兵。
[11] 函谷：函谷关，在今河南宝灵。举：攻破。
[12] 楚人：指项羽，他是战国时楚国将领项燕后代。
[13] 族：灭族，指秦国被灭。
[14] 递：传。
[15] 不暇自哀：来不及悲叹自己。
[16] 鉴之：以他为镜子鉴戒。鉴：镜子，此处用作动词。

说明

　　秦灭六国以后，秦始皇征用七十余万人开始在咸阳修建宫殿，取名"阿房宫"。这项工程规模浩大，仅前殿就有"东西五百步，南北五十丈，上可以坐万人，下可以建五丈旗"。秦始皇死后，秦二世胡亥继续建造，直到秦朝灭亡，仍未完工。公元前206年，项羽首先入关中，放火烧毁了阿房宫。

　　这篇文章是杜牧凭借想象铺叙了阿房宫建筑之壮丽宏大，以及宫中珍宝、美女数量之多，作者反复阐明暴政终将亡国的历史教训，以期引起唐代统治者的借鉴。文章善于夸张、比喻，形象生动，句式以对偶排比为主，显得铿锵而流畅。

王禹偁

王禹偁（954—1001），字元之，济州巨野（今山东巨野）人。宋太宗太平兴国进士。历任左司谏、翰林学士、知制诰等官。因为人正直，敢于直言，屡遭贬谪。倡导文学革新，反对五代绮靡文风，提倡杜甫、白居易诗风和韩愈、柳宗元文风。诗文平易朴素，自然流畅，为后来欧阳修、梅尧臣的诗文革新运动开辟了道路。有《小畜集》和《小畜外集》。

黄冈竹楼记

黄冈之地多竹[1]，大者如椽[2]。竹工破之，刳去其节[3]，用代陶瓦。比屋皆然[4]，以其价廉而工省也。

子城西北隅[5]，雉堞圮毁[6]，蓁莽荒秽，因作小楼二间，与月波楼通[7]。远吞山光[8]，平挹江濑[9]，幽阒辽夐[10]，不可具状。夏宜急雨，有瀑布声；冬宜密雪，有碎玉声。宜鼓琴，琴调虚畅；宜咏诗，诗韵清绝；宜围棋，子声丁丁然；宜投壶[11]，矢声铮铮然：皆竹楼之所助也。

---

[1] 黄冈：地名，今湖北黄冈。
[2] 椽（chuán）：木结构屋顶上架屋瓦的木条。
[3] 刳（kū）：挖，剔。
[4] 比屋：挨家挨户。比：并。
[5] 子城：附属于大城的小城，如内城、月城。
[6] 雉堞：城上的矮墙。圮（pǐ）毁：毁坏，坍塌。
[7] 月波楼：楼名，在黄冈城上。
[8] 吞：容纳，接受，此指望见。
[9] 挹：汲取。濑：沙滩上的流水。
[10] 阒（qù）：寂静。夐（xiòng）：遥远。
[11] 投壶：古代宴饮时的游戏，宾主把箭投入壶中，胜者斟酒给负者饮。

公退之暇[1]，被鹤氅[2]，戴华阳巾[3]，手执《周易》一卷，焚香默坐，消遣世虑。江山之外，第见风帆沙鸟、烟云竹树而已[4]。待其酒力醒，茶烟歇，送夕阳，迎素月，亦谪居之胜概也[5]。彼齐云、落星[6]，高则高矣；井幹、丽谯[7]，华则华矣，止于贮妓女、藏歌舞，非骚人之事[8]，吾所不取。

吾闻竹工云："竹之为瓦仅十稔[9]，若重覆之，得二十稔。"噫！吾以至道乙未岁[10]，自翰林出滁上[11]，丙申移广陵[12]，丁酉又入西掖[13]，戊戌岁除日[14]，有齐安之命[15]，己亥闰三月到郡[16]。四年之间，奔走不暇，未知明年又在何处，岂惧竹楼之易朽乎？幸后之人与我同志，嗣而葺之[17]，庶斯楼之不朽也。

咸平二年八月十五日记。

----

[1]　公退：办完公事，回来休息。
[2]　被：披。鹤氅（chǎng）：用鸟羽制作的衣服。
[3]　华阳巾：道士戴的头巾。
[4]　第：但，只。
[5]　胜概：佳境。
[6]　齐云：齐云楼，故址在吴县，唐曹恭王所建。落星：落星楼，故址在江苏南京，三国时孙权建造。
[7]　井幹：井幹楼，汉武帝刘彻所建，故址在长安。丽谯：丽谯楼，三国时曹操所建。
[8]　骚人：诗人。屈原作有《离骚》，故后世称诗人为"骚人"。
[9]　十稔（rěn）：十年。稔：谷物成熟。古代谷物一年一熟，故一年为一稔。
[10]　至道乙未岁：宋太宗至道元年（995年）。
[11]　翰林：翰林学士。出：贬逐。滁上：滁州，今安徽滁县。这一年作者因"谤讪朝廷"罪被贬。
[12]　丙申：至道二年。移广陵：调到扬州任职。
[13]　丁酉：至道三年。又入西掖：指回京任刑部郎中知制诰。西掖：指中书省，因中书省在皇宫西边，故有此称。王禹偁前后三次在中书省作官，故说"又入西掖"。
[14]　戊戌：宋真宗咸平元年（998年）。岁除日：即除夕。
[15]　齐安：齐安郡，治所在黄州，今湖北黄冈。这一年作者因参与编写《太祖实录》，直书史事，被贬黄州刺史。
[16]　己亥：咸平二年。
[17]　嗣：继承，继续。葺（qì）：修整。

说明

　　这篇文章是作者被贬黄州刺史时写的，主要内容是记叙自己修建竹楼的喜悦心情。王禹偁的竹楼是简陋的，但坐在这样的竹楼里，他领略了自然山水之美，满足于诗书棋琴生活的乐趣，甚至觉得比封建帝王的楼台名阁更胜一筹。这种表面上随缘自适、寄情山水的情绪，隐隐流露出宦途失意的悲凉和无奈。特别是结尾历数"四年之间，奔走不暇"的经历，不平之气似更为明显。本文语言轻灵潇洒，多用排比，在自然舒展的描写中，创造了一个幽静深远、超尘绝俗的意境。

集评

　　王若虚曰：荆公谓王元之《竹楼记》胜欧阳《醉翁亭记》，鲁直亦以为然。曰：公论文，常先体制而后辞之工拙。予谓：《醉翁亭记》虽涉玩易，然条达迅快，如肺腑中流出，自是好文章。《竹楼记》虽复得体，岂足置欧文之上乎！

　　　　　　　　　　——金·王若虚《滹南遗老集》卷三十六·文辨三

　　吴楚材曰：冷淡萧疏，无意于安排措置，而自得之于景象之外。可以上追柳州得意诸记。起结摇曳生情，更觉蕴藉。

　　　　　　　　　　　　——清·吴楚材等《古文观止》卷九

　　余诚曰：通体俱切定竹楼，抒写胜慨，玩"亦谪居"句，则竹楼之景，尽属谪居之乐矣。"吾以至道"数语，分明有由乐转入悲意，却妙在笔能含蓄不露。末以"斯楼不朽"结到底，还他个记体。

　　　　　　　　　　　　——清·余诚《重订古文释义新编》卷八

范仲淹

范仲淹（989—1052），字希文，苏州吴县（今属江苏）人，北宋政治家、文学家。大中祥符进士。曾以龙图阁直学士的身份与韩琦并任陕西经略安抚使，镇守西部边塞，抵御西夏入侵，屡建战功。政治上主张革除时弊，官至参知政事。曾积极提出改革方案，终因保守派阻挠而未能实行。文学上诗词散文并擅。有《范文正公集》。

岳阳楼记

庆历四年春[1]，滕子京谪守巴陵郡[2]。越明年，政通人和，百废俱兴。乃重修岳阳楼，增其旧制[3]，刻唐贤今人诗赋于其上，属予作文以记之[4]。

予观夫巴陵胜状，在洞庭一湖。衔远山，吞长江，浩浩汤汤[5]，横无际涯；朝晖夕阴[6]，气象万千。此则岳阳楼之大观也[7]，前人之述备矣。然则北通巫峡，南极潇湘[8]，迁客骚人[9]，多会于此，览物之情，得无异乎[10]？

若夫霪雨霏霏[11]，连月不开[12]，阴风怒号，浊浪排空；日星隐曜，山

---

[1]　庆历四年：公元 1044 年。庆历为宋仁宗年号。
[2]　滕子京：名宗谅，河南府（今河南洛阳）人，范仲淹的朋友。当时他因受人诬告，被贬为岳州知州。守：任州郡的长官。巴陵郡：宋代岳州，即古代的巴陵郡。
[3]　旧制：原有的建筑规模。
[4]　属：同"嘱"。
[5]　浩浩汤汤（shāng）：水势盛大的样子。
[6]　朝晖夕阴：早晨阳光灿烂，傍晚阴气凝结。
[7]　大观：雄伟壮观。
[8]　极：尽，直到。潇：潇水，湘水的支流。湘水和潇水会合后也称潇湘。
[9]　迁客：被贬谪的人。骚人：诗人。屈原作有《离骚》，故后人称诗人为骚人。
[10]　得无：能不。
[11]　霪（yín）雨：久雨。霏霏：细雨纷飞的样子。
[12]　开：开晴，放晴。

岳潜形；商旅不行，樯倾楫摧[1]；薄暮冥冥[2]，虎啸猿啼。登斯楼也，则有去国怀乡[3]，忧谗畏讥，满目萧然[4]，感极而悲者矣。

至若春和景明[5]，波澜不惊[6]；上下天光，一碧万顷；沙鸥翔集，锦鳞游泳[7]；岸芷汀兰[8]，郁郁青青[9]；而或长烟一空[10]，皓月千里；浮光跃金[11]，静影沉璧[12]；渔歌互答[13]，此乐何极！登斯楼也，则有心旷神怡，宠辱皆忘，把酒临风，其喜洋洋者矣。

嗟夫！予尝求古仁人之心[14]，或异二者之为。何哉？不以物喜，不以己悲。居庙堂之高[15]，则忧其民；处江湖之远[16]，则忧其君。是进亦忧，退亦忧，然则何时而乐耶？其必曰"先天下之忧而忧，后天下之乐而乐"乎！噫，微斯人[17]，吾谁与归[18]！

时六年九月十五日。

---

[1] 樯：桅杆。楫：船桨。摧：折。
[2] 薄暮：傍晚。薄：迫近。冥冥：昏暗的样子。
[3] 去国：离开京城，指被贬。
[4] 萧然：萧条冷落的样子。
[5] 春和景明：春天天气和暖，景物晴明。
[6] 不惊：平静。
[7] 锦鳞：鱼的美称。
[8] 岸芷：岸边的香芷草。汀兰：水中沙洲的兰草。
[9] 郁郁：香气浓郁。青青：茂盛的样子。
[10] 一空：一下子全部消散。
[11] 浮光跃金：湖水波动时，月光在水面上闪耀金光。
[12] 静影沉璧：湖水平静时，月亮倒映水中，如白玉沉底。
[13] 互答：彼此唱和。
[14] 仁人：品德高尚的人。
[15] 庙堂：指朝廷。高：高位。
[16] 江湖：指离开朝廷到地方上做官或隐退。
[17] 微斯人：假如不是这样的人。微：无。
[18] 吾谁与归：我同谁一道。

说明

　　岳阳楼在湖南岳阳，是天下胜景。滕子京重修岳阳楼时，请范仲淹写了这篇文章。其时，滕子京因故被贬，谪守岳州。范仲淹提出的改革方案，亦告失败，从参知政事任上，出为陕西河东宣抚使兼陕西四路安抚使，又迁任邓州。因此，本文对岳阳楼的重修一笔带过，着重描写岳阳楼四周景色和洞庭湖上阴晴明晦、风雨变幻所引发的悲喜之情，以暗扣宦海风云、个人遭际之进退，进而抒发"先天下之忧而忧，后天下之乐而乐"的宏阔胸襟，体现了古之仁者为国为民的崇高忧乐观。本文多用骈文句法，藻饰华美，音节爽朗，颇具诗的韵味，故被当时的古文家尹洙评为古文的"传奇体"。

集评

　　王正德曰：范文正公为《岳阳楼记》，用对语说时景，世以为奇。尹师鲁读之曰："此传奇体耳。"

——宋·王正德《余师录》卷一

　　金圣叹曰：中间悲喜二大段，只是借来翻出后文忧乐耳。不然，便是赋体矣。

　　又曰：一肚皮圣贤心地，圣贤学问，发而为才子文章。

——清·金圣叹《天下才子必读书》卷十五

　　楼迁斋评：首尾布置与中间状物之妙，不可及矣。然最妙处在临末断遣一转语。乃知此老胸襟度量，直与岳阳洞庭同其广。

——清·顾充《文章规范百家评注》卷六引

　　吴楚材曰：岳阳楼大观，已被前人写尽，先生更不赘述，止将登楼者览物之情写出。悲喜二意，只是翻出后文忧乐一段正论。以圣贤忧国忧民之心地，发而为文章，非先生其孰能之。

——清·吴楚材等《古文观止》卷九

余诚曰：通体俱在谪守上着笔，确是子京重修岳阳楼记，一字不肯苟下。圣贤经济，才子文章，于此可兼得之矣。

——清·余诚《重订古文释义新编》卷八

过珙曰：惟贤者而后有真忧，亦惟贤者而后有真乐，乐不以忧而废，忧不以乐而忘，此虽文正自负之词，而期望子京隐然言外，必如是，始得斯文本旨。

——清·过珙等《详订古文评注全集》

浦起龙曰：先忧后乐两言，先生生平所持诵也。缘情设景，借题引合，想见万物一体胸襟。

——清·浦起龙《古文眉诠》卷七十三

石　介

石介（1005—1045），字守道，兖州奉符（今山东泰安）人。宋仁宗天圣八年（1030）进士，历嘉州判官，国子监直讲，直集贤院。曾躬耕于徂徕山下，学者称为徂徕先生。他论文强调"文道合一"，对于以杨亿为代表的形式主义文学流派"西昆体"，曾著《怪说》予以猛烈攻击，推崇继承韩愈、柳宗元一派古文风气的柳开。能诗文，道学气较重。有《徂徕集》。

辨惑

吾谓天地间必然无者有三：无神仙，无黄金术[1]，无佛。然此三者，举世人皆惑之，以为必有，故甘心乐死而求之。然吾以为必无者，吾有以知之。大凡穷天下而奉之者[2]，一人也[3]。莫崇于一人，莫贵于一人，无求不得其欲[4]，无取不得其志[5]；天地两间，苟所有者，惟不索焉，索之，则无不获也。

秦始皇之求为仙，汉武帝之求为黄金，梁武帝之求为佛[6]，勤已至矣[7]；而秦始皇远游死，梁武帝饥饿死[8]，汉武帝铸黄金不成。推是而言，

---

[1]　黄金术：即炼金术。
[2]　奉：供奉，供给。
[3]　一人：指皇帝。
[4]　"无求"句：意谓没有追求而不能满足其欲望的。
[5]　"无取"句：意没有索取而不能达到其意志的。
[6]　"梁武帝"句：梁武帝萧衍迷信佛教，曾数次舍身同泰寺为奴（事见《梁书·武帝纪》）。
[7]　"勤已"句：意谓（他们的）用心用力都已到了极点。
[8]　梁武帝饥饿死：梁太清三年（549），侯景攻陷台城，梁武帝困饿而死（事见《梁书·侯景传》）。

吾知必无神仙也，必无佛也，必无黄金术也。

说明

　　宋代初年，文坛仍在晚唐五代奢靡文风影响之下。直到石介出现，才开始有所扭转。石介很有些社会责任感，他主张为文应以天下是非为己任。这篇文章，就是针对当时封建统治者宣扬迷信伪科学的现象而写的。文章认为，所谓神仙之术、炼金之术和崇佛佞佛都是虚无妄诞的。作者批判的锋芒直指封建时代的最高统治者，以秦始皇、汉武帝和梁武帝为例，指出他们沉湎于虚妄的迷信活动是以"穷天下而奉之"为代价的。此文批评尖锐，文笔简练，论据确切，说服力强。

欧阳修

欧阳修（1007—1072），字永叔，号醉翁，晚年又号六一居士，庐陵（今江西吉安）人。仁宗天圣八年（1030）进士。累官至枢密副使、参知政事，卒谥文忠。早年支持范仲淹的改革，正直敢言。晚年反对王安石变法。他是北宋诗文革新运动的领袖，主张明道致用，力戒浮华靡丽。其文明畅简洁，章法曲折多变，为"唐宋八大家"之一。所著《六一诗话》开创"诗论"新体裁，另著有《欧阳文忠公集》，撰写《新五代史》，并与宋祁合修《新唐书》。

伶官传序

呜呼！盛衰之理，虽曰天命[1]，岂非人事哉[2]！原庄宗之所以得天下[3]，与其所以失之者，可以知之矣。

世言晋王之将终也[4]，以三矢赐庄宗而告之曰："梁，吾仇也[5]；燕王，吾所立[6]；契丹与吾约为兄弟[7]，而皆背晋以归梁。此三者，吾遗恨也。与

---

[1] 天命：天的旨意。

[2] 人事：人的作为。

[3] 原：推究原因。庄宗：李存勖（xù），西域突厥族人。其祖父朱邪赤心归唐，赐名李国昌。其父李克用因镇压黄巢起义有功，封陇西郡王，又封为晋王。李存勖继位后，灭梁称帝，建立后唐。后因宠信宦官伶人，游乐无度，终于覆灭。

[4] 晋王：李存勖之父李克用。

[5] 梁，吾仇也：指后梁朱温，他原为黄巢将领，降唐后，改名朱全忠，封为梁王。朱曾设宴将李克用骗醉，企图加害未果。后来朱篡夺唐王朝政权，改国号为梁。

[6] 燕王，吾所立：指刘仁恭，本为幽州将，李克用助其夺得幽州，并向唐朝保荐他为卢龙节度使。后刘仁恭叛晋归梁。朱全忠封他的儿子刘守光为燕王。此处称刘仁恭为燕王，是笼统称之。

[7] "契丹"句：公元907年，李克用与契丹族首领耶律阿保机结拜为兄弟，约定共同举兵灭梁，但耶律阿保机背约，归顺后梁。

尔三矢，尔其无忘乃父之志！"庄宗受而藏之于庙[1]，其后用兵，则遣从事以一少牢告庙[2]，请其矢，盛以锦囊，负而前驱，及凯旋而纳之[3]。

方其系燕父子以组[4]，函梁君臣之首[5]，入于太庙，还矢先王，而告以成功，其意气之盛，可谓壮哉！及仇雠已灭[6]，天下已定，一夫夜呼，乱者四应，仓皇东出，未及见贼而士卒离散，君臣相顾，不知所归，至于誓天断发，泣下沾襟[7]，何其衰也！岂得之难而失之易欤？抑本其成败之迹，而皆自于人欤？

《书》曰："满招损，谦得益。"[8]忧劳可以兴国，逸豫可以亡身[9]，自然之理也。故方其盛也，举天下之豪杰，莫能与之争；及其衰也，数十伶人困之[10]，而身死国灭，为天下笑。夫祸患常积于忽微[11]，而智勇多困于所溺[12]，岂独伶人也哉！

---

[1] 庙：太庙，帝王祭祀祖先的宗庙。

[2] 从事：泛指一般幕僚随从。一少牢：古代祭祀时，牛、猪、羊三牲齐备称太牢。用猪、羊作祭品称少牢。告：祷告。

[3] 纳之：把箭放回。

[4] 方：当……时。系燕父子以组：公元912年，李存勖遣将打败燕王刘守光，抓获刘父子。系(jì)：捆绑。组：丝带，此指绳索。

[5] "函梁"句：公元923年，李存勖领兵攻梁，梁末皇帝朱友贞让部将皇甫麟将自己杀死，接着皇甫麟也刎颈自杀。函：木匣，此作动词，意为用木匣盛装。

[6] 仇雠(chóu)：仇人。

[7] "一夫夜呼"八句：公元926年，驻守贝州（今河北清河）的军人皇甫晖发动兵变，攻入邺城（今河北临漳）。李存勖派李嗣源（李克用养子）前去镇压。但是，李嗣源却被部下拥为皇帝，联合邺城叛军向京城洛阳进发。李存勖慌忙率军追击，途中，传来李嗣源已占据大梁（开封）的消息，又被迫返回。部将元行钦等百余人，断发向天立誓忠于后唐，君臣相对哭泣。

[8] 书：《尚书》。"满招损，谦得益"：见《尚书·大禹谟》。

[9] 忧劳：忧患而勤劳。逸豫：安逸游乐。

[10] "数十"句：李存勖灭梁后，骄傲自满，日见荒淫，宠信乐人、宦官。李嗣源兵变后，乐官郭从谦乘机作乱，李存勖中流矢而死。

[11] 忽微：细小。

[12] 溺：溺爱。

说明

这篇文章选自《新五代史·伶官传》。欧阳修修史，贯串文以载道思想。又在纪传的前后，多作叙论，发抒感慨。他的文章，很受后人赞赏。这篇《伶官传序》就是著名的史论。文章开头就提出盛衰由于人事的中心论点，鲜明而惊警。接着叙述唐庄宗帝业兴亡成败前后的事实，精简而突出重点。最后就事实加以议论，紧扣唐庄宗"意气之盛"与"何其衰也"的前后对比，再引古人"满招损，谦得益"之论，呼应了文章开篇提出的论点。至此，欧阳修意犹不足，他再推进一层，指出"祸患常积于忽微，而智勇多困于所溺，岂独伶人也哉"。这就把作者的警世借鉴的意义引向深入。本文立意高远，文辞斐然，叙论交融，精警锐利，笔力雄健，行文跌宕。后人评之曰有抑扬顿挫的音节之美，堪称史论之作的典范。

集评

储欣曰：写庄宗之盛，以形其哀，允堪垂戒。

——清·储欣《唐宋八大家类选》卷十一

沈德潜曰：抑扬顿挫，得《史记》神髓，《五代史》中第一篇文字。

——清·沈德潜《唐宋八家文读本》卷十四

吴楚材曰：起手一提，已括全篇之意。次一段叙事，中、后只是两扬两抑。低昂反复，感慨淋漓，直可与史迁相为颉颃。

——清·吴楚材等《古文观止》卷十

刘熙载曰：欧阳公《五代史》诸论，深得畏天悯人之旨，盖其事不足言，而又不忍不言；言之怫于己，不言无以惩于世。情见乎辞，亦可悲矣。

——清·刘熙载《艺概·文概》

朋党论

臣闻朋党之说[1]，自古有之，惟幸人君辨其君子小人而已[2]。

大凡君子与君子以同道为朋[3]，小人与小人以同利为朋，此自然之理也。然臣谓小人无朋，惟君子则有之。其故何哉？小人所好者[4]，禄利也；所贪者，财货也。当其同利之时，暂相党引以为朋者[5]，伪也；及其见利而争先，或利尽而交疏，则反相贼害[6]，虽其兄弟亲戚不能相保。故臣谓小人无朋，其暂为朋者，伪也。君子则不然，所守者道义[7]，所行者忠信，所惜者名节[8]。以之修身，则同道而相益；以之事国，则同心而共济[9]，始终如一。此君子之朋也。故为人君者，但当退小人之伪朋[10]，用君子之真朋[11]，则天下治矣[12]。

尧之时[13]，小人共工、骓兜等四人为一朋[14]，君子八元、八恺十六人为一朋[15]。舜佐尧退四凶小人之朋，而进元、恺君子之朋，尧之天下大治。

---

[1]　朋党：因某种相同目的而聚合在一起。
[2]　幸：希望。人君：国君。
[3]　同道：道义一致。
[4]　好（hào）：喜欢。
[5]　党引：结为同党，相互勾结。
[6]　贼害：伤害。
[7]　守：信奉，坚持。
[8]　名节：名誉气节。
[9]　共济：相互帮助，共图成功。
[10]　退：废斥不用。
[11]　用：进用。
[12]　治：社会安定，政治清明。
[13]　尧：儒家推崇的上古贤君。下文舜、周武王亦是。
[14]　共工、骓兜（huān dōu）：传说中人物。尧时共工、骓兜、鲧（gǔn）、三苗被称为四凶。
[15]　八元、八恺：传说中人物。上古高辛氏的八个儿子被称为八元。高阳氏的八个儿子被称为八恺。元、恺均为善良的意思。

及舜自为天子，而皋、夔、稷、契等二十二人并列于朝[1]，更相称美，更相推让[2]，凡二十二人为一朋，而舜皆用之，天下亦大治。《书》曰："纣有臣亿万，惟亿万心；周有臣三千，惟一心。"[3]纣之时，亿万人各异心，可谓不为朋矣，然纣以亡国。周武王之臣，三千人为一大朋，而周用以兴。后汉献帝时，尽取天下名士囚禁之，目为党人[4]。及黄巾贼起[5]，汉室大乱，后方悔悟，尽解党人而释之[6]，然已无救矣。唐之晚年，渐起朋党之论[7]。及昭宗时[8]，尽杀朝之名士，或投之黄河，曰："此辈清流，可投浊流[9]。"而唐遂亡矣[10]。

夫前世之主，能使人人异心不为朋，莫如纣；能禁绝善人为朋，莫如汉献帝；能诛戮清流之朋，莫如唐昭宗之世：然皆乱亡其国。更相称美推让而不自疑，莫如舜之二十二臣，舜亦不疑而皆用之。然而后世不诮舜为二十二人朋党所欺[11]，而称舜为聪明之圣者，以能辨君子与小人也。

[1]　皋（gāo）、夔（kuí）、稷（jì）、契（xiè）：传说中人物，都是舜时贤臣，分别担任管理刑法、音乐、农事和教育的长官。
[2]　推让：推许谦让。
[3]　《书》：《尚书》。四句话见《尚书·周书·泰誓》。《泰誓》是周武王伐纣，大军渡孟津（今河南孟县）时的誓词。纣：商朝的末代君主，为周武王所灭。
[4]　"后汉献帝"三句：献帝，东汉的末代皇帝。"献帝时"实误，应为桓帝、灵帝时。当时宦官专权，李膺、范滂等名士被诬为朋党，逮捕下狱，被杀者百余人。此后各州又有六七百人遭囚或被杀，史称"党锢之祸"。
[5]　黄巾：灵帝时爆发的以张角为首的农民起义军，以黄巾裹头，故称。贼：封建社会对农民起义军的污蔑性称呼。
[6]　"汉室大乱"三句：灵帝因"党锢之祸"引起民怨沸腾，加之黄巾军起，统治者担心党人与起义军联合，乃大赦党人。
[7]　"唐之晚年"二句：指唐穆宗至宣宗年间（821—859），以牛僧孺、李宗闵为一派与以李德裕为首的另一派之间的官僚宗派斗争，史称"牛李党争"。
[8]　昭宗：李晔，唐朝的亡国之君（889—904在位）。
[9]　"此辈清流"二句：唐昭宣帝天祐二年（905），朱全忠专权，杀大臣裴枢等七人于滑州白马驿。朱全忠的谋士李振说"此辈常自谓清流，宜投入黄河，永为浊流"。朱笑而从之，将裴等人尸体抛入黄河。昭宗误，应为昭宣帝。清流：品行高洁，名望甚高之士。
[10]　唐遂亡：天祐四年（907）昭宣帝被迫让位于朱全忠，唐亡。
[11]　诮（qiào）：责备。

　　　　　　　　　　　　　　　唐宋散文

周武之世，举其国之臣三千人共为一朋，自古为朋之多且大莫如周。然周用此以兴者，善人虽多而不厌也[1]。

夫兴亡治乱之迹[2]，为人君者，可以鉴矣。

说明

宋仁宗庆历三年（1043），在欧阳修等人的弹劾下，守旧派官僚夏竦、吕夷简被罢免，主张新政的范仲淹、韩琦等上台执政。夏竦等人不甘于失败，他们大肆制造舆论，攻击、污蔑范仲淹等人结朋成党，企图以这种卑劣手段将他们在政治上置于死地。

欧阳修的这篇文章，有力地驳斥了守旧派的污蔑。作者巧妙地接过论敌的指责，不仅不否认对方横加在自己头上的"朋党"罪名，反而理直气壮地要求皇帝信任重用他们。文章认为，朋党有邪有正，君子以同道为朋，小人以同利为朋。然后以历史事例加以论证，指出治理国家必须"退小人之伪朋，用君子之真朋"。文章光明磊落，正气凛然，反复曲畅，婉切近人，是政论文中的名篇。

集评

茅坤曰：破千古人君之疑。
——明·茅坤《唐宋八大家文钞·宋大家欧阳文忠公文钞》卷十四

---

[1] 多而不厌：多多益善。厌：满足。
[2] 迹：历史事迹。

金圣叹曰：最明畅之文，却堪幽细；最条直之文，却甚郁勃；最平夷之文，却甚跳跃鼓舞。

——清·金圣叹《天下才子必读书》卷八

储欣曰：小人无朋一语，开凿鸿濛，自公而前未之闻也。格颇仿刘子政，而奇惊过之。

——清·储欣《唐宋八大家类选》卷四

沈德潜曰：反反复复，说小人无朋，君子有朋。末归到人君能辨君子小人。见人君能辨，但问其君子小人，不问其党不党也。因谏院所进文，故格近于方严。

——清·沈德潜《唐宋八家文读本》卷十

吴楚材曰：公此论为杜（衍）、范（仲淹）、韩（琦）、富（弼）诸人发也。时王拱辰、章得象辈欲倾之。公既疏救，复上此论。盖破蓝元震朋党之说，意在释君之疑。援古事以证辨，反复曲畅，婉切近人，宜乎仁宗为之感悟也。

——清·吴楚材等《古文观止》卷九

醉翁亭记

环滁皆山也¹。其西南诸峰，林壑尤美²。望之蔚然而深秀者³，
琅玡也⁴。山行六七里，渐闻水声潺潺，而泻出于两峰之间者，酿泉也。
峰回路转，有亭翼然临于泉上者⁵，醉翁亭也。作亭者谁？山之僧智仙也。
名之者谁？⁶太守自谓也⁷。太守与客来饮于此，饮少辄醉⁸，而年又最高，
故自号曰醉翁也。醉翁之意不在酒，在乎山水之间也。山水之乐，得之
心而寓之酒也。⁹

若夫日出而林霏开¹⁰，云归而岩穴暝¹¹，晦明变化者¹²，山间之朝暮也。
野芳发而幽香¹³，佳木秀而繁阴¹⁴，风霜高洁¹⁵，水落而石出者，山间之四时
也。朝而往，暮而归，四时之景不同，而乐亦无穷也。

---

[1] 滁：滁州，今安徽滁州市。
[2] 壑（hè）：山谷。
[3] 蔚然：草木繁盛的样子。
[4] 琅玡（yá）：琅琊山，在滁州市西南十里。
[5] 翼然：形状如飞鸟展翅的样子。
[6] 名之者：给亭子题名的人。
[7] 太守：地方行政长官可泛称太守，此处是作者自称。
[8] 饮少：即"稍饮"之意，稍许喝了点酒。
[9] 寓：寄托。
[10] 林霏：林中雾气。开：消散。
[11] 云归：云烟聚集。暝：昏暗。
[12] 晦明：时暗时明。
[13] 芳：花。
[14] 繁阴：浓密的树阴。
[15] 风霜高洁：秋高气爽，霜花洁白。

至于负者歌于途¹，行者休于树，前者呼，后者应，伛偻提携²，往来而不绝者，滁人游也。临溪而渔，溪深而鱼肥；酿泉为酒，泉香而酒洌³，山肴野蔌⁴，杂然而前陈者，太守宴也。宴酣之乐，非丝非竹⁵，射者中⁶，弈者胜，觥筹交错⁷，起坐而喧哗者，众宾欢也。苍颜白发，颓然乎其间者⁸，太守醉也。

已而夕阳在山，人影散乱，太守归而宾客从也。树林阴翳⁹，鸣声上下，游人去而禽鸟乐也。然而禽鸟知山林之乐，而不知人之乐；人知从太守游而乐，而不知太守之乐其乐也¹⁰。醉能同其乐，醒能述以文者，太守也。太守谓谁？庐陵欧阳修也。

说明

这篇文章是欧阳修贬官滁州时写的，因此，文章中有寄情山水以消遣愁怀的因素。但文章同时表现出欧阳修"与民同乐"的追求，则是其思想倾向较为积极一面的体现。

文章依次描写了滁州山水之美和徜徉于四时风景之中的山水之乐，以及山中游人之乐及太守的欢宴酒酣之乐，最后在描写归去之景中转出

[1] 负：背，挑。
[2] 伛偻（yǔ lǚ）：脊梁弯曲的样子，此处指老年人。提携：搀扶，此处指孩子。
[3] 洌：清醇。
[4] 山肴：野味。蔌：蔬菜。
[5] 丝：弦乐器。竹：管乐器。
[6] 射：古代宴饮时的游戏，名为投壶，以箭投壶中，投中者胜，负者饮酒。
[7] 觥（gōng）：酒杯。筹：酒筹，行酒令的筹签。
[8] 颓然：醉酒的样子。
[9] 翳（yì）：遮蔽。
[10] "而不知"句：意谓人们不知道太守在为他们的快乐而快乐。

醉翁之意在与民同乐的主题。本文以精练的语言、传神的状物，体现了欧阳修精湛的驾御文字的能力。全文共有二十一个"也"字贯串首尾，从而形成了抒情意味十分强烈的回环往复的韵律，烘托了醉翁发自内心的与民同乐之乐。

集评

茅坤曰：昔人读此文谓如游幽泉邃石，入一层才见一层。路不穷，兴亦不穷。读已，令人神骨翛然长往矣。此是文章中洞天也。

——明·茅坤《唐宋八大家文钞·宋大家欧阳文忠公文钞》卷二十一

金圣叹曰：一路逐笔缓写，略不使气之文。

——清·金圣叹《天下才子必读书》卷八

储欣曰：与民同乐，是其命意处。看他叙次，何等潇洒。

——清·储欣《唐宋八大家类选》卷十一）

吴楚材曰：通篇共用二十一个"也"字，逐层脱卸，逐步顿跌，句句是记山水，却句句是记亭，句句是记太守。似散非散，似排非排，文家之创调也。

——清·吴楚材等《古文观止》卷十

余诚曰：风平浪静之中，自具波澜潆洄之妙。笔歌墨舞纯乎化境。洵是传记中绝品。至记亭所以名醉翁，以及醉翁所以醉处，俱隐然有乐民之乐意在，而却又未尝着迹。立言更极得体，彼谓似赋体者，固未足与言文；即目为一篇风月文章，亦终未窥见永叔底里。

——清·余诚《重订古文释义新编》卷八

浦起龙曰：丰乐者，同民也，故处处融合滁人。醉翁者，写心也，故处处摄归太守。一地一官，两亭两记，各呈意象，分辟畦塍。

——清·浦起龙《古文眉诠》卷五十九

秋声赋

欧阳子方夜读书[1]，闻有声自西南来者，悚然而听之[2]，曰："异哉！"初淅沥以萧飒[3]，忽奔腾而砰湃[4]，如波涛夜惊，风雨骤至。其触于物也，铮铮铮铮[5]，金铁皆鸣；又如赴敌之兵，衔枚疾走[6]，不闻号令，但闻人马之行声。余谓童子："此何声也？汝出视之。"童子曰："星月皎洁，明河在天[7]，四无人声，声在树间。"

余曰："噫嘻悲哉[8]！此秋声也，胡为而来哉？盖夫秋之为状也[9]：其色惨淡，烟霏云敛[10]；其容清明，天高日晶[11]；其气栗冽[12]，砭人肌骨[13]；其意萧条，山川寂寥[14]。故其为声也，凄凄切切，呼号愤发。丰草绿缛而争茂[15]，佳木葱茏而可悦。草拂之而色变，木遭之而叶脱，其所以摧败零落者，

---

[1]　欧阳子：作者自称。方：正在。
[2]　悚（sǒng）然：恐惧的样子。
[3]　淅（xī）沥：雨声。萧飒：风声。
[4]　砰湃（pēng pài）：同"澎湃"，波涛汹涌声。
[5]　铮（cōng）：铮铮铮：金属物撞击声。
[6]　衔枚：古代行军时，常将筷子形小棒令士兵横衔口中，以防喧哗，泄漏机密。疾：急速。
[7]　明河：银河。
[8]　噫嘻：叹息声。
[9]　状：情况。
[10]　烟霏云敛：烟密云聚。霏：到处飞散。
[11]　日晶：阳光明亮。
[12]　栗（lì）冽：清冷。
[13]　砭（biān）：针刺。
[14]　寂寥：冷落。
[15]　绿缛：草长得茂盛。

乃其一气之余烈¹。夫秋，刑官也²，于时为阴³；又兵象也⁴，于行为金⁵。是谓天地之义气⁶，常以肃杀而为心。天之于物，春生秋实。故其在乐也，商声主西方之音⁷；夷则为七月之律⁸。商，伤也，物既老而悲伤；夷，戮也，物过盛而当杀⁹。

"嗟乎！草木无情，有时飘零。人为动物，惟物之灵。百忧感其心，万事劳其形，有动于中，必摇其精¹⁰。而况思其力之所不及，忧其智之所不能，宜其渥然丹者为槁木¹¹，黟然黑者为星星¹²。奈何以非金石之质，欲与草木而争荣？念谁为之戕贼¹³，亦何恨乎秋声！"

童子莫对，垂头而睡。但闻四壁虫声唧唧，如助余之叹息。

说明

本篇文赋是欧阳修的又一篇重要代表作。他采用骈散结合的手法，极尽铺陈渲染，将无形的秋声、秋气化作具体可感的生动形象。在描写

[1] 一气之余烈：秋气的余威。
[2] "刑官"句：古代以天地四时之名命官，主管刑法的"司寇"为秋官。
[3] "于时"句：古代以阴阳二气配合四时，春夏为阳，秋冬为阴。
[4] "又兵象"句：古代大多在秋天用兵，故说"兵象"。
[5] "于行"句：意谓在金、木、水、火、土五行中，秋属金。这是古代以五行配四时的说法。
[6] 天地之义气：《礼记·乡饮酒义》中说：天地肃杀之气，是"天地之义气"，产生于西南方，到西北方达到极盛。由西南方到西北方，正是秋的方位。
[7] 商：五声之一，五声与四时相配，商属秋。同时，五声又与五行相配，商声属金，主西方之音。
[8] 夷则：古代十二律之一。十二律与一年十二个月相配，夷则为七月。
[9] 杀：衰败，凋落。
[10] 摇：动摇，损害。精：精气。
[11] 渥然丹者：指容颜红润，喻年轻。槁木：枯木，喻衰老。
[12] 黟（yī）然黑者：指头发乌黑。星星：喻头发花白。此句亦指由年轻向衰老的变化。
[13] 戕（qiāng）贼：伤害。

的层次安排上，由远及近，由小到大，宛然清晰。特别是在中国传统文化的背景上，把秋天同阴阳、五行、音律等配属起来，加以议论，突出了人们对悲秋的强烈印象。经此铺垫，最后作者指出人事的忧劳对人的伤害，比秋气有过之而无不及，因而"亦何恨乎秋声"，这就突破了历代"悲秋"的传统主题，显示出新颖的立意。可以说这是作者对多少年宦海沉浮、人事纷争的感慨。当然，文中透露出的知足保和的消极思想，则是要多加注意的。

集评

金圣叹曰：赋每伤于俳俪。如此又简峭、又精练、又径直、又波折，真是后学作文之点金神丹也。

——清·金圣叹《天下才子必读书》卷十三

储欣曰：赋之变调，别有文情。

——清·储欣《唐宋八大家类选》卷十四

吴楚材曰：秋声，无形者也，却写得形色宛然，变态百出。未归于人之忧劳自少至老，犹物之受变自春而秋，凛乎悲秋之意溢于言表。结尾虫声唧唧，亦是从声上发挥，绝妙点缀。

——清·吴楚材等《古文观止》卷十

李调元曰：《秋声》《赤壁》，宋赋之最擅名者，其原出于《阿房》《华山》诸篇，而奇变远弗之逮。殊觉剽而不留。陈后山所谓一片之文押几个韵者耳。朱子亦云：宋朝文章之盛，前世莫不推欧阳文忠公、南丰曾公与眉山苏公相继迭起，各以文擅名一世，独于楚人之赋，有未数数然者。盖以文为赋，则去风雅日远也。

——清·李调元《赋话》卷五

与高司谏书

　　修顿首再拜，白司谏足下[1]：某年十七时[2]，家随州[3]，见天圣二年进士及第榜[4]，始识足下姓名。是时予年少，未与人接[5]，又居远方，但闻今宋舍人兄弟与叶道卿、郑天休数人者[6]，以文学大有名，号称得人[7]。而足下厕其间[8]，独无卓卓可道说者，予固疑足下，不知何如人也。其后更十一年[9]，予再至京师，足下已为御史里行[10]，然犹未暇一识足下之面。但时时于予友尹师鲁问足下之贤否[11]，而师鲁说足下正直有学问，君子人也，予犹疑之。夫正直者不可屈曲，有学问者必能辨是非。以不可屈之节，有能辨是非之明，又为言事之官[12]，而俯仰默默，无异众人，是果贤者耶？此不得使予之不疑也。自足下为谏官来，始得相识。侃然正色[13]，论前世

[1]　白：禀告。司谏：谏官，指高若讷，时任左司谏，故称高司谏。
[2]　某：欧阳修自称，常用于书信中。
[3]　家随州：欧阳修四岁丧父，其母带他投奔叔父随州推官欧阳晔，因此定居随州（今湖北随县）。
[4]　天圣二年：1024年，天圣为宋仁宗年号。
[5]　未与人接：未与社会名流交往。
[6]　宋舍人兄弟：指宋庠、宋祁兄弟。安陆（今湖北安陆）人，两人都曾官翰林学士、知制诰，相当于旧时中书舍人之职，故称。叶道卿：叶清臣，字道清，长洲（今江苏吴县）人。郑天休：郑戬（jiǎn），吴县人。以上四人与高若讷同为天圣二年进士。
[7]　得人：意为这一年进士考试出了那么多人才。
[8]　厕其间：置身其中。
[9]　更（gēng）：经历。
[10]　里行：官名，即侍御史里行，为御史中丞之副，定额外添派的御史。
[11]　尹师鲁：即尹洙，字师鲁，河南（今河南洛阳）人。
[12]　言事之官：掌弹劾纠察之权的御史。
[13]　侃然：耿直刚正的样子。

事，历历可听，褒贬是非，无一谬说。噫！持此辩以示人，孰不爱之[1]？虽予亦疑足下真君子也。是予自闻足下之名及相识，凡十有四年，而三疑之。今者推其实迹而较之[2]，然后决知足下非君子也[3]。

前日范希文贬官后[4]，与足下相见于安道家[5]。足下诋诮希文为人[6]，予始闻之，疑是戏言；及见师鲁，亦说足下深非希文所为，然后其疑遂决。希文平生刚正，好学通古今，其立朝有本末[7]，天下所共知。今又以言事触宰相得罪[8]，足下既不能为辩其非辜[9]，又畏有识者之责己，遂随而诋之，以为当黜，是可怪也。夫人之性，刚果懦软，禀之于天，不可勉强，虽圣人亦不以不能责人之必能[10]。今足下家有老母，身惜官位，惧饥寒而顾利禄，不敢一忤宰相以近刑祸，此乃庸人之常情，不过作一不才谏官尔。虽朝廷君子，亦将闵足下之不能[11]，而不责以必能也。今乃不然，反昂然自得，了无愧畏，便毁其贤以为当黜[12]，庶乎饰己不言之过[13]。夫力所不敢为，乃愚者之不逮[14]；以智文其过，此君子之贼也[15]。

---

[1] "持此"二句：意谓高若讷以如此雄辩之才出现在人们面前，谁不敬佩他。

[2] 实迹：实际行为。较：比较，即与其言论比较。

[3] 决：断定。

[4] 范希文：即范仲淹，见前作者介绍。

[5] 安道：余靖，字安道，曲江（今广东韶关）人，官至工部尚书。敢直谏，这次为范仲淹辩护，遭贬。

[6] 诮（qiào）：责备。

[7] 立朝有本末：在朝廷上立身行事有原则，坚持不变。本末：始终。

[8] "今又"句：宋仁宗景祐二年（1035），范仲淹揭露吕夷简任用私人，并上《帝王好尚》、《选贤任能》、《近名》、《推委》四论，批评时政，因此得罪仁宗与吕夷简，被贬为饶州知州。

[9] 非辜：无辜，无罪。

[10] "虽圣人"句：意谓即使圣人也不能要求别人做他不可能做到的事。

[11] 闵足下之不能：意谓可怜你不敢直谏的想法。

[12] 便（pián）毁：巧言诋毁。

[13] 庶：希望。饰：掩盖。不言之过：不敢进谏的过错。

[14] "夫力所不敢为"二句：意谓有能力做到却不敢做，还不如没能力去做的愚人。

[15] "以智文其过"二句：意谓靠耍小聪明掩饰自己的过错，是君子中的败类。文（wèn）：掩饰。

且希文果不贤邪？自三四年来，从大理寺丞至前行员外郎、作待制日，日备顾问，今班行中无与比者[1]。是天子骤用不贤之人[2]？夫使天子待不贤以为贤，是聪明有所未尽[3]。足下身为司谏，乃耳目之官[4]。当其骤用时，何不一为天子辨其不贤，反默默无一语，待其自败，然后随而非之？若果贤邪，则今日天子与宰相以忤意逐贤人，足下何得不言？是则足下以希文为贤，亦不免责；以为不贤，亦不免责；大抵罪在默默尔。

昔汉杀萧望之与王章[5]，计其当时之议[6]，必不肯明言杀贤者也，必以石显、王凤为忠臣，望之与章为不贤而被罪也[7]。今足下视石显、王凤果忠邪？望之与章果不贤邪？当时亦有谏臣，必不肯自言畏祸而不谏，亦必曰当诛而不足谏也。今足下视之，果当诛邪？是直可欺当时之人[8]，而不可欺后世也。今足下又欲欺今人，而不惧后世之不可欺邪？况今之人未可欺也！

伏以今皇帝即位已来[9]，进用谏臣，容纳言论，如曹修古、刘越，虽

---

[1] "自三四年来"四句：写范仲淹官职升迁之速，得皇帝信任，朝廷中其他官员不能与他相比。前行员外郎：宋代尚书六部分为三行，吏、兵为前行，户、行为中行，礼、工为后行。此指范仲淹任吏部员外郎事。待制：皇帝左右的侍从官。班行：指同僚。

[2] 骤用：破格提拔。不贤之人：这是承前"希文果不贤邪"而言，不是真的说范仲淹不贤。

[3] 是聪明有所未尽：意谓这是皇帝听察足下言行做得不够。聪：听觉。明：视觉。

[4] 耳目之官：封建时代的谏官，有纠察、弹劾、匡正之责，有如皇帝的耳目。故称耳目之官。

[5] 萧望之：字长倩，汉东海兰陵（今山东枣庄）人，汉宣帝时任太子太傅，受遗诏辅佐元帝。因反对宦官弘恭、石显为中书令，被石显诬告下狱而死。王章：字仲卿，钜平（今山东泰安）人，汉元帝时官左曹中郎将，曾因反对石显遭罢官。后又外戚大将军王凤专权，王章上章反对信用王凤，被诬下狱而死。

[6] 计：估计。

[7] 被：遭遇。

[8] 直：只。

[9] 今皇帝：指宋仁宗赵祯，1023年即位。

殁犹被褒称[1]。今希文与孔道辅，皆自谏净擢用[2]。足下幸生此时，遇纳谏之圣主如此，犹不敢一言，何也？前日又闻御史台榜朝堂，戒百官不得越职言事[3]，是可言者惟谏臣尔。若足下又遂不言，是天下无得言者也。足下在其位而不言，便当去之，无妨他人之堪其任者也[4]。

昨日安道贬官，师鲁待罪[5]，足下犹能以面目见士大夫，出入朝中，称谏官，是足下不复知人间有羞耻事尔！所可惜者，圣朝有事，谏官不言，而使他人言之[6]。书在史册，他日为朝廷羞者，足下也。《春秋》之法，责贤者备[7]。今某区区犹望足下之能一言者[8]，不忍便绝足下，而不以贤者责也[9]。若犹以谓希文不贤而当逐，则予今所言如此，乃是朋邪之人尔[10]。愿足下直携此书于朝，使正予罪而诛之，使天下皆释然知希文之当逐，亦谏臣之一效也。

前日足下在安道家，召予往论希文之事，时坐有他客，不能尽所

---

[1]　曹修古：字述之，建安（今福建建瓯）人，仁宗时曾任侍御史、刑部员外郎，章献太后垂帘听政时，以遇事敢直言著称。刘越：字子长，大名（今河北大名）人，官至秘书丞，曾上疏请章献太后还政。仁宗亲政后，曹、刘二人已死，追赠曹为右谏议大夫，刘为右司谏，并赐其家人财物。殁：死。

[2]　"今希文"二句：宋仁宗明道二年（1033），吕夷简帮助仁宗废郭后，孔道辅、范仲淹等人谏阻得罪宋仁宗和吕夷简被贬。两年后，孔道辅召为龙图阁直学士，范仲淹召为吏部员外郎、权知开封府。孔道辅：曲阜人，性耿直，以直谏出名。

[3]　"前日"二句：指范仲淹与吕夷简在景祐三年互相上表指斥对方，因范仲淹当时官职不在谏官之列，故吕攻击范"越职言事"。后御史韩读迎合吕夷简，"请以仲淹朋党榜朝堂，戒百官越职言事者，从之"（见《宋史纪事本末·庆历党议》）。即规定今后除谏官外，其他官员不准超越职位议事。榜朝堂：在朝廷上张榜公布。

[4]　堪：可以，能够。

[5]　安道贬官，师鲁待罪：因范仲淹事，余靖贬为监筠州酒税。尹洙也上疏自称是范仲淹之党，当时尚未处理，故称"待罪"，后贬监唐州酒税。

[6]　"谏官不言"二句：意谓余靖、尹洙不是谏官，却敢于为范仲淹辩白。高若讷身为谏官，却不敢直言。故上文指斥高"不知人间有羞耻事"。

[7]　责贤者备：对贤者的要求更高。

[8]　区区：谦称自己。

[9]　不以贤者责：不拿贤者的标准来要求。

[10]　朋邪之人：与坏人勾结的人。

怀[1]，故辄布区区，伏惟幸察。不宣[2]。修再拜。

说明

宋仁宗景祐初年，宰相吕夷简已年老多病，但仍霸占相位，不思进取，任人唯亲，朝廷政事日见废弛。忧国忧民的范仲淹愤而上疏，议论时政得失，直接批评吕夷简，得罪了皇帝和吕夷简，被加上"越职言事，离间君臣，引用朋党"的罪名，贬为饶州知州。当时，许多正直之士纷纷进言论救，结果，亦一起遭贬。身为谏官的高若讷，本应忠于职守，向仁宗劝谏，却反而附和权奸，毁谤贤士，公开散布范仲淹当贬的谬论，甚至在友人家里也大放厥词。这使欧阳修非常愤慨。于是，他写了这封信，痛斥高若讷的卑鄙行为。这封信，文辞简明锋利，踔厉激迫，似有一股按捺不住的激情贯串全文，不仅揭露了高若讷混淆是非、迎逢权贵、自私自利的真面目，也抒发了作者疾恶如仇、不避危险、仗义执言的正义感。虽然欧阳修因此信而被贬为夷陵令，但此文作为欧阳修正直人格的表现却广为流传，深受读者喜爱。

集评

是岁修甫三十岁，年少激昂慷慨，其事之中节与否，虽未知孔颜处此当何如，然而凛凛正气，可薄日月也。时修筮仕才五年，为京职才一年余，未

---

[1]　尽所怀：把心里话全说出来。
[2]　不宣：言不尽意，属书信中常用的客套语。

熟中朝大官老于事之情态、语言大抵如此，千古一辙；于是，少所见，多所怪，而有是书。至今传高若讷不复知人间羞耻事也。人固有幸，不幸欤?

——清·乾隆编《唐宋文醇》卷二十三

储欣曰：愤其诋诮范公，而移书责之，非冀其尚能一言以救也。故书词激直无款曲，然欧公用此窜斥，而其文亦遂与日月争光。愤以义动，亦何负于人哉！

又曰：义动于中，则言激于外。公因不能自制也。使若讷仅中人，稍有廉耻，公此书仍可无事。

——清·储欣《唐宋八大家类选》卷九

吕留良曰：凡作攻击文字，但明于缓急、擒纵之法，方能曲尽其意，至其刺击处，尤以尖冷为妙。

又曰：（高若讷）史传颇称之，王闻修续编谓其余无他过，止以书奏贬欧公，不合人意耳。然欧公此事原非中道，故晚年编集，亦去此篇。余谓见此书而不肯屈服，则其人概可知矣。

——清·吕留良、吕葆中《唐宋八家古文精选读本》

沈德潜曰：此石守道四贤一不肖之诗所由作也。棱角峭厉，略无委曲，愤激之中，有不能遏抑者耶。而欧公亦贬斥矣。公是年只三十岁，气盛，故言言愤激，不暇含蓄。

——清·沈德潜《唐宋八家文读本》

祭石曼卿文

　　维治平四年七月日[1]，具官欧阳修谨遣尚书都省令史李敭至于太清[2]，以清酌庶羞之奠[3]，致祭于亡友曼卿之墓下，而吊之以文[4]。曰：

　　呜呼曼卿！生而为英[5]，死而为灵[6]。其同乎万物生死而复归于无物者，暂聚之形[7]；不与万物共尽而卓然其不朽者，后世之名。此自古圣贤莫不皆然，而著在简册者，昭如日星[8]。

　　呜呼曼卿！吾不见子久矣，犹能仿佛子之平生[9]。其轩昂磊落[10]，突兀峥嵘[11]，而埋藏于地下者，意其不化为朽壤而为金玉之精。不然，生长松之千尺，产灵芝而九茎[12]。奈何荒烟野蔓，荆棘纵横；风凄露下，走磷飞萤[13]。但见牧童樵叟，歌吟而上下，与夫惊禽骇兽，悲鸣踯躅而咿嘤[14]。

[1]　维：祭文起首的发语词，无义。治平四年：公元1067年。治平是宋英宗年号。
[2]　具官：文章底稿上对自己官爵品位的省写，正式用此文时再填上。当时欧阳修的官衔是观文殿学士、刑部尚书、知亳州军州事。尚书都省：尚书省，朝廷中央行政机构。令史：官名，低级办事官员。古代三省六部和御史台都有令史。李敭（yáng）：事迹不详。太清：地名，今河南永城县太清乡，石曼卿葬此地。
[3]　清酌：清酒。庶羞：各种食品。
[4]　吊：祭奠。
[5]　英：英才，英雄。
[6]　灵：神灵。
[7]　暂聚之形：古人认为万物由"气"凝聚而成，气散则形体不复存在。形：形体，指人的肉体。
[8]　简册：史书。上古时写字记事用竹板。昭：光亮，明白。
[9]　仿佛：依稀想见。
[10]　轩昂：气度不凡。磊落：心地光明。
[11]　突兀：突出。峥嵘：超越寻常。
[12]　九茎：灵芝是罕见的菌类植物，可作药，古人看成祥瑞之物。九茎灵芝尤为珍贵。
[13]　走磷：即磷火，俗称"鬼火"，因其光焰闪动不定，故称"走磷"。飞萤：夏夜尾部发光的昆虫，俗称"萤火虫"。
[14]　踯躅（zhí zhú）：徘徊。咿嘤：鸟兽悲鸣声。

今固如此，更千秋而万岁兮[1]，安知其不穴藏狐貉与鼯鼪[2]？此自古圣贤亦皆然兮，独不见夫累累乎旷野与荒城[3]？

呜呼曼卿！盛衰之理，吾固知其如此，而感念畴昔[4]，悲凉凄怆，不觉临风而陨涕者[5]，有愧乎太上之忘情[6]。尚飨[7]！

说明

本文是欧阳修为其好友石曼卿写的一篇著名祭文。石曼卿，名延年，宋州宋城（今河南商丘市）人。他满腹经纶，才华出众，为文劲健，尤以诗名。同时他还热心研究军事边防，曾上书建议"选将练兵"，加强边防，但不被采用。后来西夏进犯，边防形势日紧，皇帝才采纳他的一些意见并委派他去河东办理防务。石曼卿见自己才能不被重视，心情压抑，年仅四十八岁就去世了。作者极为推崇他的才干，曾为他写《墓表》。这篇祭文是石曼卿去世二十六年后写的，可见作者对他的深深怀念。文中三呼曼卿，写出了他卓然不朽的英名，悲悼他身后的冷寂凄凉，倾诉自己怀念不已的伤感。同时，由于作者当时被罢参知政事，故倍觉人生悲凉，这种情感也糅进了这篇祭文之中。

---

[1] 更（gēng）：经历。
[2] 狐：狐狸。貉（hé）：野兽名，与狐相似。鼯：鼠的一种。鼪（shēng）：鼬，黄鼠狼。
[3] 荒城：荒坟。《博物志·异物》："佳城郁郁。"佳城即好坟。作者反用此语。
[4] 畴昔：从前。
[5] 陨涕：落泪。陨：落下。
[6] 太上：至高无上的人，圣人。忘情：不动感情。
[7] 尚：庶几，希望。飨：享用祭品。

集评

茅坤曰：凄清逸韵。

——明·茅坤《唐宋八大家文钞》卷三十一

吴楚材曰：篇中三提曼卿，一叹其声名卓然不朽；一悲其坟墓满目凄凉；一叙己交情伤感不置。文亦轩昂磊落，突兀峥嵘之甚。

——清·吴楚材等《古文观止》卷十

浦起龙曰：文虽极悲凉，却能向已墟境象，点出不朽精神。

——清·浦起龙《古文眉诠》卷六十二

泷冈阡表

　　呜呼！惟我皇考崇公[1]，卜吉于泷冈之六十年[2]，其子修始克表于其阡[3]，非敢缓也，盖有待也[4]。

　　修不幸，生四岁而孤[5]，太夫人守节自誓[6]，居穷[7]，自力于衣食，以长以教[8]，俾至于成人[9]。太夫人告之曰："汝父为吏，廉而好施与，喜宾客。其俸禄虽薄，常不使有余，曰：'毋以是为我累[10]。'故其亡也，无一瓦之覆，一垄之植[11]，以庇而为生[12]。吾何恃而能自守邪[13]？吾于汝父，知其一二，以有待于汝也[14]。

　　"自吾为汝家妇，不及事吾姑[15]，然知汝父之能养也[16]。汝孤而幼，吾不

---

[1]　惟：句首助词，无义。皇考：对亡父的尊称。崇公：即崇国公，欧阳修的父亲欧阳观，字仲宾，死后追封为崇国公。宋制，爵分十二等，国公位第四。

[2]　卜吉：以占卜选择风水好的墓地。泷（shuāng）冈：地名，今江西省永丰县南凤凰山上。欧阳观卒于大中祥符三年（1010），次年下葬于此。欧阳修作此表是熙宁三年（1070），时隔六十年。

[3]　克：能够。表于其阡：树立墓前碑文。阡：墓道。

[4]　有待：意谓等待自己事业有成后皇帝赐封赠爵。

[5]　孤：幼而丧父。

[6]　太夫人：欧阳修称自己的母亲郑氏。古代列侯的妻子称夫人，列侯死，其子袭封后称其母为太夫人。守节自誓：谓郑氏决心守寡，不改嫁。

[7]　居穷：处于贫困的境地。

[8]　长：养育。

[9]　俾：使。

[10]　是：指多余的俸禄。累：累赘。

[11]　"无一瓦"二句：意谓家境贫寒，没有一点房产和田地。

[12]　庇：庇护，引申为依靠。

[13]　恃：依赖。

[14]　待：等待，期待。

[15]　姑：婆婆，指欧阳修的祖母。

[16]　养（yàng）：供养长辈，尽孝道。

能知汝之必有立 [1]，然知汝父之必将有后也 [2]。

"吾之始归也 [3]，汝父免于母丧方逾年 [4]。岁时祭祀 [5]，则必涕泣曰：'祭而丰，不如养之薄也 [6]！'间御酒食 [7]，则又涕泣曰：'昔常不足，而今有余，其何及也 [8]！'吾始一二见之，以为新免于丧适然耳 [9]。既而其后常然，至其终身未尝不然。吾虽不及事姑，而以此知汝父之能养也。

"汝父为吏，尝夜烛治官书 [10]，屡废而叹 [11]。吾问之，则曰：'此死狱也 [12]，我求其生不得尔 [13]。'吾曰：'生可求乎？'曰：'求其生而不得，则死者与我皆无恨也；矧求而有得邪 [14]。以其有得，则知不求而死者有恨也。夫常求其生，犹失之死，而世常求其死也 [15]。'回顾乳者抱汝而立于旁 [16]，因指而叹曰：'术者谓我岁行在戌将死 [17]，使其言然，吾不及见儿之立也，后当以我语告之。'

---

[1]　立：成就，建树。
[2]　有后：意为有好的代代子孙继承父业，光宗耀祖。
[3]　归：古代女子出嫁曰归。
[4]　免于母丧：古代父母去世须服丧三年，此指服丧期满。
[5]　岁时祭祀：逢年过节祭祀祖宗。
[6]　"祭而"二句：意谓祭礼再丰厚，不如生前尽心奉养。
[7]　间：间或，有时。御：进用。
[8]　"昔常"三句：意谓过去生活不丰裕，未能好好奉养母亲。现在条件好了，但却来不及弥补了。
[9]　"吾始"二句：意谓起初看到一两次，认为是刚除母丧，仍有悲哀。适然，偶然。
[10]　烛：作动词，点烛。官书：文书案卷。
[11]　废：停下，搁置。
[12]　死狱：死罪。狱：罪案。
[13]　求其生：寻找让罪犯免除死刑的可能性，意为认真判案，避免错判。
[14]　矧（shěn）：况且。
[15]　世常求其死：意谓有的官吏常将判人死罪作为办案目的。
[16]　乳者：奶妈。
[17]　术者：占卜算命的人。岁行在戌：即戌年，过去以天干和地支相配合以纪年。

"其平居教他子弟[1]，常用此语，吾耳熟焉[2]，故能详也。其施于外事，吾不能知。其居于家，无所矜饰[3]，而所为如此，是真发于中者邪[4]。呜呼！其心厚于仁者邪，此吾知汝父之必将有后也。汝其勉之。

　　"夫养不必丰，要于孝；利虽不得博于物[5]，要其心之厚于仁。吾不能教汝，此汝父之志也。"修泣而志之[6]，不敢忘。

　　先公少孤力学[7]，咸平三年[8]，进士及第。为道州判官[9]，泗、绵二州推官[10]，又为泰州判官[11]。享年五十有九。葬沙溪之泷冈。太夫人姓郑氏，考讳德仪[12]，世为江南名族。太夫人恭俭仁爱而有礼，初封福昌县太君，进封乐安、安康、彭城三郡太君[13]。自其家少微时[14]，治其家以俭约，其后常不使过之，曰："吾儿不能苟合于世[15]，俭薄所以居患难也[16]。"其后修贬夷陵[17]，太夫人言笑自若曰："汝家故贫贱也[18]，吾处之有素矣[19]。汝能安之，吾

----

［1］　平居：平时。
［2］　耳熟：常听到，很熟悉。
［3］　矜饰：矜持掩饰。
［4］　中：内心。
［5］　"利虽"句：意谓好处虽然难于博施众人。
［6］　志：记。
［7］　先公：指欧阳修的亡父欧阳观。
［8］　咸平三年：公元 1000 年，咸平为宋真宗年号。
［9］　道州：今湖南道县。
［10］　泗：泗州，今安徽泗县。绵：绵州，今四川绵阳。
［11］　泰州：今江苏泰州市。
［12］　考：指郑氏的父亲。讳：称死者之名。此句谓郑氏的父亲名德仪。
［13］　"初封"二句：福昌县：古县名，辖境为今河南宜阳一带。乐安、安康：古郡名，辖境为今陕西安康县一带。彭城：今江苏徐州市。按宋制，臣僚母氏的封号有国太夫人、郡太夫人、郡太君、县太君等，均为荣誉性称号，并非实封其地。
［14］　少微时：未显贵时。
［15］　苟合于世：无原则地迎合世俗。
［16］　俭薄：节俭清贫。
［17］　夷陵：今湖北宜昌。
［18］　故：本来。
［19］　素：平素，平常。

亦安矣。"

自先公之亡二十年，修始得禄而养[1]。又十有二年，始得赠封其亲。又十年，修为龙图阁直学士、尚书吏部郎中，留守南京[2]。太夫人以疾终于官舍，享年七十有二。又八年，修以非才[3]，入副枢密[4]，遂参政事[5]。又七年而罢。自登二府[6]，天子推恩，褒其三世[7]。故自嘉祐以来[8]，逢国大庆[9]，必加宠锡[10]。皇曾祖府君累赠金紫光禄大夫、太师、中书令[11]。曾祖妣累封楚国太夫人[12]。皇祖府君累赠金紫光禄大夫、太师、中书令兼尚书令。祖妣累封吴国太夫人。皇考崇公累赠金紫光禄大夫、太师、中书令兼尚书令。皇妣累封韩国太夫人。今上初郊[13]，皇考赐爵为崇国公[14]，太夫人进号魏国[15]。

于是，小子修泣而言曰："呜呼！为善无不报，而迟速有时，此理之常也。惟我祖考，积善成德，宜享其隆。虽不克有于其躬[16]，而赐爵受封，

---

[1]　得禄而养：指作官而得俸禄以奉养母亲。欧阳修中进士科是宋仁宗天圣八年（1030），距其父去世（大中祥符三年）整二十年。

[2]　留守南京：官名。宋代西京、南京、北京各设留守一人，以知府兼任。南京：应天府，今河南商丘市。

[3]　非才：自谦之词，才不称位的意思。

[4]　副枢密：即枢密副使。

[5]　参政事：即参知政事，此官职为副宰相。

[6]　二府：宋代的枢密院和中书省，分掌全国军事与政事。

[7]　褒其三世：褒奖、封赠曾祖父母、祖父母、父母三代。

[8]　嘉祐：宋仁宗年号（1056—1063）。

[9]　大庆：指国事大典，如祭祀天地祖宗、册封后妃、立皇太子等。

[10]　加宠锡：加官晋爵，赏赐财物。锡：同"赐"。

[11]　府君：子孙对祖先的敬称。累赠：多次追赠官爵中，最后一次赠封的官爵。

[12]　曾祖妣：指已故的曾祖母。妣：母死称妣，也可称祖母以上的女性祖先。

[13]　今上：指宋神宗赵顼。初郊：宋神宗即位后的第一次郊祀。郊：郊祀，封建帝王到郊外祭天。

[14]　国公：仅次于王的封爵。

[15]　进号魏国：即封魏国夫人。

[16]　不克有于其躬：意谓不能自己获得封爵。

显荣褒大，实有三朝之锡命 [1]，是足以表见于后世，而庇赖其子孙矣。"乃列其世谱 [2]，具刻于碑。既又载我皇考崇公之遗训，太夫人之所以教而有待于修者，并揭于阡 [3]。俾知夫小子修之德薄能鲜 [4]，遭时窃位 [5]，而幸全大节，不辱其先者，其来有自。

熙宁三年岁次庚戌四月辛酉朔十有五日乙亥 [6]，男推诚保德崇仁翊戴功臣、观文殿学士、特进、行兵部尚书、知青州军州事、兼管内劝农使、充京东东路安抚使、上柱国、乐安郡开国公，食邑四千三百户、食实封一千二百户，修表 [7]。

说明

本文是欧阳修为其父母写的墓表，这是一种树立在墓道上的石碑碑文，当时作者已六十四岁了。本文以朴实的语言、真挚的情感，追忆了自己幼年丧父、家境贫寒、母亲含辛茹苦的哺育和谆谆教诲的种种情景。并在缅怀往事中，记叙了其父宽厚仁心、表里如一的道德准则，为官处世的廉洁，治狱办案的谨慎，同时也表现了作者自己继承父母遗训、坚

[1]　三朝：指仁宗、英宗、神宗。
[2]　世谱：家谱。宋代欧阳修与苏洵均以修家谱著名。
[3]　并揭于阡：在阡表上一起记载。揭：揭示，告诉大家。
[4]　德薄能鲜：意谓无道德才能。
[5]　遭时窃位：意谓恰逢其时，窃取了高位。这是自谦之词。
[6]　"熙宁"句：熙宁三年为公元 1070 年。这一年是庚戌年。辛酉朔：古代以干支纪日，每月初一的干支下加朔字，以便推算。十有五日乙亥：即十五日的干支是乙亥。这是欧阳修写此表的日子。
[7]　"男推诚"三句：男：儿子对父母的自称。从"推诚保德"至"食实封一千二百户"为欧阳修当时的全部封号、官职、官爵等。宋代官员受封赠很多，但大多为虚名。此处欧阳修的实职是"知青州军州事、兼管内劝农使、充京东东路安抚使"。

持不随波逐流、苟合于世的操守。这些都是有着积极意义的。全文一扫谀墓之习，以恳恳恻恻的真情，如话家常的平易，创制了碑墓文的新风格，在碑墓文体的发展中产生了重要影响，被后人称为"千古至文"。

集评

薛瑄曰：凡诗文出于真情则工，昔人所谓出于肺腑者是也。如《三百篇》、《楚辞》、武侯《出师表》、李令伯《陈情表》、陶靖节诗、韩文公《祭兄子老成文》、欧阳公《泷冈阡表》，皆所谓出于肺腑者也，故皆不求工而自工。故凡作诗文，皆以真情为主。

——明·薛瑄《薛文清公读书录》

储欣曰：所志不过一二事，而父母之仁贤圣善，炳铄千古矣！彼所见者，大也。

——清·储欣《唐宋八家文类选》卷十三

沈德潜曰：不特不铺陈己之显扬，并不实陈崇公行事，只从太夫人语中，传述一二；而崇公之为孝子仁人，足以庇赖其子孙者，千载如见。此至文也，若出近代钜公，必扬其先人为周、孔矣。

——清·沈德潜《唐宋八家文读本》卷十四

林纾曰：此至文也。惜抱原书加单圈，纾增其二。盖不能以文字目之，当以一团血性说话目之，而说话中，又在在有文法。文为表其父阡，实则表其母节，此不待言而知。那知通篇主意，注重即在一"待"字，佐以无数"知"字，公虽不见其父，而自贤母口中述之，则崇公之仁心惠政，栩栩如生。此孝子性情中发生之文花，俗手万不能至者也。开口说出一个"待"字，不知者以为坐待锡命来时，方署稿耳。实则"待"字正与无数"知"字相应。夫人口中屡言"知汝父之能养"，再言"知汝父之必将有后"，若不待锡命崇极，遽行刊表，则"知"字不几无着耶？惟"待"到作相时期，则夫人所

"知"，方不是臆度之词，用一"待"字，不止叙朝廷之深恩，亦以实其贤母之非妄言也。故文之末段言"迟速有时"，举一"时"字，即为待到之日；又曰"有待于修者，并揭于阡"，此文字应有之结束，亦以醒人眼目者也。至崇公口中平反死狱，语凡数折：求而有得，是一折；不求而死有恨句，又一折；世常求其死句，又一折。凡造句知得逆折之笔，自然刺目。至乳者抱儿数言，则绘形绘声，自是欧公长技。然特用此为渲染耳，而全篇佳处实不在是。凡大家之文，自性情中流出者，不用文法剪裁，而自然成为文法。以手腕随性情而行，所以特立千古，如此篇是也。

——近代·林纾《古文辞类纂》卷八

苏舜钦

苏舜钦（1008—1048），字子美，原籍梓州铜山（今四川中江）人，生于开封。少年时即慷慨有大志，二十岁时，以父荫太庵斋郎、荥阳县尉。仁宗景祐元年（1034）进士，历任蒙城县令、长垣县令、大理评事、集贤校理等职。政治上主张改革弊政，抗击外来侵略。因敢于直言，遭到权贵的嫉恨和保守派的诬陷打击，于仁宗庆历四年（1044）免官，退居苏州沧浪亭多年，后又被任用为湖州太守。庆历八年（1048）十二月，以疾卒于苏州。工诗文，为北宋诗文革新运动的倡导者之一。诗与梅尧臣齐名，时号"苏梅"。所作指陈时弊，略无隐讳，笔力豪健。有《苏学士文集》。

沧浪亭记

予以罪废[1]无所归。扁舟南游，旅于吴中，始僦舍以处[2]。时盛夏蒸燠[3]，土居皆褊狭[4]，不能出气，思得高爽虚辟之地[5]，以舒所怀，不可得也。

一日过郡学[6]，东顾草树郁然，崇阜广水[7]，不类乎城中。并水得微径于杂花修竹之间[8]。东趋数百步，有弃地，纵广合五六十寻[9]，三向皆水也。

---

[1] 予以罪废：我因获罪而被罢官。
[2] 僦（jiù）：租赁。处：居住。
[3] 蒸燠（yù）：天气闷热。
[4] 褊：小。
[5] 虚辟：空旷开阔。
[6] 郡学：指苏州的官立学校。
[7] 崇阜：高大的土山。阜：土山。
[8] 并（bàng）水：水边。并：同"傍"。
[9] 寻：古代长度单位，八尺为一寻。

杠之南[1]，其地益阔，旁无民居，左右皆林木相亏蔽[2]。访诸旧老，云钱氏有国[3]，近戚孙承祐之池馆也。坳隆胜势[4]，遗意尚存。予爱而徘徊，遂以钱四万得之，构亭北埼[5]，号"沧浪"焉[6]。前竹后水，水之阳又竹，无穷极[7]。澄川翠干，光影会合于轩户之间，尤与风月为相宜。

予时榜小舟，幅巾以往[8]，至则洒然忘其归，觞而浩歌，踞而仰啸，野老不至，鱼鸟共乐。形骸既适则神不烦，观听无邪则道以明；返思向之汩汩荣辱之场[9]，日与锱铢利害相磨戛[10]，隔此真趣，不亦鄙哉！

噫！人固动物耳[11]。情横于内而性伏，必外寓于物而后遣。寓久则溺[12]，以为当然；非胜是而易之[13]，则悲而不开。惟仕宦溺人为至深，古之才哲君子，有一失而至于死者多矣，是未知所以自胜之道[14]。予既废而获斯境，安于冲旷，不与众驱[15]，因之复能乎内外失得之原，沃然有得，笑闵万古[16]。尚未能忘其所寓，自用是以为胜焉[17]。

---

[1] 杠：小桥。
[2] 相亏蔽：交相掩蔽。
[3] 钱氏有国：指钱镠建立的吴越国。
[4] 坳：低洼。隆：高起。
[5] 埼（qí）：曲岸。
[6] 沧浪：《孺子歌》："沧浪之水清兮，可以濯我缨；沧浪之水浊兮，可以濯我足。""沧浪"二字，即取义于此。
[7] 阳：南边曰阳。
[8] 幅巾：不著冠，以绢幅束头曰幅巾。
[9] 汩汩（gǔ）：原是水流急速的样子。这里形容紧张急迫。荣辱之场：指官场。
[10] 锱铢：古代重量单位，六铢为一锱，二十四铢为一两。这里比喻微小的利益。磨戛（jiá）：摩擦碰撞。
[11] 动物：指为外物感动。
[12] 溺：沉迷。
[13] "非胜是"句：意谓不用胜过它的事物去替换它。
[14] 自胜：用来战胜自己不足之处的道理或方法。
[15] 驱：奔驰。这是指追逐名利。
[16] 沃然：充实饱满的样子。闵：悲悯，一作"傲"。
[17] 用：因。胜：指上文所说的"自胜之道"。这句意谓，是因为拿它作为战胜自己的办法啊。

说明

　　本文是作者因罢官而退居苏州时为修筑沧浪亭而写。文章描绘了沧浪亭优美的自然环境，抒发了从中得到的乐趣。作者把官场的勾心斗角与大自然的真趣作了鲜明的对比，表达了对污浊社会的鄙视，寄托了他隐退闲居的志向。文章前面写景，后面议论，而摆脱荣辱之场、获得自然真趣的悠闲之情始终流注全文。

苏　洵

苏洵（1009—1066），字明允，眉州眉山（今属四川）人。早年在家乡苦读。嘉祐元年（1056）第二次进京城汴梁，为欧阳修、韩琦等推誉，荐之于朝廷。元祐五年（1060）授秘书省校书郎，卒于霸州文安县主簿任上，赠光禄寺丞。与其子轼、辙同负文名，合称"三苏"，并均被列入"唐宋八大家"。其文雄奇凌厉，笔力豪健，论点鲜明，语言流畅。有《嘉祐集》。

六国论

六国破灭[1]，非兵不利[2]，战不善，弊在赂秦[3]。赂秦而力亏，破灭之道也。或曰："六国互丧[4]，率赂秦耶[5]？"曰："不赂者以赂者丧[6]。盖失强援，不能独完。故曰弊在赂秦也！"

秦以攻取之外，小则获邑，大则得城。较秦之所得，与战胜而得者，其实百倍；诸侯之所亡，与战败而亡者，其实亦百倍。则秦之所大欲，诸侯之所大患，固不在战矣。思厥先祖父[7]，暴霜露[8]，斩荆棘，以有尺寸之地。子孙视之不甚惜，举以予人，如弃草芥[9]。今日割五城，明日

---

[1]　六国：战国时，除秦以外，齐、楚、燕、韩、赵、魏统称六国。
[2]　兵：兵器，武器。
[3]　赂秦：贿赂秦国。指割地予秦求和。
[4]　互丧：交替、接连灭亡。
[5]　率：一概，全部。
[6]　以：因为。
[7]　厥：其，他们。先祖父：祖先。
[8]　暴：暴露，冒着。
[9]　草芥：喻细小无价值的事物。芥：小草。

割十城，然后得一夕安寝。起视四境，而秦兵又至矣。然则诸侯之地有限，暴秦之欲无厌[1]，奉之弥繁[2]，侵之愈急。故不战而强弱胜负已判矣[3]。至于颠覆，理固宜然。古人云："以地事秦，犹抱薪救火，薪不尽，火不灭[4]。"此言得之。

齐人未尝赂秦，终继五国迁灭[5]，何哉？与嬴而不助五国也[6]。五国既丧，齐亦不免矣。燕赵之君，始有远略，能守其土，义不赂秦。是故燕虽小国而后亡，斯用兵之效也。至丹以荆卿为计[7]，始速祸焉[8]。赵尝五战于秦，二败而三胜。后秦击赵者再，李牧连却之[9]。洎牧以谗诛[10]，邯郸为郡[11]，惜其用武而不终也。且燕赵处秦革灭殆尽之际[12]，可谓智力孤危，战败而亡，诚不得已。向使三国各爱其地[13]，齐人勿附于秦，刺客不行[14]，良将犹在[15]，则胜负之数[16]，存亡之理，当与秦相较，或未易量[17]。

呜呼！以赂秦之地封天下之谋臣，以事秦之心礼天下之奇才，并力

---

[1] 厌：同"餍"，吃饱，满足。
[2] 弥：更加。
[3] 判：分明。
[4] "以地事秦"四句：出自《史记·魏世家》，是苏代对魏安釐王说的。薪：柴。
[5] 迁灭：灭亡。古时灭人国家，多把宫中传国大器搬走，故曰迁灭。
[6] 与：交好，亲附。嬴（yíng）：秦王的姓，指秦国。
[7] 丹：燕太子丹。荆卿：荆轲。燕太子丹曾派遣荆轲去刺杀秦王。
[8] 速祸：招到祸患。指荆轲刺秦王失败，被杀。接着秦兵伐燕，燕灭。
[9] 李牧：赵国大将，曾先后两次打败秦军。后赵王中了秦国的反间计，杀李牧。连：接连。却：退却，打败。
[10] 洎（jì）：及，到了。
[11] 邯郸：赵国都，今属河北。此句指秦灭赵后，邯郸成为秦国一个郡。
[12] 革灭：消灭。殆：几乎，差不多。
[13] 向：当初。使：假使。三国：指韩、魏、楚。
[14] 刺客：指荆轲。
[15] 良将：指李牧。
[16] 数：命运，定数。
[17] 量：估量。

西向¹，则吾恐秦人食之不得下咽也²。悲夫！有如此之势，而为秦人积威之所劫³，日削月割，以趋于亡。为国者无使为积威之所劫哉！

夫六国与秦皆诸侯，其势弱于秦，而犹有可以不赂而胜之之势。苟以天下之大，而从六国破亡之故事⁴，是又在六国下矣！

说明

本文在作者的文集里题为《六国》，通行选本往往题作《六国论》。从宋真宗景德年到宋仁宗庆历年前后，北宋统治者在强敌压境的胁迫下，一味屈辱苟安，纳币求和。作者对此痛心疾首，忧虑重重。他认为，这种做法同战国时期六国赂秦求安，结果反被秦所灭的历史现象一模一样。因此，作者怀着强烈的爱国热情，以"六国破灭，弊在赂秦"为基点，借古喻今，痛陈利弊，提醒北宋统治者借鉴历史教训，不要重蹈六国灭亡的覆辙。文章结构严谨，论理透彻，观点既明确突出，又周密无隙。同时，采用叙议相间的手法，使文笔曲舒优美，气势纵横奔放，可谓雄辩滔滔，一气呵成，是苏洵史论文的重要代表作。

---

[1]　西向：向西对付秦国。战国时，秦据有今陕西等地，其他六国在秦的东面。
[2]　"吾恐"句：意谓六国合力西向会对秦造成很大威胁，令其寝食不安。或作无法吞并六国解释。
[3]　积威：积久的威势。劫：震慑，威逼。
[4]　从：随。故事：过去的事例。

集评

茅坤曰：一篇议论由《战国策》纵人之说来，却能与《战国策》相伯仲，当与子由《六国论》并看。

——明·茅坤《唐宋八大家文钞》

沈德潜曰：六国所以不能自强者，一在贪近利而互相侵伐；一在苟安而不肯用兵。此从事赂秦以至于亡也。论与子由篇同，而笔力远过。

——清·沈德潜《唐宋八大家文读本》卷十六

刘大櫆曰：笔力简老。

——清·姚鼐《古文辞类纂》卷三十一引《六国论》评语

浦起龙曰：若就六国言六国，不如次公中肯。而警时则较激切。以地赂，以金缯赂，所赂不同而情势同。读之魄动。

——清·浦起龙《古文眉诠》卷六十三

乐论

礼之始作也[1]，难而易行；既行也，易而难久。天下未知君之为君，父之为父，兄之为兄[2]，而圣人为之君、父、兄[3]；天下未有以异其君父兄，而圣人为之拜、起、坐、立；天下未肯靡然以从我拜起坐立[4]，而圣人身先之以耻[5]。呜呼！其亦难矣。天下恶夫死也久矣，圣人招之曰："来，吾生尔[6]。"既而其法可以生天下之人[7]，天下之人视其向也如此之危[8]，而今也如此之安，则宜何从？故当其时，虽难而易行。既行也，天下之人视君父兄如头足之不待别白而后识[9]，视拜起坐立如寝食之不待告语而后从事。虽然，百人从之，一人不从，则其势不得遽至乎死[10]。天下之人不知其初之无礼而死，而见其今之无礼而不至乎死也，则曰："圣人欺我"。故当其时，虽易而难久。

呜呼！圣人之所恃以胜天下之劳逸者[11]，独有死生之说耳[12]。死生之说不信于天下，则劳逸之说将出而胜之。劳逸之说胜，则圣人之权去矣[13]。

---

[1]　礼：此处泛指各种礼仪规范。
[2]　"天下"三句：意谓上古时期没有君臣父子等尊卑等级观念。天下：指社会。
[3]　"而圣人"句：意谓圣人制定了各种各样的礼仪，以区别尊卑上下的不同地位。
[4]　靡然：倒下的样子，意为自觉顺从。
[5]　身先之以耻：先亲身实行，使其他人感到不遵守礼法是可耻的。
[6]　吾生尔：我使你活下去。
[7]　既而：随即。
[8]　向：往昔，从前。
[9]　待：需要。别白：分辨明白。
[10]　遽（jù）：急速。
[11]　劳逸：即"劳逸之说"，主张好逸恶劳是人的天性的说法。
[12]　死生之说：认为在没有礼法的社会中，人将无从安生的主张。
[13]　权：计谋。

酒有鸩[1]，肉有堇[2]，然后人不敢饮食。药可以生死[3]，然后人不敢以苦口为讳[4]。去其鸩，彻其堇，则酒肉之权固胜于药。圣人之始作礼也，其亦逆知其势之将必如此也[5]，曰告人以诚，而后人信之。幸今之时，吾之所以告人者，其理诚然，而其事亦然，故人以为信。吾知其理，而天下之人知其事；事有不必然者[6]，则吾之理不足以折天下之口[7]，此告语之所不及也[8]。告语之所不及，必有以阴驱而潜率之[9]，于是观之天地之间，得其至神之机而窃之以为乐[10]。

雨，吾见其所以湿万物也；日，吾见其所以燥万物也；风，吾见其所以动万物也；隐隐谹谹而谓之雷者[11]，彼何用也？阴凝而不散[12]，物蹙而不遂[13]，雨之所不能湿，日之所不能燥，风之所不能动，雷一震焉，而凝者散，蹙者遂。曰雨者、曰日者、曰风者以形用，曰雷者以神用，用莫神于声，故圣人因声以为乐[14]。为之君臣、父子、兄弟者，礼也；礼之所不及，而乐及焉。正声入乎耳[15]，而人皆有事君、事父、事兄之心，则礼者固吾心之所有也，而圣人之说，又何从而不信乎？

---

[1]　鸩（zhèn）：传说中的一种毒鸟，羽毛放在酒里，可毒杀人。

[2]　堇（jǐn）：毒药名。

[3]　生死：使将死的人复生。

[4]　苦口为讳：因味苦而不愿意吃。

[5]　逆知：预料。

[6]　事有不必然者：有些事物光看表面不一定能理解其内在的道理。此句喻礼的意义不被一般人理解。

[7]　折：折服。

[8]　"此告语"句：意谓用语言无法表达。

[9]　阴驱：暗中推动。潜率：义同前，暗中引导。

[10]　至神之机：神妙而不可言说的枢机。窃之以为乐：暗中取以为音乐。

[11]　谹（hóng）谹：山谷中的回声。

[12]　阴：阴气。

[13]　蹙（cù）：收缩。遂：舒肆，舒畅。

[14]　因：根据。

[15]　正声：纯正的音乐。

说明

　　本文是苏洵论述六经文章中的一篇。六经中的《乐经》久已失传，但传统的儒家学说一直非常重视音乐的功用，认为音乐与礼相辅相成，能使社会趋向于和谐、理想的秩序。苏洵以这些观点为依托，从礼之始作开始论述，层层推进，分析透辟。语言上则多用排比、反复，造成雄放流畅的文势，使辩锋更显犀利。

周敦颐

周敦颐（1017—1073），原名敦实，字茂叔。道州营道（今湖南道县）人。宋仁宗景祐三年（1036）以舅父郑向故得荫出仕，历任洪州分宁县主簿、郴州桂阳县令、合州判官等。他是唯心主义哲学家，宋代理学的创始人。有《周子全书》。

爱莲说

水陆草木之花，可爱者甚蕃[1]。晋陶渊明独爱菊[2]。自李唐来[3]，世人盛爱牡丹[4]。予独爱莲之出淤泥而不染，濯清涟而不妖[5]，中通外直，不蔓不枝[6]，香远益清，亭亭净植[7]，可远观而不可亵玩焉[8]。予谓菊，花之隐逸者也；牡丹，花之富贵者也；莲，花之君子者也。噫！菊之爱，陶后鲜有闻；莲之爱，同予者何人[9]？牡丹之爱，宜乎众矣。

---

[1]　蕃：多。
[2]　陶渊明：东晋诗人，名潜。其《饮酒》诗"采菊东篱下，悠然见南山"为千古名句。
[3]　李唐：唐朝。古人常将皇帝姓氏与王朝连称，唐朝皇帝姓李，故称李唐。
[4]　"世人"句：唐朝统治者喜爱牡丹，影响世风，成为习尚。
[5]　濯（zhuó）：洗涤。清涟：清澈的水。妖：美丽而不正派。
[6]　不蔓不枝：指莲的茎干不牵蔓，不分枝。
[7]　亭亭：直立。植：树立。
[8]　亵（xiè）玩：近玩，有轻慢、不庄重的意味。
[9]　同予者何人：和我相同的还有谁呢？

说明

这是一篇托物寄兴的佳作。作者借莲花抒发自己对坚贞气节、高尚品德的追求，表现了封建士大夫身处浊世而特立独行的修养境界。篇幅虽小，内涵丰富，且手法独特。全文始终紧扣莲、菊、牡丹三种花卉进行比较、比拟和议论，可谓文理兼备，不同凡响。

集评

林云铭曰：濂溪得于圣不传之绪，所作《爱莲说》，实借题自写其所学耳。二氏性学，尤多以莲为比。

——清·林云铭《古文析义》卷十五

余诚曰：莲在众卉之内，最为高品，幽同夫菊而不傲，艳类牡丹而不俗。故于甚蕃之中，而特举二者以为陪衬，又妙在不说坏了他。起处以"可爱"二字，包罗在内。立言极有斟酌。玩予谓一段，以隐逸富贵，陪衬君子，分明是轻外重内之学。末段"同予者何人"亦望世之契合君子也。至首段予独爱莲以下，则语语借莲自况。……呜呼，此其所以为莲花欤，此其所以为濂溪欤？谓之君子，谁曰不宜。

——清·余诚《重订古文释义新编》卷八

曾　巩

曾巩（1019—1083），字子固，建昌南丰（今江西南丰县）人，宋仁宗嘉祐二年（1057）进士。曾奉召编校史馆书籍，为实录检讨官，出知福州，官至中书舍人。在史馆任职时，曾校勘《战国策》《说苑》《新序》等古籍。文章受欧阳修推崇，为"唐宋八大家"之一。有《元丰类稿》。

寄欧阳舍人书

巩顿首载拜[1]，舍人先生[2]：去秋人还[3]，蒙赐书及所撰先大夫墓碑铭[4]，反复观诵，感与惭并。夫铭志之著于世[5]，义近于史，而亦有与史异者。盖史之于善恶，无所不书；而铭者，盖古之人有功德材行志义之美者，惧后世之不知，则必铭而见之[6]，或纳于庙[7]，或存于墓，一也[8]。苟其人之恶，则于铭乎何有[9]？此其所以与史异也。其辞之作[10]，所以使死者无有所憾，生者得致其严[11]。而善人喜于见传[12]，则勇于自立[13]；恶人无有

---

[1]　顿首：叩头。载拜：同"再拜"。"顿首载拜"为古人写信起始称呼的格式。篇末"巩再拜"亦同。
[2]　舍人：官名，中书舍人的省称，指欧阳修。
[3]　人还：派去的人回来。
[4]　先大夫：指曾巩已去世的祖父曾致尧。曾致尧死后赠谏议大夫。墓碑铭：立在墓前的碑文。
[5]　铭志：碑铭墓志的统称。铭用韵文，志用散文。
[6]　见（xiàn）：同"现"，显现。
[7]　庙：宗庙，祠堂。
[8]　一：意为作用是一样的。
[9]　于铭乎何有：有什么可铭的。
[10]　辞：指铭志文辞。
[11]　致其严：表达对死者的尊敬。
[12]　见传：被流传。
[13]　勇于自立：奋发有为，以自己的行为立身。

所纪，则以愧而惧。至于通材达识，义烈节士，嘉言善状，皆见于篇，则足为后法[1]。警劝之道，非近乎史，其将安近？

及世之衰，人之子孙者，一欲褒扬其亲，而不本乎理[2]。故虽恶人，皆务勒铭[3]，以夸后世。立言者既莫之拒而不为[4]，又以其子孙之所请也，书其恶焉，则人情之所不得，于是乎铭始不实。后之作铭者，常观其人[5]。苟托之非人[6]，则书之非公与是[7]，则不足以行世而传后。故千百年来，公卿大夫至于里巷之士，莫不有铭，而传者盖少。其故非他，托之非人，书之非公与是故也。

然则孰为其人而能尽公与是欤[8]？非畜道德而能文章者无以为也[9]。盖有道德者之于恶人，则不受而铭之，于众人则能辨焉。而人之行，有情善而迹非[10]，有意奸而外淑[11]，有善恶相悬而不可以实指[12]，有实大于名，有名侈于实。犹之用人，非畜道德者恶能辨之不惑[13]，议之不徇[14]？不惑不徇，则公且是矣。而其辞之不工，则世犹不传。于是又在其文章兼胜焉。故曰，非畜道德而能文章者无以为也。岂非然哉？

然畜道德而能文章者，虽或并世而有，亦或数十年或一二百年而

---

[1]　后法：后世的准则。
[2]　理：指道德行为的准则。
[3]　勒：刻。
[4]　立言者：撰写碑铭的人。莫之拒：即"莫拒之"，无法拒绝。
[5]　其人：指撰写碑铭者的人品。
[6]　非人：不适当的人。
[7]　非公与是：不公正，不正确。
[8]　孰：谁。
[9]　畜：积贮，培养。畜道德：意为道德高尚。
[10]　情善：内心善良。迹非：形迹不好。
[11]　意奸：心地奸诈。外淑：外表善良。
[12]　相悬：相差悬殊。实指：确切指明。
[13]　恶（wū）：怎么，疑问助词。
[14]　徇（xùn）：偏私。

有之。其传之难如此，其遇之难又如此。若先生之道德文章，固所谓数百年而有者也。先祖之言行卓卓[1]，幸遇而得铭，其公与是，其传世行后无疑也[2]。而世之学者，每观传记所书古人之事，至其所可感，则往往眚然不知涕之流落也[3]，况其子孙也哉？况巩也哉？其追睎祖德而思所以传之之繇[4]，则知先生推一赐于巩而及其三世[5]。其感与报，宜若何而图之？

抑又思若巩之浅薄滞拙而先生进之[6]，先祖之屯蹶否塞以死而先生显之[7]，则世之魁闳豪杰不世出之士[8]，其谁不愿进于门[9]？潜遁幽抑之士[10]，其谁不有望于世[11]？善谁不为，而恶谁不愧以惧？为人之父祖者，孰不欲教其子孙？为人之子孙者，孰不欲宠荣其父祖[12]？此数美者，一归于先生。

既拜赐之辱[13]，且敢进其所以然[14]。所谕世族之次，敢不承教而加详焉[15]？愧甚，不宣[16]。巩再拜。

---

[1] 卓卓：高超，突出。
[2] 传世行后：流传当时和后世。
[3] 眚（xì）然：伤心痛苦的样子。
[4] 睎（xī）：仰慕。繇（yóu）：同"由"，原因。
[5] 一赐：对方赠送自己的东西，指欧阳修为曾巩祖父作铭。三世：祖孙三代。
[6] 滞拙：愚笨。进之：鼓励，提拔。
[7] 屯蹶：困顿挫折。否（pǐ）塞：时运不通。这里指曾致尧生前常遭困厄，仕途不顺。
[8] 魁闳：俊伟，高大。不世出：不是代代出现。
[9] "其谁"句：意谓谁不愿追随欧阳修，投到他的门下。
[10] 潜遁：隐居。幽抑：抑郁不得志。
[11] 有望于世：意谓期望为世所用。
[12] 宠荣：意为得以显扬。
[13] 拜赐之辱：对欧阳修赐予的碑铭表示惭愧。这是自谦说法。
[14] 进其所以然：指上述的见解和谢意。
[15] "所谕"二句：指欧阳修在《与曾巩论氏族书》一信中，认为曾巩提供的家族世次尚不清楚，建议他加以订正。
[16] 不宣：不尽，书不尽意。

说明

　　庆历六年（1046）秋，欧阳修应曾巩的请求，为他已故的祖父曾致尧撰写了墓碑铭文。第二年，曾巩写了这封信，向欧阳修表示感谢。这封信没有一般致谢信的浮泛谀承之辞，而是在表达感谢之意的同时，阐发了为人为文的一些很有见地的道理。文章先从墓碑铭文的探本求源写起，指出墓碑铭文与史在扬善贬恶作用上的异同，强调了墓碑铭文的重要意义。再指出后世墓碑铭文滥作溢美夸饰的不良风气，从而引出选择作者的重要性。这样，才归结到本文的主旨，即只有"畜道德而能文章者"，才能写出真正符合实际的优秀墓碑铭文流传后世，而欧阳修正是这样的人。这就非常自然真诚地表达了对欧阳修的感激之情。文章敛气蓄势，条分缕析，层层推进，首尾呼应，是曾巩散文舒展自如、纡徐从容艺术风格的极好体现。

集评

　　茅坤曰：此书纡徐百折，而感慨呜咽之气，博大幽深之识，溢于言外，较之苏长公、谢张公为其父墓铭书，特胜。

　　　　　　——明·茅坤《唐宋八大家文钞·宋大家曾文定公文钞》卷三
　　张英曰：以蓄道德而能文章，归美欧阳，足见作铭之不易。以此一义，回旋转折，洒洒洋洋，极唱叹游泳之致，想见其行文乐事。

　　　　　　　　　　　　——清·乾隆编《唐宋文醇》卷五十四引
　　储欣曰：层累言之，如把长江之水而注诸海。

　　　　　　　　　　——清·储欣《唐宋八大家类选》卷九
　　浦起龙曰：南丰第一得意书。乞言者、立言者，皆当三复。

　　　　　　　　　　——清·浦起龙《古文眉诠》卷七十一

林纾曰：此书起伏伸缩，全学昌黎。妙在欲即仍离，将吐故茹。通篇着意在"畜道德，能文章"六字，偏不作一串说。把道德抬高，言有道德之人，方别得公与是；别得公与是矣，又须用文章以传之。精神一副，全注在欧公身上。然而说近欧公时，忽又缩转，如此者再，真有力量，方能吞咽。

——近代·林纾《古文辞类纂》卷五

宜黄县县学记

古之人，自家至于天子之国，皆有学；自幼至于长，未尝去于学之中[1]。学有诗书六艺[2]，弦歌洗爵[3]，俯仰之容，升降之节，以习其心体耳目手足之举措；又有祭祀、乡射、养老之礼[4]，以习其恭让；进材、论狱、出兵、授捷之法[5]，以习其从事[6]；师友以解其惑，劝惩以勉其进[7]，戒其不率[8]。其所以为具如此[9]，而其大要，则务使人人学其性，不独防其邪僻放肆也。虽有刚柔缓急之异，皆可以进之于中[10]，而无过不及；使其识之明，气之充于其心，则用之于进退语默之际[11]，而无不得其宜；临之以祸福死生之故，而无足动其意者；为天下之士，而所以养其身之备如此[12]；则又使知天地事物之变，古今治乱之理，至于损益废置[13]、先后终始之要，无

---

[1]　去：离开。
[2]　诗：《诗经》。书：《书经》。六艺：礼、乐、射、御（驾车）、书、数。
[3]　弦：琴瑟类音乐。歌：乐歌。二者均为上古礼仪中使用的音乐。洗爵：清洗酒器。上古时主人在宴会中向客人进酒的礼仪。
[4]　祭祀：祭天神、地祇、人鬼等。乡射：上古时由官方主持的射礼，在州学或乡学中举行，称为乡射礼。养老：供养年老而有德行的老人，向他们求教。
[5]　进材：推荐有才之士。材：同"才"。论狱：研讨狱讼之事。出兵：出征。授捷：出征凯旋，以所割敌人左耳告于先圣先师。
[6]　从事：办事技能。
[7]　劝：劝勉，鼓励。
[8]　不率：不遵从教导。
[9]　具：设施，设置。
[10]　中：中正，正道。
[11]　默：不说话。语默：即动静。
[12]　"所以养其身"句：意谓用来培养他们身心的设施如此周备。
[13]　损：削减。益：增加。废置：应予停止或举办的。

　　　　　　　　　　　　　　　　　　唐宋散文

所不知。其在堂户之上，而四海九州之业¹、万世之策皆得。及出而履天下之任²，列百官之中，则随所施为无不可者。何则？其素所学问然也。盖凡人之起居、饮食、动作之小事，至于修身为国家天下之大体³，皆自学出，而无斯须去于教也⁴。其动于视听四支者⁵，必使其洽于内⁶；其谨于初者，必使其要于终⁷。驯之以自然，而待之以积久，噫，何其至也！故其俗之成，则刑罚措⁸；其材之成，则三公百官得其士⁹；其为法之永，则中材可以守；其入人之深，则虽更衰世而不乱¹⁰。为教之极至此，鼓舞天下，而人不知其从之，岂用力也哉¹¹？

及三代衰¹²，圣人之制作尽坏。千余年之间，学有存者，亦非古法。人之体性之举动¹³，唯其所自肆；而临政治人之方，固不素讲¹⁴。士有聪明朴茂之质，而无教养之渐¹⁵，则其材之不成夫然。盖以不学未成之材，而为天下之吏，又承衰弊之后，而治不教之民。呜呼！仁政之所以不行，盗贼刑罚之所以积¹⁶，其不以此也欤？

---

[1]　九州：指冀、豫、雍、扬、兖、徐、梁、青、荆，后用以指中国。

[2]　履：践，引申为担负。

[3]　大体：大事。

[4]　斯须：须臾，顷刻。

[5]　视听：指眼耳。四支：四肢。支：同"肢"。

[6]　洽：合。

[7]　要（yāo）：归纳，引申为贯彻。

[8]　措：放置。刑罚措：刑罚搁置起来不用了。

[9]　三公：周代以太师、太傅、太保为三公；西汉以大司马、大司徒、大司空为三公；东汉以太尉、司徒、司空为三公。均指朝廷最高级官员。

[10]　更（gēng）：经历，经过。

[11]　岂用力也哉：难道是使用强力的结果吗？

[12]　三代：夏、商、周。

[13]　体性：性格。

[14]　素：平常。

[15]　渐：浸染，潜移默化。

[16]　积：积累，增多。

宋兴几百年矣 ¹。庆历三年 ²，天子图当世之务，而以学为先 ³，于是天下之学乃得立。而方此之时，抚州之宜黄，犹不能有学。士之学者，皆相率而寓于州，以群聚讲习。其明年，天下之学复废，士亦皆散去 ⁴。而春秋释奠之事 ⁵，以著于令 ⁶，则常以庙祀孔氏，庙又不复理 ⁷。皇祐元年 ⁸，会令李君详至 ⁹，始议立学，而县之士某某与其徒，皆自以谓得发愤于此，莫不相励而趋为之 ¹⁰。故其材不赋而羡 ¹¹，匠不发而多 ¹²。其成也，积屋之区若干 ¹³，而门序正位，讲艺之堂 ¹⁴、栖士之舍皆足 ¹⁵；积器之数若干，而祀饮寝食之用皆具。其像 ¹⁶，孔氏而下从祭之士皆备 ¹⁷。其书，经史百氏 ¹⁸、翰林

- [1] 几：副词，表示将近，差不多。百年：从宋太祖建隆元年（960）宋朝建立到仁宗皇祐元年（1049）作者写此文，共九十年。
- [2] 庆历三年：公元 1043 年。庆历：宋仁宗年号。按《宋史·职官志》，下文所记之事发生在庆历四年。
- [3] 以学为先：指庆历四年仁宗诏令在各路、州、军、监所在地，设立学校，学生二百人以上的县，设立县学。宜黄县可能不到二百人，故未立学。
- [4] "天下之学"二句：据《续资治通鉴长编》载，当时有些地方官吏以"崇儒"为名，大量扩建校舍，致使学生四出游动，所以朝廷下令学子不准离开本地而外出就学。这样，本县若无学校，学子就无处可上学。"学复废"即指此事。
- [5] 释奠：学校祭奠先圣先师的活动。
- [6] 以：同"已"，已经。著：记载，规定。
- [7] 理：治理。
- [8] 皇祐元年：公元 1049 年。
- [9] 会：当，适逢。令：县令。
- [10] 趋（cù）：急忙。
- [11] 材：木材。赋：征收。羡：有余。
- [12] 发：征调。
- [13] 积：累计，共计。
- [14] 序：正房的东西墙。一说东西厢房。
- [15] 栖：止息。
- [16] 像：塑像，画像。
- [17] 孔氏：孔子。从祭之士：从祀的人，即陪同先圣孔子和亚圣孟子接受祭祀的先贤画像。
- [18] 百氏：诸子百家。

子墨之文章¹，无外求者。其相基会作之本末²，总为日若干而已。何其周且速也³！

当四方学废之初，有司之议⁴，固以谓学者人情之所不乐。及观此学之作，在其废学数年之后，唯其令之一唱⁵，而四境之内响应，而图之如恐不及。则夫言人之情不乐于学者，其果然也欤？

宜黄之学者，固多良士；而李君之为令，威行爱立，讼清事举，其政又良也。夫及良令之时⁶，而顺其慕学发愤之俗，作为宫室教肄之所⁷，以至图书器用之须⁸，莫不皆有，以养其良材之士。虽古之去今远矣，然圣人之典籍皆在，其言可考，其法可求。使其相与学而明之，礼乐节文之详⁹，固有所不得为者。若夫正心修身为国家天下之大务，则在其进之而已。使一人之行修¹⁰，移之于一家；一家之行修，移之于乡邻族党¹¹，则一县之风俗成，人材出矣。教化之行，道德之归，非远人也¹²，可不勉欤！县之士来请曰："愿有记！"故记之。十二月某日也。

---

[1]　翰林子墨：泛指诗赋文章。语见扬雄《长杨赋》。

[2]　相基：选择基地。会作：集合工匠。本末：始终，过程。

[3]　周：周到。

[4]　有司：官员。古代设官分职，事各有专司，故称"有司"。

[5]　唱：同"倡"，提倡。

[6]　良令：贤良的县令。

[7]　教：教学。肄（yì）：学习。

[8]　须：同"需"。

[9]　节文：礼节仪文，即礼仪，规矩。

[10]　修：美好。

[11]　族党：聚族而居的村落。乡邻族党：泛指周围附近地区。

[12]　非远人也：和人们相距不会遥远。

说明

　　宜黄县在今江西南城县西，宋代属江南西路抚州临川郡。县学即当时官府办的县立学校。本文主旨是论述兴办学校、发展教育的重要意义。作者首先介绍了我国古代优秀的教育传统，阐述了教育对社会发展的重要作用，并论及后代废学的严重后果。接着，作者对宜黄县令李祥重视教育、兴办县学加以热情的赞美，并提出了自己殷切的希望，鼓励李祥办好学校，多出人才。文章由古及今，细致辨析，文风平易，温良务实。作者重视教育，热心办学的精神，在今天仍有可资借鉴的意义。

墨池记

临川之城东¹，有地隐然而高²，以临于溪，曰新城。新城之上，有池洼然而方以长³，曰王羲之之墨池者⁴，荀伯子《临川记》云也⁵。羲之尝慕张芝，临池学书⁶，池水尽黑，此为其故迹，岂信然邪？

方羲之之不可强以仕⁷，而尝极东方⁸，出沧海⁹，以娱其意于山水之间¹⁰，岂其徜徉肆恣¹¹，而又尝自休于此邪？羲之之书，晚乃善，则其所能，盖亦以精力自致者¹²，非天成也。然后世未有能及者，岂其学不如彼邪¹³？则学固岂可以少哉¹⁴，况欲深造道德者邪¹⁵？

墨池之上，今为州学舍¹⁶。教授王君盛恐其不章也¹⁷，书"晋王右军墨

---

[1]　临川：今江西临川。

[2]　隐然：高起的样子。

[3]　洼然：低深的样子。

[4]　王羲之：东晋著名书法家。

[5]　荀伯子：南朝宋人，曾任临川内史，著《临川记》。

[6]　张芝：东汉人，好书法，草书尤为出名，有"草圣"之称。

[7]　方：当。强以仕：勉强他做官。

[8]　极：穷尽，此意为游遍。

[9]　出沧海：乘船出海。沧海：大海。

[10]　娱其意：娱乐他的心意。

[11]　徜徉（cháng yáng）：游荡。肆恣：即恣肆，放纵，任情。

[12]　致：达到。

[13]　学：指学习的精神、毅力等。

[14]　固：本，原来。

[15]　深造道德：即在道德方面深造之意。连上句意谓刻苦学习的精神怎么可以少呢，何况要在道德方面达到很高的成就。

[16]　学舍：校舍。

[17]　教授：州学中主管教育的官员。章：同"彰"，显明。

池"之六字于楹间以揭之[1]。又告于巩曰："愿有记"。惟王君之心[2]，岂爱人之善，虽一能不以废[3]，而因以及乎其迹邪[4]？其亦欲推其事[5]以勉其学者邪？夫人之有一能而使后人尚之如此[6]，况仁人庄士之遗风余思被于来世者何如哉[7]！

庆历八年九月十二日[8]，曾巩记。

说明

本文是作者应抚州州学教授王盛的约请而写的。文章在简略介绍王羲之墨池的来历之后，重点转到对王羲之书法成就的议论上，说明勤学苦练、专心致志才能事业有成。进而又把议题深入一层，指出若要深造道德，就更应该刻苦学习。作者以师长教导后学的口吻，循循善诱，娓娓道来，很有感染力。文章因小见大，层层转折，连连设问，使这篇短文具有低回往复、一唱三叹之情韵，含蓄深沉，令人回味。

---

[1] 王右军：王羲之官至右将军，故称王右军。楹（yíng）：门前柱子。揭：高举，标识。
[2] 惟：思。
[3] 一能：一技之长。
[4] 迹：遗迹，指墨池。
[5] 推：推崇。
[6] 尚：崇尚，尊敬。
[7] 仁人庄士：泛指道德学问高尚的人。被：影响。
[8] 庆历八年：公元1048年。庆历为宋仁宗年号。

集评

茅坤曰：看他小小题，而结构却远而正。

——明·茅坤《唐宋八大家文钞·宋大家曾文定公文钞》卷八

张英曰：寥寥短章，而使人味之隽永。此曾、王之所长也。

——清·乾隆编《唐宋文醇》卷五十六

孙琮曰：右军之书，以精力自致，此题中所有也；因右军学书，而勉人以深造道德，此题中所无也。既发本题所有，又补本题所无，尺幅之间，云霞百变，熟此可无窘笔。

——清·孙琮《山晓阁曾南丰文选》

何焯曰：能与学到底。因其地为州学舍，而求文记之者即教授，故推而论之，非若今人腔子之文也。

——清·何焯《义门读书记》

张孝先曰：小中见大，得此意者，随处皆可悟学。

——清·张孝先《唐宋八大家文》

王符曾曰：因墨池会得羲之学书，从此着想，便为大有关系文字。以其为州学舍，故"学"字粘得上。其通篇命意，不过借羲之学书以勉学者，若论羲之为人善书，固有飘飘凌云之致。执定印板字字拘之，则腐矣。

——清·王符曾《古文小品咀华》

秦　观

秦观（1049—1100），字少游，一字太虚，号淮海居士，扬州高邮（今属江苏）人。自幼敏悟，少豪俊慷慨，好学兵法。宋神宗元丰八年（1085）进士。元祐初，因苏轼推荐，为太学博士，后兼国史院编修官。绍圣初，章惇当权，被斥为"元祐党人"，出为杭州通判，继贬郴州、横州、雷州。徽宗立，放回，死于途中。他以文学受知于苏轼，与黄庭坚、晁补之、张耒并称为"苏门四学士"。文章长于议论，词为北宋一大家，多写男女情爱。有《淮海集》。

《精骑集》序

予少时读书，一见辄能诵[1]。暗疏之[2]，亦不甚失。然负此自放[3]，喜从滑稽饮酒者游[4]。旬朔之间[5]，把卷无几日[6]。故虽有强记之力，而常废于不勤[7]。

比数年来[8]，颇发愤自惩艾[9]，悔前所为；而聪明衰耗，殆不如曩时十一二[10]。每阅一事，必寻绎数终[11]，掩卷茫然，辄复不省[12]。故虽然有勤苦

---

[1]　辄：即。诵：记诵。
[2]　暗疏：默写。
[3]　负：仗恃。自放：放纵自流。
[4]　滑稽：谓能言善辩。
[5]　旬朔：十日为旬，每月初一日朔，这里代指一个月。
[6]　把卷：拿书。卷，书卷。
[7]　废：荒废。
[8]　比：近。
[9]　惩艾：惩戒。
[10]　曩时：从前。
[11]　寻绎数终：从头到尾翻寻数次。
[12]　不省：忘记。

之劳，而常废于善忘。

嗟夫！败吾业者，常此二物也[1]。比读《齐史》，见孙搴答邢词云："我精骑三千，足敌君羸卒数万[2]。"心善其说，因取"经""传""子""史"事之可为文用者，得若干条，勒为若干卷[3]，题曰《精骑集》云。

噫！少而不勤，无如之何矣[4]。长而善忘，庶几以此补之[5]。

说明

　　本文是秦观为其所编《精骑集》一书作的序。作者首先追叙了年轻时自以为记忆力强而疏于学习的往事。然后再写现在虽发愤读书却又因记忆力衰退而善忘的情况。字里行间颇有追悔莫及之意。其经验教训对后人，尤其是青年人当有十分积极的借鉴意义。

---

[1]　二物：指上文所说的"不勤"与"善忘"。
[2]　羸（léi）卒：瘦弱的士卒。
[3]　勒：编刻。
[4]　无如之何：没有什么办法。
[5]　庶几：也许可以。表示希望。

司马光

司马光（1019—1086），字君实，陕州夏县（今山西闻喜）涑水乡人，世称涑水先生，宋仁宗宝元进士。神宗时任御史中丞，极力反对王安石变法。哲宗时，任尚书左仆射、门下侍郎，主持朝政，大力恢复旧法，尽废王安石新法，当政八个月后去世。曾主编《资治通鉴》，有《司马文正公集》。

赤壁之战

初，鲁肃闻刘表卒[1]，言于孙权曰[2]："荆州与国邻接[3]，江山险固，沃野万里，士民殷富，若据而有之，此帝王之资也[4]。今刘表新亡，二子不协[5]，军中诸将，各有彼此[6]。刘备天下枭雄[7]，与操有隙[8]，寄寓于表[9]，表恶其能而不能用也[10]。若备与彼协心[11]，上下齐同，则宜抚安，与结盟好。如有离违[12]，宜别图之，以济大事[13]。肃请得奉命吊表二子[14]，并慰劳其军中用事

---

[1] 鲁肃：字子敬，孙权的谋士。刘表：字景升，荆州牧，治所在今湖北襄阳，领南阳、南郡、江夏、零陵、桂阳、长沙、武陵、章陵八郡，即现湖北、湖南一带。

[2] 言：说。

[3] 国：指孙权统治的吴国。

[4] 资：基础，条件。

[5] 二子：刘表的两个儿子刘琦、刘宗。不协：不合作。

[6] 各有彼此：意谓诸将有的拥护刘琦，有的拥护刘宗。

[7] 枭（xiāo）雄：豪杰。枭：凶猛的鸟。

[8] 操：曹操。隙：怨，仇。

[9] 寄寓于表：寄住在刘表处。当时刘备屯驻荆州的新野。

[10] 恶其能：嫉妒他的才能。

[11] 彼：指荆州一方的人。

[12] 离违：背离，不合作。

[13] 济：成。

[14] 吊表二子：向刘表的两个儿子悼唁刘表之死。

者[1]，及说备使抚表众[2]，同心一意，共治曹操[3]，备必喜而从命。如其克谐[4]，天下可定也。今不速往，恐为操所先。"权即遣肃行。

到夏口[5]，闻操已向荆州，晨夜兼道[6]，比至南郡[7]，而琮已降，备南走。肃径迎之[8]，与备会于当阳长坂[9]。肃宣权旨，论天下事势，致殷勤之意[10]。且问备曰："豫州今欲何至[11]？"备曰："与苍梧太守吴巨有旧[12]，欲往投之。"肃曰："孙讨虏聪明仁惠[13]，敬贤礼士，江表英豪[14]，咸归附之，已据有六郡[15]，兵精粮多，足以立事。今为君计，莫若遣腹心自结于东，以共济世业。而欲投吴巨，巨是凡人，偏在远郡，行将为人所并[16]，岂足托乎！"备甚悦。肃又谓诸葛亮曰："我，子瑜友也。"即共定交。子瑜者，亮兄瑾也，避乱江东，为孙权长史[17]。备用肃计，进住鄂县之樊口[18]。

曹操自江陵将顺江东下[19]。诸葛亮谓刘备曰："事急矣，请奉命求救于

---

[1]　用事者：掌权的人。
[2]　说：劝说。
[3]　治：对付。
[4]　克：能。谐：和谐，引申为成功。
[5]　夏口：今湖北武汉市。
[6]　晨夜兼道：日夜赶路。兼：加倍。
[7]　比：及，等到。南郡：今湖北江陵。
[8]　径：径直，直接。迎之：迎上去。
[9]　当阳：今湖北当阳。长坂：在当阳东北。
[10]　致：表达。殷勤之意：问候关心的意思。
[11]　豫州：指刘备，刘备曾任豫州刺史。
[12]　苍梧：郡名，今广西苍梧。旧：老交情。
[13]　孙讨虏：指孙权，曹操曾以汉献帝的名义授孙权讨虏将军的称号。
[14]　江表：江外，指长江以南地区。
[15]　六郡：会稽、吴、丹阳、豫章、庐陵、新都，今江苏、浙江、江西一带。
[16]　行将：将要。
[17]　长史：官名。
[18]　鄂县：今湖北鄂州。樊口：在鄂州西北。
[19]　江陵：今湖北江陵。

孙将军。"遂与鲁肃俱诣孙权[1]。亮见权于柴桑[2]，说权曰："海内大乱，将军起兵江东，刘豫州收众汉南[3]，与曹操共争天下。今操芟夷大难[4]，略已平矣[5]，遂破荆州，威震四海。英雄无用武之地，故豫州遁逃至此。愿将军量力而处之。若能以吴、越之众与中国抗衡[6]，不如早与之绝；若不能，何不按兵束甲，北面而事之[7]？今将军外托服从之名，而内怀犹豫之计，事急而不断，祸至无日矣[8]！"权曰："苟如君言，刘豫州何不遂事之乎？"亮曰："田横，齐之壮士耳，犹守义不辱[9]，况刘豫州王室之胄[10]，英才盖世，众士慕仰，若水之归海。若事之不济，此乃天也，安能复为之下乎！"权勃然曰："吾不能举全吴之地，十万之众，受制于人！吾计决矣！非刘豫州莫可以当曹操者。然豫州新败之后，安能抗此难乎？"亮曰："豫州军虽败于长坂，今战士还者及关羽水军精甲万人[11]，刘琦合江夏战士亦不下万人[12]。曹操之众，远来疲敝[13]，闻追豫州[14]，轻骑一日一夜行三百余里，此所谓'强弩之末，势不能穿鲁缟'者也[15]。故兵法忌之，曰，

---

[1]　诣（yì）：到。
[2]　柴桑：今江西九江市。
[3]　汉南：汉水以南。
[4]　芟（shān）：除草。夷：平定。大难：指袁绍、袁术、吕布等造成的祸乱。
[5]　略：大致。
[6]　中国：中原，当时为曹操占据。
[7]　北面而事之：意谓投降曹操。古代君臣相见时，君主朝南坐，臣子朝北拜见。
[8]　无日：没有多少日子。
[9]　"田横"三句：田横为秦末人，秦亡后自立为王。刘邦平定天下后，率五百人逃入海岛。刘邦召他出来做官，田横不愿降汉，行至洛阳附近自杀。留在海岛的人闻讯，也自杀了。
[10]　王室之胄：刘备是汉景帝儿子中山靖王刘胜的后代。胄：后人。
[11]　关羽：字云长，刘备的将领。水军精甲：曹操占领荆州后，刘备撤退到当阳，令关羽率船数百艘，在江陵会聚。精甲：精兵。
[12]　刘琦：江夏太守。江夏：今湖北黄冈。
[13]　疲敝：疲劳。
[14]　闻：听说。
[15]　强弩：强劲的弓。末：指射出的箭已到射程终了。鲁缟：鲁地（山东）产的绢，质地非常轻细。

　　　　　　　　　　　　　　　　　　　　　　　　　　　　　唐宋散文

'必蹶上将军[1]。'且北方之人不习水战；又，荆州之民附操者，逼兵势耳[2]，非心服也。今将军诚能命猛将统兵数万，与豫州协规同力[3]，破操军必矣。操军破，必北还；如此，则荆、吴之势强，鼎足之形成矣[4]。成败之机，在于今日！"权大悦，与其群下谋之。

是时，曹操遗权书曰[5]："近者奉辞伐罪[6]，旌麾南指[7]，刘琮束手[8]。今治水军八十万众[9]，方与将军会猎于吴[10]。"权以示群下，莫不响震失色。长史张昭等曰："曹公，豺虎也，挟天子以征四方[11]，动以朝廷为辞[12]；今日拒之，事更不顺。且将军大势可以拒操者，长江也。今操得荆州，奄有其地[13]，刘表治水军，蒙冲斗舰乃以千数[14]，操悉浮以沿江，兼有步兵，水陆俱下，此为长江之险已与我共之矣。而势力众寡又不可论[15]。愚谓大计不如迎之。"鲁肃独不言。权起更衣[16]，肃追于宇下[17]。权知其意，执肃手曰："卿欲何言?"肃曰："向察众人之议，专欲误将军，不足与图大事。

[1]　必蹶上将军：语出《史记·孙子吴起列传》："兵法：'百里而趣利者蹶上将。'"意谓急行军去与敌人争利，先行将军一定遭受挫折。"必蹶上将军"即上将军必蹶。蹶：跌倒，引申为失败。
[2]　逼：被迫的意思。
[3]　协规：协同谋划。
[4]　鼎足之形成：喻曹操、孙权、刘备三方势均力敌的并峙局面。鼎：古代烹饪器，常见的为两耳三足。
[5]　遗（wèi）：送。
[6]　奉辞伐罪：奉汉帝的命令，讨伐有罪的人。
[7]　旌麾：军旗，此处指军队。南指：向南进发。
[8]　束手：无力抵抗，指投降。
[9]　治：训练，整备。
[10]　方：正要。会猎：一同打猎。这里"决战"的委婉说法。
[11]　挟：挟持。
[12]　动以朝廷为辞：经常以朝廷的名义说话。
[13]　奄有：完全占有。
[14]　蒙冲：蒙着生牛皮的轻便快船。斗舰：大型战舰。
[15]　不可论：不可相提并论。
[16]　更衣：上厕所的委婉说法。
[17]　宇下：屋檐下。

今肃可迎操耳，如将军不可也。何以言之？今肃迎操，操当以肃还付乡党[1]，品其名位，犹不失下曹从事[2]，乘犊车，从吏卒[3]，交游士林[4]，累官故不失州郡也[5]。将军迎操，欲安所归乎？愿早定大计，莫用众人之议也！"权叹息曰："诸人持议，甚失孤望。今卿廓开大计[6]，正与孤同。"

时周瑜受使至番阳[7]，肃劝权召瑜还。瑜至，谓权曰："操虽托名汉相，其实汉贼也。将军以神武雄才，兼仗父兄之烈[8]，割据江东，地方数千里，兵精足用，英雄乐业[9]，当横行天下，为汉家除残去秽[10]。况操自送死，而可迎之邪！请为将军筹之[11]：今北土未平，马超、韩遂尚在关西[12]，为操后患。而操舍鞍马、仗舟楫，与吴、越争衡[13]。今又盛寒，马无藁草[14]。驱中国士众远涉江湖之间，不习水土，必生疾病。此数者用兵之患也，而操皆冒行之。将军禽操[15]，宜在今日。瑜请得精兵数万人，进住夏口，保为将军破之！"权曰："老贼欲废汉自立久矣，徒忌二袁、吕布、刘表与孤耳[16]。今数雄已灭，惟孤尚存。孤与老贼势不两立。君言当击，

---

[1]　还付乡党：送还乡里。古代以五百家为党，一万二千五百家为乡。

[2]　下曹从事：指品位低下的小官。曹：古代官府分科办事的单位名。

[3]　从吏卒：后面有吏卒跟随。

[4]　士林：士大夫、学者、名流等。

[5]　累官故不失州郡：逐步升迁，仍能得到州、郡长官的职务。

[6]　廓开：阐明，展现。

[7]　周瑜：字公瑾，孙权的主将。番（pó）阳：即鄱阳，今江西鄱阳。

[8]　父兄：孙权的父亲孙坚和哥哥孙策。烈：功业，业绩。

[9]　乐业：乐于为国效力。

[10]　除残去秽：扫除残暴，肃清秽垢。

[11]　筹：谋划。

[12]　马超、韩遂：当时割据凉州（今甘肃一带）的两名主帅。关西：函谷关以西。

[13]　争衡：比高低，较强弱。

[14]　藁（gǎo）草：禾秆类饲料。

[15]　禽：同"擒"。

[16]　二袁：袁绍和袁术。袁绍曾割据河北，袁术曾割据江淮，均被曹操消灭。吕布：曾割据濮阳（今属河南）、下邳（今江苏邳州），被曹操所杀。

甚与孤合，此天以君授孤也。"因拔刀斫前奏案[1]，曰："诸将吏敢复有言当迎操者，与此案同！"乃罢会。

是夜，瑜复见权曰："诸人徒见操书言水步八十万而各恐慑[2]，不复料其虚实，便开此议，甚无谓也[3]。今以实校之[4]，彼所将中国人不过十五六万，且已久疲。所得表众亦极七八万耳[5]，尚怀狐疑[6]。夫以疲病之卒御狐疑之众，众数虽多，甚未足畏。瑜得精兵五万，自足制之。愿将军勿虑！"权抚其背曰："公瑾，卿言至此，甚合孤心。子布、元表诸人各顾妻子[7]，挟持私虑[8]，深失所望；独卿与子敬与孤同耳，此天以卿二人赞孤也[9]！五万兵难卒合[10]，已选三万人，船、粮、战具俱办。卿与子敬、程公便在前发[11]；孤当续发人众，多载资粮，为卿后援。卿能办之者诚决。邂逅不如意，便还就孤，孤当与孟德决之[12]。"遂以周瑜、程普为左右督[13]，将兵与备并力逆操[14]，以鲁肃为赞军校尉，助画方略[15]。

刘备在樊口，日遣逻吏于水次候望权军[16]。吏望见瑜船，驰往白备，

---

[1]　斫（zhuó）：砍。奏案：批阅文书的几案。
[2]　慑（shè）：害怕。
[3]　甚无谓：非常没有道理。
[4]　以实校之：按实际情况考核敌情。校：核对。
[5]　极：至多，充其量。
[6]　狐疑：疑心。
[7]　子布：张昭的字。元表：秦松的字。秦松字文表，"元"应是"文"字。
[8]　挟持私虑：夹杂有个人考虑。
[9]　赞：辅助。
[10]　卒（cù）：同"猝"，急速。合：集合。
[11]　程公：程普，在诸将中，他年龄最大，且原为孙坚部下，故称为"程公"。
[12]　"卿能办之者诚决"四句：意谓你能办得了，当然可以同他决战。如果遇到后不那么顺利，就回来找我，我当亲自与曹操决战。
[13]　左右督：正副统帅。
[14]　逆：迎击。
[15]　画：筹划。方略：作战的策略。
[16]　日：天天。逻吏：巡逻的小官。水次：江边。

各遣人慰劳之。瑜曰:"有军任,不可得委署,倘能屈威,诚副其所望[1]。"备乃乘单舸往见瑜曰[2]:"今拒曹公,深为得计,战卒有几?"瑜曰:"三万人。"备曰:"恨少。"瑜曰:"此自足用,豫州但观瑜破之。"备欲呼鲁肃等共会语,瑜曰:"受命不得妄委署,若欲见子敬,可别过之[3]。"备深愧喜[4]。

进,与操遇于赤壁。

时操军众已有疾疫。初一交战,操军不利,引次江北[5]。瑜等在南岸。瑜部将黄盖曰:"今寇众我寡,难与持久。操军方连船舰,首尾相接,可烧而走也。"乃取蒙冲斗舰十艘,载燥荻、枯柴[6],灌油其中,裹以帷幕,上建旌旗,豫备走舸[7],系于其尾。先以书遗操,诈云欲降。时东南风急,盖以十舰最著前,中江举帆[8],余船以次俱进[9]。操军吏士皆出营立观,指言盖降。去北军二里余,同时发火。火烈风猛,船往如箭,烧尽北船,延及岸上营落[10]。顷之,烟炎张天[11],人马烧溺死者甚众。瑜等率轻锐继其后,雷鼓大震[12],北军大坏[13]。操引军从华容道步走[14],遇泥泞,道不通,天

[1] "有军任"四句:意谓我有军事重任在身,不可以随便委托别人,如果刘豫州能屈尊到我这儿来会见,正符合我的愿望了。委署:弃置,放下。副:符合。
[2] 单舸:单独一艘船。
[3] "受命不得妄委署"三句:意谓受命统帅军队,不可以擅离职守,如果要见子敬,你可以另外去看他。过:到那儿去。
[4] 愧喜:自愧且高兴。指刘备意识到自己提出的要求不适当,同时为周瑜治军严整感到高兴。
[5] 引次:退驻。次:驻。
[6] 荻:草名,与芦苇相似,生水边。
[7] 走舸:轻快的船。
[8] 中江:江中心。
[9] 以次:依次。
[10] 营落:军营。
[11] 炎:同"焰"。张(zhàng)天:布满天空。
[12] 雷:同"擂"。
[13] 大坏:大败。
[14] 华容道:通向华容的道路。华容:今湖北监利。步走:步行而逃。走:奔跑。

又大风，悉使羸兵负草填之¹，骑乃得过。羸兵为人马所蹈藉²，陷泥中，死者甚众。刘备、周瑜水陆并进，追操至南郡。时操军兼以饥疫，死者太半³。操乃留征南将军曹仁、横野将军徐晃守江陵，折冲将军乐进守襄阳⁴，引军北还。

说明

　　赤壁之战是发生在三国时期的一次以少胜多、以弱胜强的著名战役。当时，曹操已消灭了北方的军阀割据势力，基本上统一了北方。他亲率百万大军南下，企图消灭东吴孙权政权，一举统一中国。孙权则与刘备结下同盟，共同抗曹。由于孙权沉着应战，指挥有方，终使曹操在赤壁遭到大败，由此，魏、蜀、吴三国鼎立的局面正式确立。

　　司马光在记叙这一著名战役时，把重点放在孙权一方将帅战前决策研究、分析，并与刘备结盟等重大活动上，突出了孙、刘战胜强敌的内在必然性。至于具体战斗过程，写得十分简略，体现了作者在写作材料的取舍、描述角度的选择诸方面高超的水平。同时，司马光通过准确描写吴、蜀几员大将的各种活动，刻画了具有鲜明个性的人物形象。诸如鲁肃的忠心耿耿，诸葛亮的足智多谋，周瑜的精明自信，孙权的沉着气度，均栩栩如生，各具风采。因此，本文不仅记录了值得借鉴的历史经验，也具有极高的文学价值。

---

[1]　羸（léi）兵：瘦弱的士兵。
[2]　蹈藉：践踏。
[3]　太半：大半。
[4]　襄阳：今湖北襄阳。

肥水之战

太元七年[1]，……冬，十月，秦王坚会群臣于太极殿[2]，议曰："自吾承业，垂三十载[3]，四方略定，唯东南一隅[4]，未沾王化[5]。今略计吾士卒，可得九十七万，吾欲自将以讨之，何如？"秘书监朱彤曰[6]："陛下恭行天罚[7]，必有征无战[8]，晋主不衔璧军门[9]，则走死江海，陛下返中国士民，使复其桑梓[10]，然后回舆东巡[11]，告成岱宗[12]，此千载一时也。"坚喜曰："是吾志也。"

尚书左仆射权翼曰："昔纣为无道[13]，三仁在朝，武王犹为之旋师[14]。今

---

[1]　太元七年：公元382年。太元：东晋孝武帝年号。
[2]　秦王坚：秦王苻坚，氐族首领。前秦建都长安。强盛时据有今河北、山西、山东、陕西、甘肃、河南、四川、贵州和辽宁、江苏、安徽、湖北的一部分。太极殿：前秦长安皇宫的正殿。
[3]　垂三十载：将近三十年。垂：将近。苻坚于公元357年杀秦主苻生，自称太秦天王。到这一年已二十六年。
[4]　东南一隅：指东晋。一隅：一角。
[5]　未沾王化：意谓还没有受到秦国的统治。沾：润泽，沾濡，这里有受到恩泽的意味。王化：帝王的教化。
[6]　朱彤（róng）：《晋书·苻坚载记》作朱彤。
[7]　恭行天罚：恭敬地按照天意进行惩罚。语出《尚书·甘誓》："今予惟恭行天之罚。"
[8]　有征无战：意谓代天征讨，不用交战就会取胜。
[9]　衔璧军门：反缚双手，口衔璧玉，到军门来投降。这是古时国君投降的仪式。
[10]　"陛下"二句：意谓使南逃的中原士民回到家乡。桑梓：故乡。典出《诗经·小雅·小弁》。
[11]　舆：车辆。
[12]　告成：报告成功。岱宗：泰山。此句谓国君到泰山举行告祭大典。
[13]　纣：商朝最后的国君，以暴君留名。
[14]　"三仁在朝"二句：三仁指微子、箕子、比干。武王第一次伐纣时，得知这三个人在纣的朝廷上，便认为时机未到，收兵回去。

晋虽微弱，未有大恶。谢安、桓冲皆江表伟人[1]，君臣辑睦[2]，内外同心。以臣观之，未可图也！"坚默然良久，曰："诸君各言其志。"

太子左卫率石越曰[3]："今岁镇守斗[4]，福德在吴，伐之必有天殃。且彼据长江之险，民为之用[5]，殆未可伐也[6]！"坚曰："昔武王伐纣，逆岁违卜[7]。天道幽远[8]，未易可知。夫差、孙皓皆据江湖[9]，不免于亡。今以吾之众，投鞭于江，足断其流，又何险之足恃乎！"对曰："三国之君皆淫虐无道[10]，故敌国取之，易于拾遗[11]。今晋虽无德，未有大罪，愿陛下且按兵积谷，以待其衅[12]。"于是群臣各言利害，久之不决。坚曰："此所谓筑舍道旁，无时可成[13]。吾当内断于心耳。"

群臣皆出，独留阳平公融[14]，谓之曰："自古定大事者，不过一二臣而已。今众言纷纷，徒乱人意，吾当与汝决之。"对曰："今伐晋有三难：

[1] 谢安：字安石，晋孝武帝时任中书监，录尚书事，相当于宰相。桓冲：字幼子，以都督江、荆诸州领荆州刺史。江表：长江以外，指江南。

[2] 辑睦：和睦，团结。

[3] 太子左卫率（lǜ）：护卫太子的官员。

[4] 岁：岁星，即木星。镇：土星。守斗：居于斗宿间。斗宿是吴越分野，象征东南地区。古人认为，天象可以推测人事，岁、镇两星运行到什么地方，那个地方就不可去冒犯，否则要遭殃。

[5] 民为之用：意谓人民愿意为晋朝出力。

[6] 殆：似乎。

[7] 逆岁：指武王决定伐纣，军队出发之日冲犯岁星。事见《荀子·儒效》。违卜：不惜违犯占卜所显示的征兆，仍然出发。事见《史记·齐世家》。

[8] 天道：天象。幽远：渺茫。

[9] 夫差：春秋时吴国君主。公元前473年，越王勾践灭吴，夫差自杀身亡。孙皓：三国时吴国最后一个君主。公元279年，晋武帝司马炎攻打吴国，280年孙皓投降，吴亡。江湖：指夫差、孙皓统治的江南地区。

[10] 三国之君：指纣王、夫差、孙皓。

[11] 拾遗：拣起遗落的东西。

[12] 衅（xìn）：空隙，机会。

[13] "筑舍道旁"二句：语出《诗经·小雅·小旻》："如彼筑室于道谋，是用不溃于成。"意思是在路边造房子，却向路人征求意见，事情当然办不成。

[14] 阳平公融：字博休，封阳平公。符坚之弟。

天道不顺，一也；晋国无衅，二也；我数战兵疲，民有畏敌之心，三也。群臣言晋不可伐者，皆忠臣也，愿陛下听之。"坚作色曰[1]："汝亦如此，吾复何望！吾强兵百万，资仗如山[2]，吾虽未为令主[3]，亦非暗劣[4]。乘累捷之势，击垂亡之国，何患不克？岂可复留此残寇，使长为国家之忧哉！"融泣曰："晋未可灭，昭然甚明。今劳师大举，恐无万全之功[5]。且臣之所忧，不止于此。陛下宠育鲜卑、羌、羯[6]，布满畿甸[7]，此属皆我之深仇。太子独与弱卒数万留守京师，臣惧有不虞之变生于腹心肘掖[8]，不可悔也[9]。臣之顽愚，诚不足采。王景略一时英杰[10]，陛下常比之诸葛武侯，独不记其临没之言乎！"坚不听。于是朝臣进谏者众，坚曰："以吾击晋，校其强弱之势[11]，犹疾风之扫秋叶，而朝廷内外皆言不可，诚吾所不解也！"

太子宏曰："今岁在吴分，又晋君无罪，若大举不捷，恐威名外挫，财力内竭，此群下所以疑也。"坚曰："昔吾灭燕[12]，亦犯岁而捷，天道固难知也。秦灭六国[13]，六国之君岂皆暴虐乎！"

冠军、京兆尹慕容垂言于坚曰[14]："弱并于强，小并于大，此理势自

---

[1] 作色：改变脸色，表示不高兴。
[2] 资仗：资材和武器。
[3] 令主：贤主。令：善。
[4] 暗劣：昏庸无能。
[5] 万全：万无一失。
[6] 鲜卑、羌、羯：当时居住我国北方和西北方的少数民族。
[7] 畿甸：京城附近。
[8] 腹心肘掖：比喻京城附近的重要地区。掖：同"腋"。
[9] 不可悔：来不及后悔，追悔莫及。
[10] 王景略：王猛，字景略，苻坚的谋臣。公元375年病死。临终前劝告苻坚不要伐晋，而应逐步除灭鲜卑和西羌。
[11] 校（jiào）：比较。
[12] 灭燕：公元370年，苻坚令王猛率军灭燕。燕即鲜卑族慕容氏建立的前燕。
[13] 六国：指战国时魏、韩、赵、楚、燕、齐。
[14] 冠军：冠军将军。京兆尹：京城长安的行政长官。慕容垂：原是燕国太子，在前燕内乱时逃奔前秦。苻坚死后，慕容垂叛前秦称帝于中山（今河北定县），历史上称为后燕。

唐宋散文

然，非难知也。以陛下神武应期[1]，威加海外，虎旅百万[2]，韩、白满朝[3]，而蕞尔江南[4]，独违王命，岂可复留之以遗子孙哉！《诗》云：'谋夫孔多，是用不集[5]。'陛下断自圣心足矣，何必广询朝众！晋武平吴，所仗者张、杜二三臣而已[6]，若从朝众之言，岂有混壹之功[7]！"坚大悦曰："与吾共定天下者，独卿而已。"赐帛五百匹。

坚锐意欲取江东，寝不能旦。阳平公融谏曰："'知足不辱，知止不殆[8]。'自古穷兵极武，未有不亡者。且国家本戎狄也[9]，正朔会不归人[10]。江东虽微弱仅存，然中华正统，天意必不绝之。"坚曰："帝王历数[11]，岂有常邪？惟德之所在耳！刘禅岂非汉之苗裔邪[12]，终为魏所灭。汝所以不如吾者，正病此不达变通耳[13]！"

坚素信重沙门道安[14]，群臣使道安乘间进言[15]。十一月，坚与道安同辇游于东苑[16]，坚曰："朕将与公南游吴、越，泛长江，临沧海[17]，不亦乐乎！"

---

[1] 应期：应运而生。
[2] 虎旅：勇猛的军队。
[3] 韩：韩信，汉高祖的名将。白：白起，战国时秦国名将。此泛指名将。
[4] 蕞（zuì）尔江南：小小的江南，指东晋。蕞尔：渺小的样子。
[5] "谋夫孔多"二句：见《诗经·小雅·小旻》。意谓出主意的人多，事情就办不好。孔：很，极。集：成。
[6] "晋武平吴"二句：公元279年，晋武帝司马炎决意伐吴，当时朝中议论不一，只有张华、杜预支持立即出师。
[7] 混壹：统一天下。
[8] "知足不辱"二句：语出《老子》。不辱：不遭受侮辱。殆：危险。
[9] 戎狄：西方北方的少数民族。
[10] 正朔会不归人：意谓改朝换代的事情，大概不会归到外族人手里。正朔：正月初一。会：大概。人：指汉族以外的各族。
[11] 历数：气数，运数。
[12] 刘禅：刘备的儿子，三国蜀汉的君主，公元263年为魏国所灭。
[13] 不达变通：不善变通，拘泥不化。
[14] 沙门道安：晋朝名僧，居襄阳檀溪寺。符坚破襄阳后，把他迎到长安，对他十分宠信。
[15] 乘间：找机会。
[16] 辇：专指帝王的坐车。苑：指帝王的花园。
[17] 沧海：大海。

安曰："陛下应天御世[1]，居中土而制四维[2]，自足比隆尧、舜[3]。何必栉风沐雨，经略遐方乎[4]！且东南卑湿[5]，沴气易构[6]，虞舜游而不归，大禹往而不复[7]，何足以上劳大驾也！"坚曰："天生烝民而树之君，使司牧之[8]，朕岂敢惮劳[9]，使彼一方独不被泽乎[10]！必如公言，是古之帝王皆无征伐也。"道安曰："必不得已，陛下宜驻跸洛阳[11]，遣使者奉尺书于前，诸将总六师于后，彼必稽首入臣[12]，不必亲涉江、淮也。"坚不听。

坚所幸张夫人谏曰[13]："妾闻天地之生万物，圣王之治天下，皆因其自然而顺之，故功无不成。是以黄帝服牛乘马[14]，因其性也；禹浚九川、障九泽[15]，因其势也；后稷播殖百谷[16]，因其时也；汤、武帅天下而攻桀、纣，因其心也[17]，皆有因则成，无因则败。今朝野之人皆言晋不可伐，陛下独决意行之，妾不知陛下何所因也。《书》曰：'天聪明自我民聪明[18]。'天

---

[1] 应天御世：顺应天命治理天下。

[2] 中土：中原。四维：四方。

[3] 隆：兴隆。

[4] 经略：经营占有。遐：远。

[5] 卑：低。

[6] 沴（lì）气：恶气。构：同"遘"，遭遇，沾染。

[7] "虞舜"二句：传说虞舜南巡，死在苍梧（九疑山，在今湖南宁远），事见《史记·五帝本纪》。大禹东巡，死在会稽（山名，在今浙江绍兴），事见《史记·夏本记》。

[8] "天生烝（zhēng）民"二句：语出《左传·襄公十四年》。烝民：众民，百姓。司牧：统治。

[9] 惮劳：怕劳苦。

[10] 被泽：受到恩泽。

[11] 驻跸：皇帝出巡，停留某地。跸：禁止行人往来。

[12] 稽首：以头触地下拜。入臣：前来称臣。

[13] 幸：宠爱。

[14] 服牛乘马：服指驯服；乘指驾御。

[15] 浚：疏通。障：筑堤防卫。

[16] 后稷：传说中的周朝祖先，尧时的农官。

[17] 因其心：顺从民心。

[18] "天聪明"句：意谓上天以人民的见闻作为自己的见闻。亦即天意由民意决定。语出《尚书·皋陶谟》。聪明：所见所闻。

唐宋散文

犹因民，而况人乎！妾又闻王者出师，必上观天道，下顺人心。今人心既不然矣，请验之天道。谚云：'鸡夜鸣者不利行师，犬群嗥者宫室将空，兵动马惊，军败不归。'自秋、冬以来，众鸡夜鸣，群犬哀嗥，厩马多惊，武库兵器自动有声，此皆非出师之祥也。"坚曰："军旅之事，非妇人所当预也[1]。"

坚幼子中山公诜最有宠[2]，亦谏曰："臣闻国之兴亡，系贤人之用舍[3]。今阳平公，国之谋主，而陛下违之。晋有谢安、桓冲，而陛下伐之，臣窃惑之！"坚曰："天下大事，孺子安知[4]！"

…………

太元八年，……秋，七月，……秦王坚下诏大举入寇[5]。民每十丁遣一兵。其良家子年二十已下[6]，有材勇者，皆拜羽林郎[7]。又曰："其以司马昌明为尚书左仆射[8]，谢安为吏部尚书，桓冲为侍中；势还不远[9]，可先为起第[10]。"良家子至者三万余骑，拜秦州主簿赵盛之为少年都统[11]。是时，朝臣皆不欲坚行，独慕容垂、姚苌及良家子劝之[12]。阳平公融言于坚

---

[1]　预：干预，干涉。
[2]　中山公诜（shēn）：苻诜，封中山公，苻坚死后自杀。
[3]　系贤人之用舍：决定于任用还是舍弃贤臣。
[4]　孺子：小孩。
[5]　入寇：侵犯。
[6]　其：可以，表示命令。良家子：封建社会所谓身世清白人家的子弟。已：同"以"。
[7]　材勇：有才干且勇敢。拜：任命。羽林郎：禁卫军军官。
[8]　以：任用。司马昌明：晋孝武帝司马曜，字昌明。
[9]　势还不远：从形势看，灭晋还用的日子不会远。
[10]　先为起第：先给司马昌明等人建造官邸。以上几句话说明苻坚自认为此次伐晋一定成功，所以预先给东晋君臣安排了官职，让他们做臣子。
[11]　秦州：今陕西西部和甘肃东部一带。主簿：官职名，主管文书簿籍。都统：指挥官。
[12]　姚苌：羌族首领之一，其兄姚襄被苻坚击败杀死后投降。肥水之战后，姚苌自称秦王，于385年杀苻坚，建立后秦。事见《晋书·姚苌载记》。

曰："鲜卑、羌虏，我之仇雠，常思风尘之变以逞其志¹，所陈策画²，何可从也？良家少年皆富饶子弟，不闲军旅³，苟为谄谀之言以会陛下之意⁴。今陛下信而用之，轻举大事，臣恐功既不成，仍有后患，悔无及也。"坚不听。

八月，戊午⁵，坚遣阳平公融督张蚝、慕容垂等步骑二十五万为前锋⁶。以兖州刺史姚苌为龙骧将军⁷，督益、梁州诸军事⁸。坚谓苌曰："昔朕以龙骧建业⁹，未尝轻以授人，卿其勉之！"左将军窦冲曰："王者无戏言，此不祥之征也¹⁰！"坚默然。

慕容楷、慕容绍言于慕容垂曰："主上骄矜已甚，叔父建中兴之业¹¹，在此行也¹²！"垂曰："然。非汝，谁与成之！"

甲子¹³，坚发长安¹⁴，戎卒六十余万，骑二十七万，旗鼓相望，前后千里。九月，坚至项城¹⁵，凉州之兵始达咸阳¹⁶，蜀、汉之兵方顺流而下¹⁷，

---

[1] 风尘之变：战争，兵乱。
[2] 陈：陈述，建议。
[3] 闲：同"娴"，熟习。
[4] 苟：苟且，随便。会：逢迎，迎合。
[5] 戊午：初二日。
[6] 张蚝（cī）：苻坚的将军。
[7] 兖（yǎn）州：今河北东北部和山东西南部一带。
[8] 益：益州，今四川大部分地区。梁州：今陕西西南部。
[9] "昔朕"句：苻坚曾被前秦皇帝苻健封为龙骧将军。苻健死后，其子苻生嗣位，暴虐无度，苻坚杀苻生而夺位。
[10] 征：征兆，预兆。
[11] 建中兴之业：指恢复前燕政权。
[12] 在此行：就这一次了。
[13] 甲子：（太元八年八月）初八。
[14] 发长安：从长安出发。
[15] 项城：今河南项城。
[16] 凉州：今甘肃武威。
[17] 蜀：今四川。汉：今陕西汉中、南郑一带。

幽、冀之兵至于彭城[1]，东西万里，水陆齐进，运漕万艘[2]。阳平公融等兵三十万，先至颍口[3]。

诏以尚书仆射谢石为征虏将军、征讨大都督[4]，以徐、兖二州刺史谢玄为前锋都督[5]，与辅国将军谢琰、西中郎将桓伊等众共八万拒之；使龙骧将军胡彬以水军五千援寿阳[6]。琰，安之子也。

是时秦兵既盛，都下震恐[7]。谢玄入，问计于谢安。安夷然[8]，答曰："已别有旨[9]。"既而寂然[10]。玄不敢复言，乃令张玄重请[11]。安遂命驾出游山墅[12]，亲朋毕集，与玄围棋赌墅[13]。安棋常劣于玄，是日，玄惧，便为敌手而又不胜。安遂游陟[14]，至夜乃还。桓冲深以根本为忧[15]，遣精锐三千入卫京师。谢安固却之[16]，曰："朝廷处分已定[17]，兵甲无阙，西藩宜留以为防[18]。"冲对佐吏叹曰："谢安石有庙堂之量，不闲将略[19]。今大敌垂至，方

[1]　幽、冀：幽州和冀州，今河北北部一带。彭城：今江苏徐州市。
[2]　运漕：运粮船。漕：水路运粮。
[3]　颍口：今安徽颍上，颍水在此入淮河。
[4]　诏：指晋孝武帝下的诏书。谢石：字石奴，谢安之弟。
[5]　徐、兖二州：指南徐州（今江苏镇江）和南兖州（今江苏江都），为晋东迁后所设。谢玄：谢安之侄。
[6]　寿阳：今安徽寿县。
[7]　都下：京城。
[8]　夷然：坦然，安然，指不紧张。
[9]　旨：旨意，命令。
[10]　寂然：无声的意思。
[11]　张玄：即晋宁侯张玄之，与谢玄齐名。重请：再次请示。
[12]　山墅：山间别墅。
[13]　玄：指谢玄。围棋赌墅：把别墅作为棋赛的赌注。
[14]　游陟：攀登游览。陟（zhì）：登。
[15]　根本：指京城建康的安危。
[16]　固：坚决。却：推却，不接受。
[17]　处分：安排，布置。
[18]　西藩：西面的边防，此指荆州，桓冲为荆州刺史。
[19]　庙堂之量：意谓作宰相的度量。将略：军事谋略。

游谈不暇¹，遣诸不经事少年拒之²，众又寡弱，天下事已可知，吾其左衽矣³！"……

冬，十月，秦阳平公融等攻寿阳。癸酉⁴，克之，执平虏将军徐元喜等。融以其参军河南郭褒为淮南太守⁵。慕容垂拔郧城⁶。胡彬闻寿阳陷，退保硖石⁷，融进攻之。秦卫将军梁成等帅众五万屯于洛涧⁸，栅淮以遏东兵⁹。谢石、谢玄等去洛涧二十五里而军¹⁰，惮成不敢进。胡彬粮尽，潜遣使告石等曰："今贼盛粮尽，恐不复见大军。"秦人获之，送于阳平公融。融驰使白秦王坚曰¹¹："贼少易擒，但恐逃去，宜速赴之¹²！"坚乃留大军于项城，引轻骑八千，兼道就融于寿阳¹³。遣尚书朱序来说谢石等¹⁴，以为强弱异势，不如速降。序私谓石等曰："若秦百万之众尽至，诚难与为敌。今乘诸军未集，宜速击之。若败其前锋，则彼已夺气¹⁵，可遂破也。"

石闻坚在寿阳，甚惧，欲不战以老秦师¹⁶。谢琰劝石从序言。十一月，谢玄遣广陵相刘牢之帅精兵五千趣洛涧¹⁷，未至十里，梁成阻涧为陈以待

---

[1]　垂至：将至。游谈：游览清谈。
[2]　不经事少年：没经验的年轻人。
[3]　左衽：衣襟开在左边，古代少数民族服饰。此句意为被前秦俘去。
[4]　癸酉：十八日。
[5]　淮南：今安徽寿县。
[6]　郧（yún）城：今湖北安陆。
[7]　硖石：今安徽凤台。
[8]　洛涧：河名，今名洛河，在安徽怀远。
[9]　栅淮：在淮河中设置障碍物。
[10]　去：离，距离。军：驻扎。
[11]　驰使白：派使者骑马急驶去报告。
[12]　赴：赶赴，进攻。
[13]　兼道：用加倍的速度赶路。就：靠近，指会合。
[14]　朱序：原为东晋梁州刺史，379年秦兵破襄阳，被俘投降。
[15]　夺气：丧失锐气。
[16]　老秦师：使秦军疲惫。老：意为军队无战斗力。
[17]　广陵：今江苏扬州。相：官名。刘牢之：东晋名将。趣：同"趋"。

之[1]。牢之直前渡水，击成，大破之，斩成及弋阳太守王咏[2]。又分兵断其归津[3]，秦步骑崩溃，争赴淮水[4]，士卒死者万五千人，执秦扬州刺史王显等，尽收其器械军实[5]。于是谢石等诸军，水陆继进。秦王坚与阳平公融登寿阳城望之，见晋兵部阵严整，又望八公山上草木[6]，皆以为晋兵，顾谓融曰："此亦勍敌[7]，何谓弱也！"怃然始有惧色[8]。

秦兵逼肥水而陈[9]，晋兵不得渡。谢玄遣使谓阳平公融曰："君悬军深入[10]，而置陈逼水，此乃持久之计，非欲速战者也。若移陈少却[11]，使晋兵得渡，以决胜负，不亦善乎！"秦诸将皆曰："我众彼寡，不如遏之，使不得上，可以万全。"坚曰："但引兵少却，使之半渡，我以铁骑蹙而杀之[12]，蔑不胜矣[13]！"融亦以为然，遂麾兵使却[14]。秦兵遂退，不可复止。谢玄、谢琰、桓伊等引兵渡水击之。融驰骑略陈，欲以帅退者[15]，马倒，为晋兵所杀，秦兵遂溃。玄等乘胜追击，至于青冈[16]。秦兵大败，自相蹈藉而死者，蔽野塞川。其走者闻风声鹤唳[17]，皆以为晋兵且至，昼夜不敢息，

---

[1]　陈：同"阵"。

[2]　弋阳太守王咏：三国时魏国分西阳（今湖北黄冈）、蕲春（今湖北蕲春），置弋阳郡。但当时前秦并未占领该地，王咏只是"遥领太守"。

[3]　津：渡口。

[4]　赴：趋赴，渡。

[5]　军实：军需给养。

[6]　八公山：在寿县北面。

[7]　勍（qíng）敌：强敌。

[8]　怃然：怅惘失神的样子。

[9]　逼：紧靠。

[10]　悬军：孤悬在外的军队，即孤军。

[11]　少却：稍作后退。

[12]　蹙（cù）：逼迫。

[13]　蔑：无，没有。

[14]　麾：指挥。

[15]　"融驰骑"二句：苻融骑马在阵地上飞跑巡行，想重新统帅退却的士兵。

[16]　青冈：在今寿县西北。

[17]　走者：逃跑的士兵。唳（lì）：鸣叫。

草行露宿，重以饥冻[1]，死者什七、八[2]。初，秦兵少却，朱序在陈后呼曰："秦兵败矣！"众遂大奔。序因与张天锡、徐元喜皆来奔[3]。获秦王坚所乘云母车。复取寿阳，执其淮南太守郭褒。

…………

谢安得驿书，知秦兵已败。时方与客围棋，摄书置床上，了无喜色，围棋如故。客问之，徐答曰："小儿辈遂已破贼。"既罢，还内，过户限，不觉屐齿之折。

说明

肥水，又作"淝水"，发源于安徽合肥西南的紫蓬山，向西北流经寿县进入淮河。公元383年，东晋和前秦在这里进行了一场激烈的大战，弱小的晋军打败了强大的秦军。这一战役成为我国历史上又一个以少胜多、以弱胜强的典型战例。

大战之前，前秦国君苻坚连年发动战争，已在北方先后消灭了前燕、前凉、代国。虽然统一了北方地区，但已造成人民厌战、财力虚空的隐患。因此，当他提出倾巢而出，南下灭晋的计划时，遭到许多大臣的反对。但是，飞扬跋扈、刚愎自用的苻坚一意孤行，坚持己见，终于导致彻底失败。

本文记叙了这次战役的前后过程。作者把重点放在苻坚和他周围的人物身上，交错插写了赞同伐晋和反对出兵的各类人物，言谈举止，毕

[1] 重：加上。
[2] 什七、八：十分之七、八。
[3] 张天锡：本晋朝的凉州刺史，376年，苻坚攻破凉州，张天锡投降。来奔：指投奔东晋。

肖其貌。对东晋方面的人物，虽着墨不多，但也个个性格鲜明，形象生动。对于整个事件发展过程中人物之间的复杂关系、战争场面的恢宏激烈，作者都能以精当的选材、简练的语言有条不紊地一一道来，体现了作者高超的文学表现力。

训俭示康

吾本寒家，世以清白相承。吾性不喜华靡，自为乳儿，长者加以金银华美之服，辄羞赧弃去之[1]。二十忝科名[2]，闻喜宴独不戴花[3]，同年曰[4]："君赐不可违也。"乃簪一花[5]。平生衣取蔽寒，食取充腹，亦不敢服垢弊以矫俗干名[6]，但顺吾性而已。众人皆以奢靡为荣，吾心独以俭素为美。人皆嗤吾固陋，吾不以为病，应之曰："孔子称'与其不逊也宁固[7]'；又曰'以约失之者鲜矣[8]'；又曰'士志于道而耻恶衣恶食者，未足与议也[9]'。古人以俭为美德，今人乃以俭相诟病[10]，嘻！异哉！"

近岁风俗，尤为侈靡，走卒类士服[11]，农夫蹑丝履[12]。吾记天圣中[13]，先公为群牧判官[14]，客至未尝不置酒，或三行五行[15]，多不过七行。酒沽

[1]　羞赧（nǎn）：害羞，脸红。
[2]　忝（tiǎn）科名：意谓名列进士科名之中，使同榜者有辱。这是自谦说法。
[3]　闻喜宴：新科进士，由皇帝赐宴，并赐簪花，称为"闻喜宴"。
[4]　同年：同榜及第的人。
[5]　簪：簪花，此作动词，插、戴。
[6]　"亦不敢"句：意谓穿破旧衣服，故意违背世俗常情来沽名钓誉。
[7]　"与其"句：语出《论语·述而》："奢则不逊，俭则固，写其不逊也，宁固。"意谓奢侈会显得骄傲，俭朴则显得固陋。与其骄傲，宁可固陋。
[8]　"以约"句：语出《论语·里仁》。约：节俭；鲜：少。
[9]　"士志"二句：语出《论语·里仁》。恶衣恶食：意谓粗茶淡饭。
[10]　诟病：讥讽非议。
[11]　类：大都。
[12]　蹑：穿。丝履：丝质的鞋子。
[13]　天圣：宋仁宗年号。
[14]　先公：去世的父亲。群牧判官：群牧司的主要官员之一。群牧司为掌管全国公有马匹饲养的机构。
[15]　行：行酒，主人劝酒一次为一行。

于市，果止于梨栗枣柿之类，肴止于脯醢菜羹[1]，器用瓷漆，当时士大夫家皆然，人不相非也[2]。会数而礼勤[3]，物薄而情厚。近日士大夫家，酒非内法[4]，果肴非远方珍异，食非多品，器皿非满案，不敢会宾友。常数月营聚[5]，然后敢发书[6]。苟或不然，人争非之，以为鄙吝，故不随俗靡者盖鲜矣。嗟乎！风俗颓敝如是，居位者虽不能禁，忍助之乎？

又闻昔李文靖公为相[7]，治居第于封邱门内[8]，厅事前仅容旋马[9]，或言其太隘，公笑曰："居第当传子孙，此为宰相厅事诚隘，为太祝、奉礼厅事已宽矣[10]。"参政鲁公为谏官[11]，真宗遣使急召之，得于酒家，既入，问其所来，以实对。上曰："卿为清望官[12]，奈何饮于酒肆？"对曰："臣家贫，客至，无器皿肴果，故就酒家觞之[13]。"上以无隐，益重之。张文节为相[14]，自奉养如为河阳掌书记时[15]。所亲或规之曰："公今受俸不少，而自

---

[1]　脯：干肉。醢（hǎi）：肉酱。
[2]　相非：相互非难。
[3]　会数：聚会的次数多。礼勤：礼仪周到殷勤。
[4]　内法：宫廷内酿酒的方法。
[5]　营聚：经营积聚。
[6]　书：指请柬。
[7]　李文靖公：李沆，字太初。宋真宗时宰相，死后谥文靖。
[8]　治居第：营造住宅。封邱门：宋京城汴京（今河南开封）城门。
[9]　厅事：处理公务、接待宾客的厅堂。旋马：牵马转身。
[10]　太祝、奉礼：主管祭祀的官员，官职不高，但常由功臣的子孙担任。
[11]　参政鲁公：鲁宗道，字贯之。宋真宗时任右正官（谏官），后为户部员外郎兼右谕德，又迁左谕德。宋仁宗时为参知政事。下文言真宗召见鲁宗道事，是在其任谕德时，作者误为右正言时。
[12]　清望官：对朝廷有声望的高级官员的称呼。
[13]　觞（shāng）：酒杯，此作动词，喝酒。
[14]　张文节：张知白，字用晦，宋仁宗时宰相，死后谥文节。
[15]　自奉养：自定生活水准。河阳掌书记：张知白曾任河阳节度使度判官。此官职与唐代掌书记官同，故以代称。

奉若此，公虽自信清约，外人颇有公孙布被之讥[1]，公宜少从众[2]。"公叹曰："吾今日之俸，虽举家锦衣玉食，何患不能！顾人之常情，由俭入奢易，由奢入俭难。吾今日之俸，岂能常存？一旦异于今日，家人习奢已久，不能顿俭[3]，必致失所。岂若吾居位去位、身存身亡常如一日乎？"呜呼！大贤之深谋远虑，岂庸人所及哉！

御孙曰："俭，德之共也；侈，恶之大也[4]。"共，同也，言有德者皆由俭来也。夫俭则寡欲，君子寡欲，则不役于物[5]，可以直道而行；小人寡欲，则能谨身节用，远罪丰家[6]。故曰："俭，德之共也。"侈则多欲，君子多欲则贪慕富贵，枉道速祸[7]；小人多欲则多求妄用，败家丧身，是以居官必贿，居乡必盗。故曰："侈，恶之大也。"

昔正考父饘粥以糊口[8]，孟僖子知其后必有达人[9]；季文子相三君[10]，妾不衣帛，马不食粟，君子以为忠；管仲镂簋朱纮[11]，山楶藻棁[12]，孔子鄙其小器[13]；公叔文子享卫灵公[14]，史䲡知其及祸[15]，及戌[16]，果以富得罪出亡；何

---

[1]　"公孙布被"句：公孙弘为汉武帝时宰相，据史书载，他生活节俭，被子是布的，但大臣汲黯却指责他虚伪。

[2]　少：稍。

[3]　顿：立刻。

[4]　御孙：春秋时鲁国大夫。引语见《左传·庄公二十四年》。

[5]　不役于物：不为身外之物所役使、支配。

[6]　远罪丰家：避免犯罪，富裕家室。

[7]　枉道速祸：不循正道，招致祸害。

[8]　正考父：春秋时宋国大夫，孔子的祖先。饘（zhān）：稠粥。

[9]　孟僖子：春秋时鲁国大夫。达人：显达的人。

[10]　季文子：鲁国大夫季孙行父。三君：鲁宣公、鲁成公和鲁襄公。

[11]　管仲：春秋时齐桓公的国相。镂簋（guǐ）：刻有花纹的簋。簋：盛食物的器具。朱纮（hóng）：红色的帽子系带。

[12]　山楶（jié）：柱头雕成山形的斗拱。藻棁（zhuō）：画有水藻装饰的短柱。

[13]　小器：器量狭小。事见《论语·八佾》："子曰：'管仲之器小哉！'"

[14]　公叔文子：春秋时卫国大夫公叔发。享：宴请。

[15]　"史䲡"句：史䲡就知道公叔文子会招来祸患。史䲡：卫国大夫。

[16]　戌：公叔文子之子公叔戌。以上四句事见《左传·定公十三年》。

曾日食万钱¹，至孙以骄溢倾家；石崇以奢靡夸人²，卒以此死东市³；近世寇莱公豪侈冠一时⁴，然以功业大，人莫之非，子孙习其家风，今多穷困。其余以俭立名、以侈自败者多矣，不可遍数，聊举数人以训汝，汝非徒身当服行⁵，当以训汝子孙，使知前辈之风俗云。

说明

这是司马光写给儿子司马康的家训。他告诫儿子要崇尚节俭，保持情操。文章先从自己坚持的"以俭素为美"原则谈起，进而批评当时侈靡的社会风气，以期儿子继承父志，保持良好的家风。这篇家训，行文温雅流畅，语气亲和自然，多用事实，反复疏导启发，显得很有说服力，家教之严厉，也在字里行间体现出来。司马光这里谈的道德准则，虽属封建社会意识范畴，但他阐述的立身之理，还是有一定意义的。

集评

浦起龙曰：家庭语，清真详复如话。朱子摭入小学。不止当文字读。

——清·浦起龙《古文眉诠》卷七十三

---

[1] 何曾：字颖考，晋武帝时官至太尉。事见《晋书·何曾传》。
[2] 石崇：字季伦，晋代人，事见《晋书·石崇传》。
[3] 东市：指刑场。
[4] 寇莱公：寇準，宋真宗时为宰相，后封莱国公。
[5] 非徒：不仅。服行：实行。

王安石

　　王安石（1021—1086），字介甫，号半山，临川（今江西临川县）人，宋朝著名政治家。宋仁宗庆历二年（1042）进士。曾在鄞县、舒州等地任知县、通判、知州等职。他主张改革弊政，曾于嘉祐三年（1058）上万言书，力主变法。宋神宗时，任参知政事，前后两度拜相。执政期间，积极推行新法，以求抑制官僚豪强特权，缓和社会矛盾，富国强兵。但新法遭到以司马光为代表的保守派的反对，被迫辞职，退居江宁。封舒国公，又改封荆国公，故世称王荆公。为"唐宋八大家"之一，为文结构严谨，辩理透辟，雄健峭劲，诗词亦多佳作。有《临川先生文集》。

答司马谏议书

　　某启[1]：昨日蒙教[2]，窃以为与君实游处相好之日久[3]，而议事每不合，所操之术多异故也[4]。虽欲强聒[5]，终必不蒙见察[6]，故略上报，不复一一自辩。重念蒙君实视遇厚[7]，于反复不宜卤莽[8]，故今具道所以[9]，冀君实或见恕也[10]。

---

[1]　某启：在起草文稿时以"某"字代替本人名氏，正式写信时仍要写出本名。
[2]　蒙教：承蒙指教，意为接到来信。
[3]　窃：我私下，自谦之词。君实：司马光的字，当时司马光任右谏议大夫，故又称司马谏议。
[4]　操：持，采取。术：方法，方针，指政治主张。
[5]　强聒（guō）：勉强解释。聒：喧扰、嘈杂。
[6]　见察：被理解。见：表示被动。
[7]　重（chóng）念：又考虑。视遇：看待。
[8]　反复：指书信往来。卤莽：草率失礼。
[9]　具道所以：详细说明这样做的理由。具：详尽。
[10]　冀：希望。见恕：宽恕，原谅。

盖儒者所重[1]，尤在于名实[2]。名实已明，而天下之理得矣。今君实所以见教者，以为侵官、生事、征利、拒谏[3]，以致天下怨谤也[4]。某则以谓[5]，受命于人主[6]，议法度而修之于朝廷，以授之于有司[7]，不为侵官；举先王之政[8]，以兴利除弊，不为生事；为天下理财[9]，不为征利；辟邪说[10]，难壬人[11]，不为拒谏。至于怨诽之多，则固前知其如此也[12]。

　　人习于苟且非一日[13]、士大夫多以不恤国事[14]、同俗自媚于众为善[15]。上乃欲变此[16]，而某不量敌之众寡，欲出力助上以抗之，则众何为而不汹汹然[17]？盘庚之迁，胥怨者民也[18]，非特朝廷士大夫而已[19]。盘庚不罪怨者，亦不改其度[20]。盖度义而后动[21]，是而不见可悔故也[22]。如君实责我以在位久，

---

[1]　重：看重，注重。

[2]　名：名义，观念。实：实质，事实。

[3]　以为：认为。侵官：侵犯官员的职权。生事：惹是生非，制造事端。征利：设法积财，与民争利。拒谏：拒绝劝告，顽固不化。

[4]　以致：因而招致。

[5]　以谓：以为。谓，通"为"。

[6]　人主：国君。

[7]　有司：官吏。

[8]　举：施行，推行。先王：泛指古代的贤君。

[9]　为天下理财：为国家整理财政，增加收入。

[10]　辟：驳斥，破除。邪说：错误的言论。

[11]　壬（rén）人：佞人，善于巧言献媚的人。

[12]　固：本来。前知：事先就知道。

[13]　苟且：因循苟且，得过且过。

[14]　恤（xù）：忧虑，顾念。

[15]　同俗：附和世俗之见。自媚于众：讨好众人。

[16]　上：皇上，指宋神宗。

[17]　汹汹然：大吵大闹的样子。汹汹：通"讻讻"，喧扰。

[18]　盘庚：商朝的中兴之君。迁：迁都。商朝原都城常遭水害，盘庚即位后，决定迁都亳京（今河南偃师）。胥怨：相怨恨。

[19]　非特：不仅。

[20]　度：计划，打算。

[21]　度（duó）义：考虑是否合理。

[22]　是：肯定做是了对。

未能助上大有为，以膏泽斯民[1]，则某知罪矣。如曰今日当一切不事事[2]，守前所为而已，则非某之所敢知[3]。无由会晤，不任区区向往之至[4]。

说明

宋神宗熙宁二年（1069），王安石出任参知政事，积极推行新法。朝廷上下，议论纷纷，特别是一些元老重臣，反对的意见比较激烈。司马光于神宗熙宁三年（1070）写了一封三千字的长信给王安石，全面否定新法，要求恢复旧制。王安石以此信作答，针锋相对予以拒绝，表示了坚持改革的决心。全文要言不烦，义正词严，针对司马光"侵官、生事、征利、拒谏"的指责，一一予以批驳，势如破竹，矫健有力。同时，作为书信体裁，文章虽语气平和，措辞委婉，但维护新法的立场态度却十分鲜明，毫不动摇，体现了王安石毫不妥协的奋斗精神。

集评

吴汝纶曰：固由兀傲性成，亦理足气盛，故劲悍廉厉无枝叶如此，不似上皇帝书时，尚有经生习气也。

——清·高步瀛《唐宋文举要》卷七引

---

[1] 膏泽斯民：施行恩惠给老百姓。膏泽：本指油和雨露，此作动词。
[2] 不事事：无所作为。前一"事"作动词。
[3] 敢知：敢领教。
[4] "不任"句：古代书信中习用的客套语。不任：不胜。区区：自称的谦词。向往之至：仰慕到了极点。

伤仲永

金溪民方仲永[1]，世隶耕[2]。仲永生五年，未尝识书具[3]，忽啼求之。父异焉，借旁近与之，即书诗四句，并自为其名。其诗以养父母、收族为意[4]，传一乡秀才观之。自是指物作诗立就[5]，其文理皆有可观者。邑人奇之[6]，稍稍宾客其父[7]，或以钱币乞之[8]，父利其然也[9]，日扳仲永环谒于邑人[10]，不使学。

予闻之也久。明道中[11]，从先人还家[12]，于舅家见之，十二三矣。令作诗，不能称前时之闻[13]。又七年，还自扬州[14]，复到舅家，问焉。曰："泯然众人矣[15]！"

王子曰[16]：仲永之通悟[17]，受之天也。其受之天也，贤于材人远矣[18]。卒

---

[1]　金溪：地名，今江西金溪县。
[2]　隶：属于。
[3]　书具：笔砚之类的书写工具。
[4]　收族：使同一宗族的人和睦团结。
[5]　立就：立刻写好。
[6]　邑人：同乡的人。
[7]　稍稍：渐渐。宾客其父：把他的父亲当作宾客招待。
[8]　乞之：讨取仲永的诗作。
[9]　利其然：认为这样有利可图。
[10]　扳（pān）：领着。环谒：到处拜见。
[11]　明道：宋仁宗年号。
[12]　先人：指已去世的父亲。明道二年（1033），作者随父亲王益回乡奔祖父丧。
[13]　称：相称，符合。
[14]　还自扬州：从扬州回家。
[15]　泯然：默默无闻的样子。众人：普通人。
[16]　王子：作者自称。
[17]　通悟：通晓聪慧。
[18]　材人：后天培养的人才。

之为众人，则其受于人者不至也[1]。彼其受之天也，如此其贤也，不受之人，且为众人[2]。今夫不受之天，固众人，又不受之人，得为众人而已耶！

说明

　　这篇议论文短小精悍，含义深刻。作者通过"天才少年"方仲永的前后变化，告诫世人，天资聪颖有如方仲永都不应放弃学习，那么，普普通通的人，就更应该刻苦努力学习了。本文叙事简洁凝练，议论层层深入，以对比推理的方法，让读者从他的客观叙述中领悟深刻的道理，语言朴实无华，但寓意却是极深的。

集评

　　沈德潜曰：劝学之语，婉转切至。伤仲永，不独为仲永也。聪明子弟，宜悬为座右箴铭。
　　　　　　　　　　——清·沈德潜《唐宋八家古文读本》卷三十
　　林纾曰：介甫之文，以盘折胜。末段用天人比较，极言天之不可恃。天不可恃，恃学耳。仲永唯不学，所以并没有天。逼进一层，既无天资，复不恃学，并众人亦不得为。造语极危悚，又极精切。
　　　　　　　　　　——近代·林纾《古文辞类纂》卷九

---

[1]　受于人：意谓后天的培养，"人"与"天"相对。不至：不够。
[2]　且：尚且。

游褒禅山记

褒禅山[1]，亦谓之华山，唐浮图慧褒始舍于其址[2]，而卒葬之，以故其后名之曰"褒禅"。今所谓慧空禅院者，褒之庐冢也[3]。距其院东五里，所谓华山洞者，以其乃华山之阳名之也[4]。距洞百余步，有碑仆道[5]，其文漫灭[6]，独其为文犹可识曰"花山"。今言"华"如"华实"之"华"者，盖音谬也[7]。

其下平旷，有泉侧出，而记游者甚众[8]，所谓"前洞"也。由山以上五六里，有穴窈然[9]，入之甚寒，问其深，则其好游者不能穷也[10]，谓之"后洞"。余与四人拥火以入，入之愈深，其进愈难，而其见愈奇。有怠而欲出者[11]，曰："不出，火且尽[12]。"遂与之俱出。盖予所至，比好游者尚不能十一[13]，然视其左右，来而记之者已少。盖其又深，则其至又加少矣。

---

[1] 褒禅山：在今安徽含山县北。
[2] 浮图：梵文译音，或译"浮屠"、"佛图"，有佛、佛教徒、佛塔等含义，此处指和尚。慧褒：唐朝著名的和尚。舍：房舍，此处作动词，意为筑庐居住。
[3] 庐冢（zhǒng）：房舍和坟墓。
[4] 阳：山的南面。
[5] 仆道：倒在路上。
[6] 文：指整篇文章。下句"其为文"指字。漫灭：模糊不清。
[7] 音谬：读音错误。
[8] 记游者：来游览并题记的人。
[9] 窈然：幽暗深邃的样子。
[10] 穷：尽，此指洞底。
[11] 怠：松劲，指不愿再往深处前进。
[12] 且：将。
[13] 不能十一：不及十分之一。

方是时，予之力尚足以入，火尚足以明也。既其出[1]，则或咎其欲出者[2]，而予亦悔其随之而不得极夫游之乐也。

于是予有叹焉。古人之观于天地、山川、草木、虫鱼、鸟兽，往往有得，以其求思之深而无不在也[3]。夫夷以近[4]，则游者众；险以远，则至者少。而世之奇伟、瑰怪、非常之观[5]，常在于险远，而人之所罕至焉，故非有志者不能至也。有志矣，不随以止也，然力不足者，亦不能至也。有志与力，而又不随以怠，至于幽暗昏惑而无物以相之[6]，亦不能至也。然力足以至焉[7]，于人为可讥，而在己为有悔，尽吾志也而不能至者，可以无悔矣，其孰能讥之乎？此予之所得也。

余于仆碑，又以悲夫古书之不存，后世之谬其传而莫能名者[8]，何可胜道也哉[9]！此所以学者不可以不深思而慎取之也[10]。

四人者[11]：庐陵萧君圭君玉[12]，长乐王回深父[13]，余弟安国平父、安上纯父[14]。

至和元年七月某日[15]，临川王某记[16]。

---

[1] 既其出：出洞，出洞之后。其，助词，无义。
[2] 或：有人。咎：责怪。
[3] "以其"句：意谓因为古人思考问题追求深刻，而且处处都要思考的缘故。
[4] 夷以近：路平坦而且近。
[5] 瑰怪：壮丽奇异。非常之观：不寻常的景观。
[6] 相：帮助。
[7] 然力足以至焉：然而有能力完全可以达到。此句后面省略"而不至"一类的话。
[8] 谬其传：指以讹传讹。莫能名：意谓连名称也弄不清楚。
[9] 何可胜道：哪里能说得完。
[10] 慎取：谨慎地采用。
[11] 四人者：同游的四个人。
[12] 庐陵：现江西吉安。萧君圭君玉：萧君圭，字君玉。事迹不详。
[13] 长乐：今福建长乐。王回深父：王回，字深父。宋朝理学家。
[14] 安国平父：王安国，字平父。安上纯父：王安上，字纯父。
[15] 至和元年：公元1054年。至和为宋仁宗年号。
[16] 王某：王安石自称。古人常以姓氏加"某"字作为文章署名。

说明

　　这是一篇记游散文，但是作者对所见景物未作过多的描写，而是把重点放在发挥感想议论上。作者从游览山洞体会到，不畏艰险、百折不挠，才能探胜访幽；浅尝辄止、半途而废不可能体验到"游之乐"。推而广之，为人为事只有尽心尽力，才能无悔无讥。从倒地的残碑中，作者又体会到，流传之说，往往以讹传讹，因此，追求学问必须坚持"深思""慎取"的态度。这些富有启发性的真知灼见，却是在记游的文字中自然而然地娓娓道出，读来毫无牵强之感，足见作者驾驭文字的功力。

集评

　　茅坤曰：逸兴满眼，而余旨不绝。

　　　　　　——明·茅坤《唐宋八大家文钞·宋大家王文公文钞》卷八

　　李光地曰：借题写己，深情高致，穷工极妙。

　　　　　　——清·乾隆编《唐宋文醇》卷五十八引

　　沈德潜曰：有志有力，而又有物以相之，其终不能至者，则亦无如何焉。借题发意，文人之常，然必说破正旨。此只于言外遇之，又是一格。

　　　　　　——清·沈德潜《唐宋八家文读本》卷三十

　　吴楚材曰：借游华山洞，发挥学道。或叙事，或诠解，或摹写，或道故，意之所至，笔亦随之。逸兴满眼，余音不绝。可谓极文章之乐。

　　　　　　·——清·吴楚材等《古文观止》卷十一

　　浦起龙曰：此游所至殊浅，偏留取无穷深至之思，真乃赠遗不尽。当持此为劝学篇。而洞之窅渺，亦使之神远矣。

　　　　　　——清·浦起龙《古文眉诠》卷七十

刘熙载曰：荆公《游褒禅山记》云："入之愈深，其进愈难，而其见愈奇。"余谓"深""难""奇"三字，公之学与文得失并见于此。

——清·刘熙载《艺概·文概》

读《孟尝君传》

世皆称孟尝君能得士[1]，士以故归之[2]，而卒赖其力以脱于虎豹之秦[3]。嗟乎！孟尝君特鸡鸣狗盗之雄耳[4]，岂足以言得士？不然，擅齐之强[5]，得一士焉，宜可以南面而制秦[6]，尚何取鸡鸣狗盗之力哉？夫鸡鸣狗盗之出其门，此士之所以不至也。

说明

这是作者写的一篇读史札记。历史上，孟尝君以好客得士出名，作者对此提出疑义。他认为，真正的"士"必须具有经邦济世之才，孟尝君收罗的，只是一些鸡鸣狗盗之徒，实际上并没有真正"得士"。这篇文章不仅见解独特，立论惊警，更重要的是，全文不足百字，却几经转折，逐层批驳孟尝君"能得士""士归之""脱虎豹之秦"的谬说，笔势峭拔，辞气简劲，一气呵成，语语中的，堪称我国古代最负盛名的短篇杰作。

---

[1] 孟尝君：姓田名文，战国时齐国贵族，封于薛（今山东滕县），孟尝君是他的封号。他家里养有食客数千名。

[2] 归之：投奔孟尝君。

[3] 赖其力：依靠士的力量。秦昭王曾请孟尝君担任丞相，后对他有疑，准备杀他。孟尝君的一个门客学狗叫，乘夜潜入秦宫，偷得狐白裘，献给秦昭王宠姬，借其力而得脱。孟尝君连夜出逃，到函谷关时，另一食客学鸡鸣，骗得守关人以为天亮而打开关门，孟尝君才未被追兵抓获。

[4] 特：只，不过。

[5] 擅：拥有。

[6] 南面而制秦：意谓齐国制服秦国而让它屈服称臣。南面：面向南坐，通常指君主之位。

集评

　　谢枋得曰：笔力简而健，然一篇得意处，只是擅齐之强，得一士焉，宜可以南面而制秦，尚取鸡鸣狗吠之力哉。先得此数句，作此一篇文字，然亦是祖述前言。韩文公《祭田横墓文》云：当嬴氏之失鹿，得一士而可王。何五百人之扰扰，不能脱夫子于剑铓。岂所宝之非贤，抑天命之有常？

——宋·谢枋得《文章轨范》卷五

　　归有光曰：文章简短，难得气长，惟王半山《读孟尝君传》、韩退之《送董邵南序》，内有许多转折，读之不觉气长，真妙手也。

——明·归有光《文章指南》智集

　　金圣叹曰：凿凿只是四笔，笔笔如一寸之铁，不可得而屈也。读之可以想见先生生平执拗，乃是一段气力。

——清·金圣叹《天下才子必读书》卷十五

　　沈德潜曰：语语转，笔笔紧，千秋绝调。

——清·沈德潜《唐宋八家文读本》卷三十

　　吴楚材曰：文不满百字，而抑扬吞吐，曲尽其妙。

——清·吴楚材等《古文观止》卷十一

　　余诚曰：通篇只八十八字，而有四层段落，起承转合，无不毕具，洵简劲之至。然非此等生龙活虎之笔，寥寥数语中，何能得此转折，何能得此波澜。文与可画竹，尺幅而具寻丈之观，此其似之。至议论之正大，尤堪千载不磨。

——清·余诚《重订古文释义新编》卷八

祭欧阳文忠公文

夫事有人力之可致，犹不可期[1]，况乎天理之溟漠[2]，又安可得而推？惟公生有闻于当时，死有传于后世，苟能如此足矣，而亦又何悲！如公器质之深厚[3]，智识之高远，而辅学术之精微[4]，故充于文章，见于议论，豪健俊伟，怪巧瑰琦[5]。其积于中者[6]，浩如江河之停蓄[7]；其发于外者，烂如日星之光辉。其清音幽韵，凄如飘风急雨之骤至；其雄辞闳辩[8]，快如轻车骏马之奔驰。世之学者，无问乎识与不识，而读其文，则其人可知。

呜呼！自公仕宦四十年[9]，上下往复[10]，感世路之崎岖。虽屯邅困踬[11]，窜斥流离[12]，而终不可掩者，以其公议之是非。既压复起[13]，遂显于世。

---

[1] 期：肯定得到。

[2] 天理：天道，自然规律。溟漠：神秘莫测。

[3] 器质：气度和才质。

[4] 精微：精粹深邃。

[5] 瑰琦：奇特美好。

[6] 中：内心。

[7] 停蓄：汇聚贮留。

[8] 闳辩：博大的辩论。

[9] 公：指欧阳修。仕宦四十年：欧阳修于宋仁宗天圣八年（1030）二十四岁中进士，任西京洛阳留守推官，至宋神宗熙宁四年（1071）六十五岁以观文殿学士、太子少师致仕（即退休）。

[10] 上下：指官职升降。往复：贬官出京和召回朝廷。

[11] 屯邅（zhūn zhān）：同"迍邅"，处境困难无法前进。困踬（zhì）：困厄挫折。踬：被绊倒。

[12] 窜斥：流放，贬斥。

[13] 既压复起：宋仁宗景祐三年（1036），范仲淹因为上书言事得罪宰相吕夷简，贬知饶州。司谏高若讷不仅不为范仲淹伸张正义，反而攀附权贵，声称范仲淹该贬。欧阳修为此写信指斥高若讷，也被贬为夷陵令。后几经迁调，至仁宗嘉祐五年（1060）拜枢密副史。第二年参知政事，进封开国公，成为朝中重臣。参见欧阳修《与高司谏书》。

果敢之气，刚正之节，至晚而不衰。

方仁宗皇帝临朝之末年，顾念后事¹，谓如公者，可寄以社稷之安危²。及夫发谋决策，从容指顾，立定大计，谓千载而一时。功名成就，不居而去³，其出处进退⁴，又庶乎英魄灵气，不随异物腐散⁵，而长在乎箕山之侧与颍水之湄⁶。然天下之无贤不肖，且犹为涕泣而歔欷。而况朝士大夫，平昔游从⁷，又予心之所向慕而瞻依⁸？

呜呼！盛衰兴废之理，自古如此。而临风想望，不能忘情者，念公之不可复见，而其谁与归！

说明

这是王安石为悼念欧阳修而写的一篇祭文。欧阳修是宋代诗文革新运动的领袖，他不仅是开一代文风的文学大师，同时也是一位热心提携后学的深孚众望的谦谦长者。王安石就曾受到欧阳修的奖掖和鼓励。所以，尽管后来两人政见不同，但王安石对欧阳修仍是满怀崇仰感激之

[1] 后事：指立太子事。仁宗皇帝无子嗣，临终为立太子事所忧。嘉祐六年（1061），欧阳修与韩琦（时任同平章事）奏请立其侄赵曙为皇子。嘉祐八年（1063）三月，仁宗突然病故，其时赵曙尚未立为太子，仍只有"皇子"之名。欧阳修、韩琦入宫助太后召皇子即皇帝位。下文"立定大计"即指此事。
[2] 社稷：国家。
[3] 不居而去：不居功自傲，请求辞职。神宗即位后，欧阳修受到朝臣攻击，便称病辞职。出为地方官后，又多次上表辞职，终获准。
[4] 出处进退：出来做官，归隐回家。
[5] 异物：指死后遗体。
[6] 箕山：在今河南登封县。颍水：源出登封县境的颍谷。相传上古贤人巢父、许由在箕山、颍水之间隐居，后箕山颍水成为隐士居处的别称。欧阳修死后葬在新郑县，靠近箕山颍水。
[7] 平昔：平日，往日。
[8] 瞻依：仰望追随。

情的。

　　本文流露了王安石对欧阳修去世的悲怆情感，赞扬了欧阳修学识文章业绩的崇高地位。感情充沛奔放，叙述概括精练。文章纯用散文体，句法灵活多变，语言和谐自然。

集评

　　茅坤曰：欧阳公祭文，当以此为第一。

　　　　　　——明·茅坤《唐宋八大家文钞·宋大家王文公文钞》卷十六

　　储欣曰：一气浑脱，短长高下皆宜。祭文入圣之笔。

　　　　　　　　　　——清·储欣《唐宋八大家类选》卷十四

　　沈德潜曰：一气奔驰，不可控制。

　　又曰：此即介甫诋为在一国则乱一国，在天下则乱天下者也。而祭文又推服如此，岂由中之言耶！特其文，可与子瞻篇并传。

　　　　　　　　——清·沈德潜《唐宋八家古文读本》卷三十

　　林云铭曰：是篇段段叙来，可与本传相表里。而一气浑成，渐近自然，又驾大苏而上之矣。

　　　　　　　　　　　——清·林云铭《古文析义》卷十五

文　同

文同（1018—1079），字与可，梓州永泰（今四川盐亭县）人，自号笑笑先生、石室先生、锦江道人。宋仁宗皇祐年进士，历任太常博士、集贤校理、陵州知州、洋州知州，卒于湖州知州任上，世称文湖州。与苏轼为从表兄弟。诗文书画均名称一时。有《丹渊集》。

捕鱼图记

王摩诘有捕鱼图[1]，其本在今刘宁州家[2]。宁州善自画[3]，又世为显官[4]，故多蓄古之名迹。尝为余言："此图立意取景，他人不能到，于所藏中，此最为绝出[5]。"余每念其品题之高[6]，但未得一见以厌所闻[7]。长安崔伯宪得其摹本[8]，因借而熟视之。

大抵以横素作巨轴[9]，尽其中皆水，下密雪为深冬气象。水中之物有曰岛者二，曰岸者一，曰洲者又一[10]。洲之外余皆有树，树之端挺塞矫[11]、或群或特者十有五[12]。船之大小者有六，其四比联之[13]，架辘轳者四，籁而

[1]　王摩诘：王维，字摩诘，唐代诗人，又精通书画音乐。
[2]　刘宁州：名继勋，在宁州（今甘肃宁县）任职，故称。
[3]　自画：别出心裁作画。
[4]　显官：大官。
[5]　绝出：高出一切。
[6]　品题：评定，评论。
[7]　厌：同"餍"，满足。
[8]　长安：今陕西长安。摹本：临摹的画。
[9]　横素：横幅的绢素。
[10]　洲：沙洲，水中陆地。
[11]　端：正。挺：直。塞：偏跛。矫：矫强，倔强。
[12]　特：特立，独特。
[13]　比联：毗连，并排连接。

网者二 [1]。船之上，曰篷、栈、篙、楫、瓶、盂、笼、杓者十有七 [2]，人凡二十；而少二 [3]，妇女一，男子之三转轴者八 [4]，持竿者三，附火者一 [5]，背而炊者一，侧而汲者一 [6]，倚而若窥者一 [7]，执而若饷者一 [8]，钓而偻者一 [9]，拖而摇者一 [10]。然而用笔使墨，穷精极巧，无一事可指以为不当于是处，亦奇工也。噫！此传为者尚若此 [11]，不知藏于宁州者，其谲诡佳妙，又何如尔！

豳有郭焕者 [12]，善搨写 [13]，余亦令为之。郭之平画有尺寸 [14]，甚可爱。与余为此，尤尽其所学。其树、石，则出于余之手也。

刘名继勋，为左藏库使 [15]，知宁州。

嘉祐丁酉二月十日 [16]，新平官舍记 [17]。

---

[1]　籈（sēn）：同"槮"，把柴积于水中以诱捕鱼。

[2]　篷：船篷。栈：船上铺的木板。篙：篙竿，撑船用。楫：船桨。盂：碗。笼：蒸笼。杓：瓢。

[3]　少：小孩。

[4]　三转轴："三"字有误，或"立"，或"主"。

[5]　附：近。

[6]　汲：汲水。

[7]　窥：旁视。

[8]　饷：馈赠，此指送饭。

[9]　偻：屈背。

[10]　拖：拖船。

[11]　传为：摹仿作品。

[12]　豳（bīn）：地名，今陕西彬县。

[13]　搨写：用纸墨从器物碑铭上拓下字画。

[14]　平画：壁画。

[15]　左藏库使：官名，掌管皇帝金银珠宝钱币。

[16]　嘉祐丁酉：宋仁宗嘉祐二年（1057）。

[17]　新平：地名，今陕西彬县，汉代为新平郡。

说明

　　唐代诗人王维，在绘画史上也有重要地位。他以淡墨山水开创了南派文人画。苏轼曾称赞王维"诗中有画""画中有诗"。文同此文，描述了王维《捕鱼图》的艺术画面，让我们领略了王维的独特创造。文章写得简洁生动，条理清晰，字里行间流露出作者对王维的倾慕崇仰之敬意。

沈　括

沈括（1031—1095），北宋科学家、政治家。字存中，杭州钱塘（今浙江杭州）人，宋仁宗嘉祐进士。熙宁五年（1072）提举司天监，次年赴两浙考察水利、差役。熙宁八年出使辽国，次年任翰林学士。后知延州（今陕西延安）。元丰五年（1082），以徐禧失陷永乐城（今陕西米脂西），连累坐贬。晚年居润州，筑梦溪园，撰《梦溪笔谈》。著述传世的尚有《长兴集》等。

活板

板印书籍[1]，唐人尚未盛为之。自冯瀛王始印五经[2]，已后典籍，皆为板本[3]。

庆历中，有布衣毕昇[4]，又为活板。其法：用胶泥刻字，薄如钱唇[5]，每字为一印，火烧令坚[6]。先设一铁板，其上以松脂、蜡和纸灰之类冒之[7]。欲印，则以一铁范置铁板上[8]，乃密布字印，满铁范为一板，持就火炀之[9]。药稍熔，则以一平板按其面，则字平如砥[10]。若止印三二本，未为

---

[1]　板印：指雕板印刷。
[2]　冯瀛王：即冯道，五代人，历事四姓十君。死后，周世宗追封为瀛王。后唐明宗长兴三年（932），冯道和李愚向朝廷建议刻印五经发卖。
[3]　板本：雕板印刷的本子。
[4]　布衣：平民。
[5]　钱唇：铜钱的边缘。
[6]　令：使。坚：硬。
[7]　冒：盖。
[8]　铁范：铁制的框子。
[9]　就：靠近，接近。炀（yáng）：烘烤。
[10]　砥：磨刀石。

简易。若印数十百千本，则极为神速。

常作二铁板，一板印刷，一板已自布字¹，此印者才毕，则第二板已具，更互用之，瞬息可就。每一字皆有数印，如"之""也"等字，每字有二十余印，以备一板内有重复者。

不用，则以纸贴之，每韵为一贴，木格贮之。有奇字素无备者，旋刻之²，以草火烧，瞬息可成。不以木为之者，木理有疏密，沾水则高下不平，兼与药相粘不可取。不若燔土³，用讫再火令药熔，以手拂之，其印自落，殊不沾污。

昇死，其印为予群从所得⁴，至今宝藏。

说明

活板，即活字印刷技术，是我国古代一项重大的科技发明，是中华民族对人类文化发展作出的伟大贡献。这篇《活板》就是关于北宋平民毕昇发明活字印刷的最早记录，它详细记载了活板制作与印刷的过程，是一篇意义重大的科学文献。

---

[1] 布字：排印。
[2] 旋：立即。
[3] 燔：烧。
[4] 群从：古代称侄子为"从子"，这里指子侄辈。

苏　轼

　　苏轼（1037—1101），字子瞻，号东坡居士，眉山（今四川眉山县）人。北宋著名的文学家、书画家。嘉祐年与弟苏辙同登进士科。曾任杭州通判，历知密州、徐州、湖州。因反对王安石新法，御史劾以作诗"谤讪朝廷"罪贬谪黄州团练副使安置。哲宗时，累除中书舍人、翰林学士，出知杭州、颍州、扬州。官至礼部尚书。后又以"讥刺先朝"远贬惠州、儋州。卒后追谥文忠。政治上虽属旧党，但有志变革。文学上博学多才，诗词文无不精妙，与父洵、弟辙合称"三苏"。文与欧阳修并称"欧苏"；诗与黄庭坚合称"苏黄"；词则与辛弃疾同为豪放派，合称"苏辛"。为"唐宋八大家"之一。有《苏东坡集》《东坡乐府》。

教战守策

　　夫当今生民之患[1]，果安在哉？在于知安而不知危，能逸而不能劳。此其患不见于今，而将见于他日。今不为之计[2]，其后将有所不可救者。

　　昔者先王知兵之不可去也[3]，是故天下虽平，不敢忘战。秋冬之隙，致民田猎以习武[4]，教之以进退坐作之方[5]，使其耳目习于钟鼓旌旗之间而不乱[6]，使其心志安于斩刈杀伐之际而不慑[7]。是以虽有盗贼之

---

[1]　生民：人民。

[2]　计：设法，考虑。

[3]　先王：指夏商周时期的帝王。

[4]　"秋冬之隙"二句：据《周礼·夏官·大司马》记载，上古时秋冬农闲为习武练兵之时。隙：空闲。致：招集。田猎：打猎。

[5]　坐作：坐与起，行与止，指教练士兵的科目。

[6]　钟鼓旌旗：古代军队行动均以旗鼓指挥。旌旗：古代军旗，旗竿饰牛尾，下有五彩羽毛。

[7]　斩刈（yì）杀伐：均指杀伤、战斗。慑：害怕。

变，而民不至于惊溃。及至后世，用迂儒之议[1]，以去兵为王者之盛节[2]，天下既定，则卷甲而藏之[3]。数十年之后，甲兵顿弊[4]，而人民日以安于佚乐[5]，卒有盗贼之警[6]，则相与恐惧讹言[7]，不战而走。开元、天宝之际[8]，天下岂不大治？惟其民安于太平之乐，豢于游戏酒食之间[9]，其刚心勇气，消耗钝眊[10]，痿蹶而不复振[11]。是以区区之禄山一出而乘之[12]，四方之民，兽奔鸟窜，乞为囚虏之不暇[13]，天下分裂[14]，而唐室固以微矣[15]。

盖尝试论之：天下之势，譬如一身。王公贵人所以养其身者，岂不至哉[16]？而其平居常苦于多疾[17]。至于农夫小民，终岁勤苦，而未尝告病[18]。此其故何也？夫风雨、霜露、寒暑之变，此疾之所由生也。农

---

[1] 迂儒：迂腐的读书人。
[2] 去兵：解除军备。盛节：伟大的气度。
[3] 甲：兵甲，武器装备。
[4] 顿弊：败坏。顿：通"钝"，不锋利。
[5] 佚（yì）乐：安乐。
[6] 卒：通"猝"，突然。
[7] 讹（é）言：谣言。讹：错误。
[8] 开元、天宝：唐玄宗年号，号称治平盛世。
[9] 豢（huàn）：养。
[10] 钝眊（mào）：动作迟钝，视觉衰退。喻失去警觉。眊：眼睛不明，衰老。
[11] 痿（wěi）蹶：委顿、僵废。意谓精力衰竭。
[12] 禄山：安禄山，营州柳城（今辽宁朝阳县）羯族人，本姓康，名轧荦山，母嫁突厥人安延偃，更名禄山。唐玄宗时任平卢、范阳、河东三镇节度使。天宝十四年（755年）冬，在范阳起兵叛乱，先后攻陷洛阳、长安，自称雄武皇帝，国号燕。后为其子安庆绪所杀。
[13] "四方之民"三句：意谓安禄山叛军所到之处，腐朽官僚纷纷投降，惟恐不及。不暇：来不及。
[14] 天下分裂：指唐肃宗以后藩镇割据的局面。
[15] 微：衰微，衰败。
[16] 至：周到。
[17] 平居：平日。
[18] 告病：称病、生病。

　　　　　　　　　　　　　　　　　　唐宋散文

夫小民，盛夏力作，而穷冬暴露[1]，此筋骸之所冲犯[2]，肌肤之所浸渍[3]，轻霜露而狎风雨[4]，是故寒暑不能为之毒。今王公贵人，处于重屋之下[5]，出则乘舆[6]，风则袭裘[7]，雨则御盖[8]，凡所以虑患之具[9]，莫不备至。畏之太甚，而养之太过，小不如意，则寒暑入之矣。是故善养身者，使之能逸而能劳，步趋动作[10]，使其四体狎于寒暑之变[11]，然后可以刚健强力，涉险而不伤。夫民亦然。今者治平之日久[12]，天下之人骄惰脆弱，如妇人孺子[13]，不出于闺门。论战斗之事，则缩颈而股栗[14]；闻盗贼之名，则掩耳而不愿听。而士大夫亦未尝言兵，以为生事扰民，渐不可长[15]。此不亦畏之太甚而养之太过欤？

且夫天下固有意外之患也。愚者见四方之无事，则以为变故无自而有[16]，此亦不然矣。今国家所以奉西北之虏者，岁以百万计[17]。奉之者有限，

---

[1]　穷冬：严冬。暴露：露天劳作。
[2]　冲犯：触犯，接触。
[3]　浸渍（zì）：被水浸泡。
[4]　狎：亲切，接近。
[5]　重（chóng）屋：重檐之屋，指高大的房屋。
[6]　舆：车。
[7]　袭：加穿衣服。
[8]　御盖：打伞。盖：车篷，此处指雨伞。
[9]　虑患：预防疾患。
[10]　步趋：行走。步：慢行。趋：快走。动作：活动，举动。
[11]　狎（niǔ）：习惯。
[12]　治平：社会安定，天下太平。
[13]　孺子：儿童。
[14]　股栗：两腿颤抖。
[15]　渐不可长：意谓坏事不可让它滋长蔓延，指腐朽官僚把兵备看成扰民坏事。渐：苗子，开端。
[16]　无自而有：从无发生。
[17]　"今国家"二句：据史载，宋仁宗庆历年间，每年向辽献纳银二十万两，绢三十万匹；向西夏输银十万两，绢十万匹。西：指西夏。北：指契丹（辽国）。虏：古代汉族人对敌人的蔑称。百万是举其成数。

而求之者无厌[1]，此其势必至于战。战者，必然之势也。不先于我，则先于彼；不出于西，则出于北。所不可知者，有迟速远近，而要以不能免也[2]。天下苟不免于用兵，而用之不以渐，使民于安乐无事之中，一旦出身而蹈死地[3]，则其为患必有不测。故曰，天下之民知安而不知危，能逸而不能劳，此臣所谓大患也。

臣欲使士大夫尊尚武勇，讲习兵法；庶人之在官者[4]，教以行阵之节[5]；役民之司盗者[6]，授以击刺之术。每岁终则聚于郡府[7]，如古都试之法[8]，有胜负，有赏罚。而行之既久，则又以军法从事[9]。然议事者必以为无故而动民，又挠以军法[10]，则民将不安。而臣以为此所以安民也。天下果未能去兵，则其一旦将以不教之民而驱之战。夫无故而动民，虽有小恐，然孰与夫一旦之危哉[11]？

今天下屯聚之兵，骄豪而多怨，陵压百姓而邀其上者[12]，何故？此其心以为天下之知战者，惟我而已。如使平民皆习于兵，彼知有所敌，则固以破其奸谋，而折其骄气。利害之际[13]，岂不亦甚明欤？

---

[1] 厌：同"餍"，饱，满足。
[2] 要：总之。
[3] 出身：投身。死地：指战地。
[4] 庶人之在官者：在官府服役的一般平民。
[5] 行（háng）阵：战斗队形。节：节度，规则。
[6] 役民之司盗者：从民间抽调的缉捕盗贼的差役。
[7] 郡府：州府，宋代州郡的行政建制。
[8] 都试之法：汉朝的一种制度，定期将官兵集合于都城演习武事。
[9] 从事：办事，处理。
[10] 挠：困扰。
[11] 孰与：何如。一旦之危：一旦爆发战争而毫无准备的危险。
[12] 邀其上：要挟上级。
[13] 际：分际，界限。

说明

　　宋仁宗嘉祐六年（1061），苏轼应制科考试时，作《进策》二十五篇，分《策略》《策别》《策断》三部分。本文是《策别》的第五篇。北宋王朝从建立始，边境上外族入侵的危险始终存在。统治者一味妥协退让，边防日见空虚。作者从加强边防安全着眼，明确指出"知安而不知危，能逸而不能劳"是严重的社会隐患，而从北宋所处内外情势分析，抗击外族入侵的战争不可避免。因此，武备荒废的现状必须改变，其具体措施就是教民习武，以为战守之备。文章从历史的经验教训、现实的生活比喻、敌我双方的矛盾几个方面反复论证，说理透辟，逻辑严密，层次分明，语言流畅，有很强的说服力。

集评

　　王守仁曰：宋嘉祐间，海内狃于晏安，而耻言兵。长公预知北狩事，故发此议论。

——明·杨慎《三苏文范》卷九引

　　唐文献曰：坡翁此策，说破宋室膏肓之病，其后靖康之祸，如逆睹其事者，信乎有用之言也。至其文阂衍浩大，尤不可及。

——明·杨慎《苏长公合作》卷五引，作吕雅山语

　　沈德潜曰：只是安不忘危意，一用引喻，便觉切理厌情。中一段，可悟却疾，可悟防乱。

——清·沈德潜《唐宋八家文读本》卷二十二

　　浦起龙曰：战守，军政也，以为安民策何？习兵于民，兵事实民事也。儒者之论，至宋而绝不言兵。兵籍之分，至宋而安于养乱。形容尽态，鞭起戒心。

——清·浦起龙《古文眉诠》卷六十八

留侯论

古之所谓豪杰之士者，必有过人之节[1]，人情有所不能忍者。匹夫见辱[2]，拔剑而起，挺身而斗，此不足为勇也。天下有大勇者，卒然临之而不惊[3]，无故加之而不怒，此其所挟持者甚大[4]，而其志甚远也。

夫子房受书于圮上之老人也[5]，其事甚怪。然亦安知其非秦之世有隐君子者出而试之？观其所以微见其意者[6]，皆圣贤相与警戒之义。而世不察，以为鬼物[7]，亦已过矣。且其意不在书[8]。当韩之亡，秦之方盛也，以刀锯鼎镬待天下之士[9]，其平居无罪夷灭者[10]，不可胜数，虽有贲、育，无所复施[11]。夫持法太急者，其锋不可犯，而其势未可乘。子房不忍忿忿之

---

[1]　节：节操，操守。
[2]　匹夫：平民，普通人。见辱：被辱。
[3]　卒然：突然。卒：同"猝"。
[4]　挟持者：指怀抱的理想。
[5]　子房：张良（？—公元前186年），字子房。圮（yí）上之老人：指黄石公。圮上：桥上。张良祖、父两代相韩。秦灭韩后，张良派刺客于博浪沙行刺秦始皇未成，改名换姓逃到下邳（今江苏睢宁）。一次在桥上遇黄石公。黄故意将鞋掉到桥下，让张良去捡，并给他穿上，张良忍怒照办了。黄说："孺子可教也。"让张良五天后一早来见。前两次均因张良晚到，被黄责备。第三次，张良半夜就等在桥上。老人很高兴，送给他一部《太公兵法》。据说张良依靠这部兵法，帮助刘邦夺得天下。事载《史记·留侯世家》。
[6]　微见其意者：隐约地表露出用意的做法。指黄石公反复考验张良。
[7]　鬼物：古人以为圮上老人是神鬼。东汉王充在《论衡·自然》中说黄石公授书张良是"天佐汉诛秦，故命神石为鬼书授人"。
[8]　其意不在书：指圮上老人的意图是试试张良的气度，并不为授书。这是苏轼的翻案之笔。
[9]　刀锯鼎镬（huò）：古代的刑具。鼎镬：大锅。秦王用刀锯杀人，鼎镬烹人的酷刑对待天下有才智的人。
[10]　平居：平常。夷灭：抄斩。
[11]　"虽有贲（bēn）、育"二句：意谓即使有贲、育那样的勇士，也无法施展他们的本领。贲：孟贲，周时卫国勇士，力能生拔牛尾。育：夏育，战国齐国勇士，力能生拔牛角。

心，以匹夫之力，而逞于一击之间¹。当此之时，子房之不死者，其间不能容发²，盖亦已危矣³。千金之子，不死于盗贼，何者？其身之可爱，而盗贼之不足以死也。子房以盖世之才，不为伊尹、太公之谋⁴，而特出于荆轲、聂政之计⁵，以侥幸于不死，此圯上之老人所为深惜者也。是故倨傲鲜腆而深折之⁶。彼其能有所忍也，然后可以就大事，故曰："孺子可教也。"

楚庄王伐郑⁷，郑伯肉袒牵羊以逆⁸。庄王曰："其君能下人⁹，必能信用其民矣。"遂舍之。勾践之困于会稽，而归臣妾于吴者，三年而不倦¹⁰。且夫有报人之志¹¹，而不能下人者，是匹夫之刚也。夫老人者，以为子房才有余而忧其度量之不足，故深折其少年刚锐之气，使之忍小忿而就大谋。何则？非有平生之素¹²，卒然相遇于草野之间，而命以仆妾之役¹³，油然而

---

[1]　一击：指张良派刺客谋杀秦始皇一事。

[2]　其间不能容发：喻指情势非常危急。间：间隙，距离。不能容发：一根头发也容纳不下。

[3]　已：太，过于。

[4]　伊尹：名挚，商朝开国功臣。太公：姓姜名尚，因其先祖封于吕，改姓吕。周朝开国功臣。

[5]　特：仅仅。荆轲：战国时卫国人，为燕太子丹谋刺秦王，失败后被杀。聂政：战国时韩国人，受韩卿严遂请求去刺杀韩相侠累。

[6]　倨傲：傲慢。鲜腆（tiǎn）：无礼。折：折辱，挫伤。

[7]　楚庄王：春秋时楚国国君，公元前604年至前589年在位。郑：春秋时国名。国都新郑（今河南新郑县）。此战发生在公元前597年。

[8]　郑伯：郑襄公，当时郑国国君。肉袒：脱去上衣，裸露肢体，是古人谢罪或祭祀的礼节，表示虔敬、惶恐。牵羊：用羊作奉献的礼物。逆：迎接。

[9]　下人：对人谦卑。

[10]　"勾践之困于会稽"三句：意谓越王勾践被吴王夫差围困于会稽，放还后，勾践让大夫种守国，自己到吴国作奴仆（实为人质），三年中毫无倦怠。勾践：春秋时越国国君，公元前497年至前465年在位。会稽：山名，在浙江中部。公元前497年勾践兴师伐吴，被吴王夫差围困于此。归臣妾于吴：意即投降吴国，做吴国的臣妾。吴：春秋时国名，建都于吴（今江苏苏州）。

[11]　报人：对人报复。

[12]　非有平生之素：意即彼此不熟悉，没有交往。

[13]　仆妾之役：卑贱的差事，指张良给黄石公拾鞋穿鞋的事。

不怪者 [1]，此固秦皇之所不能惊 [2]，而项籍之所不能怒也 [3]。

观夫高祖之所以胜 [4]，而项籍之所以败者，在能忍与不能忍之间而已矣。项籍唯不能忍，是以百战百胜，而轻用其锋 [5]。高祖忍之，养其全锋以待其敝 [6]，此子房教之也。当淮阴破齐 [7]，而欲自王，高祖发怒，见于词色。由此观之，犹有刚强不忍之气，非子房其谁全之？

太史公疑子房以为魁梧奇伟 [8]，而其状貌乃如妇人女子，不称其志气 [9]。呜呼！此其所以为子房欤 [10]！

说明

本文也是作者二十五岁时应制科考试时进呈的《进论》之一。

---

[1]　油然：和顺的样子。

[2]　秦皇：秦始皇，我国第一个封建皇帝，公元前 221 年至前 210 年在位。不能惊：指张良刺杀秦始皇失败后，长期潜伏，不受秦始皇大搜捕的惊动。

[3]　项籍：即项羽，籍为其字。战国末期楚将项燕之孙，秦末农民起义军领袖，楚汉战争中，被刘邦打败自杀。不能怒：刘邦、项羽进军秦都长安时，约定"先破秦入咸阳者王之"。后项羽及谋臣范增违背盟约，设下鸿门宴，企图刺杀刘邦。张良不被这种行为所激怒，在宴会上设计使刘邦逃走，并向项羽献上白璧一双，平息了这场危机。

[4]　高祖：汉高祖刘邦，汉朝开国皇帝，公元前 206 年至前 195 年在位。

[5]　锋：锋利，指精锐部队。

[6]　敝：衰敝，衰败。

[7]　"淮阴破齐"句：淮阴：即韩信，西汉初年军事家，辅佐刘邦建立汉朝有功，封淮阴侯，后因叛汉被杀。《史记·淮阴侯列传》载，公元前 203 年，刘邦被项羽困在荥阳时，韩信攻占齐地，派人向刘邦请求自立为假王（代理王）。刘邦正要发作，张良及时提醒刘邦，因韩信实力雄厚，不能得罪他，以免生变。刘邦便改口说："大丈夫定诸侯，即为真王，何以假为。"于是派张良册立韩信为王，稳住韩信，以全力对付项羽。

[8]　太史公：司马迁，西汉著名历史学家，他在《史记·留侯世家》中说，原以为张良"魁梧奇伟，至见其图，状貌如妇人好女"。

[9]　称：相称，符合。

[10]　此其所以为子房：意谓张良外貌柔弱，正是能"忍"的豪杰之士的状貌。

本文以张良辅佐刘邦成就帝业的历史事实为基础，论证了"忍小忿而就大谋"这一中心论点。作者立论新颖，构思巧妙，全文以"忍"字贯穿始终，灵活运用史料，加以周密辨析，反复论证善于忍耐对成就大事业的重要作用，文章雄辩滔滔，气势奔放。结尾则刻画张良外柔内刚，似弱实强的性格特点，为"忍"的内涵增添含蓄传神的一笔，体现了作者独到的艺术匠心。

集评

吕祖谦曰：先说忍与不忍之规模，方说子房受书之事，其意在不忍，此老人所以深惜，命以仆之役，使之忍不（小）耻就大谋。故其后辅佐高祖，亦使忍之有成。

又云：一篇纲目在"忍"字。

——宋·吕祖谦《古文关键》卷二

谢枋得曰：意谓子房本大勇之人，惟少年气刚，不能涵养忍耐，以就大功名，如用力士提铁锥击始皇之类，皆不能忍。老父之圮下，始命取履纳履，与之期五更相会，数怒骂之，正以折其不能忍之气，教之以能忍也。

——宋·谢枋得《文章轨范》卷三

杨慎曰：东坡文如长江大河，一泻千里，至其浑浩流转，曲折变化之妙，则无复可以名状，而尤长于陈述叙事。留侯一论，其立论超卓如此。

——明·杨慎《三苏文范》卷七

储欣曰：子房不能忍，老人教之能忍；子房又教高祖能忍。文至此，真如独茧抽丝。

——清·储欣《唐宋八大家类选》卷五

徐乾学曰：意实翻空，辞皆征实。读者信其证据，而不疑其变幻。

——清·徐乾学等《古文渊鉴》卷五十

刘大櫆云：忽出忽入，忽主忽宾，忽浅忽深，忽断忽接。而纳履一事，止随文势带出，更不正讲，尤为神妙。

——清·王文濡《评校音注古文辞类纂》卷四引

喜雨亭记

亭以雨名，志喜也[1]。古者有喜，则以名物，示不忘也。周公得禾[2]，以名其书；汉武得鼎[3]，以名其年；叔孙胜狄[4]，以名其子。其喜之大小不齐，其示不忘一也。

余至扶风之明年[5]，始治官舍。为亭于堂之北，而凿池其南，引流种木，以为休息之所。是岁之春，雨麦于岐山之阳[6]，其占为有年[7]。既而弥月不雨[8]，民方以为忧。越三月乙卯乃雨[9]，甲子又雨[10]，民以为未足。丁卯大雨[11]，三日乃止。官吏相与庆于庭，商贾相与歌于市[12]，农夫相与忭于野[13]。忧者以乐，病者以愈，而吾亭适成。

---

[1]　志：记，引申为纪念。

[2]　周公：姓姬名旦，西周初期政治家，周文王之子，武王之弟，成王之叔。得禾：据《尚书·微子之命》载，周天子将唐叔进献的两株苗合生一穗的谷子，送给周公，周公因作《嘉禾》以颂扬恩赐。《嘉禾》篇已佚。

[3]　汉武：汉武帝刘彻，公元前140年至前87年在位。得鼎：据《史记·孝武本纪》载，汉武帝元狩七年（前116），在汾水得一宝鼎，迎至甘泉，于是改年号为元鼎元年。

[4]　叔孙：叔孙得臣，春秋时鲁国人。据《左传·文公十一年》载，冬十月，狄人侵鲁，叔孙得臣奉命率军迎战，击败狄人并俘获狄国君侨如。为纪念此事，叔孙得臣将儿子宣伯改名为侨如。

[5]　扶风：凤翔府，治所在今陕西凤翔县。苏轼于宋仁宗嘉祐六年（1061）任凤翔签书判官。

[6]　雨麦：一说播种小麦；一说天降麦子，龙卷风把地面的麦子卷上天空，然后落下。岐山：在今陕西岐山县。阳：山的南面。

[7]　占：占卜算卦，此处有预兆的意思。有年：丰年。

[8]　弥月：整月。

[9]　越三月：到了三月。乙卯：三月初八。

[10]　甲子：三月十七日。

[11]　丁卯：三月二十日。

[12]　商贾（gǔ）：商人。

[13]　忭（biàn）：欢乐。

于是举酒于亭上，以属客而告之曰[1]："五日不雨可乎？"曰："五日不雨则无麦。""十日不雨可乎？"曰："十日不雨则无禾[2]。""无麦无禾，岁且荐饥[3]，狱讼繁兴，而盗贼滋炽[4]。则吾与二三子，虽欲优游以乐于此亭[5]，其可得耶？今天不遗斯民[6]，始旱而赐之以雨，使吾与二三子，得相与优游而乐于此亭者，皆雨之赐也。其又可忘邪？"

既以名亭，又从而歌之。歌曰：使天而雨珠，寒者不得以为襦[7]；使天而雨玉，饥者不得以为粟。一雨三日，繄谁之力[8]？民曰太守[9]，太守不有；归之天子，天子曰不[10]；归之造物[11]，造物不自以为功；归之太空，太空冥冥[12]；不可得而名，吾以名吾亭。

说明

本文是苏轼在凤翔府签判任上写的，时间是仁宗嘉祐七年（1062）。当时，苏轼在修治官舍时，建造了一座小亭。小亭落成时，正逢大雨连降三天，绵延弥月的旱象因之解除。于是，苏轼便以"喜雨"命亭，并

---

[1]　属（zhǔ）客：劝客饮酒。
[2]　禾：谷子。
[3]　荐饥：连年饥荒。荐：连年歉收。
[4]　滋炽：更加嚣张。
[5]　优游：悠闲自得的样子。
[6]　不遗：不抛弃。
[7]　襦：短袄，此处泛指衣服。
[8]　繄（yī）：语助词，无义。
[9]　太守：官名，原为郡的行政长官。宋时改郡为州或府，太守也称知州或知府，但人们仍以太守称知府。这里指凤翔府知府宋选。
[10]　不：通"否"，不然。
[11]　造物：造物主，创造万物的神灵。又以造物指天。
[12]　冥冥：幽远的样子。

欣然提笔作文。

本文撇开一般山水亭台游记多以形制、景色描写为主的写法，而是交错采用叙述、议论、抒情、写景多种手法，显示出独特的风格。

文章采用倒叙开篇，以几个历史事故引出"亭""雨""喜"三个字，再层层深入、扩展，最后点出主题：因风调雨顺、五谷丰登、人民安居乐业而喜。

本文篇幅虽短，却自然流畅，波澜迭出。采用问答形式，似谈家常，尤显活泼欢乐，风趣轻松。

集评

姜宝曰：此篇题小而语大，议论干涉国政民生大体，无一点尘俗气，自非具眼者未易知也。

——明·郑之惠《苏长公合作》卷一引

王世贞曰：看东坡此篇文字，胸次洒落，真是半点尘埃不到。

——明·郑之惠《苏长公合作》卷一

金圣叹曰：亭与雨何与，而得以为名？然太守、天子、造物既俱不与，则即以名亭固宜，此是特特算出以雨名亭妙理，非姑涉笔为戏论也。

——清·金圣叹《天下才子必读书》卷八

吴楚材曰：只就"喜雨亭"三字，分写、合写、倒写、顺写、虚写、实写，即小见大，以无化有，意思愈出而不穷，笔态轻举而荡漾，可谓极才人之雅致矣。

——清·吴楚材等《古文观止》卷十一

余诚曰：以三"忘"为经，以八"名"字为纬，以三"民"字为骨，就一座私亭，写出绝大关系，俾忧乐同民之意，隐然言外，而又毫不着迹。立言最为有体，然非出笔潇洒，亦安能藏庄重于流丽如此也，的是风流太守之文。彼于篇末以滑稽为讥者，殆未思民归功太守，太守推美于君，天子让善于天，天普美无言。层层正自有至理。

——清·余诚《重订古文释义新编》卷八

超然台记

凡物皆有可观。苟有可观，皆有可乐，非必怪奇伟丽者也。餔糟啜醨[1]，皆可以醉；果蔬草木，皆可以饱。推此类也，吾安往而不乐！

夫所谓求福而辞祸者，以福可喜而祸可悲也。人之所欲无穷，而物之可以足吾欲者有尽。美恶之辨战乎中[2]，而去取之择交乎前[3]，则可乐者常少，而可悲者常多，是所谓求祸而辞福。夫求祸而辞福，岂人之情也哉？物有以盖之矣[4]。彼游于物之内[5]，而不游于物之外。物非有大小也，自其内而观之，未有不高且大者也。彼挟其高大以临我，则我常眩乱反覆[6]，如隙中之观斗[7]，又焉知胜负之所在？是以美恶横生，而忧乐出焉，可不大哀乎！

予自钱塘移守胶西[8]，释舟楫之安[9]，而服车马之劳[10]；去雕墙之美[11]，

---

[1] 餔（bǔ）：食。糟：酒糟。啜（chuò）：饮。醨：薄酒。
[2] 辨：辨别，判别。中：心中。
[3] 前：指眼前。
[4] 盖：遮蔽。
[5] 游：游心，指思想活动。游于物之内：意谓思想被物质利益所束缚而不能超脱。下句"游于物之外"则指超脱于物质利益之外。
[6] 眩：眼花缭乱。反覆：变化无常。
[7] 隙：缝隙。
[8] 钱塘：地名，今浙江杭州市。胶西：山东胶河以西地区，这里指密州。作者因与王安石政见不合，请求外放，于熙宁四年（1071）任杭州通判。熙宁七年（1074）调任密州代理知州。
[9] 楫：船桨，借指船。
[10] 服：承受，经受。
[11] 去：离开。雕墙：有绘画、雕塑装饰的墙壁，指华丽的建筑。

而蔽采椽之居[1]；背湖山之观[2]，而行桑麻之野。始至之日，岁比不登[3]，盗贼满野，狱讼充斥[4]；而斋厨索然[5]，日食杞菊[6]，人固疑予之不乐也。处之期年[7]，而貌加丰，发之白者，日以反黑。予既乐其风俗之淳，而其吏民亦安予之拙也[8]。于是治其园圃[9]，洁其庭宇[10]，伐安丘、高密之木[11]，以修补破败，为苟全之计。而园之北，因城以为台者旧矣，稍葺而新之[12]。

时相与登览，放意肆志焉。南望马耳、常山[13]，出没隐见[14]，若近若远，庶几有隐君子乎[15]？而其东则卢山[16]，秦人卢敖之所从遁也[17]。西望穆陵[18]，隐然如城郭，师尚父、齐桓公之遗烈[19]，犹有存者。北俯潍水[20]，慨然太息，思淮阴之功[21]，而吊其不终。台高而安，深而明，

---

[1] 采：同"棌"，栎木。采椽（chuán）：以栎木为屋椽，意为简陋的房屋。
[2] 背：离开。观：景观，景色。
[3] 比：屡屡。登：收成。
[4] 狱讼：刑事诉讼案件。
[5] 斋厨：寺院的厨房，此处泛指厨房。索然：空荡荡的样子。
[6] 杞（qǐ）：枸杞，落叶小灌木，嫩茎叶可作蔬菜。菊：菊花，可食。
[7] 期（jī）年：周年。
[8] 拙：拙于政事，意为不多事扰民。
[9] 园：果园。圃：菜园。
[10] 洁：使之清洁，打扫。
[11] 安丘：地名，今山东潍坊市南。高密：地名，今山东胶州西北。宋时二地属密州。
[12] 葺（qì）：修理。
[13] 马耳：山名，在山东诸城南五里。常山：山名，在诸城南二十里。
[14] 见：同"现"。
[15] 庶几：大概，可能。
[16] 卢山：山名，在诸城南三十里。
[17] 卢敖：战国时燕国人，后被秦始皇召为博士，为其求仙药不得，逃至卢山隐居。卢山本名故山，因卢敖而易名。
[18] 穆陵：关名，今山东临朐县南大岘山上。
[19] 师尚父：即姜太公，姓姜名尚，因先祖封于吕地，改姓吕。辅佐周武王灭殷纣，建立周朝，被尊为师尚父，封于齐。齐桓公：名小白，春秋五霸之一。
[20] 潍水：即今潍河，东流经诸城、高密等地，至昌邑入海。
[21] 淮阴之功：韩信辅佐刘邦有功，封为淮阴侯。韩信曾在潍水破楚军二十万，后因谋反被杀。

唐宋散文

夏凉而冬温。雨雪之朝，风月之夕，予未尝不在，客未尝不从。撷园蔬¹，取池鱼，酿秫酒²，瀹脱粟而食之³，曰："乐哉，游乎！"

方是时，余弟子由适在济南⁴，闻而赋之⁵，且名其台曰"超然"。以见余之无所往而不乐者，盖游于物之外也！

说明

北宋中后期，围绕着王安石变法，新旧党争十分激烈。为远离政治斗争旋涡，苏轼自请外放，于熙宁四年（1071）任杭州通判。三年后，移知密州（今山东诸城市）。本文是作者到密州后第二年写的。超然台在密州北城上。

本文表现了"游于物之外"而"燕处超然"的老庄思想对苏轼的影响，使他能在错综复杂的政治斗争和坎坷不幸的人生遭遇中，始终以随遇而安的乐观旷达态度，排遣精神苦闷，澹泊自适，无往不乐。文章结构严谨，文笔畅达，体现了作者深厚圆熟，粲然浑成的艺术功力。

---

[1]　撷（xié）：摘取。

[2]　秫（shú）酒：黄米酒。

[3]　瀹（yuè）：煮。脱粟：糙米，只去皮壳，不精制。

[4]　子由：苏辙，字子由，苏轼之弟。当时在齐州（今济南）做官。

[5]　赋之：苏辙曾作《超然台赋》，并作序曰："老子曰：'虽有荣观，燕处超然。'尝试以'超然'命之，可乎？因为之赋。"

集评

　　吕雅山云：此篇不唯文思温润有余，而说安遇顺性之理，极为透彻，此坡公生平实际也。故其临老谪居海外，穷愁颠越，无不自得，真能超然物外者矣。

——明·杨慎《三苏文范》卷十四引

　　金圣叹曰：台名超然，看他下笔便直取"凡物"二字。只是此二字已中题之要害，便以下横说竖说，说自说他，无不纵心如意也。须知此文手法超妙，全从庄子《达生》《至乐》等篇取气来。

——清·金圣叹《天下才子必读书》卷八

　　吴楚材曰：是记先发超然之意，然后入事。其叙事处，忽及四方之形胜，忽入四时之佳景，俯仰情深，而总归之一乐。真能超然物外者矣。

——清·吴楚材等《古文观止》卷十一

　　林纾曰：通篇把定"游于物外"四字，则知天下足欲之难；知足欲之难，则随皆知足。然既能知足，不惟在胶西乐，即在儋耳乐，此所以名为超然。超然者，超乎物外也。文前半说理，后半叙事，初无妙巧，难在有达生之言可以味耳。

——近代·林纾《古文辞类纂》卷九

前赤壁赋

　　壬戌之秋[1]，七月既望[2]，苏子与客泛舟[3]，游于赤壁之下[4]。清风徐来，水波不兴。举酒属客[5]，诵"明月"之诗[6]，歌"窈窕"之章[7]。少焉[8]，月出于东山之上，徘徊于斗牛之间[9]。白露横江，水光接天。纵一苇之所如[10]，凌万顷之茫然[11]。浩浩乎如冯虚御风[12]，而不知其所止；飘飘乎如遗世独立[13]，羽化而登仙[14]。

　　于是饮酒乐甚，扣舷而歌之[15]。歌曰："桂棹兮兰桨[16]，击空明兮泝流

---

[1]　壬戌：宋神宗元丰五年（1082）。
[2]　望：阴历每月十五日。既望：过了望日，即十六日。
[3]　苏子：苏轼自称。
[4]　赤壁：山名，有两处。一处在湖北黄冈，又名赤鼻矶，此处并非三国时赤壁之战旧址，因音近而被误称为"赤壁"。另一处在湖北蒲圻，为三国赤壁之战旧址。
[5]　属（zhǔ）客：向客人劝酒。
[6]　明月之诗：指《诗经·陈风·月出》。
[7]　窈窕之章：指《月出》篇第一章，诗中有"舒窈纠兮"句，"窈纠"同"窈窕"。一说指《诗经·周南·关雎》篇，因其有"窈窕淑女，君子好逑"之句。
[8]　少焉：过了一会儿。
[9]　斗牛：皆星宿名。
[10]　一苇：苇叶似的小船。如：往。
[11]　凌：越过。茫然：旷远迷茫的样子。
[12]　浩浩乎：广大的样子。冯（píng）虚御风：在空中驾风而行。冯：通"凭"，依托。虚：太虚，指天空。
[13]　遗世：脱离尘世。
[14]　羽化：道教称得道成仙为羽化，意即长了羽翼，可以飞升。
[15]　扣舷：拍打船边。
[16]　桂棹：桂树木做的棹。兰桨：木兰树木做的桨。桂棹、兰桨均为划船工具的美称。

光[1]。渺渺兮予怀[2]，望美人兮天一方[3]。"客有吹洞箫者，倚歌而和之[4]。其声呜呜然，如怨如慕，如泣如诉，余音袅袅[5]，不绝如缕，舞幽壑之潜蛟[6]，泣孤舟之嫠妇[7]。

苏子愀然[8]，正襟危坐而问客曰[9]："何为其然也？"客曰："'月明星稀，乌鹊南飞'，此非曹孟德之诗乎[10]？西望夏口[11]，东望武昌[12]，山川相缪[13]，郁乎苍苍，此非孟德之困于周郎者乎[14]？方其破荆州[15]，下江陵[16]，顺流而东也，舳舻千里[17]，旌旗蔽空，酾酒临江[18]，横槊赋诗[19]，固一世之雄也，而今安在哉！况吾与子渔樵于江渚之上[20]，侣鱼虾而友麋鹿[21]；驾一叶之扁舟，举匏樽以相属[22]；寄蜉蝣于天地[23]，渺沧海

---

[1] 空明：指月光下清澈的江水。泝：同"溯"。流光：指江面上随波流动的月光。
[2] 怀：怀抱，心绪。
[3] 美人：指心中思慕的人。
[4] 倚歌：按着歌声。
[5] 袅袅（niǎo）：指乐声婉转悠长。
[6] 幽壑（hè）：深渊。潜蛟：潜藏的蛟龙。
[7] 嫠（lí）妇：寡妇。
[8] 愀（qiǎo）然：形容神色严肃、忧伤的样子。
[9] 正襟危坐：整理衣襟，直身端坐。
[10] 曹孟德：曹操，字孟德。前引诗句为曹操的《短歌行》。
[11] 夏口：古城名，在今湖北武汉。
[12] 武昌：今湖北鄂州。
[13] 缪：通"缭"，盘绕。
[14] 孟德之困于周郎：指建安十三年（208），曹操在赤壁之战中被周瑜打败事。
[15] 破荆州：建安十三年，曹操率军南下，荆州刺史刘表投降，曹操不战而占领荆州。荆州：今湖北襄樊。
[16] 下江陵：指曹操进而击败刘备，进兵江陵事。江陵：今湖北江陵。
[17] 舳舻（zhú lú）：指战船。
[18] 酾（shī）酒：斟酒。
[19] 槊（shuò）：长矛。
[20] 子：你。渔樵：捕鱼打柴。江渚（zhǔ）：江中沙洲。
[21] 侣鱼虾：与鱼虾为伴侣。友麋鹿：与麋鹿为朋友。
[22] 匏（páo）：葫芦。匏樽：葫芦做的酒器。
[23] 蜉蝣：一种昆虫，夏秋之际生于水边，只能存活几小时。此喻指人的短促生命。

之一粟。哀吾生之须臾，羡长江之无穷。挟飞仙以遨游，抱明月而长终¹。知不可乎骤得²，托遗响于悲风³。"

苏子曰："客亦知夫水与月乎？逝者如斯，而未尝往也⁴；盈虚者如彼，而卒莫消长也⁵。盖将自其变者而观之⁶，则天地曾不能以一瞬⁷。自其不变者而观之，则物与我皆无尽也⁸，而又何羡乎！且夫天地之间，物各有主，苟非吾之所有，虽一毫而莫取。惟江上之清风，与山间之明月，耳得之而为声，目遇之而成色，取之无禁，用之不竭，是造物者之无尽藏也⁹，而吾与子之所共适¹⁰。"

客喜而笑，洗盏更酌。肴核既尽¹¹，杯盘狼藉。相与枕藉乎舟中¹²，不知东方之既白。

说明

宋神宗元丰二年（1079），苏轼因"乌台诗案"被捕入狱，受尽折磨，九死一生，最后被贬谪黄州为团练副使。经历这次人生巨变，苏轼

---

[1]　长终：长存始终。
[2]　骤得：立刻得到。此句为委婉说法，意即不可能做到。
[3]　"托遗响"句：意谓把这种遗憾的心情寄托在曲调里，在悲凉的秋风中倾诉。遗响：余音。
[4]　"逝者"二句：意谓江水像这样不断流逝，但实际上并没有流走，因为水仍在滔滔不绝地流着。
[5]　"盈虚"二句：月亮虽然时圆时缺，但最终没有消减和增加。彼：那，指月亮。
[6]　变者：事物变化的一面。
[7]　曾不能以一瞬：竟没有一瞬间不在变化。曾：竟然，表示强调语气。
[8]　无尽：没有穷尽，不会消亡。
[9]　造物者：指大自然。
[10]　适：满足，此处意为享受。
[11]　肴：菜肴。核：果品。
[12]　相与枕藉：相互挨着睡觉。

受到沉重打击，思想深处充满矛盾和痛苦。如何摆脱这个阴影，如何振作以面对未来，是苏轼一直在思考的问题。这篇文章表现的正是这种思想状况。文章以秋夜泛舟江上为开端，营造了一个让人沉思的水光月色的宁静世界。从苏轼饮酒乐甚到闻歌生悲，再引出人生无常的苦闷和古人不再的哀愁，最后又以苏轼旷达人生态度使哀愁转喜。整个情感的前后变化，表面上以主客问答、辩驳的形式展开，实际上正是苏轼内心思索的心理历程，是他内心消沉苦闷与旷达乐观两种人生态度的抗争。最终，乐观克服了消沉。苏轼以散文手法写赋，充分表现了自由豪放、恣肆雄健的阳刚之气。语言则如行云流水，一气呵成而挥洒自如。这些特点标志苏轼已把赋的写作技巧提高到一个新的境界。

集评

晁补之曰：《赤壁》前后赋者，苏公之所作也。曹操气吞宇内，楼船浮江，以谓遂无吴矣。而周瑜少年，黄盖裨将，一炬以焚之。公谪黄岗，数游赤壁下，盖忘意于世矣。观江涛汹涌，慨然怀古，犹壮瑜事而赋之。

——宋·晁补之《续离骚序》

强幼安曰：东坡《赤壁》二赋，一洗万古，欲仿佛其一语，毕世不可得也。

——宋·强幼安《唐子西文录》

谢枋得曰：此赋学《庄》《骚》文法，无一句与《庄》《骚》相似，非超然之才，绝伦之识，不能为也。潇洒神奇，出尘绝俗，如乘云御风而立乎九霄之上，俯仰六合，何物茫茫，非惟不挂之齿牙，亦不足入其灵台丹府也。

又云：余尝中秋夜泛舟大江，月色水光与天宇合而为一，始知此赋之妙。

——宋·谢枋得《文章轨范》卷七

钟惺曰：《赤壁》二赋，皆赋之变也。此又变中之至理奇趣，故取此可以该彼。

——明·杨慎《三苏文范》卷十六引

茅坤曰：予尝谓东坡文章仙也。读此二赋，令人有遗世之感。

——明·茅坤《唐宋八大家文钞·宋大家苏文忠公文钞》卷二十八

金圣叹曰：游赤壁，受用现今无边风月，乃是此老一生本领，却因平平写不出来，故特借洞箫呜咽，忽然从曹公发议，然后接口一句喝倒，痛陈其胸前一片空阔了悟，妙甚。

——清·金圣叹《天下才子必读书》卷十五

余诚曰：起首一段，就风月上写游赤壁情景，原自含共适之意。入后从渺渺予怀，引出客箫，复从客箫借吊古意，发出物我皆无尽的大道理。说到这个地位，自然可以共适，而平日一肚皮不合时宜都消归乌有，那复有人世兴衰成败在其意中。尤妙在江上数语，回应起首，始终总是一个意思。游览一小事耳，发出这等大道理。遂堪不朽。

——清·余诚《重订古文释义新编》卷八

张伯行曰：以文为赋，藏叶韵于不觉，此坡公工笔也。凭吊江山，恨人生之如寄；流连风月，喜造物之无私。一难一解，悠然旷然。

——清·张伯行《唐宋八大家文钞》卷八

后赤壁赋

　　是岁十月之望¹，步自雪堂²，将归于临皋³。二客从予过黄泥之坂⁴。霜露既降，木叶尽脱⁵，人影在地，仰见明月。顾而乐之，行歌相答⁶。

　　已而叹曰⁷："有客无酒，有酒无肴。月白风清，如此良夜何⁸？"客曰："今者薄暮⁹，举网得鱼，巨口细鳞，状似松江之鲈¹⁰。顾安所得酒乎¹¹？"归而谋诸妇¹²。妇曰："我有斗酒，藏之久矣，以待子不时之须¹³。"

　　于是携酒与鱼，复游于赤壁之下。江流有声，断岸千尺¹⁴，山高月小，水落石出。曾日月之几何¹⁵，而江山不可复识矣！予乃摄衣而上¹⁶，履

---

[1]　是岁：这一年。承《前赤壁赋》说的，即壬戌年。
[2]　步自雪堂：从雪堂步行出发。雪堂为苏轼在黄州建的居室。
[3]　临皋：亭名，在黄冈城南长江边。
[4]　黄泥之坂：黄冈城东面的山坡。
[5]　木叶：树叶。
[6]　行歌：边走边唱。
[7]　已而：过了一会儿。
[8]　如此良夜何：怎样度过这个美好的夜晚呢。
[9]　薄暮：傍晚。薄：迫近。
[10]　松江之鲈：松江（今属上海市）出产的鲈鱼，味鲜美。
[11]　顾：但是。安所：哪里，什么地方。
[12]　谋诸妇：同妻子商量。诸：之于。
[13]　不时之须：意外的需要。须：同"需"。
[14]　断岸：绝壁。
[15]　曾日月之几何：意同"曾几何时"。曾：才。连同下一句，是相对前次游赤壁说的。两次游历相隔三个月，江山景象已有很大变化。
[16]　摄衣：提起衣襟。

巉岩[1]，披蒙茸[2]，踞虎豹[3]，登虬龙[4]，攀栖鹘之危巢[5]，俯冯夷之幽宫[6]。盖二客不能从焉。划然长啸[7]，草木震动，山鸣谷应，风起水涌。予亦悄然而悲，肃然而恐，凛乎其不可留也[8]。反而登舟[9]，放乎中流，听其所止而休焉。时夜将半，四顾寂寥。适有孤鹤[10]，横江东来，翅如车轮，玄裳缟衣[11]，戛然长鸣，掠予舟而西也。

须臾客去，予亦就睡。梦一道士，羽衣翩仙[12]，过临皋之下，揖予而言曰："赤壁之游乐乎？"问其姓名，俯而不答。"呜呼噫嘻！我知之矣！畴昔之夜[13]，飞鸣而过我者，非子也耶？"道士顾笑[14]，予亦惊悟[15]。开户视之，不见其处。

说明

本文可视为《前赤壁赋》的续篇。作者两次夜游赤壁，一在初秋的七月，一在孟冬的十月。时令季节的变化引出的自然景物与作者心情的

---

[1] 履：踏，踩。巉岩：险峻的山岩。
[2] 披：分开。蒙茸（róng）：杂乱的草木。
[3] 踞虎豹：坐在状如虎豹的石头上。
[4] 虬龙：古代传说中的龙，这里指形状弯曲像虬龙的树木。
[5] 鹘（hú）：鹰的一种。危：高。
[6] 冯（píng）夷：水神。幽：深。
[7] 划：象声词。
[8] 凛乎：恐惧的样子。
[9] 反：同"返"。
[10] 适：恰巧。
[11] 玄裳：黑色衣。缟衣：白色上衣。此句形容鹤的毛色。
[12] 翩（piān）仙：走路轻快的样子。一作"蹁跹"。
[13] 畴昔：昨日。
[14] 顾：回头。
[15] 惊悟：惊醒。

变化，在本文中均有细致的表现。因此，两篇文章，各俱佳处，均为名篇。本文以叙事写景为主。作者对初冬月夜的景色、登岸攀登的过程，独自一人登顶俯视而产生的忧恐凄凉心情的渲染，都具体而真切，令人有身历其境之感。再加上结尾描写的梦境，烘托了神秘气氛笼罩下作者孤独、茫然的心境，亦可令人掩卷深思。

集评

陆士衡云："赋体物而浏亮。"坡公《前赤壁赋》已曲尽其妙，《后赋》尤精于体物，如"山高月小，水落石出"皆天然句法。末用道士化鹤之事，尤出人意表。

——明·杨慎《三苏文范》卷十六引

郑之惠曰：眼前景经一道破，便似宇宙今日始开。只"山高月小，水落石出"，"山鸣谷应，风起水涌"十六字，试读文，占几许风景。

——明·郑之惠《苏长公合作》卷一

吴楚材曰：前篇写实情实景，从"乐"字领出歌来。此篇作幻境幻想，从"乐"领出叹来。一路奇情逸致，相逼而出。与前赋同一机轴，而无一笔相似。读此两赋，胜读《南华》一部。

——清·吴楚材等《古文观止》卷十一

储欣曰：前赋设为问答，此赋不过写景叙事。而寄托之意，悠然言外者，与前赋初不殊也。

——清·储欣《唐宋八大家类选》卷十四

浦起龙曰：后赋并刷尽文章色相矣。来不相期，游仍孤往。向后空空，人境俱夺。

——清·浦起龙《古文眉诠》卷六十九

张伯行曰：犹是风月耳。上文字字是秋景，此文字字是冬景。体物之工，其妙难言。

——清·张伯行《唐宋八大家文钞》卷八

　　王文濡曰：前篇是实，后篇是虚。虚以实写，而后幅始点醒，奇妙无以复加，易时不能再作。

——清·王文濡《评校音注古文辞类纂》卷七十一

石钟山记

《水经》云[1]:"彭蠡之口有石钟山焉[2]。"郦元以为下临深潭[3],微风鼓浪,水石相搏,声如洪钟[4]。是说也,人常疑之。今以钟磬置水中[5],虽大风浪不能鸣也,而况石乎!至唐李渤始访其遗踪[6],得双石于潭上,扣而聆之,南声函胡,北音清越[7],枹止响腾[8],余韵徐歇[9]。自以为得之矣。然是说也,余尤疑之。石之铿然有声者,所在皆是也,而此独以钟名,何哉?

元丰七年六月丁丑[10],余自齐安舟行适临汝[11],而长子迈将赴饶之德兴尉[12],送之至湖口,因得观所谓石钟者。寺僧使小童持斧,于乱石间择其一二扣之,硿硿焉[13]。余固笑而不信也[14]。至莫夜月明[15],独与迈乘

---

[1] 水经:书名,旧题汉朝桑钦著,记我国河流水道。北魏郦道元为之作注,称《水经注》。
[2] 彭蠡(lǐ):湖名,即鄱阳湖,在现江西北部。
[3] 郦元:郦道元(466—527),字善长,范阳涿鹿(今河北涿县)人。
[4] 洪钟:大钟。
[5] 磬(qìng):玉或石制成的乐器,形状如矩,用木槌敲击发音。
[6] 李渤:唐洛阳人,曾任江州(今江西九江)刺史,写过《辨石钟山记》。
[7] "南声"二句:南声、北音是分别指南北两块石头发出的声音。函胡:声音模糊厚重。清越:声音清亮高亢。
[8] 枹(fú):鼓槌。响腾:响声腾扬。
[9] 徐歇:慢慢消失。
[10] 元丰七年六月丁丑:1084年7月14日。
[11] 齐安:地名,今湖北黄冈。适:往。临汝:地名,今河南临汝。当时作者自黄州(齐安)移汝州(临汝)安置。
[12] 迈:苏轼长子苏迈,字伯达。饶之德兴:饶州德兴县。尉:县尉。
[13] 硿硿:石块撞击的声音。
[14] 固:本来,原来。
[15] 莫:同"暮"。

小舟至绝壁下。大石侧立千尺，如猛兽奇鬼，森然欲搏人。而山上栖鹘，闻人声亦惊起，磔磔云霄间¹。又有若老人咳且笑于山谷中者，或曰此鹳鹤也。余方心动欲还，而大声发于水上，噌吰如钟鼓不绝²。舟人大恐。徐而察之，则山下皆石穴罅³，不知其浅深，微波入焉，涵澹澎湃而为此也⁴。舟回至两山间，将入港口，有大石当中流，可坐百人，空中而多窍⁵，与风水相吞吐，有窾坎镗鞳之声⁶，与向之噌吰者相应⁷，如乐作焉。因笑谓迈曰："汝识之乎⁸，噌吰者，周景王之无射也⁹，窾坎镗鞳者，魏庄子之歌钟也¹⁰。古之人不余欺也¹¹！"

事不目见耳闻而臆断其有无，可乎？郦元之所见闻殆与余同¹²，而言之不详。士大夫终不肯以小舟夜泊绝壁之下，故莫能知。而渔工水师，虽知而不能言。此世所以不传也。而陋者乃以斧斤考击而求之¹³，自以为得其实。余是以记之，盖叹郦元之简，而笑李渤之陋也。

---

[1] 磔（zhé）磔：鸟鸣声。
[2] 噌吰（chēng hóng）：洪亮的声音。
[3] 罅（xià）：缝隙。
[4] 涵澹澎湃：大水流动汹涌澎湃。
[5] 窍：孔穴。
[6] 窾（kuǎn）坎：击物声。镗鞳（tāng tà）：钟鼓声。
[7] 向：先前。
[8] 识：知道。
[9] "周景王"句：周景王二十四年（前521）铸成名为"无射"的大钟。事见《国语》。
[10] "魏庄子"句：鲁襄公十一年（前561）郑人送歌钟女乐给晋悼公，晋悼公又分赐给晋大夫魏绛。事见《左传》。魏绛谥号庄子。
[11] 不余欺：即不欺余。
[12] 殆（dài）：大概，几乎。
[13] 考击：敲击。

说明

　　这是一篇著名的游记。文章先提出对石钟山命名来历的疑问，接以自己亲身探访，考见虚实，终于弄清真相，从而得出正确结论，认为对任何事物不应该采取"事不目见耳闻而臆断"的态度。这种认知态度，对后人亦颇多启发。全文融叙事、写景、议论为一体，结构谨严，轻快流畅。月夜江上一段，描写生动，文多波折，尤见奇峭。

集评

　　杨慎曰：通篇讨山水之幽胜，而中较李渤、寺僧、郦元之简陋，又辨出周景王、魏献子之钟音，其转折处，以人之疑起己之疑，至见中流大石，始释己之疑，故此记遂为绝调。

——明·杨慎《三苏文范》卷十四

　　茅坤曰：风旨亦自《水经》来，然多奇峭之兴。

——明·茅坤《唐宋八大家文钞·宋大家苏文忠公文钞》卷二十五

　　吕留良曰：此翻案也。李翻郦，苏又翻李，而以己之所独得，详前之所未备，则道元亦遭简点矣。文之奇致，古今绝调。

——清·吕留良等《晚村精选八大家古文》

　　沈德潜曰：记山水，并悟读书观理之法，盖臆断有无，而或简或陋，均非可以求古人也。通体神行，末幅尤极得心应手之乐。

——清·沈德潜《唐宋八家文读本》卷二十三

　　吴楚材曰：世人不晓石钟命名之故，始失于旧注之不详，继失于浅人之俗见。千古奇胜，埋没多少。坡公身历其境，闻之真，察之晰，从前无数疑案，一一破明。悦心快目！

——清·吴楚材等《古文观止》卷十一

刘大櫆云：以心动欲还，跌出大声发于水上，才有波折，而兴会更觉淋漓。钟声二处必叙古钟二事以实之，具此诙谐文章，妙趣洋溢行间，坡公第一首记文。

——清·王文濡《评校音注古义辞类纂》卷五十六引

记承天寺夜游

元丰六年十月十二日[1]，夜。解衣欲睡，月色入户，欣然起行。念无与乐者[2]，遂至承天寺[3]，寻张怀民[4]。怀民亦未寝，相与步于中庭。

庭下如积水空明[5]，水中藻荇交横[6]，盖竹柏影也。

何夜无月，何处无竹柏，但少闲人如吾两人耳。

说明

这篇随笔式散文，写两位同是谪贬失意之人月夜游寺、庭中闲步的情景。寥寥几笔，便勾勒出一派清澄明净的夜色，写意而极富神韵。然如此美好月色下，却辗转难眠，只能作闲人去寻求自我排遣。表面的自娱自乐中，蕴含着作者一段郁抑难伸的复杂情感，读者当可以意会之。

---

[1] 元丰六年：公元 1083 年。
[2] 与乐者：一起游乐的人。
[3] 承天寺：故址在今湖北黄冈。
[4] 张怀民：张梦得，当时亦贬居黄州。
[5] 空明：清澈透明。
[6] 藻、荇（xìng）：均水草名。

集评

　　储欣曰：仙笔也，读之觉玉宇琼楼，高寒澄澈。

——清·储欣《唐宋十大家全集录·东坡集录》卷九

苏 辙

苏辙（1039—1112），字子由，眉山（现四川眉山县人），苏轼之弟。嘉祐年与苏轼同登进士科。政治主张与苏轼同。王安石变法时，反对新法，出为河南推官，屡遭贬谪。宋哲宗时，旧党上台，召为右司谏，官至尚书右丞、门下侍郎。后因事忤哲宗，贬职外调。宋徽宗时复官大中大夫致仕。文章与父苏洵、兄苏轼齐名，称为"三苏"，并列为"唐宋八大家"。有《栾城集》。

上枢密韩太尉书

太尉执事[1]：辙生好为文，思之至深，以为文者气之所形[2]；然文不可以学而能[3]，气可以养而致。孟子曰："我善养吾浩然之气[4]。"今观其文章，宽厚宏博，充乎天地之间，称其气之大小[5]。太史公行天下[6]，周览四海名山大川，与燕、赵间豪俊交游[7]，故其文疏荡[8]，颇有奇气。此二子者，岂尝执笔学为如此之文哉？其气充乎其中[9]，而溢乎其貌，动乎其言，而见乎其文，而不自知也。

---

[1] 太尉：指韩琦，当时任枢密院使，执掌全国兵权。此职与秦汉时太尉职务相似，故作者以太尉称之，以示尊敬。执事：办事人员。古人写信时，为表示对收信人的尊敬，常不直接称呼对方，而以收信方的侍从人员称呼。
[2] 气之所形：气质的表现。
[3] "然文"句：意谓文不可能单纯通过学习写作技巧而获得成功。能：善。
[4] "我善"句：语出《孟子·公孙丑上》。浩然：广大的样子。
[5] 称：相称，符合。
[6] 太史公：司马迁。
[7] 燕、赵：战国时的燕国、赵国。燕在今北京、河北一带。赵在今河北、山西一带。
[8] 疏荡：洒脱不羁。
[9] 中：内心。

辙生十有九年矣。其居家所与游者，不过其邻里乡党之人 [1]。所见不过数百里之间，无高山大野可登览以自广 [2]。百氏之书，虽无所不读，然皆古人之陈迹，不足以激发其志气。恐遂汩没 [3]，故决然舍去 [4]，求天下奇闻壮观，以知天地之广大。过秦、汉之故都，恣观终南、嵩、华之高 [5]，北顾黄河之奔流，慨然想见古之豪杰。至京师，仰观天子宫阙之壮，与仓廪府库城池苑囿之富且大也，而后知天下之巨丽。见翰林欧阳公 [6]，听其议论之宏辩，观其容貌之秀伟，与其门人贤士大夫游 [7]，而后知天下之文章聚乎此也。太尉以才略冠天下，天下之所恃以无忧，四夷之所惮以不敢发 [8]，入则周公、召公 [9]，出则方叔、召虎 [10]。而辙也未之见焉。且夫人之学也 [11]，不志其大 [12]，虽多而何为？辙之来也，于山见终南、嵩、华之高，于水见黄河之大且深，于人见欧阳公，而犹以为未见太尉也。故愿得观贤人之光耀，闻一言以自壮 [13]，然后可以尽天下之大观而无憾者矣。

　　辙年少，未能通习吏事。向之来 [14]，非有取于斗升之禄 [15]。偶然得之，

---

[1]　乡党：乡里。

[2]　自广：开阔自己的胸襟。

[3]　汩（gǔ）没：埋没。

[4]　舍去：离开家乡。

[5]　恣观：纵情观览。终南：终南山，在陕西西安。嵩：嵩山，在河南登封县。华：华山，在陕西华阴县。

[6]　翰林欧阳公：指欧阳修，他曾任翰林学士。

[7]　门人贤士大夫：指曾巩、梅尧臣、苏舜钦等人，均为当时著名的文学家。

[8]　四夷：指边疆上的少数民族。惮：害怕。发：发兵侵略。

[9]　周公：周公旦。召公：召公奭。两人皆为周文王子、周武王弟，协助武王开国，又辅佐成王治天下。

[10]　方叔：周宣王大臣，以征讨猃狁有功。召虎：亦周宣王大臣，以征讨淮夷有功。此句与上句均以周代功臣名将称颂韩琦文武兼备，才干过人。

[11]　且夫：发语词。

[12]　志：有志于。

[13]　自壮：勉励和充实自己。

[14]　向：以前。

[15]　斗升之禄：指微薄的俸禄。

非其所乐。然幸得赐归待选¹，使得优游数年之间。将归益治其文，且学为政。太尉苟以为可教而辱教之²，又幸矣！

说明

宋仁宗嘉祐二年（1057），苏辙考中进士。当时，韩琦任枢密院使，声望极高。苏辙为求得他的赏识提携，便写了这封求见信。文章先从作文当有养气之功写起，提出了"文者气之所形"和"气可以养而致"的观点，而养气的关键是增广阅历和交游，从而自然而然地引出求见之意。文章没有一般干谒文字谀颂显达的陋习，也没有专谈仕进之求，而是以"交流养气"贯穿全文，从而使欲施才华之意从字里行间流出。这样的文章，词沛气充，秀杰清落，纡徐澹泊，有疏宕之气，故历来为人称道。

集评

楼昉曰：胸臆之谈，笔势规摹从司马子长《自叙》中来。欧阳公转韩太尉身上，可谓奇险。

——明·杨慎《三苏文苑》卷二十八转引

金圣叹曰：上书大人先生，更不作喁喁细语，一落笔便纯是一片奇气。此一片奇气最难得，若落笔时写不得着，即此文通篇都无有。

——清·金圣叹《天下才子必读书》卷八

储欣曰：养气之说发于孟子，昌黎、柳州论文亦以气为主，眉山父子得

---

[1]　待选：等待朝廷选拔。
[2]　辱教之：屈尊教导我。辱：谦词。

力尤深，其文遂雄视百代。此书自道所见，固大而非夸也。

——清·储欣《唐宋八大家类钞》卷九

吴楚材曰：意只是欲求见太尉，以尽天下之大观，以激发其志气，却以得见欧阳公，引起求见太尉；以历见名山大川京华人物，引起得见欧阳公；以作文养气，引起历见名山大川京华人物。注意在此，而立言在彼，绝妙奇文。

——清·吴楚材等《古文观止》卷十一

余诚曰：通体绝无一干求仕进语，而纡徐婉曲中，盛气足以逼人。的是少年新得意文字。本传称子由为人沉静简洁，为文汪洋淡泊，而有秀杰之气。读此具足窥见一斑云。

——清·余诚《重订古文释义新编》卷八

黄州快哉亭记

江出西陵[1]，始得平地，其流奔放肆大[2]。南合沅、湘[3]，北合汉、沔[4]，其势益张。至于赤壁之下，波流浸灌[5]，与海相若。清河张君梦得谪居齐安[6]，即其庐之西南为亭，以览观江流之胜，而余兄子瞻名之曰"快哉"[7]。

盖亭之所见，南北百里，东西一舍[8]。涛澜汹涌，风云开阖[9]。昼则舟楫出没于其前，夜则鱼龙悲啸于其下。变化倏忽[10]，动心骇目，不可久视。今乃得玩之几席之上，举目而足[11]。西望武昌诸山，冈陵起伏，草木行列，烟消日出，渔夫樵父之舍，皆可指数，此其所以为快哉者也。至于长洲之滨[12]，故城之墟，曹孟德、孙仲谋之所睥睨[13]，周瑜、陆逊之所骋骛[14]，其流风遗迹，亦足以称快世俗。

---

[1]　江：长江。西陵：西陵峡，长江三峡之一，在湖北宜昌西北。
[2]　肆大：恣肆浩大。
[3]　沅、湘：沅水和湘水。
[4]　汉、沔（miǎn）：即汉水。汉水源于陕西宁羌，称为漾水，流经沔县称沔水，再往东经褒城合褒水，称为汉水。
[5]　浸灌：注、流入，形容江水浩荡。
[6]　清河：地名，现河北清河。张梦得：字怀民，其时与苏轼同遭谪贬黄州。齐安：即黄州，古属齐安郡。
[7]　子瞻：苏轼，字子瞻。
[8]　舍：古代三十里为一舍。
[9]　开阖：变化。阖：闭。
[10]　倏（shū）忽：迅急。
[11]　足：满足，痛快。
[12]　长洲：江中沙洲。
[13]　曹孟德：曹操，字孟德。孙仲谋：孙权，字仲谋。睥睨：斜视的样子，此意为傲视相争。
[14]　周瑜：东吴军统帅，赤壁之战中大破曹操。陆逊：东吴大将，曾击败关羽，攻取荆州，又于夷陵大败刘备。骋骛（wù）：疾趋，奔走。

昔楚襄王从宋玉、景差于兰台之宫[1]，有风飒然至者，王披襟当之[2]，曰："快哉此风，寡人所与庶人共者耶[3]？"宋玉曰："此独大王之雄风耳，庶人安得共之！"玉之言盖有讽焉。夫风无雌雄之异，而人有遇不遇之变[4]。楚王之所以为乐，与庶人之所以为忧，此则人之变也，而风何与焉[5]？士生于世，使其中不自得[6]，将何往而非病？使其中坦然，不以物伤性[7]，将何适而非快？今张君不以谪为患，窃会计之余功[8]，而自放山水之间[9]，此其中宜有以过人者。将蓬户瓮牖[10]，无所不快；而况乎濯长江之清流[11]，揖西山之白云[12]，穷耳目之胜以自适也哉[13]！不然，连山绝壑，长林古木，振之以清风，照之以明月，此皆骚人思士之所以悲伤憔悴而不能胜者[14]，乌睹其为快也哉[15]！

元丰六年十一月朔日[16]，赵郡苏辙记[17]。

---

[1]　楚襄王：战国时楚国国君。宋玉、景差：均为楚国大夫、文学家。兰台：地名，今湖北钟祥。以下至"庶人安得共之"句引自宋玉《风赋》。

[2]　披襟：展开衣襟。

[3]　寡人：古代王侯自谦之词。庶人：百姓。

[4]　遇：遇时，意谓得到君王赏识重用。

[5]　何与焉：有什么关系呢？与：参与。

[6]　中：心中。自得：自我满足，自得之乐。

[7]　伤性：伤害本性。

[8]　窃：偷闲之意。会计：赋税钱粮等事务。余功：工作之余。

[9]　自放：纵情游乐。

[10]　蓬户：用蓬草编的门。瓮牖：用破瓮做的窗。

[11]　濯：洗涤。

[12]　揖（yì）：相互举手打拱行礼，引申为相对。

[13]　自适：自求安适。

[14]　骚人思士：心中有忧伤的诗人和士大夫。

[15]　乌睹：哪里看得出。

[16]　朔日：阴历每月初一。

[17]　赵郡：苏氏祖先为赵郡栾城人。

说明

　　本文记叙了黄州快哉亭命名的由来。开篇大处落墨，气势阔大。接着铺叙亭上观览胜景和凭吊古人所激发的快意。最后就"快哉"展开议论，提出"使其中坦然，不以物伤性，将何适而非快"的主旨。文章谈古论今，纵放自然。无论写景与议论，均有痛快跌宕、恣肆汪洋之特色。"快哉亭"的修建者张梦得是宋神宗元丰年间贬谪黄州的。亭的命名者苏轼其时亦贬谪黄州。而本文作者也因其兄苏轼的牵累，谪居筠州。因此，文中赞扬张梦得"不以谪为患"的"无所不快"的精神，亦是作者此文主旨的又一指向。

集评

　　茅坤曰：入宋调，而其风旨自佳。
　　　　——明·茅坤《唐宋八大家文钞·宋大家苏文定公文钞》卷十九
　　过珙曰：因快哉二字发一段议论，寻说到张梦得身上，若断若续，无限烟波。前半极力叙写快字，后半即谪居寻出快字意来，首尾机神一片。文致汪洋，笔力雄劲，自足与长公相雁行。
　　　　　　　　　　　　——清·过珙等《详订古文评注全集》卷十
　　林云铭曰：全篇止拿定"快哉"二字细发，可与乃兄《超然台记》并传。按"超然"二字出《庄子》，"快哉"二字出《楚辞》，皆有自乐其乐之意。"超然"乃子由命名，而子瞻为文，言其无往而不乐；"快哉"乃子瞻命名，而子由为文，言其何适而非快。俱从居官不得意时看出，取义亦无不同也。文中一种雄伟之气，可以笼罩海内，与乃兄并峙千秋。子瞻尝云："四海相知惟子由。"人伦之中，岂易得此？安得不令人羡杀。
　　　　　　　　　　　　　　　　　　　——清·林云铭《古文析义》

过商侯曰：子由与子瞻，同登嘉祐进士，而文各有短长。子由尝说："子瞻文奇，吾文但稳耳。""稳"字一字，所包甚广。子瞻《答张文潜》说："子由文，汪洋淡泊，有一唱三叹之声，而其秀杰之气，终不可没。"斯言得之，观此记即其佐证。此记先从江流衬出亭名，即由亭名着想，握定"快哉"二字，处处说亭，即处处说"快哉"。后复由张君谪居中，寻出"快"字，反正夹写，以应前幅，首尾神机一贯，而笔势汪洋，文致秀杰，真有如子瞻所谓"一唱三叹"之妙。又子瞻记超然台曰：予弟子由，名之曰"超然"。而此文，首段即曰：余兄子瞻，名之曰"快哉"。想见当日兄弟怡怡之乐，无怪其父子兄弟，能于唐宋八家之中，各据一席。

——近代·过商侯、印水心《古文评注读本》

武昌九曲亭记

　　子瞻迁于齐安[1]，庐于江上[2]。齐安无名山，而江之南武昌诸山[3]，陂陁蔓延[4]，涧谷深密。中有浮图精舍[5]，西曰西山，东曰寒溪[6]，依山临壑，隐蔽松枥，萧然绝俗，车马之迹不至。每风止日出，江水伏息，子瞻杖策载酒[7]，乘渔舟乱流而南[8]。山中有二三子，好客而喜游，闻子瞻至，幅巾迎笑[9]，相携徜徉而上[10]。穷山之深[11]，力极而息[12]，扫叶席草[13]，酌酒相劳[14]，意适忘反[15]，往往留宿于山上。以此居齐安三年，不知其久也。

　　然将适西山[16]，行于松柏之间，羊肠九曲而获少平[17]，游者至此必息。倚怪石，荫茂木，俯视大江，仰瞻陵阜[18]，旁瞩溪谷[19]，风云变化，林麓向

---

[1]　子瞻：苏轼，字子瞻。迁：贬谪。齐安：地名，齐安郡，即黄州，今湖北黄冈。
[2]　庐于江上：在江边筑屋居住。庐：结庐。
[3]　武昌：地名，汉代名鄂县，三国孙权曾建都，改名武昌，今湖北鄂州。
[4]　陂陁（pō tuó）蔓延：形容山势起伏，延绵不断。
[5]　浮图精舍：指僧寺。浮图为梵语音译，指佛、佛塔、佛教徒之类。精舍：修行人的居室，指僧舍。
[6]　西山、寒溪：本为山名、水名，此处指西山寺和寒溪寺。
[7]　杖策：拄着手杖。
[8]　乱流：横渡。
[9]　幅巾：不戴帽，以幅巾束发，以示儒雅风流。幅巾常用绢制作。
[10]　徜徉（cháng yáng）：自由自在。
[11]　穷：尽，极。
[12]　极：尽。
[13]　席草：坐在草地上。
[14]　劳：慰劳。
[15]　适：舒畅。舒适。反：同"返"。
[16]　适：往。
[17]　羊肠：即羊肠小道之意。获少平：得到稍平坦的地方。
[18]　陵：高山。阜：小丘。
[19]　瞩：注视。

背[1]，皆效于左右[2]。有废亭焉，其遗址甚狭，不足以席众客[3]。其旁古木数十，其大皆百围千尺，不可加以斤斧[4]。子瞻每至其下，辄睥睨终日[5]。一旦大风雷雨[6]，拔去其一，斥其所据[7]，亭得以广。子瞻与客入山视之，笑曰："兹欲以成吾亭耶？"遂相与营之。亭成而西山之胜始具，子瞻于是最乐。

昔余少年，从子瞻游。有山可登，有水可浮，子瞻未始不褰裳先之[8]。有不得至，为之怅然移日[9]。至其翩然独往，逍遥泉石之上，撷林卉[10]，拾涧实[11]，酌水而饮之，见者以为仙也。盖天下之乐无穷，而以适意为悦[12]。方其得意，万物无以易之；及其既厌，未有不洒然自笑者也[13]。譬之饮食，杂陈于前，要之一饱[14]，而同委于臭腐[15]，夫孰知得失之所在？惟其无愧于中，无责于外[16]，而姑寓焉[17]。此子瞻之所以有乐于是也。

---

[1]　林：树林。麓：山麓、山脚。向背：正面和背面，此指不同方向。
[2]　效：呈现。
[3]　席众客：让众人坐。
[4]　加以斤斧：用斧头砍倒。
[5]　睥睨：斜视的样子。
[6]　一旦：一天早上。
[7]　斥：开拓。
[8]　褰（qiān）裳：提起衣裳。
[9]　移日：日影移动，喻时间长久。
[10]　撷：摘取。卉：花草。
[11]　实：果实。
[12]　适意：合乎心意。
[13]　洒然：惊异的样子。
[14]　要之：总之。
[15]　委：归，付。
[16]　无责于外：不受外人谴责。
[17]　寓：寄寓，寄托。

说明

　　苏轼贬谪黄州期间，经常在徜徉山水、啸傲林下的出游中，排遣自己凄苦悲凉的心情。武昌九曲亭是苏轼很喜欢去的地方。据说九曲亭原为三国时孙权的遗迹，苏轼加以重修，地处现在湖北省鄂州西九曲岭。苏辙前来探望苏轼时，两人曾同游武昌西山。苏辙此文，记叙的就是这段生活的一个侧面。文章描写苏轼踏山访水而不知谪居生活之久，修复废亭而尽收西山胜景之乐，均纡徐曲折，饶有情志。末尾以"适意为悦"和"无愧于中，无责于外"的旷达乐观的生活态度，为全文作了点题。这是苏辙在劝慰他的哥哥，同时也可视为他的自勉。这种主张虽有某些随遇而安的消极因素，但是在像"乌台诗案"这样的挫折面前，苏辙弟兄以如此达观的态度处之，已经是很不容易的了。

集评

　　茅坤曰：情兴心思，俱入佳处。
　　　　——明·茅坤《唐宋八大家文钞·宋大家苏文定公文钞》卷十九
　　沈德潜曰：笔墨翛然。后半言乐，因乎心而不因乎境，虽未道出孔、颜之乐，而与子瞻《超然台》意，已两心相印矣。
　　　　——清·沈德潜《唐宋八家文读本》卷二十六

晁补之

晁补之（1053—1110），字无咎，济州巨野（今山东巨野）人。宋神宗元丰二年（1079）进士，历官校书郎、扬州通判等。绍圣末年贬谪监处州、信州酒税。徽宗朝，召为吏部员外郎、礼部郎中。不久党论复起被免官。年少即有才气，受苏轼赞赏，后成为苏门四学士之一。有《鸡肋集》。

新城游北山记

去新城之北三十里[1]，山渐深，草木泉石渐幽，初犹骑行石齿间[2]，旁皆大松，曲者如盖[3]，直者如幢[4]，立者如人，卧者如虬[5]。松下草间，有泉，沮洳伏见[6]，堕石井[7]，锵然而鸣。松间藤数十尺，蜿蜒如大蚖[8]。其上有鸟，黑如鸲鹆[9]，赤冠长喙，俯而啄，磔然有声[10]。稍西一峰高绝，有蹊介然[11]，仅可步。系马石嘴[12]，相扶携而上，篁筱仰不见日[13]，如四五

---

[1]　新城：地名，今浙江桐庐。
[2]　骑行：骑马而行。石齿：像牙齿似的碎石，指路面不平。
[3]　盖：车盖，车上用以遮蔽风雨，盖柄弯曲的称曲盖。
[4]　幢（chuáng）：佛教的经幢，用帛制作成长筒圆形，上刻经文。亦有将经文刻于石柱上，称为石幢。此处形容树冠形状。
[5]　虬（qiú）：古代传说中的龙，有角。
[6]　沮洳（jù rù）：低湿的地方。伏见：时隐时现。见：同"现"。
[7]　堕石井：泉水注入石井。
[8]　蚖（wán）：蝮蛇。
[9]　鸲鹆（qú yù）：鸟名，俗称八哥。
[10]　磔（zhé）然：指鸟啄声。
[11]　蹊：小路。介然：界线分明。介：疆界，边际。
[12]　石嘴：突出的石头。
[13]　篁筱（xiǎo）：竹林。

里，乃闻鸡声。有僧布袍躞履来迎[1]，与之语，愕而顾，如麋鹿不可接。顶有屋数十间，曲折依崖壁为栏楯[2]，如蜗鼠缭绕[3]，乃得出。门牖相值[4]，既坐，山风飒然而至，堂殿铃铎皆鸣[5]，二三子相顾而惊[6]，不知身之在何境也。

且暮皆宿。于时九月，天高露清，山空月明，仰视星斗，皆光大[7]如适在人上[8]。窗间竹数十竿，相摩戛[9]，声切切不已。竹间梅棕[10]，森然如鬼魅离立突鬓之状[11]，二三子又相顾魄动而不得寐，迟明皆去[12]。

既还家数日，犹恍惚若有遇，因追记之。后不复到，然往往想见其事也。

说明

本文记叙了作者北山之游的奇异经历和独特的心理感受。在景物描写上，以多种比喻突出了深山的幽僻荒冷。后半部分写夜卧山中，以主观感受烘托森然可怖的气氛，有很强的表现力和感染力。全文凝练精简，峭刻峻冷，可见柳宗元山水游记风格的影响。

[1]　躞履：穿着鞋。
[2]　栏楯：栏杆。直的叫栏，横的叫楯。
[3]　如蜗鼠缭绕：像蜗牛和老鼠那样屈曲迂回而行。
[4]　牖（yǒu）：窗。相值：相对。
[5]　铎（duó）：大铃。
[6]　二三子：指同行的人。
[7]　光大：又亮又大。
[8]　适：恰好。
[9]　摩戛（jiá）：撞击，摩擦。
[10]　棕：棕榈。
[11]　离立：两两并立。突鬓：鬓毛怒张散乱。
[12]　迟（zhì）明：黎明。迟：等待。

　　　　　　　　　　　　　　　　　　　　　唐宋散文

李格非

李格非（生卒年不详），字文叔，济南（今山东济南市）人，南宋词人李清照的父亲。宋熙宁九年（1076）进士。历任校书郎、礼部员外郎等。以文章受知于苏轼，主张"文不可以苟作"，要"字字如肺腑流出"。其文以情动人，辞气练达，颇为后人推重。有《礼记说》《洛阳名园记》。

书《洛阳名园记》后

洛阳处天下之中，挟殽渑之阻[1]，当秦陇之襟喉[2]，而赵魏之走集[3]，盖四方必争之地也。天下常无事则已[4]，有事则洛阳必先受兵。予故尝曰："洛阳之盛衰，天下治乱之候也[5]。"

方唐贞观、开元之间[6]，公卿贵戚开馆列第于东都者[7]，号千有余邸[8]。及其乱离，继以五季之酷[9]，其池塘竹树，兵车蹂践，废而为丘墟；高亭大榭[10]，烟火焚燎，化而为灰烬，与唐共灭而俱亡者，无余处矣。予故尝曰："园圃之废兴，洛阳盛衰之候也。"且天下之治乱，候于洛阳之盛衰

---

[1] 殽（yáo）：山名，在河南省境内。渑（miǎn）：古时"九塞"之一，在今河南渑池。阻：险阻。

[2] 当：正处于。秦陇：今陕西、甘肃一带。襟喉：喻指险要之处。襟：衣襟。

[3] 赵魏：指赵地和魏地，今河北、山西、河南一带。走集：边境上的壁垒，此指往来必经的交通要冲。

[4] 常：正常。

[5] 候：征兆。

[6] 方：当。贞观：唐太宗的年号（627—649）。开元：唐玄宗的年号（713—741）。

[7] 东都：唐以洛阳为东都，长安为国都。

[8] 号：号称。邸：府第。

[9] 五季：即五代，唐亡后北方先后建立的梁、唐、晋、汉，周。酷：指惨重的兵祸。

[10] 榭：楼台。

而知[1]；洛阳之盛衰，候于园圃之废兴而得，则《名园记》之作，予岂徒然哉[2]？

呜呼！公卿大夫方进于朝，放乎一己之私意以自为[3]，而忘天下之治忽[4]，欲退享此乐，得乎？唐之末路是矣！

说明

李格非的《洛阳名园记》，写于宋哲宗绍圣二年（1095），文中记述了北宋洛阳十九座花园的情况，最后又写下这篇总论，明确指出他作《洛阳名园记》是有政治寓意的。作者认为，洛阳园圃的兴废，是洛阳盛衰的标志，进而又是天下治乱的标志。他敏锐地预感到，公卿贵戚放意于名园风光而忘天下之治乱，那么唐代灭亡的教训就在眼前。全文充溢着冷峻的思索、深沉的忧患，逐层推理，文辞精练，以小见大，逻辑严整，确实是"字字如肺腑流出"。

集评

邵博曰：洛阳名公卿园林，为天下第一，靖康后祝融回禄，尽取以去矣。予得李格非文叔《洛阳名园记》，读之至流涕，文叔出东坡之门，其文亦可观，如论天下之治乱，候于洛阳之盛衰；洛阳之盛衰，候于园圃之废兴，其

---

[1]　候：预兆，此处用作动词。下句"候"同此。

[2]　徒然：无所谓。

[3]　放：放纵。自为：随心所欲。

[4]　治忽：指国家的治与乱。忽：怠忽。

知言哉。

——宋·邵博《闻见后录》卷二十四

谢枋得曰：名园特游观之末，今张大其事，恢广其意，谓园囿之兴废，乃洛阳盛衰之候，洛阳之盛衰乃天下治安之候，是至小之物，关系至大。有学有识，方能为此文。

——宋·谢枋得《文章轨范》卷六

李清照

李清照（1084—约1155），号易安居士，济南（今山东济南市）人。父李格非为宋代散文家，曾以文章受知于苏轼，母为状元王拱辰之孙女。她自幼即以才藻见称，为晁补之所赏识。诗文均有较高成就，尤精于词，是我国古代杰出的女作家。十八岁时与太学生赵明诚结婚。早期生活优裕，夫妇二人常有诗词唱和，共同收藏研究金石书画。靖康之难后，与夫南渡。宋建炎三年（1129）赵明诚因病去世。此后，李清照漂泊江南，景况凄苦。故后期作品多身世之感、故国之思。其词主要表现个人的深痛哀愁，成为南渡以后社会生活的缩影。诗则多情辞慷慨，表现了不满南宋统治者不思收复的政策，维护祖国统一的愿望。有《词论》一篇，主张词"别是一家"之说。有《易安居士文集》《易安词》，已散佚。后人辑有《漱玉词》，今人辑有《李清照集》。

《金石录》后序

右《金石录》三十卷者何[1]？赵侯德父所著书也[2]。取上自三代，下迄五季[3]，钟、鼎、甗、鬲、盘、匜、尊、敦之款识[4]，丰碑、大碣，显人、

---

[1] 右：右边，以上。古时汉文自右而左直行书写，正文在前，序在后，故说"右"。金石录：书名，李清照的丈夫赵明诚撰，收集古代钟鼎彝器铭文款识与碑铭墓志石刻文字加以考订研究。

[2] 侯：原为古代五等封爵之一，后用作对州官的尊称。德父：或写作"德甫"，赵明诚的字。赵明诚，山东诸城人，喜治金石之学，历任莱州、淄州、建康府、湖州等州郡长官。

[3] 三代：夏、商、周。五季：五代，即后梁、后唐、后晋、后汉、后周。

[4] 钟：古代乐器。鼎：古代炊器。甗（yǎn）：古代炊具。鬲（lì）：古代炊器。盘：古代盥器，取水浇洗用。匜（yí）：古代盥器，与盘合用。尊：古代酒器。敦（duì）：古代食器。款识（zhì）：即上述钟鼎彝器上铸刻的文字。款：刻。识：记。

晦士之事迹[1]，凡见于金石刻者二千卷，皆是正讹谬[2]，去取褒贬[3]，上足以合圣人之道，下足以订史氏之失者皆载之[4]，可谓多矣。呜呼！自王播、元载之祸，书画与胡椒无异[5]；长舆、元凯之病，钱癖与传癖何殊[6]。名虽不同，其惑一也。

余建中辛巳[7]，始归赵氏[8]。时先君作礼部员外郎[9]，丞相时作吏部侍郎[10]，侯年二十一，在太学作学生[11]。赵、李寒族，素贫俭。每朔望谒告出[12]，质衣取半千钱[13]，步入相国寺[14]，市碑文果实归[15]，相对展玩咀嚼，自谓葛天氏之民也[16]。

后二年，出仕宦，便有饭蔬衣练[17]，穷遐方绝域，尽天下古文奇字之

---

[1] 丰碑：大的方形碑石。碣：圆顶的碑石。显人：有名望的人。晦士：不知名的人。
[2] 是正：订正。讹谬：错误。
[3] 去取褒贬：加以选择评价。
[4] 史氏之失：史官记载的错误。
[5] "王播"二句：据清人何焯考证，王播当为王涯之误。王涯为唐文宗时的宰相，其藏书之多可与秘府（皇家书库）相比。王涯将名贵书画藏于墙壁中。甘露之变时，他被杀，别人破墙取去金玉装饰的画匣、画轴，把书画弃掷一旁。王播则为唐文宗时尚书右仆射，不曾专意收藏书画。元载：唐代宗宰相，因专横、贪污受贿被诛，抄没家产时，单胡椒就有八百石。
[6] 长舆：晋代和峤的字。和峤曾任颍川太守、中书令，家产富有，可与王室相比，但为人吝啬，杜预讥讽他有"钱癖"。元凯：晋代杜预的字。杜预著有《春秋左氏经传集解》、《春秋长历》等，曾对晋武帝称自己有"《左传》癖"。
[7] 建中辛巳：宋徽宗建中靖国元年（1101）。
[8] 归：嫁。
[9] 先君：称自己的已去世的父亲李格非。
[10] 丞相：指赵明诚的父亲，官至尚书右丞、中书侍郎。
[11] 太学：古代最高学府。
[12] 朔望：阴历每月初一为朔，十五为望。谒告：请假、告假，为宋人用语。
[13] 质衣：用衣服抵押、典当。
[14] 相国寺：北宋国都汴京（今河南开封）的最大寺庙，每月有五次庙会，有书画古玩买卖。
[15] 市：购买。
[16] 葛天氏之民：葛天氏的老百姓。葛天氏为传说中的上古帝王，是儒家心目中的理想社会。此句意谓可无忧无虑地生活于赏玩字画之乐中。
[17] 饭蔬衣练（shū）：吃蔬菜穿布衣，意谓节衣缩食。练：粗布。

志[1]。日就月将[2]，渐益堆积。丞相居政府[3]，亲旧或在馆阁[4]，多有亡诗逸史[5]、鲁壁汲冢所未见之书[6]。遂尽力传写，浸觉有味[7]，不能自已。后或见古今名人书画、一代奇器，亦复脱衣市易[8]。尝记崇宁间[9]，有人持徐熙牡丹图[10]，求钱二十万。当时虽贵家子弟，求二十万钱，岂易得耶？留信宿[11]，计无所出而还之，夫妇相向惋怅者数日。

后屏居乡里十年[12]，仰取俯拾[13]，衣食有余。连守两郡[14]，竭其俸入以事铅椠[15]。每获一书，即同共勘校，整集，签题[16]。得书、画、彝、鼎，亦摩玩舒卷，指摘疵病，夜尽一烛为率[17]。故能纸札精致，字画完整，冠诸收书家[18]。余性偶强记，每饭罢，坐归来堂烹茶[19]，指堆积书史，言某事在某书某卷第几叶第几行，以中否角胜负[20]，为饮茶先后。中即举杯大笑，至

---

[1] "穷遐"二句：意谓尽力搜求天下各地的古文奇字，包括边疆异域。
[2] 日就月将：日积月累。就：成就。将：积累。
[3] 宰相居政府：宋徽宗崇宁二年（1103），赵挺之任中书侍郎。中书省是当时掌管国务的最高机构，故称政府。
[4] 馆阁：皇家藏书的地方。宋代藏书有史馆、昭文馆、集贤院，称为三馆。后又有秘阁、龙图阁、宝文阁、天章阁。统称馆阁。
[5] 亡诗：《诗经》之外的佚诗。逸史：正史以外的史书。
[6] 鲁壁：汉武帝时，鲁恭王从孔子家住宅墙壁中发现的古书。汲冢：晋武帝时，汲郡（今河南汲县）人盗发魏襄王墓，得到的竹书、漆书，有数十本，世称《汲冢书》。
[7] 浸：渐渐。
[8] 脱衣市易：脱下衣服典卖，换取书画奇器。
[9] 崇宁：宋徽宗年号。
[10] 徐熙：五代南唐名画家，擅画花卉。
[11] 信宿：两天两夜。信：再宿。
[12] 屏居乡里：指不做官退居家乡。
[13] 仰取俯拾：意谓从各方面张罗资财。
[14] 连守两郡：赵明诚先后任莱州、淄州太守。
[15] 铅椠（qiàn）：指校勘古书。铅：铅粉，白色颜料，用以涂改错字。椠：木版。
[16] 整集：整理。签题：题写标签。
[17] 夜尽一烛为率：每夜以点完一支蜡烛为限。
[18] 冠诸收书家：在众多藏家中位居第一。
[19] 归来堂：李清照夫妇住宅的堂名。
[20] 角：竞争。

茶倾覆怀中，反不得饮而起。甘心老是乡矣！故虽处忧患困穷而志不屈。收书既成，归来堂起书库大橱，簿甲乙，置书册。如要讲读，即请钥上簿，关出卷帙 [1]。或少损污 [2]，必惩责揩完涂改，不复向时之坦夷也 [3]。是欲求适意而反取憀慄 [4]。余性不耐，始谋食去重肉 [5]，衣去重采，首无明珠翡翠之饰，室无涂金刺绣之具。遇书史百家，字不刓缺 [6]，本不讹谬者，辄市之，储作副本。自来家传《周易》《左氏传》，故两家者流 [7]，文字最备。于是几案罗列，枕席枕藉 [8]，意会心谋，目往神授 [9]，乐在声色狗马之上。

　　至靖康丙午岁 [10]，侯守淄川 [11]。闻金寇犯京师，四顾茫然，盈箱溢篋，且恋恋，且怅怅，知其必不为己物矣！建炎丁未春三月 [12]，奔太夫人丧南来 [13]。既长物不能尽载 [14]，乃先去书之重大印本者，又去画之多幅者，又去古器之无款识者；后又去书之监本者 [15]，画之平常者，器之重大者。凡屡减去，尚载书十五车。至东海 [16]，连舻渡淮 [17]，又渡江，至建康。青州故第

---

[1]　"即请"二句：索取钥匙，在簿册上做好登记，然后取出所需书籍。上：登录。关出：取出。

[2]　少：稍微。

[3]　向时：从前。坦夷：宽广平坦，此处意为随随便便。

[4]　适意：愉快自得。憀慄（liáo lì）：心情紧张、有顾虑。

[5]　重肉：两种以上的肉类菜。下句"重采"为色彩复杂之意。

[6]　刓（wán）缺：残缺。

[7]　两家者流：指有关《周易》、《左传》各种注释、解说、研究的书籍。

[8]　枕藉：重叠。

[9]　"意会"二句：意谓心领神会，眼、耳、精神与书本相交融。言读书之专心。

[10]　靖康丙午：即靖康元年（1126）。

[11]　淄川：即淄州，今山东淄博。

[12]　建炎丁未：即宋高宗建炎元年（1127）。

[13]　"奔太"句：赵明诚由山东淄州奔母丧到建康（今南京）。

[14]　长物：多余的东西。

[15]　监本：当时常见的普通版本。指五代以来国子监所刻印的本子。

[16]　东海：东海郡，今江苏东海。

[17]　连舻：意为动用很多船。舻：船头。

尚锁书册什物，用屋十余间，期明年春再具舟载之[1]。十二月，金人陷青州，凡所谓十余屋者，已皆为煨烬矣[2]。

建炎戊申秋九月[3]，侯起复[4]，知建康府。己酉春三月罢[5]，具舟上芜湖，入姑孰，将卜居赣水上[6]。夏五月，至池阳[7]，被旨知湖州[8]，过阙上殿[9]；遂驻家池阳，独赴召。六月十三日，始负担舍舟，坐岸上，葛衣岸巾[10]，精神如虎，目光烂烂射人，望舟中告别。余意甚恶[11]，呼曰："如传闻城中缓急，奈何[12]？"戟手遥应曰[13]："从众。必不得已，先弃辎重[14]，次衣被，次书册卷轴，次古器，独所谓宗器者[15]，可自负抱，与身俱存亡，勿忘也。"遂驰马去。途中奔驰，冒大暑，感疾。至行在[16]，病痁[17]。七月末，书报卧病。余惊怛，念侯性素急，奈何病痁？或热，必服寒药，疾可忧。遂解舟下，一日夜行三百里。比至，果大服柴胡、黄芩药，疟且痢，病危在膏肓[18]。余悲泣仓皇，不忍问后事。八月十八日遂不起，取笔作诗，绝笔

[1]　期：预定。
[2]　煨烬：灰烬。
[3]　建炎戊申：建炎二年（1128）。
[4]　起复：官员遭父母丧，应解除官职守丧三年，丧期未满又被任以官职，称为起复。
[5]　己酉：建安三年（1129）。罢：罢官，免职。
[6]　卜居：选择居住地。赣水：赣江，此泛指江西地区。
[7]　池阳：地名，今安徽贵池。
[8]　被旨知湖州：奉皇帝命令任湖州太守。湖州：今浙江吴兴。
[9]　过阙上殿：朝见皇帝。阙：宫门两边的望楼。
[10]　葛衣：葛布粗衣。岸巾：推起头巾露出额头。
[11]　意甚恶：心情非常不好。
[12]　缓急：紧急情况。
[13]　戟手遥应：举起手远远地回答。戟手：把手指摆成戟的形状，形容着急的样子。
[14]　辎（zī）重：笨重的行李家具。
[15]　宗器：古代宗庙祭祀的器具。
[16]　行在：皇帝行宫所在地。
[17]　病痁（diàn）：患了疟疾病。
[18]　膏肓（huāng）：人体中的部位名称，在心和膈之间，中医认为药力无法达到这个部位，故病入膏肓即不治之症。

而终，殊无分香卖履之意¹。

葬毕，余无所之²。朝廷已分遣六宫³，又传江当禁渡。时犹有书二万卷，金石刻二千卷，器皿茵褥，可待百客⁴，他长物称是⁵。余又大病，仅存喘息。事势日迫，念侯有妹婿任兵部侍郎，从卫在洪州⁶，遂遣二故吏先部送行李往投之。冬十二月，金人陷洪州，遂尽委弃。所谓连舻渡江之书，又散为云烟矣。独余少轻小卷轴、书帖，写本李、杜、韩、柳集，《世说》《盐铁论》，汉、唐石刻副本数十轴，三代鼎鼐十数事⁷，南唐写本书数箧，偶病中把玩，搬在卧内者，岿然独存。

上江既不可往，又虏势叵测⁸，有弟迒，任敕局删定官⁹，遂往依之。到台，台守已遁¹⁰。之剡，出睦¹¹，又弃衣被。走黄岩¹²，雇舟入海，奔行朝¹³。时驻跸章安¹⁴，从御舟海道之温，又之越¹⁵。庚戌十二月，放散百官，遂之衢¹⁶。绍兴辛亥春三月，复赴越，壬子，又赴杭¹⁷。

---

[1]　"殊无"句：意谓丝毫没有谈到家事安排的意思。典出曹操《遗令》。
[2]　之：往。
[3]　分遣六宫：疏散后宫。
[4]　待：招待。
[5]　称是：数量与此相当。
[6]　从卫：随从保卫。当时隆祐太后在洪州。
[7]　鼐：大鼎。十数事：十多件。
[8]　虏势叵测：指敌人的兵势猖狂，形势难以预料。
[9]　弟迒（háng）：李清照弟李迒。敕局：编修敕令的机构，属尚书省。删定官：主管整理诏旨。
[10]　台：台州（今浙江临海）。台守已遁：台州守臣晁公为弃城逃跑。
[11]　之剡（shàn）：到剡县（今浙江嵊县）。出睦：离开睦州（今浙江建德）。
[12]　黄岩：地名，今属浙江。
[13]　行朝：即"行在"。参见上页注[16]。
[14]　驻跸（bì）：皇帝在外暂驻。章安：地名，今浙江临海县。
[15]　温：温州，今属浙江。越：越州，今浙江绍兴市。
[16]　庚戌：建炎四年（1130）。放散百官：指宋高宗下诏，除了亲随侍从等人外，其他官员自找去处，待明年春暖再回来。衢：衢州，今属浙江。
[17]　绍兴辛亥：宋高宗绍兴元年（1131）。壬子：绍兴二年。杭：杭州，今属浙江。

先侯疾亟时¹，有张飞卿学士，携玉壶过视侯，便携去，其实珉也²。不知何人传道，遂妄言有颁金之语³，或传亦有密论列者⁴。余大惶怖，不敢言，亦不敢遂已，尽将家中所有铜器等物，欲赴外廷投进⁵。到越，已移幸四明⁶。不敢留家中，并写本书寄剡。后官军收叛卒，取去，闻尽入故李将军家⁷。所谓岿然独存者，无虑十去五六矣。惟有书、画、砚、墨可五、七箧⁸，更不忍置他所，常在卧榻下，手自开阖。在会稽⁹，卜居土民钟氏舍。忽一夕，穴壁负五箧去¹⁰。余悲恸不得活，重立赏收赎。后二日，邻人钟复皓出十八轴求赏，故知其盗不远矣。万计求之，其余遂牢不可出。今知尽为吴说运使贱价得之¹¹。所谓岿然独存者，乃十去其七八。所有一二残零不成部帙书册，三数种平平书帖，犹复爱惜如护头目，何愚也耶！

今日忽阅此书，如见故人。因忆侯在东莱静治堂¹²，装卷初就，芸签缥带¹³，束十卷作一帙，每日晚吏散，辄校勘二卷，跋题一卷。此二千卷，有题跋者五百二卷耳。今手泽如新，而墓木已拱¹⁴，悲夫！

---

[1]　疾亟：病危。
[2]　珉：像玉的石头。
[3]　"遂妄"句：指当时有人诬告赵明诚把玉壶送给金人。颁：颁赐。
[4]　有密论列者：有人秘密向皇帝告发此事。
[5]　外廷：皇帝在京城之外听政的地方。投进：进献朝廷。
[6]　移幸四明：宋高宗已移往四明。封建时代皇帝亲临某地为"幸"。四明：明州，今浙江宁波市。
[7]　此处所述事不详。
[8]　箧：竹箱。
[9]　会（guì）稽：地名，今浙江绍兴市。
[10]　穴壁：挖穿墙壁。
[11]　吴说运使：福建路转运判官吴说。
[12]　东莱：莱州，今山东掖县。静治堂：赵明诚在莱州任职时的书斋。
[13]　芸签：书签，古时藏书用芸香防蠹，故称书签为芸签。缥带：浅青色的丝带，用以束书。
[14]　手泽：指赵明诚的手迹。墓木已拱：墓上的树木已长到要用双手合抱，意为人已死多年。

昔萧绎江陵陷没[1]，不惜国亡，而毁裂书画；杨广江都倾覆[2]，不悲身死，而复取图书。岂人性之所著[3]，生死不能忘之欤？或者天意以余菲薄，不足以享此尤物耶[4]？抑亦死者有知，犹斤斤爱惜，不肯留在人间耶？何得之艰而失之易也！

呜呼！余自少陆机作赋之二年[5]，至过蘧瑗知非之两岁[6]，三十四年间，忧患得失，何其多也！然有有必有无，有聚必有散，乃理之常。人亡弓，人得之，又胡足道[7]！所以区区记其终始者[8]，亦欲为后世好古博雅者之戒云。

绍兴二年玄黓岁壮月朔甲寅，易安室题[9]。

说明

本文是李清照为其丈夫赵明诚的《金石录》一书写的序文，主要围绕两个方面叙写。一是搜集、整理、校阅金石书画的甘苦；二是金兵入侵、宋室南渡过程中，这些金石书画相继散失的悲痛。前一部分突出了

---

[1]　萧绎：南朝梁元帝。北魏军队逼近江陵时，梁元帝把十万卷图书全部烧毁。

[2]　杨广：隋炀帝。据说隋炀帝非常爱惜书籍，虽搜罗书籍堆积如山，然一字不许外出。

[3]　所著：所执著不忘的。

[4]　尤物：最好的东西。

[5]　"余自"句：意指十八岁。相传陆机二十岁作《文赋》。

[6]　"至过"句：意指五十二岁。蘧瑗：字伯玉，春秋时卫国大夫。《淮南子·原道》，"蘧伯玉年五十而知四十九年之非。"后即以五十岁为"知非之年"。此处作者称五十二岁时写此文。

[7]　"人亡"三句：有人失掉弓，有人得到弓，这又有什么关系呢。此句实为作者遗失大量珍贵图书文物后的自慰之语。

[8]　区区：爱而不舍的样子。

[9]　绍兴二年玄黓（yì）岁壮月朔甲寅：公元1132年阴历八月初一日。玄黓岁：据《尔雅·释天》，"太岁在壬曰'玄黓'"。绍兴二年是壬子年，故云。壮月：八月的别称，见《尔雅·释天》。朔：农历每月初一。甲寅：这一年的八月初一日为甲寅。易安室：作者书室名。

李清照夫妇节衣缩食、潜心文物的乐趣，物质虽然艰苦，生活也不富裕，精神却十分充实。后半部分详细记叙金石书画散失的过程，突出了国破家亡、丈夫病故、孤身漂泊的遭遇，这就把个人之悲同民族恨家国恨紧紧联系在一起。全文叙事层次清晰，笔端充满感情，真实记录了李清照一生的坎坷经历，也从一个侧面反映了当时尖锐的民族矛盾中的社会现实。至今仍有十分重要的价值。

集评

洪迈曰：东武赵明诚德甫，清宪丞相中子也。著《金石录》三十篇……其妻易安李居士，平生与之同志。赵没后，愍悼旧物之不存，乃作《后序》，极道遭罹变故本末。……予读其文而悲之，为识于是书。

——宋·洪迈《容斋随笔·四笔》卷五《赵德甫金石录》

易安居士能书、能画、又能词，而尤长于文藻。迄今学士每读《金石录序》，顿令精神开爽。何物老姬生此宁馨，大奇，大奇。

——明·张丑《清河书画舫》申集引《才妇录》

刘士鏻曰：祝枝山曰："有此文才，有此智识，亦闺阁之杰也。"

——明·刘士鏻《古今文致》卷三

朱大韶曰：易安此序，委曲有情致，殊不似妇女口中语。文固可爱。

——明·朱大韶《滂喜斋藏书记》卷一《宋本金石录题跋》

钱谦益曰：赵明诚《金石录》三十卷，李易安《后序》，明诚之妻，文叔之女也。其文淋漓曲折，笔墨不减乃翁。"中郎有女堪传业"，文叔之谓也。

——清·钱谦益《绛云楼书目》卷四《金石类陈景云注》

吴柏曰：诵《金石录序》，令人心花怒开，肺肠如涤。

——清·王士禄《宫闺氏籍艺文考略》引吴柏《寄姊书》

李慈铭曰：阅赵明诚《金石录》，其首有李易安《后序》一篇，叙致错

综，笔墨疏秀，萧然出畦町之外。予向爱诵之，谓宋以后闺阁之文，此为
观止。

——清·李慈铭《越缦堂读书记》卷九《艺术》

胡　铨

胡铨（1102—1180），字邦衡，号澹庵，吉州庐陵（今江西吉安）人。宋高宗建炎二年（1128）进士。为枢密院编修官。因上书反对与金议和，被除名编管新州（今广东新兴），移谪吉阳军（今广东崖县）。宋孝宗时官至兵部侍郎、端明殿学士。一生力主抗战，反对屈膝投降，凛然有节慨，古文辞意激切，一如其人。有《澹庵文集》。

戊午上高宗封事

臣谨按[1]：王伦本一狎邪小人[2]，市井无赖。顷缘宰相无识[3]，遂举以使敌[4]，专务诈诞，欺罔天听，骤得美官[5]，天下之人，切齿唾骂。今者无故诱致敌使，以诏谕江南为名[6]，是欲臣妾我也，是欲刘豫我也[7]。刘豫臣事

---

[1]　臣谨按：奏疏常用的开头语。

[2]　王伦：字正道，莘县（今属山东）人。宋高宗时，屡次出使金营请和，促成绍兴十一年（1141）与金达成屈辱和议。后为金人所缢杀。狎邪：行为放荡。

[3]　宰相：指秦桧。

[4]　使敌：出使金营。

[5]　"专务"三句：王伦以徽猷阁待制使金，带回金人许和的条款，不久升任徽猷阁直学士、端明殿学士，并充大金国奉迎梓宫使。据《建炎以来系年要录》卷五载："京城之陷也，都人喧呼不止，伦乘势径造御前曰：'臣能弹压之。'钦宗解所佩剑以赐伦。伦曰：'臣未有官，岂能弹压？'帝驱取片纸书曰：'王伦可除尚书兵部侍郎'。"可见王伦骗取官位之手段。诞：大话。天听：皇帝的听闻。

[6]　"今者无故"二句：《宋史·王伦传》载，宋高宗绍兴八年十月，王伦再使金，金主派遣签书宣徽院事萧哲、左司郎中张通古"为江南诏谕使"，跟王伦回南宋议事。"诏谕"是国君对臣下和人民的告谕，金国称其使者为"江南诏谕使"，等于把南宋看成金的附属国。

[7]　臣妾我：使我为臣妾。男称臣，女称妾，表示被统治的奴隶身份。刘豫我：使我为刘豫。刘豫，字彦游，阜城（今河北交河县）人。宋高宗建炎二年（1128）知济南府，叛变降金。被金人册封为帝，号大齐。在位八年（1130—1137），屡次配合金兵攻宋，均失败，最后被金废黜。事见《宋史·叛臣传》。

金国，南面称王[1]，自以为子孙帝王万世不拔之业[2]。一旦金人改虑[3]，捽而缚之[4]，父子为虏[5]。商鉴不远[6]，而伦又欲陛下效之。

夫天下者，祖宗之天下也；陛下所居之位，祖宗之位也。奈何以祖宗之天下为金人之天下，以祖宗之位为金人藩臣之位乎[7]！且安知异时无厌之求[8]，不加我以无礼如刘豫也！夫三尺童子，至无知也，指仇敌而使之拜，则艴然怒[9]；堂堂大国相率而拜仇敌，曾无童稚之羞，而陛下忍为之耶？

伦之议乃曰："我一屈膝，则梓宫可还[10]，太后可复[11]，渊圣可归[12]，中原可得。"呜呼！自变故以来[13]，主和议者谁不以此说啖陛下哉[14]？然而卒无一验，则敌之情伪[15]，已可知矣。陛下尚不觉悟，竭民膏血而不恤[16]，忘国大仇而不报，含垢忍耻，举天下而臣之，甘心焉[17]！就令敌决可和[18]，尽

---

[1] 南面称王：古时帝王听朝时，面向南坐。
[2] 不拔：不移。
[3] 改虑：改变主意。
[4] 捽（zuó）：捉住。
[5] 父子为虏：宋高宗绍兴七年十一月，金人擒获刘豫、刘麟父子，后废黜，徙于临潢（今辽宁林西县境）。
[6] 商鉴不远：语出《诗经·大雅·荡》："殷鉴不远，在夏后之世。"此意谓当以刘豫为鉴戒。
[7] 藩臣：属国。
[8] 厌：满足。
[9] 艴然：愤怒的样子。
[10] 梓（zǐ）宫：皇帝、皇后的棺材用梓木制作，故称其灵柩为"梓宫"。此处指宋徽宗灵柩。1127年靖康之难时他被金人掳去，于1135年死于金朝。
[11] 太后：宋高宗的母亲韦贤妃，随徽宗一同被俘。高宗即位后，尊为宣和皇后、皇太后。复：回来。
[12] 渊圣：指宋钦宗，宋高宗即位后，尊宋钦宗为"考慈渊圣皇帝"。
[13] 变故：指金兵南下，汴京失守等事。
[14] 啖（dàn）：同"啖"，给人吃东西，引申为引诱。
[15] 情伪：真情和假意。
[16] 竭民膏血：意谓为了向金兵求和，竭力搜刮人民财产送给金人。恤：体恤、爱惜。
[17] 甘心焉：甘心于此。
[18] 就令：即令。

如伦议，天下后世谓陛下何如主也？况敌人变诈百出，而伦又以奸邪济之 [1]，则梓宫决不可还，太后决不可复，渊圣决不可归，中原决不可得。而此膝一屈，不可复伸，国势凌夷 [2]，不可复振，可为恸哭流涕长太息者矣 [3]！

向者陛下间关海道 [4]，危如累卵 [5]，当时尚不忍北面臣敌 [6]；况今国势稍张，诸将尽锐 [7]，士卒思奋 [8]！只如顷者敌势陆梁 [9]，伪豫入寇 [10]，固尝败之于襄阳 [11]，败之于淮上 [12]，败之于涡口 [13]，败之于淮阴 [14]，较之前日蹈海之危 [15]，已万万矣 [16]。倘不得已而用兵，则我岂遽出敌人下哉 [17]！今无故而反臣之，欲屈万乘之尊 [18]，下穹庐之拜 [19]，三军之士，不战而气已

---

[1]　济之：助成它。
[2]　凌夷：同"陵夷"，丘陵变成平地。喻国势衰微。
[3]　太息：叹气。
[4]　间关海道：指宋高宗建炎三年至四年（1129—1130）金兵南侵，高宗从建康（今南京）逃到杭州、明州（今浙江宁波）再渡海到温州事。间关：辗转，指道路艰险。
[5]　累卵：把鸡蛋堆叠起来。此喻危险。
[6]　臣敌：臣服于敌。
[7]　尽锐：竭尽其锐利。
[8]　思奋：希望奋发有为。
[9]　陆梁：同"跳梁"，跳着走。此指敌人扰乱入侵。
[10]　伪豫：刘豫是金人扶持的傀儡，故指斥为伪。
[11]　败之于襄阳：宋高宗绍兴四年（1134）五月，岳飞打败刘豫的部将李成军，收复襄阳六郡地。
[12]　败之于淮上：宋高宗绍兴四年（1134），金兵与刘豫兵合南下，南宋韩世忠在大仪（今江苏江都西）击溃敌人，并追击至淮水边。淮上：淮水上。
[13]　败之于涡口：指宋高宗绍兴六年（1136），刘豫发兵三十万，命其子刘麟往合肥，其侄刘猊出涡口（今安徽怀远县东南）。南宋杨沂中大败刘猊于藕塘（今安徽定远县东），追刘麟至南寿春（今安徽寿县）而还。
[14]　败之于淮阴：宋高宗绍兴六年，韩世忠守楚州（淮阴），多次击溃金兵与刘豫的军队。
[15]　蹈海：在海上往来。
[16]　万万：万倍，远胜之意。
[17]　岂遽出敌人下哉：难道突然就比敌人弱吗。
[18]　万乘：指皇帝。周代制度，天子地方千里，出兵车万乘（辆）。
[19]　下穹庐之拜：向敌人低头下拜。穹庐：毡帐，北方少数民族居住用，此指金国。

索¹。此鲁仲连所以义不帝秦，非惜夫帝秦之虚名，惜夫天下大势有所不可也²。今内而百官，外而军民，万口一谈，皆欲食伦之肉。谤议汹汹³，陛下不闻，正恐一旦变作，祸且不测。臣窃谓不斩王伦，国之存亡，未可知也。

虽然，伦不足道也，秦桧以心腹大臣而亦然⁴。陛下有尧、舜之资，桧不能致陛下如唐、虞⁵，而欲导陛下为石晋⁶。近者礼部侍郎曾开等引古谊以折之，桧乃厉声责下："侍郎知故事，我独不知⁷？"则桧之遂非愎谏⁸，已自可见。而乃建白⁹，令台谏侍臣佥议可否¹⁰，是盖恐天下议己，而令台谏侍臣共分谤耳¹¹。有识之士皆以为朝无正人，吁，可惜哉！

顷者孙近傅会桧议，遂得参知政事¹²。天下望治，有如饥渴，而近伴食中书¹³，漫不敢可否一事。桧曰："敌可讲和"，近亦曰"可和"。桧曰

---

[1] 索：消散，尽。

[2] "此鲁仲连"三句：《战国策·赵策三》载，秦国围困赵国的邯郸，魏国使臣辛垣衍劝说赵王尊秦昭王为帝，以解围。此时，鲁仲连恰巧游赵，他以帝秦的危害说服了辛垣衍。鲁仲连：战国时齐人。

[3] 谤议汹汹：斥责的声浪很高。谤：批评指责。

[4] 心腹大臣：亲信大臣。当时秦桧为宰相，独揽大权。

[5] 致陛下如唐、虞：辅佐陛下建立唐尧、虞舜之业。

[6] 石晋：指石敬瑭。石敬瑭是后唐明宗之婿，官至中书令。公元936年，勾结契丹兵灭后唐，建都于汴，国号晋。他甘心向契丹称臣，称契丹主为"父皇帝"，自称"儿皇帝"。

[7] "近者礼部侍郎"四句：曾开，字天游，赣州（今属江西）人。古谊：自古相传的义理。《宋史·曾开传》载，秦桧要拉拢曾开，要他支持投降政策。遭曾开痛斥。秦桧大怒，后借故将曾开免职。折：责备。故事：古事。

[8] 遂非：坚持错误。遂：顺。愎谏：拒绝接受意见。愎：执拗。

[9] 建白：建议。

[10] 令台谏侍臣佥议可否：意谓秦桧自己提出和议问题，交给御史、谏官和侍从官议定可否实行。

[11] 分谤：分担舆论的指责。

[12] 孙近，字叔诸，无锡（今江苏无锡）人。宋高宗绍兴八年（1138），附和秦桧和议，被升为参知政事兼知枢密院事。傅会：附和。参知政事：官职名，副宰相。

[13] 伴食中书：语出《新唐书·卢怀慎传》："怀慎自以才不及（姚）崇，故事皆推而不专，时讥为伴食宰相。"唐宋时，宰相在中书省办公、会食，故有此说。此句意谓孙近身居要职却只会附和秦桧。

"天子当拜"，近亦曰"当拜"。臣尝至政事堂[1]，三发问而近不答，但曰："已令台谏侍从议之矣。"呜呼！参赞大政[2]，徒取容充位如此[3]，有如敌骑长驱[4]，尚能折冲御侮邪[5]？臣窃谓秦桧、孙近亦可斩也。

臣备员枢属[6]，义不与桧等共戴天日[7]。区区之心，愿斩三人头，竿之藁街[8]，然后羁留敌使[9]，责以无礼，徐兴问罪之师[10]，则三军之士，不战而气自倍。不然，臣有赴东海而死[11]，宁能处小朝廷求活耶[12]！

说明

宋高宗绍兴八年（1138，岁次戊午），宋金议和重开之际，胡铨上书，极力反对向金人屈膝投降。因事涉宰相秦桧，故用囊密封呈进，故称"封事"。这是一篇声讨秦桧卖国集团的檄文，也是力主抗战、收复中原的宣言。文章直斥王伦、秦桧、孙近的卖国行径，并表示与这些民族败类不共戴天、斗争到底的决心，表现了作者强烈的爱国精神和嫉恶如

---

[1] 政事堂：当时宰相、大臣们办公议事的厅堂，设在中书省。
[2] 参赞大政：参与决定国家大事。
[3] 徒取容充位如此：徒然取媚上级，空占官位，不负责任达到如此程度。
[4] 有如：如果。
[5] 折冲：使敌人的战车后撤，即击退敌军。冲：战车的一种。御侮：抵御外侮。
[6] 备员枢属：胡铨当时任枢密院编修官，故云。备员：谦词，谓备官数。
[7] 义不与桧等共戴天日：谓不与秦桧在同一个天底下生活，即势不两立之意。
[8] 竿之藁（gǎo）街：悬头示众。语出《汉书·陈汤传》，陈汤出使西域，斩郅支单于，奏请"悬头藁街蛮夷邸间，以示万里，明犯强汉者虽远必诛"。藁街：汉代长安城内少数民族和外国使者居住的地方。
[9] 羁留：扣押。
[10] 徐：慢慢地，而后。兴问罪之师：出兵讨伐有罪的人。
[11] 赴东海而死：宁可跳到东海淹死，意即不受金人统治。用的是鲁仲连的话，见《战国策·赵策三》。
[12] 小朝廷：指若和议成功，向金称臣，南宋便成"小朝廷"了。

仇的高风亮节。全文正气浩然，敢怒敢骂，辞意激切，胆识过人。虽然作者因此而受到贬谪，但他的文章却永垂史册。

集评

《胡铨传》曰：张九成之策，胡铨之疏，忠义凛然。

——《宋史·胡铨传》

杨诚斋题公书稿曰：澹庵先生，借尚方剑，以斩欲帝奏之书。当其一封朝奏之时，虏酋闻之，募本千金，三日得之，君臣动色，发国有人焉之叹。自是不敢南顾者，二十有四年。

——《四朝名臣言行录·胡铨条》

杨万里曰：绍兴戊午，高宗皇帝以显仁皇太后驾未返，不得已以大事小，屈尊和戎。先生上书力争，至乞斩宰相，在廷大惊。金虏闻之，募其书千金，三日得之，君臣夺气。

——宋·杨万里《胡忠简公文集序》

岳 飞

岳飞（1103—1142），字鹏举，相州汤阴（今河南汤阴）人。少年从军，官至河南北诸路招讨使，枢密副使。南宋初年抗金名将，因反对和议，被秦桧以"莫须有"的罪名杀害。作品激昂慷慨，风格雄健。有《岳忠武王集》。

五岳祠盟记

自中原板荡[1]，夷狄交侵，余发愤河朔[2]，起自相台[3]，总发从军[4]，历二百余战。虽未能远入荒夷[5]，洗荡巢穴[6]，亦且快国仇之万一[7]。今又提一旅孤军[8]，振起宜兴[9]。建康之城，一鼓败虏，恨未能使匹马不回耳[10]！

故且养兵休卒，蓄锐待敌。嗣当激励士卒[11]，功期再战[12]，北逾沙漠，

---

[1]　板荡：《诗经·大雅》有《板》、《荡》二篇，讥刺周厉王无道，败坏国家。后即以板荡指社会动乱。

[2]　河朔：黄河以北地区。

[3]　相台：相州，今河北临漳。东汉末曹操在相州建铜雀台。后以相台称相州。

[4]　总发：束发，指刚成年。古代男子二十束发加冠。

[5]　荒：偏远的地方。夷：古时对东部各民族的泛称，此处指金国。

[6]　洗荡：彻底扫除。

[7]　"亦且"句：意谓总算报了国仇的万分之一。

[8]　提：统率。一旅：古代军队五百人为旅。此处指不多的士兵。

[9]　振起宜兴：从宜兴开始起兵迎敌。宋高宗建炎四年（1130），金兀术进攻常州，岳飞即率军队进驻宜兴迎敌，进而收复建康。

[10]　恨：遗憾。未能使匹马不回：意谓没能彻底消灭敌人。"未能使"后省略了"敌"字。

[11]　嗣：随即。

[12]　功期再战：期望下一次战役取得成功。

蹀血虏廷 [1]，尽屠夷种。迎二圣归京阙 [2]，取故地上版图，朝廷无虞 [3]，主上奠枕 [4]，余之愿也。

河朔岳飞题。

说明

盟记，即为誓词。宋高宗建炎三年（1129），金兀术渡江南侵，岳飞率军奋力抗击，在一年多的时间里，四战四捷，一举收复建康城。本篇誓词就是收复建康后，题写在五岳祠壁间的。本文辞气慷慨，充满豪情，叙事简明，抒情直壮，表达了立志收复中原的意志、强烈的民族精神和高昂的爱国热情。

---

[1]　蹀血虏廷：捣毁敌人老巢。蹀：蹈。虏廷：金人国都上京（今黑龙江阿城）。
[2]　二圣：指 1127 年靖康之难时，被金兵掳去的宋徽宗和宋钦宗。京阙：京城。
[3]　虞：忧虑。
[4]　奠枕：安枕。

陆　游

陆游（1125—1210），字务观，号放翁，越州山阴（今浙江绍兴）人。宋高宗绍兴年间中试礼部，因遭秦桧忌，被黜免。宋孝宗时赐进士出身，曾入王炎及范成大幕府。宋光宗时以宝章阁待制致仕。一生力主抗金，屡遭排挤。作诗近万首，题材广阔，风格雄浑豪迈，与尤袤、范成大、杨万里齐名，并称"南宋四大家"。工词、散文，亦长于史学。有《剑南诗稿》《渭南文集》《老学庵笔记》等。

入蜀记二则

二十一日。

舟中望石门关[1]，仅通一人行，天下至险也。晚泊巴东县[2]，江山雄丽，大胜秭归[3]。但井邑极于萧条，邑中才百余户，自令廨而下[4]，皆茅茨，了无片瓦。权县事秭归尉、右迪功郎王康年，尉兼主簿、右迪功郎杜德先来，皆蜀人也。

谒寇莱公祠堂[5]，登秋风亭，下临江山。是日重阴微雪，天气飂飘[6]。复观亭名，使人怅然，始有流落天涯之叹。遂登双柏堂、白云亭。堂下旧有莱公所植柏，今已槁死。然南山重复，秀丽可爱。白云亭则天下幽奇绝境。群山环拥，层出间见[7]，古木森然，往往二三百年物。栏外双瀑，

---

[1]　石门关：在原四川奉节东，两山相夹如门，接巫山地界。
[2]　巴东县：故城在今湖北巴东城西北。
[3]　秭归：今属湖北。
[4]　令廨（xiè）：县衙门。
[5]　寇莱公：北宋真宗朝宰相寇準，封莱国公，曾任巴东县事，故当地建有祠堂。
[6]　飂飘：高风回旋。
[7]　间见：参差可见。

泻石涧中，跳珠溅玉，冷入人骨。其下是为慈溪，奔流与江会。

予自吴入楚[1]，行五千余里，过十五州，亭榭之胜，无如白云者，而止在县廨厅事之后。巴东了无一事，为令者，可以寝饭于亭中，其乐无涯。而阙令动辄二三年无肯补者，何哉？

二十三日。

过巫山凝真观，谒妙用真人祠。真人，即世所谓巫山神女也。祠正对巫山，峰峦上入霄汉，山脚直插江中。议者谓太华、衡、庐[2]，皆无此奇。然十二峰者，不可悉见[3]。所见八九峰，惟神女峰最为纤丽奇峭，宜为仙真所托。祝史云[4]：每八月十五夜月明时，有丝竹之音，往来峰顶，山猿皆鸣，达旦方渐止。庙后山半，有石坛平旷。传云夏禹见神女，授符书于此。坛上观十二峰，宛如屏障。是日，天宇晴霁，四顾无纤翳[5]；惟神女峰上有白云数片，如鸾鹤翔舞，裴徊久之不散[6]，亦可异也。祠旧有乌数百，送迎客舟。自唐夔州刺史李贻诗已云："群乌幸胙余"矣[7]。近乾道元年[8]，忽不至。今绝无一乌，不知其故。泊清水洞。洞极深，后门自山后出，但黮暗[9]，水流其中，鲜能入者。岁旱祈雨颇应。

权知巫山县、左文林郎冉徽之，尉、右迪功郎文庶几来。

---

[1]　自吴入楚：作者沿长江西行，由今江苏（古时属吴地）至湖北（古时属楚地）。

[2]　太华：即西岳华山。衡：即南岳衡山。庐：即庐山。

[3]　悉见：尽见。

[4]　祝史：指主管祠中事务的道士。

[5]　纤翳：指微云遮蔽。

[6]　裴徊：同"徘徊"。

[7]　"自唐夔州"二句：李贻当为李贻孙，原诗已佚。幸胙余：意谓以得食祭奠时的肉食为幸。

[8]　乾道：宋孝宗年号。乾道元年为1165年。

[9]　黮（dàn）暗：昏暗。

说明

宋孝宗乾道五年（1169），陆游被任为夔州（今四川奉节）通判，次年闰五月赴任。陆游一路饱览江山之美，寻访名胜古迹，并将所见所闻所感付之笔下，成《入蜀记》六卷。这里选了其中两则。前者重点描绘了巴东白云亭的幽奇绝境；后者写神女峰的纤丽奇峭及有关的神话传说。虽着墨不多，但绘声绘色，生动传神。

范成大

范成大（1126—1193），字致能，吴郡（今江苏苏州）人。宋高宗绍兴年间进士。宋孝宗乾道六年（1170）使金。历任地方行政长官，皆有政绩。后为参知政事，仅两月，被劾罢，归隐石湖故里，自号石湖居士。以诗文著称。有《石湖诗集》、《揽辔录》、《吴船录》等。

峨眉山行纪

乙未[1]，大霁。……过新店、八十四盘、娑罗平[2]。娑罗者，其木叶如海桐，又似杨梅，花红白色，春夏间开，惟此山有之。初登山半，即见之，至此，满山皆是。大抵大峨之上[3]，凡草木禽虫悉非世间所有。昔固传闻，今亲验之。余来以季夏[4]，数日前雪大降，木叶犹有雪渍斓斑之迹。草木之异，有如八仙而深紫，有如牵牛而大数倍，有如蓼而浅青。闻春时异花尤多，但是时山寒，人鲜能识之。草叶之异者，亦不可胜数。山高多风，木不能长，枝悉下垂。古苔如乱发鬖鬖挂木上[5]，垂至地，长数丈。又有塔松[6]，状似杉而叶圆细，亦不能高，重重偃蹇如浮图[7]，至山顶尤多。又断无鸟雀，盖山高，飞不能上。

自娑罗平过思佛亭、软草平、洗脚溪，遂极峰顶光相寺[8]，亦板屋数

---

[1] 乙未：指宋孝宗淳熙四年（1177）六月二十七日，作者登峨眉山的第三天。
[2] 新店、八十四盘、娑罗平：峨眉山脚的三个地名。平：同"坪"。
[3] 大峨：峨眉山有大峨、二峨（中峨）、三峨（小峨）三座山峰。
[4] 季夏：农历六月。
[5] 鬖鬖（sān）：毛发下垂的样子。
[6] 塔松：形如宝塔的松树。
[7] 偃蹇：高耸。浮图：一作"浮屠"，佛塔。
[8] 光相寺：在大峨山峰顶，旧名光普殿，唐以后改今名，俗称"金顶"。

十间，无人居，中间有普贤小殿[1]。以卯初登山[2]，至此已申后[3]。初衣暑绤，渐高渐寒，到八十四盘则骤寒。比及山顶，亟挟纩两重[4]，又加毳衲驼茸之裘[5]，尽衣箧中所藏，系重巾，蹑毡靴，犹凛慄不自持，则炽炭拥炉危坐。山顶有泉，煮米不成饭，但碎如砂粒。万古冰雪之汁，不能熟物，余前知之。自山下携水一缶来，财自足也[6]。

移顷，冒寒登天仙桥，至光明岩，炷香。小殿上木皮盖之[7]。王瞻叔参政尝易以瓦[8]，为雪霜所薄[9]，一年辄碎。后复以木皮易之，翻可支二三年。人云："佛现悉以午[10]。"今已申后，不若归舍，明日复来。逡巡[11]，忽云出岩下傍谷中，即雷洞山也[12]。云行勃勃如队仗，既当岩则少驻[13]。云头现大圆光，杂色之晕数重[14]。倚立相对，中有水墨影若仙圣跨象者[15]。一碗茶顷[16]，光没，而其傍复现一光如前，有顷亦没。云中复有金光两道，横射岩腹，人亦谓之"小现"。日暮，云物皆散，四山寂然。乙夜灯出[17]，岩下遍满，弥望以千百计[18]。夜寒甚，不可久立。

---

[1]　普贤：中国佛教四大菩萨之一，相传峨眉山为其显灵说法之地。
[2]　卯初：清晨五至七时为卯时，卯初指五时。
[3]　申：下午三至五时为申时。
[4]　挟纩两重：穿两件丝绵衣服。纩：丝绵。
[5]　毳：鸟兽的绒毛。衲：僧衣。驼茸：驼绒。
[6]　财：通"才"。
[7]　木皮：树皮。
[8]　王瞻叔：王之望，字瞻叔，宋孝宗时官至参知政事。
[9]　薄：侵蚀。
[10]　佛现悉以午：佛光出现都在午时（上午十一时至下午一时）。
[11]　逡巡：徘徊一阵。
[12]　雷洞山：雷洞坪，有七十二洞。
[13]　少驻：稍停。
[14]　晕：光圈。
[15]　仙圣跨象：寺院中的普贤塑像都骑白象。
[16]　一碗茶顷：喝杯茶的时间。
[17]　乙夜：二更时分。
[18]　弥望：满眼。

丙申[1]，复登岩眺望。岩后岷山万重[2]；少北则瓦屋山[3]，在雅州[4]；少南则大瓦屋[5]，近南诏[6]，形状宛然瓦屋一间也。小瓦屋亦有光相[7]，谓之"辟支佛现"[8]。此诸山之后，即西域雪山，崔嵬刻削，凡数十百峰。初日照之，雪色洞明，如烂银晃耀曙光中。此雪自古至今未尝消也。山绵延入天竺诸蕃[9]，相去不知几千里，望之但如在几案间。瑰奇胜绝之观，真冠平生矣。

复诣岩殿致祷，俄氛雾四起，混然一白。僧云："银色世界也。"有顷，大雨倾注，氛雾辟易[10]。僧云："洗岩雨也，佛将大现。"兜罗绵云复布岩下[11]，纷郁而上，将至岩数丈，辄止，云平如玉地。时雨点有余飞。俯视岩腹，有大圆光偃卧平云之上[12]，外晕三重，每重有青、黄、红、绿之色。光之正中，虚明凝湛[13]，观者各自见其形现于虚明之处，毫厘无隐，一如对镜，举手动足，影皆随形，而不见傍人。僧云："摄身光也。"此光既没，前山风起云驰。风云之间，复出大圆相光，横亘数山，尽诸异色，合集成采，峰峦草木，皆鲜妍绚蒨，不可正视。云雾既散，而此光独明，人谓之"清现"。凡佛光欲现，必先布云，所谓"兜罗绵世界"。

---

[1] 丙申：二十八日。

[2] 岷山：在四川北部，绵延于四川、甘肃一带。

[3] 瓦屋山：岷山支脉。

[4] 雅州：今四川雅安。

[5] 大瓦屋：瓦屋山有大、小两座山峰。

[6] 南诏：古国名，在今云南大理一带。

[7] 光相：与下文中的"相光"都指佛光。

[8] 辟支佛：指无师承而独自悟道的佛。

[9] 天竺诸蕃：印度诸国。

[10] 辟易：退却，散开。

[11] 兜罗绵云：像木棉那样的云。兜罗：树名，即木棉树。

[12] 偃卧：平铺。

[13] 虚明凝湛：空明沉静。

光相依云而出；其不依云，则谓之"清现"，极难得。食顷[1]，光渐移，过山而西。左顾雷洞山上，复出一光，如前而差小。须臾，亦飞行过山外，至平野间转徙，得得与岩正相值[2]，色状俱变，遂为金桥，大略如吴江垂虹[3]，而两坭各有紫云捧之[4]。凡自午至未，云物净尽，谓之"收岩"，独金桥现至酉后始没[5]。

说明

不上金顶，不能说已游峨眉山。登上金顶而未见佛光，又不能不说是一个极大的遗憾。只是对一般游者来说，能见佛光难，能用文字将这瑰丽的景象表现出来更难。作者有幸，登山之时，连日佛光大现，金光横射，彩云绚烂，瑰奇胜绝之观，为平生所未见。于是欣然命笔，根据所游路线，用移步换景之法，对佛光出现前后的云霞、山峦的变幻多姿，作了生动形象的描绘，令人有身临其境之感。

---

[1]　食顷：吃一顿饭的时间。
[2]　得得：恰恰。
[3]　吴江垂虹：江苏太湖吴江上的垂虹桥。
[4]　两坭：指桥的两头。坭：桥。
[5]　酉：傍晚五至七时。

朱 熹

朱熹（1130—1200），字元晦，改字仲晦，别号晦庵、晦翁，徽州婺源（今属江西）人，宋高宗绍兴年间进士。历仕高宗、孝宗、光宗、宁宗四朝，而在朝不满四十日。晚年主讲紫阳书院，故又称紫阳。为宋代理学集大成者。自元以来，历代科举均采用其《四书集注》。作品尚有《诗集传》《楚辞集注》《通鉴纲目》等。后人辑有《朱文公集》《朱子语类》等。

百丈山记

登百丈山三里许，右俯绝壑，左控垂崖[1]，叠石为磴十余级乃得度。山之胜盖自此始。

循磴而东，即得小涧，石梁跨于其上。皆苍藤古木，虽盛夏亭午无暑气[2]；水皆清澈，自高淙下[3]，其声溅溅然[4]。度石梁，循两崖，曲折而上，得山门[5]，小屋三间，不能容十许人。然前瞰涧水，后临石池，风来两峡间，终日不绝。门内跨池又为石梁。度而北，蹑石梯数级入庵。庵才老屋数间，卑庳迫隘[6]，无足观，独其西阁为胜。水自西谷中循石罅奔射出阁下[7]，南与东谷水并注池中。自池而出，乃为前所谓小涧者。阁据其上

---

[1]　控：临。
[2]　亭午：正午。
[3]　淙下：发出淙淙的声音往下流。
[4]　溅溅：流水声。
[5]　山门：佛寺大门。
[6]　卑庳（bēi）：低矮。
[7]　罅（xià）：缝穴。

流，当水石峻激相搏处[1]，最为可玩。乃壁其后[2]，无所睹。独夜卧其上，则枕席之下，终夕潺潺，久而益悲，为可爱耳。

出山门而东，十许步，得石台。下临峭岸，深昧险绝。于林薄间东南望[3]，见瀑布自前岩穴瀵涌而出[4]，投空下数十尺。其沫乃如散珠喷雾，日光烛之，璀璨夺目，不可正视。台当山西南缺，前揖芦山，一峰独秀出，而数百里间峰峦高下，亦皆历历在眼。日薄西山，余光横照，紫翠重叠，不可殚数[5]。旦起下视，白云满川，如海波起伏，而远近诸山出其中者，皆若飞浮来往，或涌或没，顷刻万变。台东径断，乡人凿石容磴以度，而作神祠于其东，水旱祷焉。畏险者或不敢度。然山之可观者，至是则亦穷矣。

余与刘充父、平父、吕叔敬、表弟徐周宾游之。既皆赋诗以纪其胜，余又叙次其详如此。而最其可观者：石磴、小涧、山门、石台、西阁、瀑布也。因各别为小诗以识其处[6]，呈同游诸君，又以告夫欲往而未能者。年月日记[7]。

说明

百丈山在今福建建阳东北。本文对山中胜景，如清澈的涧水、不绝

---

[1]　水石峻激相搏：石峻水激，互不相让，势如搏斗。
[2]　壁：筑壁。
[3]　林薄：密林。
[4]　瀵（fèn）：水源自地下喷涌而出，四面洒散。
[5]　殚（dān）：尽。
[6]　识其处：记述那些地方。
[7]　年月日：作者省略了具体日期。

　　　　　　　　　　　　　　　唐宋散文

的山风、峻激的水石、奔流的瀑布、秀美的山峦、绚丽的晚霞、起伏的云海，——作了生动细致的描写，结构完整，文字简洁，显示了作者写景状物的功力。

周　密

周密（1232—1298），字公谨，号草窗。祖籍济南。南渡后居湖州（今浙江吴兴县）弁山，又自号弁阳老人、四水潜夫。曾任义乌县令，宋亡不仕。工于长短句，深谙音律，时有感慨苍凉之作，为姜夔以后又一大家。所著《武林旧事》《癸辛杂识》《齐东野语》等，描述社会风情，记叙许多逸闻轶事，保留了许多可供研究的资料。另有《草窗词》传世。

观潮

浙江之潮[1]，天下之伟观也。自既望以至十八日为最盛[2]。方其远出海门[3]，仅如银线，既而渐近，则玉城雪岭[4]，际天而来[5]，大声如雷霆，震撼激射，吞天沃日[6]，势极雄豪。杨诚斋诗云[7]："海涌银为郭，江横玉系腰"者是也。

每岁京尹出浙江亭教阅水军[8]，艨艟数百[9]，分列两岸，既而尽奔腾分合五阵之势[10]，并有乘骑、弄旗、标枪、舞刀于水面者，如履平地。倏尔

---

[1]　浙江：即钱塘江。
[2]　既望：农历十六日。浙江观潮，以每年农历八月半最盛，此指八月十六日。
[3]　海门：钱塘江与大海交接处。
[4]　玉城雪岭：白玉砌成的城墙、积满银雪的山岭。喻潮水之高与潮势之急。
[5]　际天：接天。
[6]　吞天沃日：遮没天日。沃：浇。
[7]　杨诚斋：杨万里，南宋诗人。
[8]　京尹：京城地方长官。南宋以临安（今杭州）为首都，故此处指临安知府。浙江亭：在临安城南钱塘江北岸。教阅：操练，检阅。
[9]　艨艟：战船。
[10]　尽：极尽变化。五阵：五种阵形。

唐宋散文

黄烟四起[1]，人物略不相睹[2]，水爆轰震[3]，声如崩山。烟消波静，则一舸无迹[4]，仅有"敌船"为火所焚，随波而逝。

吴儿善泅者数百，皆披发文身[5]，手持十幅大彩旗[6]，事先鼓勇，溯迎而上[7]，出没于鲸波万仞中[8]，腾身百变，而旗尾略不沾湿，以此夸能。而豪民贵宦，争赏银彩。

江干上下十余里间[9]，珠翠罗绮溢目[10]，车马塞途，饮食百物皆倍穹常时[11]，而僦赁看幕[12]，虽席地而不容闲也[13]。禁中例观潮于天开图画[14]，高台下瞰，如在指掌。都民遥瞻黄伞雉扇于九霄之上[15]，真若箫台蓬岛也[16]。

---

[1]　倏（shū）尔：忽然。

[2]　略：几乎，差不多。

[3]　水爆：在水面施放的烟炮。

[4]　一舸无迹：没有一艘战船的踪迹。

[5]　披发：散开头发。文身：在身上刺花纹。为古代风俗。

[6]　十幅大彩旗：用十幅布缝制的大旗。

[7]　溯迎：逆潮。

[8]　鲸波：巨浪。仞：古时八尺为仞，万仞：极言浪头之高之多。

[9]　江干：江岸。

[10]　珠翠：指首饰。罗绮：绫罗绸缎的服装。溢目：满眼。此句指观潮人众多。

[11]　穹：高。

[12]　僦赁：租赁。看幕：临时搭建的幕帐。

[13]　席地：指像座席那样大小的地方。

[14]　禁中：皇帝宫中。例：惯例。天开图画：南宋皇宫中的高台。此台近钱塘江北岸，可登台观潮。

[15]　都民：都城的老百姓。黄伞雉扇：均为帝王外出专用仪仗。雉扇：羽扇。

[16]　箫台：指箫史吹箫引凤的凤台。事见《列仙传》。蓬岛：传说中的蓬莱仙岛。此句意谓帝王观潮之所恍若仙境。

说明

本文以传神之笔，描绘了钱塘观潮的壮丽图景。钱塘大潮的声震天地，水军操练的惊心动魄，弄潮儿的奋勇争先，江岸人群的如海如潮，禁中观潮的逍遥仙境，凡此种种，经作者准确的描写，生动的比喻，尽情地渲染，一幅绚丽多彩的观潮民俗风情图就展现在我们面前了。它为我们展示了南宋都市生活的一个侧面，至今令人回味无穷，弥足珍贵。

唐宋散文

陈　亮

陈亮（1143—1194），字同甫，号龙川，婺州永康（今浙江永康）人。南宋文学家、军事理论家、朴素唯物主义思想家。宋光宗绍熙四年（1193）举进士第一，授签书建康府判官，未至官而卒。一生主要从事讲学。为人才气超迈，喜谈兵事，议论风生。针对南宋偏安江南、政治腐败的现实，陈亮力主革新，富国强兵，以抗击金兵，收复中原。为此曾上书孝宗，为当权大臣所嫉恨，三次被诬下狱。所作古文纵论政治，强调事功，文辞明畅，意气凌厉。其词在宋代豪放派中有一定地位，词风与辛弃疾近。有《龙川文集》《龙川词》。

中兴论

臣窃惟海内涂炭[1]，四十余载矣[2]！赤子嗷嗷无告[3]，不可以不拯；国家凭陵之耻[4]，不可以不雪；陵寝不可以不还[5]；舆地不可以不复[6]。此三尺童子之所共知，曩独畏其强耳[7]。韩信有言："能反其道，其强易弱[8]。"况今虏酋庸懦[9]，政令日弛，舍戎狄鞍马之长[10]，而从事中州浮靡之习[11]，君臣之

---

[1]　窃：私下。惟：思，想。涂炭：烂泥与炭火，比喻灾难困苦。
[2]　四十余载：从1127年金兵攻占中原，北宋灭亡，到此时上书，已四十二年。
[3]　赤子：婴儿，此处指百姓。无告：无处诉说。
[4]　凭陵：遭受欺凌。
[5]　陵寝：帝王的坟墓。北宋帝王的陵墓在汴京附近，已被金兵占领。
[6]　舆地：即土地，疆土。
[7]　曩（nǎng）：从前。
[8]　韩信：汉初诸侯王，淮阴（今属江苏）人，初属项羽，后为刘邦大将，封淮阴侯。"能反其道"二句：意谓若能反其道而行之，就可以使对方由强变弱。
[9]　虏酋：指金人首领。
[10]　戎狄：指西部和北部的少数民族。
[11]　中州：即中原地区。浮靡：浮华奢靡。

间，日趋怠惰。自古夷狄之强[1]，未有四五十年而无变者。稽之天时，揆之人事[2]，当不远矣。不于此时早为之图，纵有他变，何以乘之[3]？万一虏人惩创[4]，更立令主[5]；不然，豪杰并起，业归他姓[6]，则南北之患方始。又况南渡已久[7]，中原父老，日以殂谢[8]，生长于戎，岂知有我？

昔宋文帝欲取河南故地[9]，魏太武以为"我自生发未燥[10]，即知河南是我境土，安得为南朝故地"，故文帝既得而复失之。河北诸镇[11]，终唐之世，以奉贼为忠义[12]，狃于其习[13]，而时被其恩[14]，力与上国为敌[15]，而不自知其为逆。过此以往，而不能恢复，则中原之民乌知我之为谁[16]？纵有倍力，功未必半。以俚俗论之，父祖质产于人[17]，子孙不能继赎[18]，更数十年，时事一变，皆自陈于官[19]，认为故产[20]，吾安得言质而复取之！则今日之事，

---

[1]　夷狄：指东部和北部少数民族。

[2]　稽：考核，考查。揆（kuí）：测度，度量。

[3]　乘：趁。

[4]　惩创：惩戒警惕。

[5]　更：更换。令主：好的君主。

[6]　业：指帝王之业。

[7]　南渡：靖康元年（1126），金兵攻占北宋都城汴梁（今开封），第二年宋徽宗、宋钦宗被俘，北宋灭亡。宋高宗率宗室渡江南移，几经迁徙，在临安定都（今浙江杭州）建立南宋。史称"南渡"。

[8]　殂（cú）谢：衰亡。殂：死亡。谢：衰退。

[9]　宋文帝：南北朝时南朝宋的皇帝刘义隆。河南故地：原属刘宋管辖，423年被北魏夺去。

[10]　魏太武：南北朝时北魏太武帝拓跋焘。生发未燥：刚出生头发还没干，即孩提时候。

[11]　河北诸镇：指中唐以来北方幽州、魏博、成德等几个藩镇割据势力。

[12]　贼：指对抗中央集权的中唐藩镇割据势力头目。

[13]　狃（niǔ）：因袭，拘泥。

[14]　被：蒙受。

[15]　上国：指中央政权。

[16]　乌知：哪里知道。

[17]　质产：抵押财产。

[18]　继赎：继承赎回。

[19]　陈：陈述。

[20]　故产：原有的产业。

　　　　　　　　　　　　　　　　　　　　　唐宋散文

可得而更缓乎！

陛下以神武之资，忧勤侧席[1]，慨然有平一天下之志，固已不惑于群议矣。然犹患人心之不同，天时之未顺，贤者私忧而奸者窃笑[2]。是何也？不思所以反其道故也。诚反其道，则政化行[3]；政化行，则人心同；人心同，则天时顺。天不远人，人不自反耳[4]。

今宜清中书之务以立大计[5]，重六卿之权以总大纲[6]；任贤使能以清官曹[7]，尊老慈幼以厚风俗；减进士以列选能之科[8]，革任子以崇荐举之实[9]；多置台、谏以肃朝纲[10]，精择监司以清郡邑[11]；简法重令以澄其源[12]，崇礼立制以齐其习[13]。立纲目以节浮费[14]，示先务以斥虚文[15]；严政条以核名实[16]，惩吏奸以明赏罚。时简外郡之卒[17]，以充禁旅之数[18]；

---

[1]　侧席：侧身躺卧。意谓操劳国事，不敢安身。
[2]　窃笑：暗中讥笑。
[3]　政化：政令，教化。
[4]　自反：反求诸己。
[5]　中书：中书省，封建朝廷总管国家政事的机构。
[6]　六卿：周代设六官，分为冢宰、司徒、宗伯、司马、司寇、司空，即为六卿。魏晋以后设吏、户、礼、兵、刑、工六部，各部大臣职位相当于六卿。
[7]　官曹：官府。
[8]　进士：科举考试中，最后经礼部考试录取的称进士。
[9]　任（rèn）子：西汉以来，郡守以上官员，任满一定期限，可保举其子一人做官。任：保举。荐举：推荐、选拔。
[10]　台：御史台，专司弹劾官吏之职。谏：谏官，有向皇帝直言规劝之责。
[11]　监司：地方监察官。
[12]　简法重令：精简法令，重视法令。
[13]　崇礼立制：崇尚礼仪，确立制度。齐：整齐统一。
[14]　浮费：不必要的花费。
[15]　示先务：指明当务之急。虚文：华而不实，夸夸其谈。
[16]　政条：政令。核：查验，核实。
[17]　简：精简，挑选。
[18]　禁旅：皇帝的禁卫军。

调度总司之赢 [1]，以佐军旅之储 [2]；择守令以滋户口 [3]，户口繁则财自阜 [4]；拣将佐以立军政 [5]，军政明而兵自强；置大帅以总边陲 [6]，委之专而边陲之利自兴 [7]；任文武以分边郡 [8]，付之久而边郡之守自固 [9]；右武事以振国家之势 [10]，来敢言以作天子之气 [11]；精间谍以得虏人之情，据形势以动中原之心。不出数月，纪纲自定 [12]，比及两稔 [13]，内外自实，人心自同，天时自顺。有所不往，一往而民自归。何者？耳同听而心同服。有所不动，一动而敌自斗 [14]。何者？形同趋而势同利 [15]。中兴之功，可跷足而须也 [16]。

夫攻守之道，必有奇变 [17]。形之而敌必从 [18]，冲之而敌莫救 [19]，禁之而敌不敢动 [20]，乖之而敌不知所如往 [21]。故我常专而敌常分 [22]，敌有穷而我常

---

[1]　总司：总管国家财赋的官署。赢：多余，盈余。
[2]　佐：辅助。
[3]　守令：太守和县令。滋：增加。
[4]　阜：多。
[5]　拣：挑选。军政：军队政务。
[6]　总边陲：总管边防。
[7]　委之专：授以专权。
[8]　文武：文武官员。分边郡：分担边郡事务。
[9]　付：交付，委任。
[10]　右武事：重视军事。右：古代以右为上。
[11]　来敢言：鼓励敢于直言。来：招致。气：气度。
[12]　纪纲：即法度。
[13]　比及两稔：等到两年。稔：庄稼成熟。古代农作物一年一熟称一稔，两稔即两年。
[14]　自斗：自相残杀。
[15]　形同趋而势同利：大势所趋，形势对我完全有利。
[16]　跷（qiāo）足而须：举足可得，喻极易办到。跷足：抬脚。须：待。
[17]　奇变：巧妙的变化，指用兵之道要灵活机动。
[18]　形之而敌必从：意谓制造假象，敌人信以为真，就会听从调动。形：外形。
[19]　冲：攻击。
[20]　禁：控制。
[21]　乖：迷惑。
[22]　专：专一，集中。

无穷也。夫奇变之道，虽本乎人谋，而常因乎地形。一纵一横，或长或短，缓急之相形[1]，盈虚之相倾[2]，此人谋之所措，而奇变之所寓也[3]。今东西弥亘绵数千里[4]，如长蛇之横道，地形适等[5]，无所参错[6]，攻守之道，无他奇变。今朝廷鉴守江之弊，大城两淮[7]，虑非不深也，能保吾城之卒守乎[8]？故不若为术以乖其所之[9]。至论进取之道，必先东举齐[10]，西举秦[11]，则大江之南[12]，长淮以北[13]，固吾腹中物。齐、秦，诚天下之两臂也，奈虏人以为天设之险而固守之乎？故必有批亢捣虚、形格势禁之道[14]。

窃尝观天下之大势矣。襄、汉者，敌人之所缓[15]，今日之所当有事也[16]。控引京、洛[17]，侧睨淮、蔡[18]，包括荆、楚[19]，襟带吴、蜀[20]。沃野千里，可耕可守；地形四通，可左可右。今诚命一重臣，德望素著，

---

[1]　相形：相互比较。

[2]　盈虚：多与少，指双方兵力的变化。

[3]　寓：寄寓，包含。

[4]　弥：广阔。

[5]　适等：相当。

[6]　参错：参差交错，不整齐。

[7]　大城两淮：在淮河两岸大举筑城。

[8]　卒：最终。

[9]　术：计谋。乖其所之：迷惑敌人，让他乱撞。之：往，向。

[10]　举：举兵，出兵。齐：今山东地区。

[11]　秦：今陕西地区。

[12]　大江：此处"江"疑为"河"之误。大河，指黄河。

[13]　长淮：淮河。

[14]　批亢捣虚，形格势禁：语出《史记·孙子吴起列传》，意谓攻打敌人要害和虚弱之处，形成阻止敌人的势态。

[15]　襄：襄阳。汉：汉阳。两处指现湖北一带。缓：和缓，松懈。

[16]　有事：指战事。

[17]　控引：即控制。京：汴京（今河南开封）。洛：洛阳。

[18]　睨（nì）：斜视。淮、蔡：今安徽、河南一带。

[19]　包括：总揽。荆、楚：今湖北、湖南一带。

[20]　襟带：连带。襟：衣襟。吴：今江苏。蜀：今四川。

谋谟明审者¹，镇抚荆、襄²，辑和军民³，开布大信⁴，不争小利，谨择守宰⁵，省刑薄敛⁶，进城要险⁷，大建屯田⁸。荆、楚奇才剑客，自昔称雄，徐行召募，以实军籍。民俗剽悍⁹，听于农隙时讲武艺¹⁰。襄阳既为重镇，而均、随、信阳及光、黄¹¹，一切用艺祖委任边将之法¹²：给以州兵，而更使自募；与以州赋¹³，而纵其自用¹⁴；使之养士足以得死力¹⁵，用间足以得敌情¹⁶。兵虽少而众建其助¹⁷，官虽轻而重假其权¹⁸。列城相援¹⁹，比邻相和²⁰；养锐以伺²¹，触机而发。一旦狂虏玩故习常²²，来犯江淮，则荆、襄之师，率诸军进讨，袭有唐、邓诸州²³，见兵于颍、

---

[1]　谋谟明审：计谋精密审慎。
[2]　镇抚：镇守、安抚。
[3]　辑和：团结。辑：聚集。
[4]　开布大信：开诚布公，广树信用。
[5]　守宰：泛指地方官。
[6]　省刑薄敛：简化刑法，减轻赋税。省：节约，简省。
[7]　进城要险：在险要之地建城。
[8]　屯田：政府组织军队或农民垦荒种地。屯：聚集。
[9]　剽（piāo）悍：轻捷强悍。
[10]　听：听任。
[11]　均：均州，今湖北均县。随：随州，今湖北随县。信阳：今河南信阳。光：光州，今河南光山。黄：黄州，今湖北黄冈。
[12]　艺祖：有文德才艺之祖，古代帝王对祖先的美称。这里指宋代开国皇帝赵匡胤。
[13]　州赋：一州的赋税收入。
[14]　纵：听任，让。
[15]　死力：拼命效力。
[16]　间（jiàn）：间谍。
[17]　众建其助：大家都给予支持帮助。
[18]　重假其权：赋予大权。假：给予。
[19]　列城：各城。
[20]　和：和谐、谐调。
[21]　伺：伺机，等待。
[22]　玩故习常：玩弄过去的老办法。
[23]　唐：唐州，今河南唐河。邓：邓州，今河南邓县。

蔡之间[1]，示必截其后。因命诸州转城进筑[2]，如三受降城法[3]：依吴军故城为蔡州[4]，使唐、邓相距各二百里，并桐柏山以为固[5]。扬兵捣垒[6]，增陴深堑[7]，招集土豪，千家一堡，兴杂耕之利，为久驻之基。敌来则婴城固守[8]，出奇制变；敌去则列城相应，首尾如一。精间谍，明斥堠[9]，诸军进屯光、黄、安、随、襄、郢之间[10]，前为诸州之援，后依屯田之利。朝廷徙都建业[11]，筑行宫于武昌[12]，大驾时一巡幸[13]。虏知吾意在京、洛，则京、洛、陈、许、汝、郑之备当日增[14]，而东西之势分矣[15]。东西之势分，则齐、秦之间可乘矣[16]。四川之帅，亲率大军，以待凤翔之虏[17]；别命骁将出祁山以截陇右[18]，偏将由子午以窥长安[19]，金、房、开、

---

[1]　颍：颍州，今安徽阜阳。蔡：蔡州，今河南上蔡。
[2]　转城进筑：迁移城镇，另行建筑。宋高宗绍兴十一年（1141），宋金达成"绍兴和议"，双方划定东起淮河中游，西至大散关（今陕西宝鸡）为界，中间的唐、邓、蔡州归金。南宋欲重置唐、邓、蔡诸州，就须徙建州府。
[3]　三受降城法：唐代张仁愿在任朔方军总管时，在黄河以北修筑中、东、西三座受降城。以拂云祠为中城，与东西两城相距各四百里，置烽侯一千八百所，首尾相应，巩固了唐王朝北部边防。
[4]　吴：指吴元济，曾据蔡州叛唐，被唐宪宗讨平。
[5]　并：读曰"傍"，即"傍"的假借字。桐柏山：在今河南、湖北两省交界处。
[6]　扬兵：张扬兵威。捣垒：密筑堡垒。
[7]　增陴：加高女墙。陴：城墙上端凸出的砖墙，称为女墙或女垣。深堑：深挖壕沟。
[8]　婴城：环城固守。婴：环绕。
[9]　斥堠：侦察敌情的土堡、瞭望台。
[10]　屯：驻守。安：安州，今湖北安陆。郢：郢州，今湖北钟祥。
[11]　建业：今江苏南京。
[12]　行宫：京城以外供帝王出行时居住的宫殿。
[13]　大驾：皇帝的乘舆，代指皇帝。幸：指皇帝到来。
[14]　陈：陈州，今河南拓城。许：许州，今河南许昌。汝：汝州，今河南汝南。郑：郑州，今河南郑州市。
[15]　势：指兵力。
[16]　间：空隙。
[17]　凤翔：今陕西凤翔。
[18]　骁将：勇猛善战的将领。祁山：在今甘肃西和县。陇右：陇山西侧。
[19]　偏将：副将。子午：子午谷，在今陕西西南。长安：今陕西西安。

达之师入武关以镇三辅[1]，则秦地可谋矣。命山东之归正者往说豪杰[2]，阴为内应[3]；舟师由海道以捣其脊[4]。彼方支吾奔走[5]，而大军两道并进，以揕其胸[6]，则齐地可谋矣。吾虽示形于唐、邓、上蔡[7]，而不再谋进，坐为东西形援[8]，势如猿臂[9]，彼将愈疑吾之有意京、洛，特持重以示不进，则京、洛之备愈专，而吾必得志于齐、秦矣[10]。抚定齐、秦，则京、洛将安往哉？此所谓批亢捣虚，形格势禁之道也。

就使吾未为东西之举[11]，彼必不敢离京、洛而轻犯江、淮，亦可谓乖其所之也；又使其合力以压唐、蔡，则淮西之师起而禁其东，金、房、开、达之师起而禁其西，变化形敌[12]，多方牵制，而权始在我矣[13]。

然荆、襄之师，必得纯意于国家而无贪功生事之心者而后付之[14]。平居无事，则欲开诚布信，以攻敌心；一旦进取，则欲见便择利而止，以禁敌势。东西之师有功，则欲制驭诸将[15]，持重不进以分敌形。此非陆抗、羊祜之徒[16]，孰能为之？

---

[1]　金：金州，今陕西安康。房：房州，今湖北房县。开：开州，今四川开县。达：达州，今属四川。武关：关口名，在今陕西商县。三辅：西汉时负责治理京畿地区的三个官职，后以他们所辖地区亦称三辅，即长安以东、长陵以北、渭城以西。

[2]　归正者：投诚的人。说（shuì）：劝说。

[3]　阴：暗中。

[4]　舟师：水军。脊：背后。

[5]　支吾奔走：来往应付，疲于奔命。

[6]　揕（zhèn）：刺，攻打。胸：指正面。

[7]　示形：指摆出进攻的样子。

[8]　坐：坐待。形援：援助之状。

[9]　势如猿臂：势态就像猿猴的长臂一样。

[10]　得志：如愿。

[11]　东西之举：指"东举齐，西举秦"。

[12]　变化形敌：千变万化，调动敌人。

[13]　权：主动权。

[14]　纯意：真心实意，忠心耿耿。

[15]　制驭：控制驾驭。

[16]　陆抗：字幼常，三国时东吴大将，官至大司马。羊祜：字叔子，西晋大将，官至尚书左仆射，晋武帝时曾镇守襄阳，与陆抗对境而治。

夫伐国[1]，大事也。昔人以为譬拔小儿之齿，必以渐摇撼之。一拔得齿，必且损儿。今欲竭东南之力，成大举之势，臣恐进取未必得志，得地未必能守。邂逅不如意[2]，则吾之根本撼矣。此岂谋国万全之道？臣故曰：攻守之间，必有奇变。

臣谀人也[3]，何足以明天下之大计？姑疏愚虑之崖略[4]，曰《中兴论》，唯陛下财幸[5]。

说明

《中兴论》是陈亮向宋孝宗进呈的《中兴五论》中最重要的一篇，写于1169年。"中兴"即"重新兴盛"之义。文章针对当时南宋朝廷内部苟且偷安之论日盛的现实，强调了收复中原、振兴宋室的历史责任。文章不仅勾勒了抗金大业的宏伟蓝图，还阐述了许多具体的战术方案以及政治、经济、军事改革的原则和方法。他强调用兵之道贵在"奇变"，掌握"能反其道，其强易弱"、"天不远人，人不自反"的规律，发挥"人谋"的积极性，以及建立以襄、汉为中心的战略基地，实现从东西两翼夹击中原的战略。文章规模宏大，视野开阔，表现了作者强烈的奋发图强、恢复中原的爱国思想。辞气贯通，语言明快，说理透辟，气势雄浑，体现了其散文艺术的主要特色。

---

[1]　伐国：攻打敌国。
[2]　邂逅（xiè hòu）：偶然遇到。
[3]　谀（xiǎo）人：见识肤浅的人。作者谦称。
[4]　崖略：大略。
[5]　财：通"裁"，裁夺决定。幸：对皇帝的敬词。

文天祥

文天祥（1236—1283），南宋诗人，字宋瑞，又字履善，号文山，吉州庐陵（今江西吉水）人。宋理宗宝祐四年（1256）进士，官至江西安抚使。恭帝德祐元年（1275），元军渡江，文天祥组织义军入卫京都临安（今浙江杭州）。第二年，以右丞相兼枢密使出使元营议和，被扣而后逃脱南归，至福建，拥立端宗，以图恢复。景炎三年（1278）兵败被俘。次年被送至大都（今北京），最终不屈就义。其作品最感人的是后期所作，慷慨悲壮，情感浓郁。有《文山先生全集》。

《指南录》后序

德祐二年二月十九日[1]，予除右丞相兼枢密使[2]，都督诸路军马。时北兵已迫修门外[3]，战、守、迁皆不及施[4]。缙绅、大夫、士萃于左丞相府[5]，莫知计所出。会使辙交驰[6]，北邀当国者相见[7]。众谓予一行为可以纾祸[8]。国事至此，予不得爱身；意北亦尚可以口舌动也[9]。初，奉使往来，无留北者[10]，予更欲一觇北[11]，归而求救国之策。于是，辞相印不拜。翌日，以

---

[1]　德祐二年：公元 1276 年。德祐为宋恭帝年号。
[2]　除：被任命。枢密使：掌管全国军务的最高官员。
[3]　北兵：指元兵。修门：国都的城门。
[4]　施：行。
[5]　缙绅、大夫、士：大小官员。缙绅：本为官僚的装束，后用为官员的代称。萃：会聚。
[6]　会：当时。辙：车辙，指代车辆。交驰：往来频繁。
[7]　北：指元朝统治者。当国者：执政的人。
[8]　纾（shū）：解除。以上三句是说当时南宋的统治者暗中向元求和，元将伯颜来约面谈时，却无人敢于赴约，贪生怕死的官僚建议文天祥到元营谈判。
[9]　意：料想。以口舌动：用语言打动。
[10]　留：扣留。
[11]　觇：窥探，察看。

资政殿学士行。

　　初至北营，抗辞慷慨，上下颇惊动，北亦未敢遽轻吾国。不幸吕师孟构恶于前[1]，贾馀庆献谄于后，[2] 予羁縻不得还[3]，国事遂不可收拾。予自度不得脱，则直前诟虏帅失信[4]，数吕师孟叔侄为逆[5]，但欲求死，不复顾利害。此虽貌敬，实则愤怒，二贵酋名曰"馆伴"[6]，夜则以兵围所寓舍，而予不得归矣。

　　未几，贾馀庆等以祈请使诣北[7]，北驱予并往，而不在使者之目[8]。予分当引决[9]，然而隐忍以行。昔人云："将以有为也[10]。"至京口[11]，得间奔真州[12]，即具以北虚实告东西二阃[13]，约以连兵大举。中兴机会，庶几在此[14]。留二日，维扬帅下逐客之令[15]。不得已，变姓名，诡踪迹[16]，草行露宿，日

─────────────

[1]　吕师孟：兵部侍郎吕文焕之侄，时任兵部尚书，是亲敌派。德祐元年吕文焕出使元军时投降敌人。文天祥为此曾上疏要求诛杀"叛逆遗孽"吕师孟等人。这次文天祥正在元营谈判时，吕师孟等人却奉表投降元人。

[2]　贾馀庆：时任南宋同签书枢密院事、知临安府，随文天祥出使元营，但他暗中与元军统帅伯颜商妥投降事宜，唆使元军扣留文天祥。

[3]　羁縻：被扣押。

[4]　诟：骂。

[5]　数（shǔ）：数说，谴责。

[6]　贵酋：高级头目，指元将忙古歹、唆都二人。馆伴：接待使臣的专人。

[7]　祈请使：奉表请降的使臣。诣（yì）北：往元京城大都（今北京）。

[8]　目：名目，犹言"列"、"名单"。

[9]　分（fèn）当：本当。引决：自杀。

[10]　"昔人"句：见韩愈《张中丞传后叙》。

[11]　京口：地名，今江苏镇江市。

[12]　间：机会。真州：地名，今江苏仪征。

[13]　东西二阃（kǔn）：指淮南东路制置使李庭芝和淮南西路制置使夏贵。阃：专指统兵在外的将帅。

[14]　庶几：差不多，几乎。

[15]　维扬帅：指李庭芝。李误听谣传，以为文天祥系元人放出前来劝降的，故派苗再成处死文天祥。苗再成于心不忍，放走文天祥。

[16]　变姓名：文天祥化名刘诛。诡踪迹：掩蔽自己的行踪。

与北骑相出没于长淮间[1]。穷饿无聊，追购又急[2]，天高地迥，号呼靡及。已而得舟，避渚洲[3]，出北海[4]，然后渡扬子江，入苏州洋[5]，展转四明、天台[6]、以至于永嘉[7]。

呜呼！予之及于死者不知其几矣！诋大酋当死[8]；骂逆贼当死[9]；与贵酋处二十日，争曲直，屡当死；去京口，挟匕首以备不测，几自刭死；经北舰十余里[10]，为巡船所物色[11]，几从鱼腹死[12]；真州逐之城门外，几徬徨死；如扬州，过瓜洲扬子桥[13]，竟使遇哨[14]，无不死；扬州城下，进退不由，殆例送死[15]；坐桂公塘土围中[16]，骑数千过其门，几落贼手死；贾家庄几为巡徼所陵迫死[17]；夜趋高邮，迷失道[18]，几陷死；质明[19]，避哨竹林中，逻者数十骑，几无所逃死；至高邮，制府檄下[20]，几以捕系死；行城子河[21]，

[1] 长淮：淮河。不是长江和淮河。
[2] 追购：追捕。购：悬赏通缉。
[3] 避渚洲：避开长江中的沙洲。因沙洲被元兵占领，故文天祥须绕行避敌。
[4] 北海：淮海。
[5] 苏州洋：今上海市附近的海。
[6] 四明：今浙江宁波。天台：今浙江天台。
[7] 永嘉：今浙江温州。
[8] 诋：辱骂。大酋：指元军主帅伯颜。
[9] 逆贼：指吕文焕、吕师孟。
[10] "经北舰"句：从元军的战舰旁经过了十多里。
[11] 物色：找寻，此处意为搜捕。
[12] 几从鱼腹死：几乎要投水淹死，葬身鱼腹。
[13] 如：到。瓜洲：今扬州市南四十里。扬子桥：扬州市南部地名。
[14] 竟使：假使。哨：哨兵。
[15] 殆：将近，几乎。例送死：等于送死。例：类似。
[16] 桂公塘：扬州城外的小山丘名，山腰有土围墙。
[17] 贾家庄：在扬州北门外。巡徼（jiǎo）：巡查的士兵。陵迫：欺侮迫害。文天祥在贾家庄曾遇到宋军的骑兵，他们竟挥刀杀文天祥，文天祥急忙给钱，方得脱身。
[18] 高邮：今属江苏。迷失道：迷路。
[19] 质明：黎明。
[20] 制府：制置使的官府。檄（xí）：命令。此句指淮南东路制置使李庭芝下令追捕文天祥，把他看成是元军派来劝降的人。
[21] 城子河：在高邮县东南。

出入乱尸中，舟与哨相后先[1]，几邂逅死；至海陵[2]，如高沙[3]，常恐无辜死；道海安、如皋[4]，凡三百里，北与寇往来其间，无日而非可死；至通州[5]，几以不纳死；以小舟涉鲸波出[6]，无可奈何，而死固付之度处矣。呜呼！死生，昼夜事也，死而死矣，而境界危恶，层见错出，非人世所堪。痛定思痛，痛何如哉！

予在患难中，间以诗记所遭，今存其本，不忍废，道中手自抄录。使北营，留北关外[7]，为一卷；发北关外，历吴门、毗陵[8]，渡瓜洲，复还京口，为一卷；脱京口，趋真州、扬州、高邮、泰州、通州，为一卷；自海道至永嘉，来三山[9]，为一卷。将藏之于家，使来者读之，悲予志焉。

呜呼！予之生也幸，而幸生也何所为？求乎为臣，主辱，臣死有余僇[10]；所求乎为子，以父母之遗体行殆，而死有余责[11]。将请罪于君，君不许；请罪于母，母不许；请罪于先人之墓。生无以救国难，死犹为厉鬼以击贼，义也；赖天之灵、宇宙之福，修我戈矛，从王于师[12]，以为前驱，雪九庙之耻[13]，复高祖之业[14]，所谓"誓不与贼俱生"，所谓"鞠躬尽力，死

---

[1]　舟与哨相后先：乘的船与元军哨兵差点碰上。
[2]　海陵：今江苏泰州。
[3]　高沙：在高邮西南城子河滨。
[4]　道：路过。海安、如皋：今属江苏。
[5]　通州：今江苏南通市。
[6]　鲸波：巨浪。
[7]　留：扣押。北关外：元军驻地高亭山。
[8]　吴门：今江苏苏州市别称。毗（pí）陵：今江苏常州市。
[9]　三山：指福建福州市，市内有闽山、越王山、九仙山，故称。
[10]　"主辱"句：皇帝遭难受辱，臣子理应效死，现在不死，则有余罪。僇：同"戮"，杀，惩罚，引申为有罪。
[11]　"以父母"二句：意谓父母生下自己，自己冒险而死，是应受指责的。
[12]　"修我戈矛"二句：语出《诗经·秦风·无衣》："王于兴师，修我长矛，与子同仇。"修：整治。师：军队。
[13]　九庙：皇帝供奉祖先的宗庙。
[14]　高祖：指开国皇帝，此指宋太祖赵匡胤。

而后已"，亦义也。嗟夫，若予者，将无往而不得死所矣[1]。向也[2]，使予委骨于草莽[3]，予虽浩然无所愧怍[4]，然微以自文于君亲，君亲其谓予何[5]？诚不自意返吾衣冠[6]，重见日月[7]使旦夕得正丘首[8]，复何憾哉！复何憾哉！

是年夏五，改元景炎[9]，庐陵文天祥自序其诗，名曰《指南录》。

说明

南宋恭帝德祐元年（1275），元军东下，直逼临安，南宋朝廷危在旦夕。临难之际，文天祥受命出使元营，以求转机，结果被元军扣押。后来文天祥脱逃元营南归。回到永嘉后，文天祥把记录这段生生死死经历的诗歌，结集为《指南录》四卷，并撰写了《自序》和《后序》。这篇后序详细记载了自己受命、出使、被拘、逃脱的全过程，字里行间表达了忍辱负重、赤诚报国的崇高精神和百折不挠、艰苦奋斗的坚定信念。特别是详细记叙了几乎面临死亡的种种险境，惊心动魄！结尾交织着泪和血的感叹，激昂慷慨。

---

[1]　无往而不得死所：意谓处处都可成为死的地方。
[2]　向：从前。
[3]　委骨：意为死。
[4]　浩然：光明正大。愧怍（zuò）：惭愧。
[5]　"然微"二句：意谓无法文饰自己对于君王和父母的过失，君王和父母怎么会原谅我呢。
[6]　不自意：没料想到。返吾衣冠：意谓重新穿上官服。
[7]　日月：喻指最高统治者。
[8]　正丘首：古人以为，狐狸死时，一定要把头对着洞穴所在的山丘，以示对老巢的依恋。引申为死在故国故乡。
[9]　"是年"二句：公元1276年夏5月，宋端宗即位，改年号为景炎。

林景熙

林景熙（1242—1310），字德旸，号霁山，温州平阳（今属浙江）人，宋度宗咸淳年间进士。宋亡后，隐居不仕，漫游江浙，名重一时，学者称"霁山先生"。诗文多哀国伤时之作，情辞凄婉。有《霁山集》。

蜃说

尝读《汉天文志》[1]，载"海旁蜃气象楼台"[2]，初未之信。庚寅季春[3]，余避寇海滨。一日饭午[4]，家僮走报怪事，曰："海中忽涌数山，皆昔未尝有！父老观以为甚异。"余骇而出，会颍川主人走使邀余[5]。既至，相携登聚远楼东望。第见沧溟浩渺中[6]，蠡如奇峰，联如叠巘[7]，列如崒岫[8]，隐见不常。移时[9]，城郭、台榭，骤变歘起[10]，如众大之区，数十万家，鱼鳞相比。中有浮图老子之宫[11]，三门嵯峨[12]，钟鼓楼翼其左右，檐牙历历[13]，极公输巧不能过[14]。又移时，或立如人，或散如兽，或列若旌旗之饰、甓

---

[1] 《汉天文志》：即《汉书·天文志》。
[2] 蜃气象楼台：大气中由于光线的折射作用，将远处的景物反映到天空、地面或海面。古人误认为这是蜃（大蛤蜊）吐气造成，称作海市蜃楼。
[3] 庚寅：元世祖至元二十七年（1290）。
[4] 饭午：吃午饭。
[5] 会：恰逢。走使：派人。
[6] 沧溟：大海。
[7] 叠巘（yǎn）：重叠的山峰。
[8] 崒岫（zú xiù）：高峻的峰峦。
[9] 移时：一会儿。
[10] 歘（xū）：忽然。
[11] 浮图老子之宫：指佛寺和道观。
[12] 三门：即山门，庙门。
[13] 檐牙历历：房檐清清楚楚。
[14] 公输：公输班，即鲁班，春秋时鲁国巧匠。

盎之器，诡异万千。日近晡¹，冉冉漫灭。向之有者安在？而海自若也！

《笔谈》记登州海市事²，往往类此。余因是始信。

噫嘻！秦之阿房³，楚之章华⁴，魏之铜雀⁵，陈之临春、结绮⁶，……突兀凌云者何限！运去代迁，荡为焦土，化为浮埃——是亦一蜃也。何暇蜃之异哉⁷！

说明

本文通过对海市蜃楼的描写，抒写了作者深沉的现实感喟。前面极写海市蜃楼的诡异虚幻，正是为了映衬后面所说的人事无常。文章前后照应，语言简洁生动。

---

[1]　晡：申时，即午后三点至五点。
[2]　"笔谈"：指《梦溪笔谈》，宋沈括著。
[3]　阿房：秦始皇所建宫。
[4]　章华：楚灵王所建台。
[5]　铜雀：魏武帝曹操所建台。
[6]　临春、结绮：陈后主所建阁。
[7]　"何暇"句：哪有时间观赏自然界的蜃楼奇景。

图书在版编目(CIP)数据

唐宋散文/侯毓信编著.—上海:上海人民出版
社,2017
(中华经典诗文之美/徐中玉主编)
ISBN 978-7-208-14672-3

Ⅰ.①唐… Ⅱ.①侯… Ⅲ.①古典散文-散文集-中
国-唐宋时期 Ⅳ.①I264

中国版本图书馆 CIP 数据核字(2017)第 168992 号

特约编辑 时润民
责任编辑 马瑞瑞
装帧设计 高 熹

中华经典诗文之美
徐中玉 主编

唐 宋 散 文
侯毓信 编著

出	版	上海人民出版社
		(201101 上海市闵行区号景路 159 弄 C 座)
发	行	上海人民出版社发行中心
印	刷	苏州工业园区美柯乐制版印务有限责任公司
开	本	890×1240 1/32
印	张	10.5
插	页	2
字	数	255,000
版	次	2017 年 7 月第 1 版
印	次	2022 年 11 月第 2 次印刷
		ISBN 978-7-208-14672-3/I·1644
定	价	36.00 元